BASTEI
LÜBBE

Joe Haldeman/
Jack Haldeman II

Und fürchtet keine Finsternis!

BASTEI LÜBBE

SCIENCE FICTION

BASTEI-LÜBBE-TASCHENBUCH
Science Fiction Bestseller
Band 22 083

Deutsche Lizenzausgabe 1985
Bastei-Verlag Gustav H. Lübbe GmbH & Co., Bergisch Gladbach
Originaltitel: There is no Darkness
Ins Deutsche übertragen von Karl-Heinz Burgdorf
Titelillustration: Agentur Thomas Schlück
Umschlaggestaltung: Quadro-Grafik, Bensberg
Satz: Computersatz Bonn GmbH, Bonn
Druck und Verarbeitung:
Elsnerdruck, Berlin
Printed in Western Germany
ISBN 3-404-22083-8

Der Preis dieses Bandes versteht sich einschließlich
der gesetzlichen Mehrwertsteuer.

Für Mutter und Vati

Malvolio: ... Ich sage euch, diese Behausung ist finster!
Narr: Wahnsinniger, du irrest! Ich sage dir aber, es gibt keine andere Finsternis als Unwissenheit ...

– *Was ihr wollt*

Prolog

Es gab einmal eine Zeit, als die weitverbreitetste Sprache auf der Alten Erde das Englisch war, eine komplexe Sprache, die direkt mit dem Spanischen verbunden ist, aber nur indirekte Bezüge zum Pan-Suaheli aufweist.

In weiten Teilen der Confederación ist Englisch nur noch für Gelehrte von Interesse, aber es existieren immer noch einige wenige Orte, wo es als Muttersprache gelehrt wird: eine Insel, ein Teil eines Kontinents auf der Erde und der dünn besiedelte Planet Springworld.

Zuzugeben, das man noch nie etwas von Springworld gehört hat, ist nicht besonders verdammenswert, da der junge Planet außer der Tatsache seiner archaischen Muttersprache beinahe nichts von Interesse aufzuweisen hat. Sein Name – »Frühlingswelt« – ist reinster Sarkasmus: Die Umgebung ist für Menschen ungefähr so lebensfeindlich, wie man es auf irgendeiner bewohnten Welt nur antreffen kann. Die Bevölkerung muß genetisch auf Riesenwuchs und Stärke programmiert werden, nicht nur, um eine Erfolgschance gegen die aggressive Tierwelt zu haben, sondern einfach nur, um in den heftigen Winden *stehenzubleiben*, die sein Alltagswetter kennzeichnen.

Der einzige in der Nähe gelegene Planet von einiger Bedeutung ist Selva, das für Springworld die einzige wirtschaftliche Verbindung mit dem Rest der Confederación darstellt. Einige der Pharmazeutika, die Selva herstellt, sind (als Wachstumsmedium) von der auf Springworld heimischen Flechte *Volmer* abhängig. Da Springworld fanatisch autark ist, hat es seinen Handel mit Selva stets auf einer strikten Barzahlungsbasis abgewickelt, was nach mehreren Generationen zu einem Devisenüberschuß von mehreren Millionen Pesetas geführt hat. Angesichts einer Kultur, die Luxus verachtet und stolz ist auf ihre Unabhängigkeit, hat Springworld Schwierigkeiten gehabt, diesen Überschuß auszugeben.

A. C. 354 aber gab es dann doch etwas davon aus, indem es einen Jungen auf eine seltsame Schule schickte, und bekam dafür mehr zurück, als es erwartet hatte.

Unterrichtsprogramm und Zulassungsbedingungen: Die zweite Reise der *Starschool**

Starschool bietet eine einzigartige Erziehungserfahrung für junge Leute, die dazu bestimmt sind, die Führer ihrer Welten zu werden, insbesondere in Gebieten, die mit interplanetarischen Beziehungen wirtschaftlicher und politischer Natur zusammenhängen. Während der fünfjährigen Studienzeit wird *Starschool* sechzehn Planeten der Confederación besuchen, die entweder wegen ihres kulturellen oder historischen Interesses ausgesucht worden sind (wie etwa M'walimu und die Erde) oder wegen der pragmatischen Grundlage ihrer politischen Bedeutung.

Die erste Rundreise der *Starschool* (A. C. 348–352) war so erfolgreich, daß die Studienleiter in der Lage gewesen sind, das Programm erheblich auszudehnen, ohne die Studiengebühren in wesentlichem Umfang zu erhöhen (wenngleich diese zugegebenermaßen recht hoch sind). Zwei Welten, Mundovidrio und Hölle, sind neu hinzugekommen, in denen Studenten zwei Extremen gelehrter Betätigung ausgesetzt werden. Wie die meisten unserer Kunden wissen werden, ist Mundovidrio die Heimat des Instituto del Yo Esencial, wo die Studenten einen Monat mit der systematischen Erforschung von Bewußtseinszuständen verbringen. Hölle andererseits betreibt keinen Handel außer der Vermietung von Söldnern und der Ausbildung der militärischen Führer anderer Planeten. Studenten, die dem nicht aus philosophischen Gründen ablehnend gegenüberstehen, werden Gelegenheit erhalten, einen kurzen (und harten) Kursus in militärischer Führerschaft mitzumachen.

* *Starschool* ist ein englisches Wort und bedeutet »Nyota'skuli« oder »Universidad de los Astros« – »Sternenschule«. Englisch war natürlich die Sprache der ersten Menschen, die auf der Suche nach Wissen zu einer anderen Welt flogen.

Die Eintrittsbedingungen für *Starschool* sind notwendigerweise flexibel, da die Bewerber aus Dutzenden grundverschiedener Kulturen kommen, aber jene, deren formale Ausbildung nicht ungefähr dem Niveau eines städtischen Bachillerato-Grades entspricht, müssen damit rechnen, zwischen den Planeten zusätzliche Studienarbeiten zu absolvieren. Das *Starschool*-Zertifikat entspricht einem Fortgeschrittenenabschluß in interplanetarischen Angelegenheiten . . .

Erde

Anmerkungen zum Lehrplan – Erde

Das meiste dessen, was die Leute über die Erde zu wissen glauben, ist falsch. In technologischer Hinsicht ist sie ein ziemlich fortgeschrittener Planet, kein primitiver Ort der Rückständigkeit und Stagnation. Obwohl derzeit in einer Periode des wirtschaftlichen Verfalls, hat die Erde immer noch Ressourcen in Hülle und Fülle, sowohl materiell als auch menschlich, und selbst wenn sie nie die Vormachtstellung zurückerlangen wird, die sie in den Anfangsjahren der Confederación hatte, so ist sie doch in keiner Hinsicht eine Sackgasse. Neben ihrem offensichtlichen Wert für Historiker, Archäologen und Linguisten unterhält die Erde einen lebhaften Handel im Austausch medizinischer Techniken, und ihre Unterhaltungsindustrie wird nur noch von der Nairobi'pyas übertroffen.

Da alle erstrangigen Kulturen der Confederación direkt von terranischen Untergruppen – geographischen, ethnischen oder politischen – abstammen, kann jeder Reisende irgendeinen Teil der Erde finden, der von besonderem historischen Interesse ist. Die Kommunikationsschwierigkeiten sind in der Vergangenheit sehr übertrieben worden. Es stimmt, daß auf der Erde mehr als zweihundert Sprachen und Tausende von Dialekten beheimatet sind, aber selbst im kleinsten Dorf wird es Leute geben, die Spanisch oder Pan-Suaheli verstehen.

Sie müssen zur Erde nur einen offenen Geist und Abenteuerlust mitbringen . . .

I

Anscheinend sollte ich wohl beeindruckt sein: Lendentuch, Perlen, zwei Meter harter, schwarzer Maasai'pyaner. Herr B'oosa kam auf mich zugeschritten mit zwei Bauernspießen über der Schulter: hohlen Aluminiumschäften, nicht ganz so lang, wie er hoch war. Er war ein ganzes Stück kleiner als ich.

»Herr Bok«, sagte er. »Eine freundschaftliche Herausforderung?« Sein Gesichtsausdruck war nicht freundschaftlich.

»Bin beschäftigt – mein Herr.« Ich versuchte gerade, ein bißchen nützliche Körperertüchtigung aus einer Gewichtemaschine herauszuholen, die für Leute von der Hälfte meiner Größe gebaut war.

»Die Herausforderung interessiert Sie nicht?«

Ich seufzte und ließ die Gewichte zurück in ihre Ruheposition rasseln. »Ich kann nicht gegen Sie kämpfen, Herr B'oosa. Ich wiege fünfzig Kilo mehr als Sie – und außerdem ...«

»Außerdem sind Sie ein gestählter Pionier von Springworld? Und ich nur eines reichen Mannes Sohn?«

»*Und* einen Kopf kleiner als ich *und* fünf oder sechs Jahre älter. Ich habe nichts für Mord übrig, danke.«

»Oh, aber das ist doch gerade der springende Punkt.« Er stieß leicht mit den beiden Bauernspießen auf den Boden. »Damit wird der Kampf mehr als gerecht sein.«

Es hätte Spaß gemacht, ihn auseinanderzunehmen. Aber wenn man ein Riese unter Däumlingen ist, lernt man, sein Temperament zu zügeln, wenn man nicht als Schläger gebrandmarkt werden will.

Ein kleiner Menschenauflauf versammelte sich um uns. Es war gerade Vorlesungspause, und die Hochgravitationsturnhalle von *Starschool* war gedrängt voll mit Studenten, die sich für die Landung in Form brachten.

»Komm schon, Carl; es ist nie die falsche Zeit, einem *ricon* eine Lektion beizubringen.« Das war Garcia Odoñez, ein anderer Stipendiatsstudent. Ich glaube, er studierte gerade, wie man ein schlechtes Beispiel wird. »Du hast doch keine Angst, oder?«

Ich sah ihn nur an; hoffentlich wurde es auch wirklich ein vernichtender Blick.

»Haben Sie schon jemals einen benutzt?« B'oosa hielt mir einen Spieß hin. Ich probierte ihn aus. Er ließ sich leicht biegen, und ich glättete ihn wieder in seine alte Form zurück – mehr oder weniger jedenfalls.

»Nein, mein Herr.« Ich konnte ihm das verdammte Ding um den Hals binden. »Ein Springer kämpft fair oder überhaupt nicht.« Ich versuchte, ihn ihm zurückzugeben, aber er wollte ihn nicht nehmen.

»Eine beeindruckende Demonstration roher Kraft, Carl.« Er schnellte seinen Spieß mühelos von Hand zu Hand. »Aber Kraft allein zählt beim Bauernspieß nichts. Die Herausforderung gilt.«

»Vielleicht könnten Sie mir verraten, warum – warum Sie mich aus heiterem Himmel herausfordern – und ich einverstanden sein sollte. Ich wüßte nicht, daß ich irgendwelchen Streit mit Ihnen hätte.« Keinen richtigen Streit mit ihm persönlich. Aber er war ein *ricon*, und die *ricones* hatten uns das Leben im letzten Jahr nicht gerade angenehm gemacht.

»Sie mißverstehen mich. Das hier ist keine persönliche Angelegenheit . . . ich möchte nur eine Wette entscheiden. Einer meiner Kollegen« – Kollegen! – »Herr Mengistu, glaubt, daß ich ihn mit dem Bauernspieß in erster Linie aufgrund meiner größeren Reichweite und Körperkraft übertreffen könne. Ich hingegen behaupte, daß allein das Geschick entscheidet, wer siegt. Wenn ich Sie besiegen kann, dann, so räumt er ein, bedeuten Größe und Kraft wenig.«

»Wie viel setzen Sie auf diesen kleinen Wettkampf?«

Er zuckte die Achseln. »Fünftausend.«

Mein Vater hatte vor einigen Jahren einmal 4 000 Pesas mit einer Ernte verdient. Schlechtes Wetter hatte die Preise hochgetrieben. Das Einbringen der Ernte kostete ihn zwei Finger und beinahe auch das Leben.

»In Ordnung. Aber machen Sie sich darauf gefaßt, mehr als nur ein paar Pesas zu verlieren. Zähne, zum Beispiel.«

»Ich bezweifle es. Wo würden Sie den Kampf gerne ausfechten?«

»Überall, wo sich das Blut leicht aufwischen läßt. Von mir aus hier, wenn diese Leute aus dem Weg gehen würden.«

Die Menge wich zurück und bildete einen ungefähren Kreis von vier oder fünf Metern Durchmesser. Sah mir nicht gerade nach viel Platz aus, aber B'oosa nickte und trat auf die andere Seite des Kreises.

Ich hatte noch nie einen Bauernspieß benutzt – Springer haben keine Zeit, zu lernen, wie man mit Stöcken aufeinander einschlägt –, aber ich hatte ein paar Kämpfe bei den öffentlichen Duellen auf Selva gesehen, während des Monats, als ich darauf wartete, daß *Starschool* mich auflas. Besonders schwierig sah es nicht aus. Man benutzte den Spieß sowohl für die Offensive wie für die Defensive, indem man versuchte, zur gleichen Zeit abzublocken und anzugreifen.

Ich schwang den Spieß in einem schnellen Bogen herum, um ein Gefühl dafür zu bekommen. Er machte ein Geräusch wie ein durch die Luft sausender Speer. Der Kreis weitete sich ein bißchen. »Wenn der hier etwas massiver wäre, wären Sie ein toter Mann, Herr B'oosa.«

»Ist er aber nicht, und nein, das wäre ich nicht. En garde!«

»Ong was?«

»En garde. Bereiten Sie sich darauf vor, sich zu verteidigen. So ungefähr.« Er spreizte die Füße und hielt den Spieß in einem leichten Winkel, um seinen Körper zu schützen. Ich erkannte die Position wieder und ahmte sie nach. Allerdings hatte ich mehr Körper zu schützen.

»Gibt es irgendwelche Regeln?« erkundigte ich mich.

»Es ist unehrenhaft, nach den Augen zu zielen. Wenn Sie jemandem das Auge ausstechen, müssen Sie darauf achten, nicht draufzutreten.«

Seine eigenen Augen blickten ruhig und plötzlich sehr alt. Seine ganze Art änderte sich, als er im Krabbengang gegen mich vorzurücken begann, irgendwie anmutig. Locker und doch angespannt, wie ein Tier, das sich anpirscht.

Meine Reflexe mußten besser sein als seine; er war ein Stadtmensch, und ich war auf einem Planeten voller schneller, hungriger Raubtiere aufgewachsen. Seine Selbstsicherheit erschütterte mich aber doch. Ich entschied, daß es am sichersten sein würde, nicht herumzuspielen. Schnell und als Erster reingehen.

Ich versuchte, seinen langsamen Schleifschritt nachzumachen. Auf die Leistengegend zielen? Zum Teufel, ich wollte ihn doch nicht *töten*. Solar plexus; das würde ihn flachlegen. Ich wich nicht und wartete darauf, daß er in meine Reichweite kam.

Es schien alles in einem Sekundenbruchteil zu passieren. Plötzlich kam er herangetanzt und schlug mir auf die Knöchel meiner beiden Hände, so hart, daß ich den Spieß fallenließ. Ich bückte mich, um ihn aufzuheben, und er knallte mir eine gute Rückhand über den Schädel. Ich schüttelte den Kopf, um die Benommenheit wegzuwischen, hob den Spieß auf und stieß geradewegs nach seinem Solar plexus. Er schlug ihn mühelos mit einem Ende seines Spießes zur Seite, und das andere pfiff herum, auf die Seite meines Kopfes zu –

Als ich erwachte, lag ich auf meiner Koje und hatte mit Heftpflastern eine kalte Packung über meiner linken Schläfe festgeklebt. Ich setzte mich auf, und Mann!, Feuerbälle begannen meinen Kopf auseinanderzureißen.

»Alles in Ordnung mit dir, Carl?« Das war Alegria, ein hübsches kleines Mädchen von Selva.

»Klar, ganz prima. Großartig. Geht doch nichts über einen kleinen Boxkampf.« Ich schwang die Füße auf den Boden und schirmte mit einer Hand das Licht ab. »Wie lange war ich bewußtlos?«

»Die ganze Nacht und den halben Morgen. Du bist einmal aufgewacht, als wir dich in die Krankenstation brachten« – yeah, daran konnte ich mich so eben erinnern – »aber der Arzt gab dir eine Pille, und du warst wieder weg, also haben wir dich hierher gekarrt. Du wiegst eine Tonne.«

»Einhundertzweiundsechzig Kilogramm jedenfalls.« Es stimmt nicht, daß ich hinsichtlich meines Gewichts empfindlich bin. Die Leute übertreiben nur immer so.

»Falls es dich interessiert, du hast keine Gehirnerschütterung oder so etwas?«

»Fühlt sich an, als hätte ich noch Gehirnerschütterungen übrig. Und ich würde sie gerne mit diesem kleinen Scheiß- «

»Psst, Carl. Der Dekan denkt, es war ein Unfall.«

»Unfall? Warum sollte ich diesen *ricon* decken – «

»Denk mal folgerichtig, du großer Bauer. Wir decken doch gar nicht *ihn*!«

Natürlicher ... riesenhafter Springworld-Schläger fällt her über ... o Gott. Ich lehnte mich in mein Kissen zurück. Ganz sanft.

»Du hast drei Vorlesungen verpaßt, gestern abend und heute. Ich habe deine Aufgaben auf den Tisch hier gelegt.«

»Danke, Alegria, du bist lieb.« Jammerschade, daß sie nicht einen Meter größer war. Ich spürte ihre Hand auf meiner Stirn und öffnete die Augen wieder, diesmal nur einen Spaltbreit.

»Soll ich dir ein paar Hallo-wach-Pillen bringen? Du mußt dein Pensum bewältigt haben, bevor wir die Erde erreichen.« Andernfalls halten sie einen in Quarantäne, bis man akademisch aufgeholt hat. »Du willst doch nicht einen Teil der Rundreise versäumen.«

So weit es mich anging, konnte die Erde zur Hölle gehen. »Wie lange dauert es noch, bis wir ankommen?«

»Weniger als drei Tage, und du hast für vier Tage Arbeit. Pillen?«

»Nur ein paar Schmerztabletten.«

»Auf dem Tisch, neben deinen Büchern.« Das Bett knarrte ein bißchen, als sie aufstand, und ich hörte, wie die Tür aufglitt. »Lern fleißig, Carl.« Dann war sie verschwunden. Ich nahm die Kopfschmerztabletten und lag danach noch weitere zehn Minuten und fühlte mich miserabel, bevor ich aufstand und einen Blick in die Bücher warf. Alles irdische Geschichte, Geophysik, Bräuche und so weiter – nicht gerade eine Wonne zu lesen, selbst wenn sie in Englisch gewesen wären. Aber natürlich waren die meisten von ihnen in Spanisch oder Pan-Suaheli, die ich beide eigentlich besser beherrschen sollte, als ich es tue.

Mein Kopf schmerzte immer noch, als sie *Starschool* im Orbit neben dem Zollsatelliten der Erde parkten. Völlig spindeldürr und spinnenartig, eignet sich die Raumschiff-Universität prima dafür, Löcher ins All zu stechen, aber für Landungen auf Planeten ist sie nicht im mindesten eingerichtet. Die geringste Schwerkraft würde zermalmende Drehmomente hervorrufen und sie auseinanderreißen. Wir kreisen immer im Orbit um einen Planeten und gehen in Fähren nach unten. Aber zuerst müssen wir die *cinta roja* hinter uns bringen. »Red tape« nennen wir es auf Springworld, wenn Sie rauskriegen, was das heißt.

Als erstes kam ein Team von Erdlingsärzten an Bord von *Starschool* und beschnupperte und piesackte uns, um sicherzugehen, daß wir keine häßlichen außerirdischen Bazillen mit hinunter auf ihren kostbaren Planeten brachten. Dann mußten wir jede Menge Formulare ausfüllen. Ich bekam einen Schreibkrampf davon, so oft mit meinem Namen zu unterschreiben. Zuletzt wurden wir zum Zollsatelliten hinübergeschafft und standen lange Zeit in zwei Reihen Schlange. Die Reihe, in der ich war, war für alle, die über fünfundsiebzig Kilogramm wogen. Es war eine kurze Reihe.

Der Dekan, Dr. M'Bisa, kam herüber. Er stritt sich mit einem kleinen Erdling in einer hellblauen Uniform.

»Wir haben einen Vertrag unterzeichnet, Herr Pope-Smythe, einen *rechtsgültigen* Vertrag, der *nichts* von dieser idiotischen Steuer sagt! Er leistet Garantie für alle unsere Ausgaben während –«

»Bitte, Professor. Ich habe ja nicht gesagt, daß etwas mit Ihrem Vertrag nicht in Ordnung sei. Aber der ist strikt genommen nur zwischen Ihnen und der Erdreisen-GmbH gültig. Wir haben damit überhaupt nichts zu tun. Vielleicht können Sie eine Kostenerstattung von ihnen verlangen . . . aber es führt kein Weg daran vorbei, daß kein einziger Ihrer Studenten die Landeerlaubnis erhält, bevor nicht jede Person mit Übergewicht die Mehrgewichtssteuer für Außerirdische entrichtet hat.«

»Sie wissen so gut wie ich, daß Erdreisen niemals –«

»Nochmals, Professor, das ist *Ihr* Problem. Mein Problem ist, daß alle diese Leute das Mehrgewicht bezahlen müssen, bevor ich zum Mittagessen gehen kann. Die Steuer wird vielleicht von Ihrem Vertrag nicht abgedeckt, weil sie bis letzten April noch nicht wirksam war – aber trotzdem müssen Sie sie entrichten; die Gesetze der Alianza machen keine Ausnahmen für Übereinkünfte zwischen privaten, gewinnorientierten Organisationen. Außerdem ist die Steuer ja nicht hoch – nur zehn oder zwanzig Pesas für alle außer ein paar von diesen Leuten.«

»Und für die?«

»Tja, für die über neunzig Kilo geht sie schon ein bißchen in die Höhe. Wieviel wiegen Sie, Sohn?« Er sprach mit mir.

»Einhundertzweiundsechzig Kilogramm.« Und alles Muskeln, verdammt noch mal.

»So viel? Du liebe Güte. Lassen Sie mich schauen.« Er blätterte die Tabellen hinten in einer Broschüre durch. »Das würde sich auf 16 800 Pesas belaufen.«

Der Dekan explodierte. »Das ist unerhört!«

»So lautet das Gesetz.« Herr Pope-Smythe zuckte die Achseln und hielt ihm die Broschüre hin, damit er selbst nachsehen konnte.

»Oh, ich glaube Ihnen.« Der Dekan lehnte das Buch ab. Dann schnappte er es sich zurück und überprüfte die Zahlen.

»Dr. M'Bisa«, sagte ich, »so dringend will ich nicht zur Erde. Nicht für 17 000 Pesas.« 17 000 Pesas! Ein Vermögen auf Springworld. Die größte Ernte meines Vaters hatte 4 000 Pesas eingebracht. »Außerdem habe ich nicht ein Zehntel soviel.«

»Das ist nicht Ihre Entscheidung, Carl.« Er blickte säuerlich. »Und auch nicht Ihr Geld. Dafür ist ja der Allgemeine Fonds da – nämlich für unvorhergesehene Notfälle.«

»Aber es ist mehr als die Hälfte meiner Studiengebühren!«

»Das weiß ich wohl. Ihr Planet macht ein echtes Geschäft.«

Den anderen würde das nicht gefallen. Der Allgemeine Fonds wurde auch dazu benutzt, ursprünglich nicht qeplante Abstecher einzulegen und bestimmte Käufe für Stipendiatsstudenten zu tätigen. Ohne ihn hätten sich nur *ricones* Souvenirs von Orten wie Nuova Colombia leisten können. »Das ist ein zu großer Happen. Das ist es nicht wert.«

»Vielleicht nicht«, schnappte er, um dann sanfter fortzufahren: »Sie haben in der Angelegenheit keine Wahl, und ich auch nicht. Die Hartford-Gesellschaft hat eine Vereinbarung mit Ihrer Regierung unterschrieben, in der die Leistungen genau aufgeführt sind, die Sie von *Starschool* erhalten. Sie können sich dafür entscheiden, nicht auf Hölle oder Thelugi zu landen. Auf jeden anderen Planeten werden Sie wenigstens einen Fuß setzen. Wenn Sie das nicht tun, könnte Ihre Regierung Hartford wegen Vertragsbruch verklagen.«

»Ich bin bereit, die Verantwortung zu übernehmen.«

»Wie gütig von Ihnen. Leider können Sie das nicht. Die Studienleiter von *Starschool* stehen bis zu Ihrem einundzwanzigsten Geburtstag *in loco parentis.* Bis dahin haben Sie nur eine eingeschränkte juristische Verantwortung für Ihr eigenes Handeln.«

Er legte mir die Hand auf den Arm. »Wie Sie sagen, es *ist* ein großer Happen. Aber wir müssen nun einmal fremdweltlerische Zölle und fremdweltlerische Gesetze in Betracht ziehen, selbst wenn sie unsinnig sind. Die anderen werden es verstehen.«

Irgendwie klang das ganz gut, als der Dekan es sagte. Aber nachdem jeder einzelne gewogen worden war, waren alle bis auf einen der anderen unter neunzig Kilo. Ihre *gesamte* Steuer belief sich auf 1 130 Pesas, nicht mal ein Zehntel von meiner. Der einzige andere über neunzig war Herr B'oosa, der 1 900 Pesas bezahlen mußte. Er zog einfach sein Scheckbuch und bezahlte selbst. Zum Teufel, warum auch nicht? Er hatte fünftausend extra, weil er mich kürzlich k. o. geschlagen hatte.

Die gesamten Steuern fraßen mehr als die Hälfte dessen, was im Fonds für studentische Ausgaben noch übrig war. Das machte mich so richtig beliebt, trug ich doch für mehr als neun Zehntel davon die Verantwortung.

Wie um Beleidigung auf Beleidigung zu häufen, organisierten sie uns alphabetisch für die Exkursion, in Dreiergruppen. Ich mußte mir das Zimmer mit dem guten alten Herrn B'oosa und einem weiteren *ricon* mit Namen Francisco Bolivar teilen. Ich merkte schon, es würde eine lange Exkursion werden.

Aber noch bevor wir mit der Fähre auf dem einzigen Raumhafen der Erde, dem Chimbarazo Interplanetario, landeten, hatte ich mir einen Plan ausgedacht. Einen einfachen Plan.

Ich hoffte.

Durch die gleichen Genmanipulationen, die mich zu einem Riesen machten, waren alle Erdlinge Zwerge – keiner wog mehr als vierzig Kilogramm.

Irgendwo auf diesem abgetakelten Planeten würde es einen Job geben – einen hochbezahlten Job – , der einen Mann (oder einen Jungen, wenn Sie es so genau nehmen wollen) verlangte, der mehr als vier Erdlinge wog und zweieinhalb Meter groß war. Ich schwor mir, daß ich die 16 800 zurückverdienen würde, jede Pesa davon. Und von jedermanns Liste herunterkäme.

II

Chimbarazo Interplanetario war einfach nur ein weiterer Raumhafen. Er war groß, aber wer hat je einen kleinen gesehen? Wir mußten eine halbe Stunde totschlagen, bevor wir den Exkursionsflieger besteigen konnten, darum suchte ich den nächsten Nachrichtenprojektor, steckte eine Demipesa in den Schlitz und drückte den mit »Englisch« markierten Knopf.

»Teil, bitte«, sagte die Maschine.

»Ich hätte gerne den Wannads-Teil«, sagte ich.

»Wannads? Rückfrage? Wir haben keinen Wannads-Teil.«

Wie nannte man Wannads auf der Erde? Hätte ich doch bloß in den letzten drei Tagen ein bißchen heftiger in den Büchern gebüffelt! »Wie steht's mit Jobs?«

»Wie steht's mit Jobs?« echote sie. Gottverdammte blöde Maschine.

»Habt ihr einen Jobteil?«

»Job? Rückfrage? Wir haben keinen Jobteil.«

Stellenmarkt. »Habt ihr einen Stellenmarktteil?«

»Ja, wir haben einen Stellenmarktteil.« *Klick.* »Ihre Zeit ist um. Bitte zahlen Sie zwei Demipesas ein.«

»Aber ich habe doch schon bezahlt, du dumme –«

Klick.

Ich gab auf und steckte noch einmal zwei Demipesas in sie hinein. Eine Liste mit Jobs erschien auf dem Schirm. Mit einer Knopfdrehung begann ich, sie zu überfliegen.

Sie sah nicht sehr vielversprechend aus.

STELLENANGEBOTE
Chimbarazo-Makro-BA-Region

ABSTRACOTYPIST, dienstälter, 30K, gt. Arb. Bed., 314–90343–098367.

ACETOGRAPH, nur m. Abschl., 12K, 547–23902–859430.
AERONAUTIKING., nur grad., 38K, Cisplan Umw.-Spez. bevorz., Luna-Büro, 452–78335–973489.
AKTEUR, ero. Gen., Feelie-sens, Erf. nöt., keine Minderjährigen, 254–34290–534265.

... und so weiter. Wußte nicht mal, was die Hälfte von ihnen bedeutete. Ich mußte hundert durchgesehen haben, bevor mein Blick an einer hängen blieb:

GLADIATOREN, Preise bis 20K, steuerfrei, bes. Vibrokeule. 8 Einzelp., 75 offene Stellen in Teams. Etwas Tierarbeit. 738–49380–720843.

Ich schrieb mir die Nummer auf und rannte zum Flieger, den ich kaum noch rechtzeitig erreichte. Der Dekan blickte mich finster an, als ich mich festschnallte, voller Schuldgefühle, daß ich eine ganze Reihe von drei Sitzen einnahm. Auf unserem Weg zum Kunstmuseum in Makro-Buenosaires studierte ich die Stadtkarte und entdeckte eine große Arena, nicht weit vom Museum entfernt. Kaum war die Exkursion gelandet, machte ich mich davon. Soviel zur Kultur; ich hatte zu arbeiten.

Ich hatte schon früher eine Reihe von Gladiatorenkämpfen gesehen; nicht auf Springworld natürlich, sondern an Orten wie Selva und Nurodesia. Sie müssen nicht so sehr gegen ihre Planeten kämpfen, also kämpfen sie in der Arena gegeneinander. Auf der Erde, so stellte sich heraus, war es ganz anders, und sogar noch populärer.

Ich kaufte die billigste Eintrittskarte und bahnte mir einen Weg zu einem Tribünenplatz. Alle schrien und brüllten auf einmal; ein kompaktes Röhren wie Donnerbrandung. Schwer auszumachen, weswegen sie so erregt waren. Zwei Männer droschen in der Arena aufeinander ein, aber von der Tribüne aus konnte man kaum erkennen, was sie machten. Ich mietete mir einen Gucker von einem Robotverkäufer.

Glauben Sie nur nicht, einer von den beiden wäre ein Erdling gewesen. Der eine war groß und schwarz wie B'oosa, möglicherweise ein Maasai'pyaner. Der andere war gelb-braun und kürzer, schien aber einen Gewichtsvorteil zu haben. Sie kämpften mit kurzen Keulen, beide mit auf den Rücken gebundener rechter Hand. Es *war* aufregend und sah ganz schön schwierig aus; jede Menge trickreiche Fußarbeit und Vor- und Zurückspringen.

Nach ein paar Minuten erwischte der kleine Bursche den großen mit einem derben Hieb an der Kehle und schlug ihn zu Boden. Ein weißgekleideter Mann rannte hinaus und sah sich den an, der gefallen war. Dann machte er irgendwelche Zeichen in Richtung der Menge, indem er in weiten Kreisen mit den Armen fuchtelte. Als der schwarze Bursche versuchte, wieder aufzustehen, stieß er ihn nicht eben sanft zurück. Die Menge drehte schier durch. Es war ziemlich offensichtlich, daß der Bursche in Weiß eine Art Schiedsrichter war und daß er gerade den kleinen Burschen zum Sieger erklärt hatte. Ein paar Jungs mit einer Tragbahre kamen heraus und versuchten, den Verlierer wegzuschaffen. Er stieß sie beiseite und humpelte aus eigener Kraft weg, wobei er sich die Kehle rieb.

Ich wandte mich zu dem Mann um, der neben mir saß, und tippte ihn auf die Schulter. Er sah mich an und machte einen Satz, machte *wirklich* einen Satz – wahrscheinlich hatte er seine Augen die ganze Zeit über auf den Kampf gerichtet und nicht bemerkt, daß ein Riese neben ihm saß.

»Entschuldigen Sie, daß ich Sie so erschreckt habe«, sagte ich in schlechtem Spanisch, »aber ich bin hier fremd und benötige ein paar Informationen.«

»Und ob Sie fremd sind«, sagte er mit einem Auflachen. »Ich glaube nicht, daß ich schon mal jemanden gesehen habe, der fremder als Sie gewesen wäre.« Ich glaube, das war ein Wortspiel auf Spanisch. »Aber was würden Sie denn gerne wissen?«

»Wieviel hat der kleine Bursche da gerade gewonnen?«

»*Klein?*« Er musterte mich von oben bis unten, schüttelte den Kopf. »Ich schätze, für Sie ist er das wirklich. Er hat gerade die Schwergewichtsmeisterschaft für Keulen – Vibrokeulen – von Makro-BA errungen. Fünfundzwanzigtausend Pesas.«

»Klingt wie leicht verdientes Geld.«

Er lachte wieder. »Nein, mein Herr. Für jeden, der auch nur in Reichweite der Meisterschaft kommt, gehen viele Dutzend *perdid*.«

»*Perdid*? Was ist das?«

»Ein Gladiator, der nicht mehr länger kämpfen kann. Manchmal, weil er zu schlimm verwundet ist und aufhören muß. Manchmal, weil die Angst sein Herz packt und er den Ring nicht mehr ertragen kann. Manchmal, weil er tot ist.«

»Sie lassen Menschen sterben?« O Junge, *davon* hatte nichts in den Lehrbüchern gestanden!

»Sie ›lassen‹ sie nicht, mein Herr. Alle Gladiatoren sollen Freunde sein, und wer würde schon einen Freund umbringen? Aber trotzdem passiert es. Es gilt als ungehörig; schlechter Stil.« Er drehte sich zurück, um den Ring zu betrachten.

Ein Mann in formeller Kleidung überreichte dem Sieger ein Stück Papier, vermutlich ein Scheck. Er hielt ihn hoch und stolzierte in der Arena umher. Die Menge tobte, wobei ungefähr die Hälfte jubelte und der Rest buhte oder zischte.

»Wo stammt der Bursche her? Er sieht zu groß aus für einen Erd... Erdenmenschen.«

»Er ist von Hölle. Wie die meisten der Schwergewichtler. Wüste Kerle. Haben auch ein paar Schwergewichtler von Maasai'pya – wie seinen letzten Gegner – und welche von Perrin oder Selva, gelegentlich Dimian. Hab' aber noch nie einen gesehen, der so groß gewesen wäre wie Sie. Sind Sie ein Springer?«

»Ja. Würde ich in ihrer Klasse kämpfen?«

Er lachte wieder. »Es gibt keine schwerere. Sie haben auch Kämpfe auf Springworld?«

»Nein. Hab' nie einen gesehen, bis ich nach Selva kam.«

»Dann denken Sie nicht mal darüber nach, Freund. Wenn Sie gegen einen Höller antreten, sind Sie in drei Sekunden *perdid*. Sie werden von Geburt an darauf trainiert, zu verstümmeln und zu töten.«

»Springworld ist kein Erholungsort. Ich glaube, ich würde mit einem fertig.«

Er zuckte die Achseln. »Verlassen Sie sich nicht zu sehr auf

Ihre Größe und Ihre Stärke, mein Herr. Auch die Großen fallen. Training ist alles.«

Ich erinnerte mich daran, wie B'oosa mich bewußtlos geschlagen hatte. »Vermutlich haben Sie recht. Aber ich könnte lernen. Wo würde man hingehen, um mehr über die Kämpfe zu erfahren?«

»Nun, es gibt ein Informationsbüro direkt unter den Logensitzen dort. Aber wenn Sie wirklich erfahren wollen, was Sache ist, gehen Sie zur Plaza de Gladiatores. Da treffen Sie die Kämpfer selbst.«

»Weit von hier?«

»Nein, es ist innerhalb der Stadt. Ungefähr zweihundert Kilometer nördlich.«

Ich schaute mir noch einen weiteren Kampf an, ein Bauernspießduell – fühlte echt mit dem Burschen mit, der verlor –, dann nahm ich den Untergrundexpreß zur Plaza de Gladiatores. Es war ein großer Platz, sehr hübsch anzuschauen im nachmittäglichen Sonnenschein, voller Bäume und bunter Blumen. Entlang des gesamten Platzrandes gab es Tavernen voller Menschen, viele dichtgedrängt um Außentische, in lautstarke Unterhaltungen vertieft unter den Markisen. Musikgruppen zogen von Taverne zu Taverne, auf Gitarren klimpernd und auf Hörnern tutend, und versuchten, alle anderen zu übertönen. Klang zuerst ziemlich verwirrend, aber nachdem ich mich einmal eingehört hatte, schien es prima zusammenzupassen.

Ich marschierte zur nächsten Taverne und ging hinein. Mußte mich praktisch doppelt legen, um durch die niedrige Tür zu kommen. Die Leute drinnen redeten und lachten laut, aber sie hielten inne, als ich durch den Eingang krabbelte. Bis ich einen Tisch gefunden hatte, hatten sie mich richtig als Tourist eingeschätzt und ignorierten mich wieder lautstark.

Der Stuhl war zu klein und zu niedrig, also staubte ich ein Stück Fußboden ab und setzte mich dorthin.

Ich bestellte *cerveza preparada* – Bier mit Limetten –, und als es gebracht wurde, kamen zwei Männer rüber an meinen Tisch. Ich hatte einige Schwierigkeiten, zu erkennen, wer von der Menge Touristen und wer Gladiatoren waren, aber wenigstens einer dieser Burschen mußte ein Kämpfer sein. Der eine war offensichtlich ein Erdling, klein und schlank, aber muskulös; er trug einen weißen Jumper, der so eng anlag, daß es aussah, als hätte man ihn in einen Bottich mit Plastik gesteckt und dann trocknen lassen. Der andere, der Kämpfer, war ein bißchen zu groß und zu schwer, um ein Erdling zu sein. Sein Gesicht war gräßlich vernarbt; drei runzlige Linien verliefen von seiner Stirn zu seinem Kinn. Der Großteil seiner Nase fehlte, und die Narben zogen seine Augenlider nach unten, was ihm ein ununterbrochenes weitäugiges Starren verlieh. Er sprach zuerst, auf Englisch.

»Macht's Ihnen was aus, wenn ich und mein Freund uns zu Ihnen setzen?« Er wartete meine Antwort nicht ab, sondern hakte den Fuß um einen Stuhl, zog ihn geräuschvoll heraus und setzte sich. Sein Freund tat das gleiche, aber ohne den ganzen Aufruhr.

»Woher wußten Sie, daß ich Englisch spreche?«

»Schiete, so groß wie Sie sind, müssense ein Springer sein. Springer quatschen Englisch, oder?«

War noch nie einem Springer begegnet, der so Englisch »quatschte« wie er. Wir sparen uns Kraftausdrücke gewöhnlich für spezielle Gelegenheiten auf. Aber ich nickte und fragte, wo er her sei.

»Neu Britannien. Das ist ein Ort auf Hölle. Mein Freund hier ist ein Erdling – wo biste noch mal her, Angelo?«

»Mexiko«, sagte er auf Spanisch, wobei er das »x« wie ein »h« aussprach. »Aber ich spreche auch Englisch.«

»Beide Gladiatoren?«

»*Ich* bin Gladiator«, grollte der Höller. »Klein Angelo hier fängt gerade erst an.«

»Und wie macht man das, dieses Anfangen?« fragte ich Angelo.

Er nahm einen Schluck aus dem Becher mit Gewürzwein, den er in der Hand hielt. »Zuerst kommen viele Jahre Training. Dann hat man, wie Sie sagen würden, eine Lehrlingsstelle; wo man gegen die Tiere kämpft. Wenn man gut ist bei den Tierkämpfen, kann man Glück haben und aufgefordert werden, sich einem Team anzuschließen. So weit bin ich jetzt gekommen; ich habe mich gerade dem Mexico D. F. – auf Englisch, äh, würden Sie es Meck-sico City nennen – Bauernspieß-Team angeschlossen.«

»Dann, wenn du ein *richtiger* Gladiator werden willst«, mischte sich der Höller ein, »muß die Menge dich bemerken. Du mußt auffallen. Dann kriegste Angebote für Zwei-Mann-Kämpfe, und da gibt's das richtige Geld.«

»Wie viel richtiges Geld?«

»Der kleinste Preis liegt bei ungefähr fünf Riesen, der größte müßte die Erdmeisterschaft sein, 'ne Viertelmillion. Außerdem steuerfrei; jede Pesa bar und auf die Hand. Bei jedem anderen Job nimmt dir die Wohlfahrtssteuer fünfundneunzig schmukkerte Pesas von jeden hundert ab, die du verdienst.«

»Es ist eine gerechte Steuer«, sagte Angelo. »Fair allen gegenüber.«

»Scheißdreck!« schnaubte der Höller verächtlich. »Ich verstehe nicht, wie ihr dasitzen und das hinnehmen könnt. Weniger als 'ne Million arbeitende Menschen sorgen für Milliarden von faulen Schmucks.«

»Es funktioniert, *amigo,* es funktioniert.«

»Klar tut es das – solange die Leute, die Steuern bezahlen, sich weiter abrackern. Was, wenn sie alle den Kram hinschmeißen? Dann würde hier alles zu Bruch gehen. Würdet auch keine Außenweltler haben, die kämen, um ihre Jobs zu übernehmen.« Er wandte sich an mich, grinste. »Außer den Gladiatoren. Von uns wird's immer jede Menge geben, die kommen, solange es weiter steuerfreie Pesas bringt.«

»Was ist mit mir?«

»Dir? Was soll mit dir sein?«

»Ich könnte selbst ein paar dieser steuerfreien Pesas gebrauchen. Gladiator werden.«

Der Höller gackerte, lachte dann laut und leerte seinen Bierkrug bis zur Neige. Er schlug zweimal damit auf den Tisch. »Tut mir leid, Goliath, falsches Baseballspiel. Angelo hat ja 'ne Menge Quatsch geredet, aber eines, was er sagte, stimmte. Wenn du nicht jahrelang trainiert hast, hast du keine Chance im Ring. Bist *perdid* in ein paar Sekunden.«

»Womöglich nicht nur verwundet«, fügte Angelo hinzu, wobei er den Kopf schüttelte. »Tot.«

»Stimmt auffallend. Ein Kämpfer wär' ein Narr, wenn er dir eine Chance gäbe, ihn richtig zu packen. Ich wette, du könntest einen Mann durchbrechen, als wäre er ein Stock.«

War schon möglich. »Warum glaubt ihr dann, ich würde auf der Stelle umgebracht? Vielleicht würde ich meinem Gegner gar keine Gelegenheit dazu geben. Ich bin ganz gut in Form.«

Der Wirt kam mit einem Henkelkrug rüber und füllte den Becher des Höllers und meinen nach. Der Höller nahm einen Schluck, verharrte mitten darin und musterte mich über den Rand seines Bechers. »Sag mal, macht ihr Springer auch Armdrücken?«

»Du meinst ›Ellenbogen auf den Tisch‹?«

»Richtig.« Er pflanzte seinen Ellenbogen vor mich hin, den Unterarm gerade nach oben. Muskulös, aber im Vergleich zu dem eines Springers ein bißchen armselig. »Ich wette mit dir um diese Runde Bier, daß ich deinen Arm runterdrücke, bevor du meinen runterdrücken kannst.«

Leichtverdientes Geld!

»Die Wette gilt.« Ich setzte meinen Ellenbogen neben seinen, und er schlang seine Hand um mein Handgelenk. Ich wollte mich gerade anschicken, zu drücken, als seine linke Hand vorschnellte, und ich spürte, wie die Spitze eines Dolches sich in meine Kehle grub.

»Jetzt kannst du entweder ganz sacht runtergehen, oder ich kann dir die Kehle durchschneiden und deinen Arm einfach von alleine fallen lassen.« Der Wirt stand grinsend hinter dem Höller. Angelo lächelte sanft und sah weg. Der Höller starrte mich bloß an, sein Gesichtsausdruck so kalt wie der Stahl des Dolches an meiner Kehle. Ich war hereingelegt worden.

»Du gewinnst.« Ich ließ ihn meinen Arm nach unten drükken und warf dem Wirt eine Pesa zu.

Der Höller schob den Dolch zurück in seine Hüfttaschenscheide. Er lehnte sich in seinem Stuhl zurück, grinste. »Du siehst wie ein ziemlich schlaues Bürschchen aus. Hast du's kapiert?«

»Ja. Keine Regeln.«

»Nun, sie haben Regeln, aber sie nehmen's nicht so genau

damit, was die Einhaltung angeht, wenn du verstehst, was ich meine. Und Kämpfer lernen 'ne Menge Tricks.«

Ich drückte den letzten Tropfen Limette in das Bier und trank ein bißchen. Es war bitter und warm. »Vielleicht muß ich es trotzdem machen.«

»Keine schmuckerte Möglichkeit. Sie würden dich nicht lassen. Gibt sowieso einfachere Arten, Selbstmord zu begehen.«

»Aber ich brauche Geld, und zwar schnell. Klingt, als könnte niemand außer Gladiatoren auf der Erde welches verdienen.«

»Wieviel brauchst du, Springer?« fragte Angelo.

»Beinahe 17 000 Pesas. Ich habe etwas mehr als einen Monat, um es zu beschaffen.«

»Vielleicht gäbe es einen Weg ...«

»Welchen?« Alles.

»Die meisten Arenen haben Tierkämpfe – du mußt kein richtiger Gladiator dazu sein, und sie zahlen vier-, fünfhundert Pesas. Steuerfrei.«

»Schiete, Angelo, willste, daß er umgebracht wird?«

Er schüttelte den Kopf und sah mich geradeheraus an. »Du bist beinahe so groß wie ein Stier. Du könntest in Mexico gegen Stiere kämpfen.«

»Was ist ein Stier?«

»Das ist ein großes schmuckertes Tier mit einer Meile breiten Hörnern. Es würde dich zum Frühstück verspeisen.«

»Dann hat es also auch Zähne?«

»Nein, *amigo,* er hat nur einen Scherz gemacht. Stiere beißen keine Menschen. Aber sie können ganz schön wild sein, und ihre Hörner sind scharf. Immerhin wäre es weniger gefährlich, als gegen die Gladiatoren zu kämpfen.« Er kritzelte etwas auf einen Fetzen Papier und gab ihn mir.

»Geh zur *Plaza de Toros* in Guadalajara und sprich mit diesem Mann. Vielleicht ist er imstande, ein paar Kämpfe für dich zu arrangieren.«

Ich trank mein Bier aus und ging zurück zum Untergrundexpreß. Vielleicht hätte ich direkt nach Guadalajara fahren sollen, aber ich wollte erst mal ein bißchen darüber nachdenken und gut schlafen. Und etwas über Stiere herausfinden.

III

Die Exkursionsteilnehmer verbrachten die Nacht im Hotel de la Bahia, einem riesigen alten Hotel am Hafen mitten in der Innenstadt von Makro-BA. Ich erfuhr meine Zimmernummer vom Portier und nahm einen Lifter zum 167sten Stockwerk. Meine Zimmerkameraden B'oosa und Bolivar waren schon da.

»Ah, der Bauer kommt zurück«, sagte Bolivar. Er stand vor einem Spiegel und kämmte sich den Bart. B'oosa hatte sich über eine kleine Couch drapiert und las ein Band. Er grunzte, schaute aber nicht auf.

»Wie war's denn im Museum?« erkundigte ich mich.

»'ne Menge Bilder. Fossilien. Kulturelle Relikte jeder Art. Sehenswert. Wo warst du den ganzen Tag?«

»Unterwegs auf Jobsuche.«

»Jobsuche? Was willst du mit einem Job?«

»Muß die Mehrgewichtssteuer für Außerirdische zurückzahlen.«

»Zum Teufel, was schert's dich?« Bolivar ließ sich in einen zu dick gepolsterten Sessel plumpsen. »Die anderen machen es doch auch nicht – und du kannst schließlich nichts dafür, daß du als großes, häßliches Monstrum geboren bist.«

»Es ist wichtig. Für mich.«

»Außerdem, was für eine Art von Job kann man auf diesem verrückten Planeten schon kriegen? Sie sind von oben bis unten sozialisiert – keiner darf mehr als ein Zehntel von dem behalten, was er verdient.« Er grinste. »Außer Verbrechern, nehme ich an. Willst du –«

»Und Gladiatoren«, sagte ich.

»Lächerlich«, polterte B'oosa. »Wissen Sie nicht, daß man Gladiatoren hier *tötet*? Ungebildete Wilde. Sie wollen Ihr Leben riskieren, bloß weil ein paar der anderen Bauern wütend auf Sie sind?«

»Wie ich schon sagte, Herr B'oosa, es ist wichtig.«
»Es ist lächerlich.« Er wandte sich wieder seinem Band zu.
»Herr B'oosa hat recht, Carl. Es wäre Selbstmord für dich, gegen einen Berufskämpfer in den Ring zu steigen. Hat er dir denn *überhaupt* keinen Verstand in deinen dicken Schädel geprügelt?«
»Ich werde nicht gegen *Menschen* kämpfen, Francisco.« Ich mußte Bolivar nicht »Herr« nennen, bis er einundzwanzig war. »Ich kann genug Geld verdienen, wenn ich gegen Tiere antrete.«
»Sie kämpfen hier gegen Tiere? Was für welche?«
»Jemand sagte was von Stieren.«
»Stiere und wie weiter?«
»Ich weiß nicht. Einfach nur Stiere, nehme ich an.«
»Ein Stier ist eine männliche Kuh«, sagte B'oosa, ohne aufzublicken.
»Na prima«, sagte ich. »Und was ist eine Kuh?«
Francisco zuckte die Achseln. B'oosa sagte überhaupt nichts.
»Es gibt einen Weg, das herauszufinden.« Ich fischte in meiner Geldbörse nach dem Stück Papier, das der Mexikaner mir gegeben hatte. Darauf standen ein Name und eine Phonnummer. Ich tastete sie ein.
Das Gesicht eines Mädchens füllte den Bildschirm aus. *»Buenas noches. Plaza de Toros de Guadalajara.«*
Ich kramte wieder mein schleppendes Spanisch hervor. In Gegenwart von B'oosa benutzten wir immer Pan-Suaheli. »Ich würde gerne mit Herrn Mendez sprechen, bitte.«
»Einen Augenblick bitte.« Sie verschwand und kam nach ein paar Sekunden wieder. »Wer, soll ich sagen, ist am Apparat?«
»Ich bin Carl Bok von Springworld.«
»Das sehe ich, ja. Weswegen möchten Sie mit Herrn Mendez sprechen?«
»Ich würde gerne einen Kampf gegen einen Stier arrangieren.«
»Einen Augenblick bitte.« Ein Wartezeichen erschien auf dem Schirm und löste sich dann auf, um einen dunklen Mann

in einem Geschäftsumhang zu zeigen, unter dessen buschigem Schnurrbart eine dicke Zigarre hervorstach. Er sprach ein Englisch mit schwerem Akzent.

»Señor Bok. Wenn ich recht verstehe, sind Sie von Springworld und wollen gegen die Stiere kämpfen.«

»Das ist richtig.«

»Haben Sie schon jemals gegen einen Stier gekämpft?«

»Señor Mendez, ich habe noch nie auch nur einen Stier *gesehen*. Aber ich brauche Geld.«

Er lachte. »Man könnte Ihren Mut bewundern, aber . . .« Er langte nach rechts und brachte eine glänzende, schwarze Keramikfigur ins Blickfeld. »So sieht ein Stier aus, Señor Bok. Aber sehr groß, manchmal fünfhundert Kilogramm. Und sehr, sehr gefährlich.«

»Ich bin auch nicht gerade ein Zwerg. Wie kämpft man mit Stieren?«

»Señor, es gibt zwei Arten des Stierkampfs. Eine ist die *corrida*, die . . . sehr schwierig zu erklären, aber Sie könnten es nicht. Es ist eine besondere Weise, mit dem Stier zu kämpfen, die Jahre schwierigen Trainings erfordert. Und der Stier stirbt immer. Manchmal auch der ›Matador‹, wie wir diese besondere Art von Gladiator nennen. Aber nicht oft. Es ist ein Beruf, der sich nicht leicht meistern läßt.«

Er streichelte abwesend den Keramikstier. Eine Asche fiel von seiner Zigarre.

»Und die zweite Art?«

»Die andere Art des Stierkampfs erfordert weniger Wissen, weniger Erfahrung. Aber sie ist sehr viel gefährlicher. Der Stier stirbt nicht immer, stirbt nicht üblicherweise. Daher gewöhnt er sich daran, mit Menschen zu kämpfen. Er wird, wie wir sagen, ›weise‹. Und die Männer sterben beinahe so oft wie die Stiere. Fast jeden Abend stirbt ein Mann. Es ist traurig, aber das scheint den *turistas* besser zu gefallen als die *corrida*. Und es besteht nie ein Mangel an Jungen, törichten Jungen, die gegen die Stiere antreten wollen. Außer gegen bestimmte Stiere, die zuviel lernen. Sogar die Jungen haben Angst vor ihnen.«

»Was für Waffenarten sind erlaubt?«

»Es gibt drei Klassen, Señor Bok. Alle dürfen einen Umhang

benutzen – er dient dazu, den Stier beim Angriff abzulenken. Eine Klasse darf eine *estoquita* benutzen; Sie würden es ein Kurzschwert nennen, oder ein langes Messer. Das bringt 200 Pesas. Die zweite Klasse darf eine Keule benutzen, keine Vibrokeule; das bringt 400 Pesas. Die dritte Klasse benutzt nur den Umhang und bringt 750 Pesas.«

»Und diese dritte muß den Stier mit bloßen Händen töten?«

»O nein, Señor. In allen Klassen reicht es aus, den Stier nur zu betäuben, ihn in die Knie zu zwingen.«

»Wann ist der früheste Termin, zu dem ich kämpfen kann?«

Er blätterte die Seiten eines kleinen Büchleins durch. »Señor Bok, die *einzige* Lücke, die ich in den nächsten zwei Wochen habe, ist morgen abend um 7.30 Uhr. Aber diesen Stier ... gegen den werden Sie nicht kämpfen wollen.«

»Warum? Ist es einer der weisen?«

»Si, sehr weise. Er wird *La Muerte Vieja* genannt, Der Alte Tod. Er hat jedesmal gewonnen, wenn er einem Mann gegenüberstand, zwölf Kämpfe. Selbst die törichten Jungen mit mehr Mut als Verstand sind nicht so dumm, gegen diesen Stier zu kämpfen. Das ist der Grund, warum er keinen Gegner hat. Zwölf Kämpfe ...«

»Nun, er wird den dreizehnten verlieren. Stellen Sie mich für die dritte Klasse auf. Nur der Umhang.«

»Señor! Sie wissen nicht ...«

»Ich bin sehr groß, Señor Mendez. Mehr als doppelt so groß wie ein Erdenmensch.«

»Aber weniger als halb so groß wie *Muerte Vieja*. Sie sind untrainiert. Sie bringen sich selbst in ernsthafte Gefahr.«

»Wir werden sehen, Señor. Ich komme morgen vorbei.«

»Na gut. Den *turistas* wird das Blut gefallen.« Er schüttelte traurig den Kopf. »*Buenas noches,* Señor Bok. Und viel Glück.«

»*Buenas noches.*« Der Schirm verblaßte.

»Du bist verrückt«, sagte Francisco ruhig. »Komplett verrückt.«

»Nein, ist er nicht«, sagte B'oosa. »Nicht komplett. Sie wissen nicht viel über Springworld, nicht wahr, Pancho?«

B'oosa konnte es sich erlauben, ihn Pancho zu nennen. »Nur, daß es voller stumpfsinniger Riesen ist und daß es nicht bedeutend genug ist, daß wir auf unserer Rundreise dort einen Zwischenstop einlegen. Wieso?«

»Sagen Sie's ihm, Carl.« B'oosa wandte sich wieder seinen Bändern zu.

»Was sollte ich über deine fabelhafte Welt wissen?«

»Ich weiß nicht recht, wo ich anfangen soll. Sieh mich an.« Ich ging zu seinem Sessel, ragte über ihm auf. »Ich bin ein Riese, weil nur Riesen auf Springworld überleben können. Von Hölle vielleicht einmal abgesehen, ist es der rauheste Planet, der je kolonisiert wurde. Nimm zum Beispiel diese Hurrikane auf deinem Planeten, multipliziere die Windstärke mit einem Faktor von vier. Sie brausen sechs- oder siebenmal im Jahr über Springworld und ebnen praktisch alles in Sichtweite ein. Alle unsere auf Dauer angelegten Bauten sind unterirdisch. Zwischen den Stürmen ziehen und ernten wir die Vol-mer-Pflanzen, eine Art Flechte, die in den Spalten von Felsformationen wächst. Und während wir das tun, müssen wir auf die Beben, die Schlängler und Tiere achten, die du nicht glauben würdest.« »Stell mich doch mal auf die Probe.«

»Wir haben jede Menge einheimischer Tiere, Francisco, und ein paar andere, die hineingeschlüpft sind und sich angepaßt haben. Fast alle davon sind groß und bösartig. Dieser Stier klingt, als sei er ungefähr so groß wie meine Schoßrasiermessereidechse. Aber mein Schoßtier hat Zähne, Stacheln und Klauen . . . und ich habe es selbst gezähmt.«

»Verstehe. Aber ich bezweifle, daß dein knuddeliges Schoßtier voll ausgewachsen war, als du es dressiert hast. Ich bezweifle, daß es gegen zwölf Männer gekämpft hat, bevor du mit deiner Leine daherkamst.«

»Wohl wahr. Es war klein – kaum größer als du –, als ich es fing. Mit bloßen Händen, wie ich hinzufügen darf. Ich bin ganz zuversichtlich.«

»Ich hoffe, zu Recht.« Er schüttelte den Kopf. »Na, wir werden morgen ja ohnehin sehen.«

»Wir? Kommst du etwa mit?«

»Natürlich. Jemand muß die Einzelteile zurückbringen.«

IV

Wir kamen frühzeitig auf der Plaza de Toros an. Ich unterzeichnete einen Vertrag voller Kleingedrucktem, der jedermann in Sichtweite von der Sicherheitsverantwortung für meinen Körper freisprach und gingen hinunter in die »Gladiatorenloge«, eine Reihe von Sitzen in der ersten Reihe.

Sie hatten noch nicht mit den Umhau-Hinausschleif-Stierkämpfen angefangen, sondern veranstalteten noch *corridas*. Es war ein faszinierendes Schauspiel, aufregend, aber traurig. Manchmal sehr vornehm und anmutig, manchmal brutal.

Señor Mendez sagte, daß die *corrida* seit mehr als zweitausend Jahren mit sehr geringen Änderungen ausgetragen wurde. Sie hatte tatsächlich etwas Heidnisches, Primitives an sich. Heutzutage, besonders auf Springworld und Hölle, ist der Tod selten eine so langgezogene Angelegenheit.

Alle waren für die *corrida* in Phantasiekostüme gekleidet (gewöhnliche Gladiatoren kämpfen nackt, so wie sie es auf Selva tun), und sie vollzogen ein kompliziertes Ritual, bevor jeder Stier getötet wurde.

Wenn man den Stier zuerst in den Ring ließ, verleitete eine Gruppe von Männern, die auf großen, Pferde genannten Tieren ritten, den Stier zum Angriff und versuchte, ihn mit einem Speer zu stechen, während er versuchte, an das Pferd heranzukommen. Die Speere (Pics genannt) gingen nur ein paar Zentimeter tief und dienten dazu, den Stier zu ermüden und ihn wütend zu machen.

Schließlich kam der Matador heraus – unbewaffnet – und ließ den Stier gegen seinen Umhang anrennen, ein großes rotes Stück steifen Tuchs, das er von seinem Körper weghielt. Je dichter der Matador den Stier an seinen Körper heranließ, desto lauter jubelte die Menge. Soweit es mich betraf, war das der beste Teil. Dieser kleine Bursche mußte ganz schön tapfer sein. Ich sah mir ein halbes Dutzend von ihnen an, und irgendwie wurde keiner verletzt. Ich fing an zu begreifen, warum Señor Mendez gesagt hatte, so viele Jahre Training seien nötig.

Der letzte Teil war der gefährlichste. Er war auch der traurigste. Das war der sogenannte Augenblick der Wahrheit, wo der Matador den Stier tötet. Er verbirgt ein Schwert hinter seinem Umhang, und wenn der Stier gegen den Umhang anstürmt (oder gegen den Matador; bis dahin hat er es vielleicht herausgefunden), reißt er das Schwert heraus und ersticht den Stier. Manchmal muß er mehrere Male zustechen, bevor der Stier endlich umfällt und stirbt. Ich hätte nie geglaubt, daß der Tod eines Tieres mich so sehr mitnehmen könnte – ich habe Tausende getötet, um mich und die Feldfrüchte auf Springworld zu schützen –, aber bis zur letzten *corrida* hatte ich mich entschlossen, daß ich Muerte Vieja nicht töten würde. Komme, was da wolle!

Ein dunkelhäutiger junger Mann setzte sich neben mich. »*Buenos dias.*«

»Guten Tag«, sagte ich auf Spanisch. »Kämpfen Sie heute?« Blöde Frage. Er saß so nackt wie ich in der Gladiatorenloge.

»Natürlich.« Er konnte nicht aufhören, mich anzustarren. »Gegen den ersten Stier, Hermano de la Oscuridad. Und Sie?«

»Gegen den zweiten. Muerte Vieja.«

»Jesus Christus – wie hat Mendez Sie denn dazu überredet?«

»Hat er nicht. Er hat sogar versucht, es mir auszureden.«

Er zuckte die Achseln. »Na, groß genug sind Sie. Wenn irgend jemand es mit Muerte V. aufnehmen kann, dann vermutlich Sie. Wo ist Ihre *Estoquita*?«

»Ich benutze keine.«

»*Ai!* Sie sind übergeschnappt! Eine Keule ist einfach nicht –«

»Nein«, sagte ich. »Nur der Umhang.«

Er ließ mit einem Pfeifen seinen Atem entweichen und schüttelte den Kopf. »Señor, ich fürchte, Sie haben mehr *cojones* als Gehirn.«

»Wer hätte das nicht?« Ich fühlte mich ein bißchen schwindelig, ein kleiner Anfall von Lampenfieber vermutlich. »Ein Mann mit mehr als einem Gehirn würde sehr seltsam aussehen.« Er lachte eine Art von quieksendem Kichern. Ich glaube, er war so nervös wie ich. »Ernsthaft, ich rechne nicht mit zu vielen Schwierigkeiten. Ich bin auf einem Planeten voller großer Tiere aufgewachsen, und die meisten davon waren wild. Ich habe gelernt, mit ihnen fertig zu werden, als ich noch sehr jung war.«

»Trotzdem ... welcher Planet war das?«

»Springworld.«

»Nie davon gehört. Ist jeder auf Springworld so groß wie Sie?«

»Die meisten sind größer.«

Er pfiff noch einmal. »Dann können Sie es vielleicht mit ihm aufnehmen. Möge das Glück mit Ihnen sein.«

Wir lehnten uns zurück und schauten eine Weile der *corrida* zu. Sie schleiften gerade einen toten Stier hinaus. Der Matador stolzierte im Ring umher und verbeugte sich unter dem Applaus.

Die Tribünen begannen sich zu füllen. Müssen die *turistas* gewesen sein, die gekommen waren, um was Wahres zu sehen. Uns.

»Wissen Sie, warum sie ihn ›den Alten Tod‹ nennen? Warum er seinen Namen erhalten hat?« sagte der Mann.

»Ich nehme an, er hat Menschen umgebracht.«

»Eine Menge Stiere bringen Menschen um. Aber nur Muerte Vieja hat sechs getötet. Die Hälfte jener, die gegen ihn gekämpft haben. Und die, die überlebt haben ... nun, sie steigen nicht mehr in den Ring.«

Ich konnte mir denken, warum.

»Haben Sie ihn jemals kämpfen gesehen?« fragte ich.

»Ja. Viermal.« Er rieb sich die Bartstoppeln an seinem Kinn. »Die letzten drei Male starben die Kämpfer auf seinen Hörnern. Jetzt will keiner mehr gegen ihn kämpfen, nicht einmal die jungen Narren. Keiner außer Ihnen.« Der Tonfall seiner Stimme zeigte an, daß es nicht gerade ein Kompliment war.

Aus irgendeinem Grund war ich noch gar nicht auf die Idee

gekommen, Angst zu haben. Plötzlich wurde ich mir sehr deutlich des in der Arena aufgewirbelten Sandes, des Geruchs von Blut, des rauhen Holzes der Bank, auf der ich saß, bewußt. Auf einmal war es kein Spiel mehr, es war *wirklich*, und meine Kehle wurde trocken; kalter Schweiß brach auf meiner Stirn und meinen Handflächen aus.

»Möchten Sie ein paar Ratschläge? Ich habe wahrscheinlich gegen mehr Stiere gekämpft als Sie.« Ich konnte nicht erkennen, ob er sarkastisch war oder nicht. Es war mir auch ganz egal.

»Klar. Klingt, als könnte ich alle Hilfe gebrauchen, die ich kriegen kann.«

»Erstens, vergessen Sie den Umhang. Muerte V. weiß alles über Umhänge, er ist ein sehr weiser Stier. Er wird ihn ignorieren und auf Ihren Körper losgehen. Am besten, Sie haben beide Hände frei.«

Ich war froh, das zu hören. Ich hatte mir vorgenommen, so mit ihm zu ringen, wie man das mit jungen Rasiermessereidechsen macht. Der Umhang würde mir nur im Weg sein.

»Zweitens, halten Sie sich immer zu seiner Rechten. Er versucht, mit dem linken Horn zu spießen, und er ist halb blind auf dem rechten Auge.«

»Er spießt links, weil er rechts nicht gut sehen kann?«

»Nein, Señor, alle Stiere ziehen das eine oder das andere Horn vor. Ich wünschte bei Gott, daß der Mann, der sein Auge erwischte, das linke getroffen hätte – vielleicht wäre das das Ende von Muerte V. gewesen, bevor er sich seinen Namen verdienen konnte. Fünf gute Männer wären noch am Leben.«

»Fünf?«

»Ja. Der Mann, der das Auge des Stiers zerschlug, wurde dabei von seinem linken Horn durchbohrt. Es ging zur Leiste hinein und kam gerade unterhalb seines Nabels wieder heraus. Er war tot, bevor sie ihn aus dem Ring holen konnten. Er war der letzte, der nur mit einer Keule gegen ihn antrat. Er war außerdem ein Freund von mir, ein tapferer Mann, der gegen viele Stiere gekämpft hatte.«

Ich schauderte. In was hatte ich mich da hineinmanövriert? »Sonst noch etwas, das ich wissen sollte?«

»Hmmm ... Señor, Muerte V. ist alt, ziemlich alt für einen Kampfstier. Vielleicht können Sie länger als er durchhalten, indem Sie ihn aus großer Distanz zum Angriff verleiten. Machen Sie das viele Male. Weichen Sie jedem Angriff aus und laufen Sie in die entgegengesetzte Richtung. Bis er anhalten und wenden kann, muß er wieder über einen langen Weg anstürmen. Probieren Sie bloß nichts Stilvolles oder Tapferes. Laufen Sie immer nur vor ihm weg, damit ermüden Sie ihn vielleicht. Den *turistas* wird das nicht gefallen, aber besser ausgezischt werden als tot sein.«

»Ich kriege dasselbe bezahlt, ob man mir zujubelt oder nicht.«

»Genau. Ich wünschte nur ... ich wünschte, Sie hätten eine *estoquita*. Mit Ihren langen Armen könnten Sie vielleicht eine Lücke finden und die Bestie töten. Er ist ein edler Stier, und es ist immer traurig, einen Tapferen sterben zu sehen – aber er wird vielleicht noch weitere sechs töten, bevor er zu alt zum Kämpfen ist. Und nur Jungen werden gegen ihn antreten, verzweifelte Jungen, Anfänger. Zu viele mehr werden im Sand sterben.«

Es war später Nachmittag und wurde langsam dunkel; Schatten breiteten sich über die Arena. Plötzlich erwachten knisternd Lichter über uns zum Leben, und ein Lautsprecher dröhnte auf Englisch: »Ladies und Gentlemen, in etwa fünfzehn Minuten beginnt der erste Gladiatorenkampf. Das erste Paar ist Octavio Ramirez, Veteran aus vierzehn Kämpfen, gegen den Stier Hermano de la Oscuridad – Bruder der Dunkelheit –, der seinen dritten Kämpfer empfängt. Nur Umhang.« Dann wiederholte der Ansager es auf Spanisch, danach auf Pan-Suaheli.

»Sie benutzen auch keine Waffe?«

»Nein, aber Hermano ist nicht Muerte V. Ich bin recht zuversichtlich.«

Wir sprachen über den Stierkampf – beide Arten; Octavio wollte eines Tages Matador werden –, bis eine Trompete über den Lautsprecher dröhnte und anzeigte, daß der Kampf gleich beginnen würde. Eine Tür öffnete sich, und Hermano galoppierte hinaus in den Ring. Er war kleiner als die in der *corrida* getöteten Stiere; Octavio verriet mir, daß das für gewöhnlich der Fall sei.

Die Männer zu Pferde (Picadores genannt) waren auf dem Feld, als der Stier herauskam. Aber diesmal waren Pferde wie Männer in einen leichten Plastikschutz gehüllt statt in die farbenprächtigen Kostüme. Octavio sah mit großer Konzentration zu, wie der Stier die Pferde attackierte. Auf diese Weise, so sagte er, könne man vorhersagen, wie er sich verhalten würde, wenn man ihm allein im Ring gegenüberstand.

Die Picadores »pic-ten« den Stier ungefähr ein Dutzend Male, dann ritten sie aus dem Ring. Octavio sprang über die Mauer auf den Sand.

»Wünsch mir Glück, Carl.«

»*Buena suerte*, Octavio ...« Er winkte und marschierte los, dem Stier entgegen.

Der Schiedsrichter verfolgte alles sehr genau. Er hatte ein mit Schlafpfeilen geladenes Hochleistungsgewehr – falls Octavio schwer verletzt wurde (was das Ende des Kampfes bedeutete), würde er den Stier mit einem Pfeil betäuben, und die Sanitäter würden kommen, um Octavio in Sicherheit zu bringen. Unglücklicherweise wirkte der Pfeil oft nicht sofort – oder der Kämpfer war so schwer verletzt, daß es keinen Unterschied mehr machte. Aber Octavio sah nicht so aus, als hätte er Angst.

Er blieb ungefähr zehn Schritte vor dem Stier stehen und schnellte den Umhang in seine Richtung. Hermano hatte Octavio ohne allzu großes Interesse beobachtet, bis er den Umhang sah. Dann begann er, auf ihn zuzugehen, und etwa auf halbem Wege verfiel er in Laufschritt.

Octavio wich nicht und ließ den Stier Zentimeter an seinem Körper vorbeistreifen, wobei er das Tier mit einem langsamen, eleganten Schwung des Umhangs lenkte. Ich hatte gelernt, daß diese Bewegung »Veronica« genannt wurde, ein klassisches Manöver, über tausend Jahre alt. Die Menge jubelte, als der Stier vorüberstrich. Hermano bremste so schnell, daß er regelrecht schleuderte, dann wandte er sich um und griff erneut an. Octavio wartete schon und lockte ihn mit einer weiteren Veronica. Das wiederholte er mehrere Male, dann schien

Hermano anzufangen, dessen überdrüssig zu sein, und ging einfach weg. Er lehnte sich gegen die Ringwand, wobei er müde oder vielleicht auch einfach nur gelangweilt aussah.

Octavio trat vor ihn hin und peitschte mit dem Umhang. Der Stier schaute ihn bloß an. Er kam näher und peitschte noch einmal. Nichts. Noch näher – und plötzlich sprang Hermano auf ihn zu. Octavio senkte den Umhang, aber der Stier interessierte sich nicht dafür und ging direkt auf den Kämpfer los. Dieser sah, was geschah, warf den Umhang dem Stier ins Gesicht und sprang beiseite. Ich sah, wie der Schiedsrichter das Gewehr an die Schulter hob und zielte.

Aber der Stier verfehlte Octavio und raste gute zwölf Meter weiter, bevor er anhielt und den Umhang mit einem Schütteln seines Kopfes beiseite schleuderte. Jetzt mußte Octavio ohne den Umhang kämpfen. Ich nahm an, daß es keinen allzu großen Unterschied machen würde; der Stier war offensichtlich »weise«. Octavio bewegte sich auf den Mittelpunkt des Rings zu, und Hermano beobachtete ihn, während sein gewaltiger Schädel sich langsam drehte.

Plötzlich griff der Stier an. Octavio stemmte die Füße in den Boden und beugte sich wartend vor. Als der Stier nur noch ein paar Schritte entfernt war, sprang er, berührte die Schultern des Stiers mit den Füßen und machte einen doppelten Salto über Hermanos Rücken. Er landete auf den Füßen und wirbelte herum. Der Stier griff weiter an, den Kopf hin und her werfend. Schließlich blieb er stehen und schaute verwirrt von einer Seite zur anderen. Die Menge brüllte vor Lachen.

Octavio rief, und der Stier blickte sich um. Er begann, den Kämpfer langsam zu umkreisen, dann griff er wieder an. Das gleiche Bravourstück, und der Stier war erneut gefoppt.

Octavio übersprang den Stier fünfmal. Man konnte sehen, daß Hermano müde wurde; er brauchte nach jeder Attacke länger, um zurückzukommen. Vielleicht wurde auch Octavio müde. Beim sechsten Angriff mußte er zu früh gesprungen sein; er landete auf dem Kopf des Stiers statt auf seinen Schultern, und Hermano warf ihn senkrecht in die Luft. Er landete auf dem Bauch und lag still.

Hermano wirbelte in einem engen Kreis herum und stürmte

zurück, mit gesenkten Hörnern. Das Gewehr krachte, aber der Stier stürmte weiter, stolperte dann und brach keine zwei Meter von Octavio entfernt zusammen.

Die Menge keuchte und jubelte dann.

»Meine Damen und Herren, Ladies und Gentlemen«, sagte der Lautsprecher, »obwohl Señor Ramirez von dem Stier Hermano besiegt worden ist und daher keinen Anspruch auf den regulären Siegerpreis hat, haben die Kampfrichter entschieden, ihm eine besondere Börse von fünfhundert Pesas zuzuerkennen, für außerordentlichen Mut und Geschicklichkeit.«

Die *turistas* jubelten, aber als ich zu Octavio hinsah, der ausgestreckt auf dem Sand lag, hatte ich plötzlich nicht mehr das Gefühl, als seien 750 Pesas so viel Geld.

»Der nächste Kampf, Ladies und Gentlemen, ist ein besonderer Hochgenuß – zum ersten Mal in Guadalajara, vielleicht zum ersten Mal auf der ganzen Welt, wird einer der gigantischen Supermänner von Springworld gegen einen Stier kämpfen, nur mit dem Umhang – und nicht einfach gegen irgendeinen Stier, Ladies und Gentlemen, sondern gegen den berühmten und schrecklichen Muerte Vieja!«

Beifallsrufe. Aber ich fühlte mich nicht wie ein »gigantischer Supermann«. Ich hatte einfach bloß Angst.

»In fünfzehn Minuten also, Carl Bok von Springworld in seinem ersten Kampf, gegen Muerte Vieja, der seinen dreizehnten Kampf erlebt. Einhundertzweiundsechzig Kilo menschlicher Muskelkraft und Intelligenz gegen vierhundertfünfzig Kilo weiser Stier. Wetten können bei den Robotverkäufern abgeschlossen werden.«

Ich fragte mich, wie die Wetten wohl standen. Aber ich war mir nicht sicher, ob ich es wirklich herausfinden wollte.

V

Die Sanitäter trugen Octavio fort, und ein elektrischer Traktor schleifte den betäubten Stier hinaus. Aus verborgenen Düsen im Sand sprühte Wasser in einem feinen Nebel, damit sich der Staub legte. Nach ein paar Minuten kamen die Picadores heraus.

Dann wieder die Trompete, und Muerte Vieja donnerte in den Ring. Was hatte Octavio darüber erzählt, daß diese Stiere kleiner seien? Ha! Der hier sah sehr groß aus. Und sehr bösartig. Er setzte an, auf das nächste Pferd loszustürmen, dann verlangsamte er und blieb stehen, gerade außerhalb der Pikenreichweite. Er erinnerte sich!

Der Picador trieb sein Pferd dichter heran, aber der riesige Stier wich immer wieder außer Reichweite zurück. Eher verschlagen als eingeschüchtert wirkend, durchquerte er rückwärts die halbe Arena. Ein anderer Picador bewegte sich in einem Kreis um ihn herum und stach von hinten nach ihm.

Muerte V. brüllte und wirbelte herum, erwischte den gepanzerten Bauch des Pferdes mit den Hörnern. Er warf den Kopf hin und her und hob Pferd und Reiter beinahe einen Meter vom Boden hoch. Für einen kurzen Augenblick schienen sie reglos in der Luft zu hängen – und dann stürzten sie mit einem Klappern des Plastikpanzers auf die Erde. Der Picador flog über den Kopf seines Pferdes und pflügte sich in den Sand.

Der Mann versuchte eben, aufzustehen, als Muerte V. von hinten in ihn hineinkrachte. Ein Hochrucken, und der Mann flog wieder, wobei er sich überschlug wie eine weggeworfene Lumpenpuppe.

Das Pferd stand auf und hinkte auf drei Beinen davon. Muerte V. gönnte ihm nicht einmal einen Blick, sondern stürmte unter den Mann und fing den Picador mit den Hörnern auf, bevor er den Boden erreichen konnte. Er warf den Mann erneut hoch, aber da endlich hatten die anderen Picadores den Stier eingekreist, so daß er nicht weiter hinter ihm herjagen konnte.

Sie pic-ten ihn gnadenlos, während der aus dem Sattel geworfene Mann in Sicherheit kroch. Trotz seiner unbeschädigten Rüstung sah es so aus, als sei nicht nur sein Stolz verletzt. Und doch wäre ich froh gewesen, mit ihm tauschen zu können.

Sie mußten den Stier wenigstens dreißigmal gepic-t haben, bevor sie eine Reihe bildeten und aus dem Ring paradierten. Der Bretterzaun knarrte unter meinem Gewicht und knickte beinahe ein, als ich darübersprang. Ich hatte solche Angst, daß meine Knie zitterten, und beinahe hätten sie nachgegeben, als ich den Boden berührte. Bis ich mein Gleichgewicht wiedergefunden hatte, hatte der Stier die halbe Distanz zwischen uns zurückgelegt. Ich konnte das Hämmern seiner Hufe durch den Boden spüren.

Ich folgte Octavios Rat und stand so still, wie ich konnte, bis Muerte V. nur noch ein paar Meter entfernt war; dann sprang ich nach links und landete im Laufen. Ich spürte den Luftzug des vorbeistürmenden Stiers und hörte dann ein laut splitterndes Krachen.

Als ich mich über die Schulter umblickte, konnte ich sehen, daß der Stier mit dem Zaun kollidiert war und seine Hörner im Holz festsaßen. Er befreite sich mit einem Herumwerfen des Kopfes, das die Bretter fliegen ließ. Ich lief ein paar Schritte weiter und blieb stehen, drehte mich, um ihn zu erwarten. Er hatte schon zum Angriff angesetzt. Ich machte mich bereit, wieder zu springen. Erneut legte er den Kopf schief und versuchte, mich mit seinem linken Horn aufzuspießen, und ich sprang aus dem Weg, als er vorüberstürmte.

Ich sprintete ungefähr hundert Meter – kein Problem in der irdischen Schwerkraft – und drehte mich um, aber er kam nicht hinter mir her. Er stand einfach nur da und wartete. Nachdem ich angehalten hatte, schritt er sehr langsam auf mich zu. Er kam in ungefähr zehn Metern Distanz zum Stillstand.

Sein Atem war ein sandpapierartiges Schaben, und sein

Mund war gesprenkelt mit weißem Schaum. Streifen von Blut, stumpfbraun von verkrustetem Staub, rannen aus den Pic-Wunden. Ein milchiger Film bedeckte sein schlechtes Auge, und das Lid war halb geschlossen. Ein Horn war ein paar Zentimeter von der Spitze abgebrochen und endete in ausgezackten Splittern statt in einer Spitze. Ein Huf scharrte über den Sand, und sein rechtes Ohr zuckte ununterbrochen. Sogar aus dieser Entfernung stank er nach einer Mischung aus nassem Fell und verdorbenem Fleisch.

Er griff an. Ich spannte mich und sprang, aber diesmal ließ er sich kein bißchen narren – ein scharfer Schmerz in meinem Bein, und ich wirbelte ungeschickt herum, landete auf Schulter und Gesicht. Wischte mir Sand aus den Augen und kam stolpernd auf die Füße. Hellrotes Blut pumpte aus meiner Wade.

Der Schiedsrichter hatte sein Gewehr oben, schoß aber nicht. Zu spät bemerkte ich, daß ich besser unten geblieben wäre. Das hätte vielleicht den Kampf beendet. Muerte V. stolperte in eine Wende – er wurde müde – und stürmte zurück.

Ich konnte nicht springen, also wartete ich, und als er dicht genug herangekommen war, machte ich einen raschen Schritt zur Seite, packte ein Horn und wand mich auf seinen Rücken hinauf, genau wie man es machen würde, um mit einer Rasiermessereidechse fertig zu werden. Ich schlang meine langen Beine um seine Brust und ritt.

Ich hielt mich an seinem Hals fest, während er bockte und sich hin und her warf, in einem Versuch, mich mit diesen Hörnern zu erreichen. Er hielt jetzt auf die Wand zu, und ich wußte, daß ich zerquetscht werden würde, wenn ich nicht irgend etwas unternahm. Ich ließ seinen Hals los, und als er beim nächsten Mal bockte, packte ich mit jeder Hand ein Horn und verlagerte mein ganzes Gewicht auf eine Seite. Sein Kopf verdrehte sich, und das Horn bohrte sich in den Boden, schickte meterweit einen Sandregen hoch – und dann *knack!*

Ich schwebte durch die Luft, eine lange Zeit, wie es schien, dann scharrte meine Brust eine Weile über den Sand, und ich hielt an, versuchte, mich aufzurappeln, fiel, stand wieder auf und schaute zurück.

Muerte V. lag zitternd auf der Seite. Er trat mit den Hinterbeinen aus und lag still. Die Menge pfiff und trampelte – ich wußte nicht, ob das gut oder schlecht war –, und ich hinkte zu dem Körper des Stiers hinüber und sah, was ihn getötet hatte. Sein Horn, das durch den Sand pflügte, hatte sich in einer Rohrleitung unter der Oberfläche verhakt, einem Teil der Installationen, die dazu dienten, den Sand zwischen den Kämpfen zu befeuchten. Der Ruck des Aufpralls bei voller Geschwindigkeit mußte ihm das Genick gebrochen haben.

Zwei Sanitäter und ein Mann in formeller Kleidung kamen in den Ring. Der Mann überreichte mir einen Scheck – 750 Pesas – und sagte etwas in Schnellfeuerspanisch, dem ich nicht folgen konnte. Die Sanitäter geleiteten mich vom Sand herunter ins Krankenrevier. Die Menge machte immer noch eine Menge Lärm, und ich versuchte einfach nur, auf den Beinen zu bleiben.

Sie legten mich auf einen Tisch – die Betten waren zu klein – und fingen an, mein Bein zu behandeln. Octavio lag ausgestreckt auf einem der Betten, immer noch bewußtlos. Eine Tür ging auf, und Francisco kam herein.

»Carl! Alles in Ordnung mit dir?«

»Bestens. Bluten ist mein Hobby.«

»Keine Sorge, Señor«, sagte einer der Sanitäter. »In einer halben Stunde sind Sie hier wieder draußen. Wir haben schon eine Million dieser kleinen *cornadas* versorgt.«

»Ist es gut gelaufen, Francisco? Wie habe ich ausgesehen?«

»Nenn mich Pancho, Mann. Hast du denn nicht den Lautsprecher gehört?«

»Nein.«

»Sie nannten es eine der großartigsten . . . Tötungen, die sie in Guadalajara je gesehen hätten. Sie wollen, daß du wieder in den Ring steigst.«

»Na, danke. Ich glaube, ich habe erst mal genug von Stieren.«

»Kann ich mir vorstellen.«

Wir sahen ihnen beide zu, wie sie an meinem Bein werkelten. Nachdem sie es mit etwas eingesprüht hatten, das sich kalt anfühlte und den Schmerz aufhören ließ, setzten sie Plastikklammern an, die die Wundränder zusammenhielten.

Dann mischte einer von ihnen eine Ladung Plastifleisch zusammen und strich es über die Wunde.

»Wir können die Klammern abnehmen, sobald das Plastifleisch getrocknet ist, Señor. Es wird ein oder zwei Tage weh tun, aber wenn das Plastifleisch sich abschält, sind Sie so gut wie neu. Hier.« Er überreichte mir ein kleines Fläschchen mit Pillen. »Nehmen Sie davon nicht mehr als vier am Tag.«

»Sollte ich nicht einen Arzt aufsuchen?«

Er lachte. »Wegen so einem kleinen Kratzer? Nein, Señor, essen Sie einfach ein paar nicht durchgebratene Steaks, um das Blut zu ersetzen, das Sie verloren haben. Warum einen Doktor dafür bezahlen, daß er Ihnen sagt, in einer Woche sei alles wieder in Ordnung?«

»Er hat recht, Carl«, meinte Pancho. »Die Erde hat vielleicht nicht viel, worauf sie sich etwas einbilden kann, aber krank werden kann man hier gut. Sogar Himmel schickt Leute hierher, um Medizin zu studieren.«

Nach ungefähr fünfzehn Minuten nahmen sie die Klammern ab und versuchten, einen Stock für mich zu finden. Sie hatten eine stattliche Sammlung, aber keiner von ihnen war lang genug, um mir etwas zu nützen. Ich schluckte einfach nur eine Pille und hinkte hinaus.

Bis wir in der Untergrund saßen, war der Schmerz beinahe verschwunden. Beinahe.

»Nun, Carl, ich nehme an, daß dieser Stier dir endlich ein bißchen Vernunft eingelöchert hat. Es war eine hübsche Geste, aber ...«

»Nichts Geste. Ich gedenke immer noch, dem Fonds alles zurückzuzahlen. Jede Pesa.«

»Aber du sagtest doch –«

»Ich habe gesagt, ich würde nicht mehr gegen *Stiere* kämpfen, und das tue ich auch nicht. Diese Tiere sind zweitausend Jahre lang zum Kämpfen gezüchtet worden, Mann, und sie sind ganz schön zäh geworden. Einfach nur ein gewöhnliches Tier, ein wildes Tier, das schaffe ich. Weißt du, ob sie irgendwelche Reptilien haben, Eidechsen zum Beispiel? Mit Eidechsen werde ich fertig.«

»Das weiß ich nicht. Dieser Planet ist so überfüllt, daß ich daran zweifle, daß sie viele Tiere da haben, die nicht nur zur Ernährung benötigt werden.«

»Nun, Octavio – das ist der kleine Bursche, der vor mir kämpfte – sagte, daß sie diese Stiere als Nahrung verwenden, nachdem sie im Ring getötet worden sind. Vielleicht gibt es alle möglichen Arten von Tieren, mit denen sie es ebenso machen.«

»Könnte sein. Wir könnten herumfragen.«

»Yeah – und ich weiß auch, wohin ich dafür gehen muß.«

Pancho grinste, rieb sich die Hände zusammen. »Na, vergiß mich nicht. Wie ich schon sagte, schließlich muß jemand mitkommen, um die Einzelteile aufzusammeln.«

VI

Bei Nacht war die Plaza de Gladiatores ganz anders. Nicht mehr Leute als tagsüber, nehme ich an, aber sie schienen alle draußen zu sitzen. Angesichts der Hitze konnte ich es ihnen nicht verübeln. Auch alle Musikanten waren draußen; es war laut und fröhlich und nicht besonders gut beleuchtet. Es gab nur wenige Beleuchtungskörper; der Großteil der Illumination rührte daher, daß lange Fackeln brannten. Ein köstlicher Duft nach bratendem Fleisch hing in der Luft. Ich bemerkte, daß ich hungrig war, richtig ausgehungert. Vor einer der Tavernen rösteten sie eine gewaltige Fleischscheibe über einer offenen Grube voll glühender Kohlen. Kellner gingen in die Tavernen und wieder hinaus, große, hoch mit Speisen beladene Tabletts balancierend. Die Tabletts waren beinahe so groß wie die Kellner selbst, und das Essen sah köstlich aus.

»Hier also hast du den Tag verbracht«, sagte Pancho. »Jetzt wünsche ich mir, *ich* hätte das Museum auch versäumt.«

Wir setzten uns an einen Plastiktisch unter einem riesigen alten Baum, und bestellten bei einem Kellner Getränke und Fleisch – starke Getränke und nicht durchgebratenes Fleisch.

»Und was nun?« fragte Pancho. »Wir sitzen einfach nur hier herum, bis irgendein –« Ein dumpfer Aufprall, gefolgt von einem leisen Schwirren, unterbrach ihn. Zwischen uns im Baum steckte ein Dolch. Er sah irgendwie vertraut aus.

»Sch*iii*-iete, Springer! Immer noch hier?« Der Höller von gestern nachmittag kam heranstolziert, zog sein Messer aus dem Baum und setzte sich. »Kannst einfach nicht genug Lokalkolorit aufsaugen, wa?«

Ich erklärte in ein paar Worten die Sache mit dem Stierkampf. Er hatte von Muerte Vieja gehört, ihn aber nie in Aktion gesehen.

Er musterte die frische Narbe an meinem Bein. »Wegen so

einem kleinen Kratzer wie dem da willste die Stiere aufgeben? Schiete, ich hab gesehen, wie Kerle ein Horn in den Bauch kriegten und danach wieder –«

»Zum Teufel, nein!« sagte Pancho hitziger, als ich es bei diesem Kunden für angebracht gehalten hätte. »Carl will einfach nur eine andere Art von Tier ausprobieren. Die Stiere –«

»Au jau«, sagte der Höller mit einem Glucksen. »Ich hätt wissen müssen, daß für 'n Brechmann wie dich so Stiere nur Kleinscheiß sind. Wo wills'n hin – Houston?«

»Weiß ich nicht. Darum bin ich ja zurückgekommen – um herauszufinden, gegen was man noch kämpfen kann.«

»Ihr habt noch nichts von Houston gehört, der Houstonsee?« Wir schüttelten beide den Kopf. »Tiburónes – sehr lustig! Ihr habt noch nie einen Tiburón kämpfen gesehen?«

»Was heißt das auf Englisch? Was für eine Tierart?« fragte Pancho. Vermutlich haben sie die auf Selva auch nicht.

»Haie, Mann, Tiburónes. Riesengroße Fische, so Haie; eine Zahnreihe nach der anderen. Und große Zähne. *Sehr* lustig!«

»Wieviel kriegt man dafür, wenn man einen tötet?«

Er lachte. »Du kannst sie nicht töten, Mann. Vielleicht würden sie dich am Stück wegputzen, wenn du einen von ihnen umbrächtest. Alles, was du tun mußt, ist am Leben zu bleiben. Meine, das gäb 300 Pesas pro Minute.«

»Menschen. . .*fresser*?« sagte Pancho.

»R-i-c-h-t-i-g, Mann, schmuckert richtig.« Der Gedanke versetzte ihn in Erregung. »Sie fressen Menschen. Sie fressen Fische. Sie fressen sich gegenseitig. Sie fressen alles. Ich habe gehört, sie fräßen sogar einen Plastik-2 mal 4, wenn sie hungrig genug sind. Und sie sind immer hungrig.«

»Wie groß sind sie?« fragte ich.

»Die gibt's in allen Größen – kleine, so groß wie dein Arm, bis hinauf zu Brocken von deiner doppelten Größe. Und Mann, sie sind die ganze Zeit über hungrig.«

»Waffen?«

»Nichts als eine schmuckerte Vibrokeule.«

Das klang nicht allzu gut. Auf Springworld jagen wir Fische, indem wir sie schwimmend unter Wasser verfolgen – aber sie jagen uns nicht zurück! Kein Fleischfresser in unseren Meeren und Seen ist so groß wie ein Mensch. Außerdem war ich mir nicht sicher, wie gut ich unter Wasser kämpfen konnte.

»Hmm ... ich weiß nicht«, sagte ich. »Kennst du nicht irgendeine Stelle, wo man gegen Eidechsen kämpft?«

Er brüllte vor Lachen. »Eidechsen? Diese kleinen grünen Schmucks? Mit wie vielen willst du es denn aufnehmen? Tausend? Eine Million?«

»Offenbar nicht.«

»Nein, Mann.« Er kam wieder ein bißchen zu Sinnen. »Was, habt ihr echt Eidechsen auf Springworld, die groß genug sind, daß sich gegen sie zu kämpfen lohnt?«

»Größer als eure Tiburónes. Jede Menge Zähne, lange Klauen.«

Er hob beide Augenbrauen. »Dann mußt du dir keinerlei Sorgen machen. Diese Haie – sie sehen echt bösartig aus und alles, aber alles, was man tun muß, ist, sie mit einer Vibrokeule auf der Nase zu berühren, und sie schwimmen weg. Wird fast nie jemand gebissen. Fast.«

Ich blickte Pancho an. »Ich glaube, ich versuch's.«

Er schüttelte den Kopf. »Ich glaube, du würdest es selbst dann versuchen, wenn du nicht wüßtest, wie man schwimmt. Gott!«

Die Houstonsee war ungefähr zweitausend Kilometer von Guadalajara, fünftausend von Chimbarazo entfernt. Um Geld zu sparen (mein Geld jedenfalls), nahmen wir den Zubringer nach Guadalajara und von dort aus einen Airbus nach Houston. Viel Geld sparte das allerdings nicht; das Reisen ist ziemlich billig auf der Erde. Der Großteil der öffentlichen Verkehrsmittel wird von den Steuern finanziert, die jeder zu bezahlen scheint.

Es war ein Touristensonderflug, und wir hatten in der Luft reichlich Zeit, um die Broschüren zu lesen. Die Houstonsee ist eine Art natürliches Denkmal für einen großen Wendepunkt in der Menschheitsgeschichte, als die alten Nationen des Atomzeitalters mit einem Knall vom Erdboden verschwanden und die Alianza an ihre Stelle trat, um das Machtvakuum zu füllen.

Die Houstonsee war früher einmal eine Landmasse namens Texas gewesen. Der große Hafen, den sie Houston nennen, war früher eine Stadt im Landesinneren namens Oklahoma City gewesen.

Mir gefiel Houston besser als jede andere Erdlingsstadt, die ich bisher gesehen hatte. Zum einen sprach jeder Englisch. Es war nicht überfüllt oder schmutzig, und man konnte die Salzluft von überall in der Stadt aus riechen.

Die »Haifisch-Shows« wurden von einer Organisation namens Underseas Entertainments, Inc. gemanagt. Sie befand sich in einem Wolkenkratzer direkt vor der Küste, einem altmodischen Gebäude halb unter der Wasserlinie. Wir sahen unseren ersten Hai, während wir auf einem überdachten Bürgersteig, der den Wolkenkratzer mit dem Land verband, über das Wasser glitten.

»Da ist einer«, sagte Pancho und deutete nach links.

Er schwamm unter der Oberfläche dahin, wobei eine Finne aus dem Wasser ragte. Er war grau und sah ledrig aus und war nur ein bißchen kleiner als ich. Ganz schön groß für einen Fisch.

»Gäb eine hübsche Mahlzeit ab«, sagte ich mit einem nervösen Lachen.

»Du oder er?« fragte Pancho. Wir starrten beide auf die Finne, die glatt das Wasser durchteilte. Ich antwortete ihm nicht.

Da ich vorher angerufen und einen Termin festgemacht hatte, wurden wir schon erwartet. Ein junger Mann am Empfangstisch hieß uns, mit dem Lift in die »Minus zwei«-Ebene zu fahren, zwei Stockwerke unter der Wasserlinie.

Als wir aus dem Lift traten, fanden wir uns vor einer durchsichtigen Wand wieder. Sie schreckte uns auf; wir blieben beide abrupt stehen und starrten. Ich versuchte nicht einmal, die Haie auf der anderen Seite des Plastiks zu zählen. Die meisten von ihnen waren ungefähr einen Meter lang, manche ein bißchen weniger. Aber es gab auch fünf oder sechs von der Größe desjenigen, den wir oben gesehen hatten, und sie alle sahen hungrig aus.

Das Seltsame an diesen Haien war, daß sie sich ständig in

Bewegung befanden; sie hielten nie an, sie ruhten nie aus. Es ließ sie weniger wie Fische wirken, mehr wie irgendeine stromlinienförmige Freßmaschine. Auf Springworld hatte ich Stunden damit zugebracht, Fische zu beobachten, aber alle Fische, die ich jemals gesehen hatte, verbrachten einen Gutteil ihrer Zeit damit, einfach nur mit umherwedelnden Kiemen an einem Platz zu treiben, als würden sie ausruhen oder nachdenken. Diese Geschöpfe schnellten und wanden sich ununterbrochen, als würden sie dauernd nach etwas suchen. Vielleicht nach dem Mittagessen. Sie besaßen eine schreckliche Art von Schönheit, eine Mischung aus Anmut und Bösartigkeit – die großen, unerschrockenen Augen, das riesige Halbmondmaul. Einer schwamm mit teilweise geöffnetem Maul vorbei; es war voller bedrohlich aussehender, dreieckiger Zähne.

»Das ist schon ein Anblick – was, Jungs?« Ich drehte mich um, erschrocken. Es war der Mann, mit dem ich am Phon gesprochen hatte; ich erkannte seine schreiend blutrote Tunika. Mr. DeLavore.

»Sie müssen Mr. Bok sein.« Er ergriff meine Hand mit seiner winzigen und schüttelte sie auf und nieder. Er wandte sich Pancho zu. »Und . . . äh . . .«

»Señor Bolivar«, sagte Pancho.

»Gut, gut.« DeLavore ließ Panchos Hand die gleiche Behandlung zuteil werden, während er sich vorstellte. »Sie müssen Mr. Boks Partner sein. Wenn Sie beide mir bitte folgen.«

Wir folgten ihm durch eine Tür, einen Korridor entlang zu einer weiteren Tür, diese mit seinem Namen darauf. Wir schritten durch ein leeres Vorzimmer in ein Plüschbüro.

»Setzen Sie sich, bitte, setzen Sie sich.« Er stand hinter seinem Schreibtisch, während Pancho in einen tiefen Sessel sank. Ich ließ mich vorsichtig auf der Lehne eines anderen nieder, und sie brach nicht.

Er machte es sich hinter seinem Schreibtisch bequem und legte die Finger zu einem Dach zusammen, musterte es einen langen Augenblick. Eine unerwartete Furche erschien auf seiner glatten Stirn, und er räusperte sich.

»Mein Geschäft ist es nicht, Leute davon abzubringen, sich unserem Haifisch-Showteam anzuschließen. Aber bevor jemand unterschreibt, muß ich sichergehen, daß ... daß er ganz genau weiß, auf was er sich da einläßt.«

»Ich weiß, daß es gefährlich ist«, sagte ich. Ein Versuch, ihm behilflich zu sein.

»Aber Sie sind ein Außenweltler. Sie sind beide Außenweltler. Haben Sie jemals eine Haifisch-Show gesehen?« Wir hatten natürlich nicht.

»Ich vermute nein. Unsere Außenwelt-Konzession erstreckt sich nur auf einen Planeten außerhalb des Erdsystems. Und keiner von Ihnen ist offensichtlich ein Höller.

Gegen Haifische zu kämpfen, nun ... hier.« Er nahm zwei Gegenstände aus einer Schublade und legte sie auf seinen Schreibtisch. Waffen. »Sie haben sicher schon Vibrokeulen gesehen.« Ich hatte nicht. Es war ein metallener Stab von ungefähr einem Drittel Meter Länge mit einem hölzernen Griff und einem Handgelenkriemen.

»Benutzen Sie sie nicht. Sie haben natürlich die Wahl, aber benutzen Sie sie nicht, folgen Sie meinem Rat. Das Schlimmste, was man einem Hai antun kann, ist, ihn zu verletzen. Das macht ihn wütend, und wenn Sie einen Hai wütend machen, haben Sie nicht die geringste Chance.« Er legte die Vibrokeule weg.

»Die ist für Effekthascher und ... Selbstmörder. Sie bekommen doppelt soviel bezahlt, aber vielleicht kommen Sie nicht mehr in den Genuß, es auszugeben. Statt dessen sollten Sie lieber dies verwenden.« Er hob das andere Instrument hoch. »Das hier ist ein Knüppel, ein Haifischknüppel.«

Der Haifischknüppel war ein Plastikstock von ungefähr einem Meter Länge mit einer flachen Platte an einem Ende, aus der eine Menge kleiner Nägel hervorstanden.

»Das benutzen Sie, um den Haifisch *wegzustoßen*«, sagte er, indem er es demonstrierte. »Die kleinen Nägel verletzen ihn nicht; sie sind nur dazu da, daß der Knüppel an seiner Haut haften bleibt.

Ich habe ein paar Bänder hier, die Ihnen zeigen, wie man ihn benutzt.« Er zog die Vorhänge hinter seinem Schreibtisch beiseite und enthüllte einen großen Holovisionswürfel. Wir sahen uns mehrere Bänder von Leuten an, die den Knüppel benutzten. Es sah nicht allzu schwierig aus – wenn ein Hai auf einen zuschwimmt, stößt man mit dem Ding nach seiner Nase und schiebt ihn weg.

Keines der Bänder zeigte allerdings jemanden, der allein kämpfte; immer waren es zwei Leute, Rücken an Rücken.

»Setzt man den Knüppel irgendwie anders ein, wenn man keinen Partner hat?« fragte ich.

»Oh, wenn Ihr Partner verletzt ist, versuchen wir, Sie sofort herauszuholen. Es –«

»Nein, ich meine, wenn man keinen Partner *hat*. Wenn man allein kämpft.«

»Allein?« Er wirkte verwirrt, dann erstaunt. Dann lachte er. »Nein, niemand kämpft allein. Nie. Wenn Sie Ihren Rücken ungeschützt ließen, würden Sie sofort von hinten angefallen werden. Die Haie fräßen Ihre Nieren zum Frühstück.«

»Aber ich hatte eigentlich vor –«

»Mr. DeLavore«, unterbrach Pancho, »manchmal ist dieser große Tolpatsch ein bißchen schwer von Kapee. Natürlich werde ich sein Partner sein.«

»Pancho!« Ich war entsetzt. »Du kannst nicht riskieren –«

»Riskieren, Unsinn! Ich laß dich doch nicht den ganzen Spaß alleine haben.«

»Na ja, Spaß . . . äh, bevor sich einer von Ihnen beiden entscheidet, möchte ich Ihnen noch ein Band zeigen.«

Es begann wie all die anderen, außer daß einer der Kämpfer eine Frau war. Sie sanken allmählich im Haifischkäfig nach unten, einem Gerippe aus Metallstäben mit kleinen Zwischenräumen, und schwammen aus ihm hinaus, als er die Ebene der Kamera erreichte. Jeder von ihnen trug einen Gewichtegürtel mit einem frisch getöteten Fisch daran (die Haie greifen normalerweise keine Menschen an; sie jagen hinter dem Köder her, und der Mensch gerät ihnen dabei sozusagen nur in den Weg). Sie schwammen ein kurzes Stück hinaus und nahmen die übliche Rücken-an-Rücken-Stellung ein. Ungefähr ein halbes Dutzend kleiner Haie umkreisten sie. Sie warfen ihre Haifischknüppel weg und hielten Händchen.

»Bis dahin«, flüsterte DeLavore, »hatten wir noch nicht gewußt, daß sie Selbstmörder waren.«

Bevor die Knüppel außer Sicht gesunken waren, schoß einer der kleinen Haie zum Angriff heran. Er öffnete sein Maul unmöglich weit und krachte in den Fisch am Gürtel des Mädchens. Seine Zähne sanken sichtbar in ihren Bauch und wurden vom Ledergürtel aufgehalten. Er fing an, um sich zu schlagen, blieb hängen, und sie versuchte, ihn mit kraftlosen Handbewegungen wegzustoßen. Dann glitt ein riesiger gestreifter Hai, größer als ich, von unten herauf, verschluckte die Hälfte des kleinen Hais und schwamm einfach weiter, wobei er die Menschen völlig ignorierte. Aber der kleine Hai hatte sich zu fest in sie verbissen, und sie wurde ... aufgeribbelt, als die beiden Fische nach oben schossen. Die Menschen verschwanden in einer Wolke aus Blut, und plötzlich waren überall nur noch Haifische, Dutzende von ihnen, die aus allen Richtungen herbeigejagt kamen. Und in der Blutwoge eine undeutliche Szene von unglaublicher Wildheit; Haie, die sich wanden und an ihrer Beute zerrten, die mit anderen Haien um ausgesuchte Bissen kämpften ...

»Uff.« Das Bild verblaßte. »Und so etwas passiert oft?«

»Nein. Ganz bestimmt nicht. Haie sehen gefährlich aus, und obwohl vereinzelte Vorfälle wie dieser auf schreckliche Weise eindrucksvoll sind, haben sie in Wirklichkeit Angst vor Menschen, die meisten jedenfalls. Und sie sind sowieso von Natur aus vorsichtig.« Er schob den Vorhang zurück an seinen Platz.

»Nach unseren Statistiken besteht für einen untrainierten Mann – solange er mit einem Tank schwimmen kann und einigermaßen vorsichtig ist – eine Wahrscheinlichkeit von weniger als zwei Prozent, während der Show gebissen zu werden.«

»Aber auf diese zwei Prozent warten die Leute natürlich«, meinte Pancho.

DeLavore wurde rot, zuckte die Achseln. »Das mag sein. Wir haben nie eine Umfrage durchgeführt.«

»Wenn man gebissen wird«, fragte ich, »wie schwer dürften dann diese Verletzungen voraussichtlich sein?«

Er zögerte, dann blickte er mich geradeheraus an. »Sie würden sterben. Aller Wahrscheinlichkeit nach würden Sie sterben.«

Bei *der* Statistik schien er nicht zu mogeln.

»Ich will Sie hinsichtlich der Gefahren nicht irreführen. Ein einzelner Hai bringt Sie wahrscheinlich nicht um. Wenn Leute normalerweise gebissen werden – außerhalb der Show, meine ich –, handelt es sich für gewöhnlich um nichts Schlimmeres als ein verlorenes Glied oder einen großen Brocken Fleisch. Wenn sie es schaffen, den Schock zu überstehen, können sie in eine Regenerationsklinik gehen. Aber die meisten von ihnen werden von einem einzelnen Hai angegriffen. Nahe des Kamerastandpunktes für die Haifisch-Show gibt es buchstäblich Hunderte davon. Sobald Sie erst einmal anfangen zu bluten, ziehen Sie die Aufmerksamkeit eines jeden Hais in der Nachbarschaft auf sich. Selbst wenn Sie genau über dem Käfig sind, ist es unwahrscheinlich, daß Sie rechtzeitig in Sicherheit gelangen. Sie können sich sehr schnell bewegen, wie Sie gesehen haben.«

»Nun, Carl?« sagte Pancho.

»Selber ›nun‹. Ich mache das wegen des Geldes, und du –«

»Sie haben ein Paar Haifischkämpfer, Mr. DeLavore.«

Versuche nie, einen Selvaner zu verstehen.

VII

Sie statteten uns mit Tanks aus und holten ein paar Flossen für Pancho. Ich kriegte keine Flossen; meine Füße waren beinahe so groß wie die größte Größe, die sie vorrätig hatten. Sie stellten unsere Gewichtsgürtel ein – ich mußte zwei tragen – und gaben uns unsere Knüppel. Wir entschieden, daß wir für Vibrokeulen noch nicht verrückt genug waren.

Ungefähr dreißig Minuten lang übten wir Schwimmen – Schweben eigentlich – in dem geschützten Bassin unter dem Bereitschaftsraum. Es war fast so, als würde man in der Null-G-Turnhalle auf *Starschool* üben. Kein Problem.

Dann landeten wir im Bereitschaftsraum und warteten bis kurz vor sieben. Er war kalt und feucht, ganz und gar nicht so wie die Plüschbüros. Es war unangenehm, auf den niedrigen Holzbänken zu sitzen. Pancho und ich verbrachten eine lange Zeit damit, einen Haufen leerer Spinde anzustarren. Endlich kam ein gelangweilter Aufseher herein und gab uns ein paar Letzte-Minute-Instruktionen. Er war ziemlich zernarbt, und ein paar Finger fehlten ihm. Vermutlich hatte er es nicht mehr rechtzeitig bis zur Regenerationsklinik geschafft.

»Wenn ihr sie nur nie merken laßt, daß ihr Schiß habt, kriegt ihr auch keine Schwierigkeiten. Bleibt immer nur ruhig und stoßt sie weg. Seht immer auf eure Füße, vergeßt das nicht – immer auf die Füße sehen. Die Großen greifen normalerweise von unten an. Verschwendet keinen Gedanken auf euern Rükken, bis ihr merkt, daß es euern Partner erwischt hat – und das ist der einzige Fall, in dem ihr euch beeilt; dann heißt's schnell zurück in den Käfig. Jeder Hai in der Nachbarschaft wird hinter euch her sein. Mit immer nur einem zur gleichen Zeit könnt ihr fertig werden, egal, wie groß und bissig er ist. Aber fünfzig, die schafft ihr nicht. Kapiert?«

»Werden wir für die Zeit bezahlt, die wir unter Wasser

sind?« fragte ich, wobei ich versuchte, gleichermaßen gelangweilt zu wirken.

»Nein, nur von dem Augenblick an, wenn ihr den Käfig verlaßt, bis zu eurer Rückkehr. Mit Glück habt ihr aber fünf oder zehn Minuten für lau, bevor der erste Hai aufmerksam wird.«

»Was passiert, wenn sie *nie* aufmerksam werden?« erkundigte sich Pancho.

Er zuckte die Achseln, spuckte auf den Fußboden. »Is' noch nie vorgekommen.«

Der Käfig, in den er uns führte, war kleiner, als ich erwartet hatte. Ich mußte mich in den Durchlaß quetschen und konnte mich nicht gerade hinstellen, als ich drin war. Alles auf dieser Welt war für Zwerge gebaut. Als sie uns mit einem Kran über das Wasser schwenkten, gingen Pancho und ich ein letztes Mal unsere einfache Strategie durch.

Wir würden so dicht wie möglich beim Käfig bleiben und ihn direkt unter unseren Füßen halten, um die Großen daran zu hindern, genau von unten anzugreifen, wie einer es auf dem Selbstmordband gemacht hatte.

Einmal Klopfen auf den Rücken bedeutete »zurück zum Käfig«, und zweimal Klopfen bedeutete »schnell zurück«. Wir rechneten nicht damit, daß es sonst noch eine Botschaft von Bedeutung geben würde.

Ich bereitete mich auf den Schock des Eintritts in das Wasser vor und stellte fest, daß es angenehm warm war, beinahe Körpertemperatur hatte. Ich mußte den Atem wohl eine volle Minute angehalten haben, bevor ich mich daran erinnerte, durch das Mundstück zu atmen. Ich versuchte, meinen Körper ein bißchen zu entspannen. Aber der wollte nicht. Ich fühlte mich wie ein Köder am Ende einer Angelschnur.

Wir fielen an den Kameramännern vorbei, unsichtbar im Inneren ihrer silbernen Blasen, und als der Käfig das Ende seines Halteseils erreichte, kamen wir mit einem sanften Ruck zum Halten. Noch keine Haie in Sicht. Wir schwammen aus der Käfigtür hinaus und nahmen ungefähr zwei Meter darüber unsere Position ein. Rücken an Rücken.

Wir schwebten, warteten. Ich konnte nur einen der Kameramänner sehen, ungefähr zwanzig Meter entfernt, direkt vor mir. Ein breiter Lichtstrahl, trübgrün, beinahe genau von der Farbe des Wassers, fiel aus der silbernen Blase. Das war der Holograph-Laser – die Leute konnten in ihren Wohnzimmern sitzen, Bier trinken und dreidimensional zusehen, wie wir gebissen wurden.

Vielleicht hatte ich nicht sorgfältig genug aufgepaßt, aber plötzlich schien es, als würden uns schon eine ganze Menge Haie umkreisen. Sie blieben noch in etwa zehn oder fünfzehn Metern Abstand und wirkten nicht besonders aggressiv, aber ich behielt trotzdem ein wachsames Auge auf sie.

Pancho bewegte sich einige Male, und ich vermutete, daß er kämpfte. Ich war nach wie vor nicht beunruhigt, weil diese Fische nur etwa einen Meter lang waren und nicht so aussahen, als könnten sie einem allzuviel Ärger machen, nicht einmal mit bloßen Händen.

Plötzlich schwammen alle Haie, die ich sehen konnte, hastig davon. Sofort wurden sie durch ein Rudel mit Exemplaren von ungefähr ihrer doppelten Größe ersetzt. Man hatte uns gewarnt, daß Gruppen von Haifischen für gewöhnlich scharf durch ihre Größe getrennt sind und man selten einen großen und einen kleinen zusammen sah. Das hatte einen naheliegenden Grund: der kleine würde bald im Inneren des großen Bruders enden.

Sie mußten fünf Minuten lang gekreist sein, bevor der erste näherkam. Er glitt bis auf zwei Meter an mich heran – eine Haifischlänge! – und hielt gehorsam an, als er in meinen Haifischknüppel lief. Er drehte ab und schwamm träge davon. Ich begann, mich ein wenig zu entspannen.

Wir hatten mehrere Begegnungen wie diese. Ich konnte Panchos Aktivität an meinem Rücken spüren. Es war nicht so furchtbar beängstigend, weil die großen Haie nicht sehr an uns interessiert zu sein schienen. Einer nach dem anderen verschwanden sie wieder, um ertragreicheren Betätigungen nachzugehen.

Ich schwebte einfach da und zählte mein Geld. 150 Pesas jede Minute. Für zwei Stunden Luft in den Tanks – ein Vermögen, wenn sie sich von uns fernhielten.

Ich schätze, diese Art Optimismus hielt ungefähr für zehn Minuten vor. Die nächste Gruppe war ein Haufen ganz winziger Haie, ungefähr halb so groß wie das erste Rudel. Sie kamen dichter heran als die anderen, aber wenige von ihnen schienen geneigt zu sein, anzugreifen. Hin und wieder machte einer einen wilden Vorstoß zu dem Fisch an meinem Gürtel – flinker als die großen –, aber ich schaffte es immer, ihn rechtzeitig wegzustoßen.

Plötzlich klopfte Pancho mir auf den Rücken – zweimal! Während des Sekundenbruchteils, in dem ich entschied, ob es ein Zufall oder ein Signal war, konnte ich sehen, wie sich Blut im Wasser auszubreiten begann.

Wie wir vereinbart hatten, riß ich den Fisch vom Gürtel und warf ihn den Haien vor, schwamm dann mit aller Kraft nach unten. Was wir nicht vereinbart hatten, war, daß Pancho und ich gleichzeitig an der Käfigtür ankommen würde. Oder daß sie klemmte. Ohne nachzudenken riß ich die Tür aus ihren Angeln und stieß Pancho ins Innere. Die Haie waren jetzt echt in Aufruhr, und überall war Blut. Pancho mußte ziemlich bös verletzt worden sein. Mein Magen drehte sich mir um, aber ich konnte mir nicht die Zeit nehmen, nachzusehen, was mit ihm los war, während ich mich rückwärts durch die schmale Öffnung schob, wobei ich die aggressivsten Haie mit meinem Knüppel wegstieß.

Ein paar der Haie waren von dem Fisch angelockt worden, den wir geworfen hatten, aber die meisten steuerten auf den Käfig los. Sie zogen uns jetzt hoch, aber nicht annähernd schnell genug für meinen Geschmack. Ich war der offenen Käfigtür zugewandt, mit dem Rücken zu Pancho, und stieß wild nach den Haien, die hereinzukommen versuchten. Die meisten von ihnen waren klein, aber es gab eine Menge von ihnen, und ich wußte, daß sie uns so mühelos töten konnten wie die großen.

Ich erhielt eine kurze Atempause, als ein riesiger Hai von unterhalb des Käfigs heraufgeschwommen kam und die kleinen rings um die Tür auseinandertrieb. Als er verschwand, wanden sich mehrere von ihnen in seinem Maul. Ich hoffte, daß einer davon der war, der Pancho gebissen hatte.

Mit kaltem Entsetzen sah ich den großen Hai in einem engen Kreis zurück zum Käfig schwimmen. Er schoß direkt auf die Öffnung zu.

Ich stützte mich ab und stieß ihm geradewegs mit dem Knüppel in die Nase. Die Wucht des Aufpralls ließ den Käfig schwingen. Pancho versuchte zu helfen, aber ich war so groß, daß ich beinahe den Käfig ausfüllte und es sowieso keine Möglichkeit für ihn gab, zur Tür zu gelangen. Ich hatte alle Hände voll zu tun. Der Hai wich nicht zurück, wie er es eigentlich gesollt hätte. Größer als ich, füllte er die Tür aus, mit sich blindlings öffnenden und schließenden Kiefern. Ich stieß nach ihm und schlug auf ihn ein, und trotzdem griff er immer noch weiter an.

Plötzlich schossen wir aus dem Wasser. Dieser verdammte Hai war mehr drinnen als draußen und wollte einfach nicht aufgeben. Pancho kam von irgendwo hinter mir, und mit vereinten Kräften schubsten wir ihn schließlich hinaus. Er machte einen höllischen Platscher.

Ich verhedderte mich total, als ich mein Mundstück ausspuckte und mich zu Pancho umwandte. Er blutete gar nicht.

Ich blutete.

Pancho deutete auf meinen Fuß. Kein Zweifel, das war es, woher das ganze Blut gekommen war – mir fehlte ein großes Fleischstück vom Knöchel. Ich legte die Hand darauf, und Blut quoll zwischen meinen Fingern hervor. Dann fing es an weh zu tun. Sehr sogar.

»Gott, Carl – es tut mir leid. Ich konnte diesen kleinen Schmuck nicht mehr erwischen, bevor –«

»Vergiß es.« Er konnte ja nichts dafür, daß er nur anderthalb Meter groß war. »Die werden das genau wie das andere zusammenflicken. Morgen bin ich so gut wie neu.«

Dann wurde ich ohnmächtig.

Sie klebten eine neue Ferse mit Plastifleisch an, sicher, aber diesmal setzte es mich ein bißchen gründlicher außer Gefecht: Ich sollte den Fuß zwei Tage lang nicht belasten. Na ja, ich hatte mir sowieso eine kleine Ruhepause verdient.

Im motorgetriebenen Rollstuhl zu sitzen, machte mich genau so groß wie Pancho. Es war ein merkwürdiges Gefühl, mit

Leuten sprechen zu können, ohne auf sie herunterzublicken. Wir gingen und rollten zurück zu Mr. DeLavores Büro.

Er war da mit unserem Geld, aber unglücklicherweise war er nicht allein. B'oosa und der Dekan warteten zusammen mit ihm.

»Carl«, sagte B'oosa, »das ist lächerlich.«

Jetzt reichte es mir. »Herr B'oosa«, sagte ich, wobei ich angestrengt versuchte, ruhig zu bleiben, »Ihnen mag das vielleicht lächerlich vorkommen. Aber Sie haben auch noch niemals versucht, sich eine Existenz auf einer Ödwelt zusammenzukratzen. Sie haben noch nie den Schmerz gefühlt, wenn die Winde eine komplette Ernte davonwehen, oder die Vergeblichkeit, mit Leuten zu handeln, die Sie übervorteilen, weil sie genau wissen, daß es sonst niemanden gibt, zu dem Sie gehen können. Sie könnten den Bauernhof meines Vaters vielleicht zehnmal, *hundertmal* kaufen. Es gibt keine Möglichkeit, wie Sie verstehen können, was das hier für mich bedeutet.«

Ich rollte zum Schreibtisch hinüber. »Wie lange sind wir unten geblieben, Mr. DeLavore?«

»Carl . . .«, begann B'oosa.

»Herr B'oosa«, sagte ich, ohne ihn anzuschauen, »das hier ist meine Angelegenheit, und Panchos. Sie haben kein Recht, sich einzumischen, und kein Recht, den Dekan mitzu. . .«

»Ich bat, mitkommen zu dürfen«, sagte Dekan M'Bisa.

»Wie lange?« wiederholte ich.

Mr. DeLavore warf B'oosa und dem Dekan einen flüchtigen Blick zu und leckte sich die Lippen. »Achtzehn und eine halbe Minute.« Er reichte mir einen Scheck. »Das macht 2 775 Pesas für Sie zum Teilen.«

B'oosa lachte humorlos. »Lassen Sie sich noch ungefähr zwölfmal beißen, und Sie haben Ihre 17 000 Pesas, Carl. Wenn Sie Glück haben, beißt Ihnen einer vielleicht in den Kopf, und sie können Ihnen ein neues Gehirn wachsen lassen.«

»So gefährlich ist es nicht«, sagte DeLavore finster. »Nur einer von fünfzig –«

»*Normal*großen Leuten«, schnappte M'Bisa. »Auf diesem Planeten gibt es niemanden, der groß genug wäre, um einen Riesen wie Carl zu beschützen. Wir haben den Kampf gesehen. Er war eine billige und gefährliche Sensationsnummer. Und die fehlerhafte Ausrüstung –«

»Keine Sorge, Dr. M'Bisa«, sagte ich. »Ich kämpfe nicht wieder gegen die Haie.«

»Ach wirklich?« meinte B'oosa. »Keine Haie und keine Stiere mehr. Was ist als nächstes dran? Elefanten?«

Ich starrte ihn einen langen Augenblick lang an. »Kommt darauf an, wieviel da geboten wird.«

»Carl . . .« Dr. M'Bisa sah echt gequält aus. »Sie können so nicht weitermachen, mit diesem *absoluten Blödsinn*! Ich verbiete es!«

Ich versuchte, meine Stimme zu beherrschen. »Das können Sie nicht, Herr Dekan. Ich bin ein freier Mann. Im Weltraum können Sie mir zusätzliche Arbeit aufgeben, mich durchfallen lassen, alles, was Sie wollen. Während der Planetenaufenthalte gehört meine Zeit mir. Ist es nicht so?«

»Ja, ja, technisch gesehen schon. Aber wir sind auf der *Erde*! Der Wiege der Menschheit. Sie versäumen so viel, was Sie lernen könnten.«

»Oh, ich lerne doch«, sagte ich. Ich starrte den Scheck an und übte schnell ein bißchen Kopfrechnen. Noch 14 662,50 Pesas. »Ich lerne eine Menge.«

VIII

Ich sollte bei den anderen Exkursionsteilnehmern bleiben. Ich sollte im Rollstuhl bleiben. Ich sollte anfangen, mich zu benehmen, und die Rückzahlung der Mehrgewichtssteuer für Außerirdische vergessen. Sie vergessen? Von wegen.

Etwas in dieser Richtung zu unternehmen, stellte allerdings ein gewisses Problem dar. B'oosa paßte die ganze Zeit auf mich auf, wie ein mir zugewiesener Wächter. Ich konnte kaum ohne ihn aufs Klo gehen.

Ich humpelte quer durchs Hotelzimmer zum Fenster.

»Glauben Sie nicht, Sie sollten von dem Fuß runter bleiben, bis er heilt?« fragte B'oosa, der von seinen Büchern aufsah.

»Er tut nicht allzu weh«, log ich.

»Es ist Ihr Körper«, meinte er achselzuckend, legte die Füße auf den Tisch und wandte sich wieder seinen Büchern zu.

Francisco kam ins Zimmer gesprungen. Er sah ganz schön schmissig für einen Burschen aus, der gestern noch ein Haifischköder gewesen war. »Die Post ist da«, sagte er, als er ein kleines Bündel Umschläge auf den Tisch neben B'oosas Füße plumpsen ließ. Post? Wer bekam hier denn Post?

Ich bekam Post. Sie waren alle an mich adressiert, c/o *Starschool*. Das Holo des Haikampfs mußte eine Menge Aufmerksamkeit erregt haben. Springer sind ziemlich rar auf der Erde, und es ist unüblich, gelinde gesagt, daß einer von ihnen gegen Tiere kämpft. Das meiste davon waren Jobangebote. Eine Menge von ihnen erwähnten Stiere. Ich hatte so genug von Stieren und Haien, daß es mir für zehn Leben reichte. Einige waren von Mädchen, die um etwas baten, das man ein Rendezvous nannte. Sie legten oft kleine Holos bei. Einige von ihnen sahen gar nicht übel aus; aber klein, klein, klein.

»Was ist das alles?« fragte B'oosa, indem er einen der Briefe aufhob, die ich weggelegt hatte.

»Geschäftskram«, sagte ich.

»Das hier sieht aber gar nicht nach Geschäftskram aus«, meinte B'oosa und hob eines der Holos auf. Ich errötete.

»Die meisten sind welcher.«

»Sie werden für nichts davon Zeit haben. Wir fliegen heute nachmittag ab, um den Boswash-Korridor zu besichtigen, erinnern Sie sich? Oder haben Sie sich noch nicht die Mühe gemacht, einen Blick auf den Reiseplan zu werfen?«

»Boswash. Hm!«

»Ist bildend. Sie könnten ein bißchen Erleuchtung gebrauchen.«

»Ich könnte ein bißchen Geld gebrauchen.«

»Vergessen Sie's, Carl. Wann werden Sie es endlich in Ihren dicken Springerschädel hineinkriegen, daß niemand Ihnen Vorwürfe wegen der Steuer macht und niemand erwartet, daß Sie sie zurückzahlen?«

»Das können *Sie* leicht sagen. Ihre Familie könnte möglicherweise mein ganzes Dorf aufkaufen.«

B'oosa wirkte einen Augenblick lang nachdenklich. Vielleicht rechnete er es durch. »Das ist wohl richtig«, sagte er ernsthaft. »Aber unerheblich.«

Ich gab auf. Er würde mich nie verstehen. Er fing an, die Briefe auf dem Tisch herumzuschieben. »Drolliger Brauch«, meinte er mit einem leichten Lächeln. »Post. Tatsächlich vom Absender geschrieben, nicht faksimiliert. Drollig.«

Ich sah einen Namen, den ich erkannte, und ließ den Brief in der Hand verschwinden, bevor B'oosa Gelegenheit hatte, ihn in die Finger zu kriegen. Er war von Markos Salvadore, dem Höller, den ich auf der Plaza de Gladiatores getroffen hatte. Ich steckte den Brief heimlich in eine Falte meines Umhangs. Ich glaube nicht, daß B'oosa mich dabei sah.

»Was ist ein Boswash-Korridor?« fragte ich, Interesse heuchelnd.

B'oosa wirkte überrascht, legte den Brief weg, den er gerade überflog. »Freut mich, daß Sie ein bißchen gesunde Neugier zeigen. Boswash ist eine Megacity längs der Nordostküste dieses Kontinents. Sehr geschichtsträchtig. Hier, ich zeig's Ihnen.« Er stand auf, um ein Buch vom Toilettentisch zu holen.

Während er mir den Rücken zuwandte, zog ich schnell den Brief hervor, öffnete ihn. Alles, was auf dem Papier stand, war eine Telefonnummer. Ich merkte sie mir, zerknüllte das Papier.

»Das hier ist Boswash«, sagte B'oosa, indem er ein Buch bei einer bunten Landkarte aufschlug. »Wir fliegen heute nachmittag nach Deecee, und morgen geht es weiter nach New York. Als dieser Planet noch aus einer Reihe voneinander unabhängiger Staaten bestand, war Deecee die Hauptstadt dieses speziellen Landes und New York seine größte Stadt. In diesen Städten wird es eine Menge für uns zu tun und zu sehen geben.«

»Klingt aufregend«, log ich. »Wann brechen wir auf?«

»In ungefähr zwei Stunden.«

»Ich kann's kaum abwarten.«

So viel stimmte jedenfalls.

Der Terminal von Deecee war genauso, wie ich ihn mir erhofft hatte: laut, überfüllt und hektisch. Unsere Exkursionsgruppe wurde von der brodelnden Menschenmenge verschlungen. Jeder schien in ungeheurer Eile zu sein. Wem oder was diese Eile galt, vermochte ich mir nicht vorzustellen. Es interessierte mich auch nicht. Sie war der perfekte Schutz für mich. B'oosa ging rechts, Francisco links von mir.

»Muß mal auf's Klo«, sagte ich und wendete abrupt den Rollstuhl, um auf die große Tür mit der Aufschrift *Hombres* zuzusteuern. Sie waren direkt hinter mir, blieben aber am Eingang zurück.

Ich verlangsamte keinen Augenblick lang. Ließ den Rollstuhl in einer der leeren Kabinen verschwinden und eilte zu Fuß aus dem Hinterausgang. Meine Ferse behinderte mich immer noch ein bißchen, aber nicht allzusehr. Ich mußte zu einem Telefon gelangen.

Die Hintertür der Toilette führte hinaus in eine große, bevölkerte Abfertigungshalle genau wie jene, die ich eben verlassen hatte. Ich blickte mich um, sah eine Reihe Phone, eilte auf sie zu. Schnell! Ich war so auffällig wie ein Planet inmitten von

Monden. Sogar gebückt und humpelnd überragte ich die Erdlingszwerge.

Ich zwängte mich in eine der Zellen an der Rückseite, mehr oder weniger außer Sicht. Ich wußte nicht, wieviel Zeit ich hatte, bevor B'oosa und Francisco nach mir zu suchen begannen, aber viel konnte es nicht sein. Ich hoffte, bis dahin verschwunden zu sein. Tastete die Nummer ein, die der Höller mir gegeben hatte. Muß ganz schön weit weg gewesen sein; verschlang eine ganze Handvoll Münzen.

Ein Gesicht materialisierte sich aus dem Grau. Ein hartes Gesicht, narbig, mit nach hinten angeklatschtem, widerspenstigem schwarzen Haar, einem Schnurrbart. Sein finsterer Blick milderte sich ein bißchen, als er mein Bild gewahrte. Er lächelte beinahe.

»Ah, Mr. Bok. Wie schön, daß Sie anrufen. Gestatten Sie, daß ich mich vorstelle: Paul Wolfe von Wolfe & Partnern. Ein gewisser beiderseitiger Bekannter sagte, er könne mich vielleicht mit Ihnen in Verbindung bringen.«

»Sie meinen Markos Salvadore? Den Höller?«

Er nickte. »Mr. Salvadore erledigt dann und wann kleinere Arbeiten für mich. Ich finde ihn ein bißchen ungehobelt, aber auf seine Art sehr effektiv. Er hat mir von Ihrem Problem erzählt.«

»Problem?«

»Er deutete an, daß Sie Geld bräuchten und nur wenig Zeit hätten, es zu beschaffen. Vielleicht ist Ihnen schon aufgefallen, daß das auf der Erde manchmal etwas schwierig ist.«

»Ich bin dabei, es auf die harte Tour herauszufinden.«

»So hörte ich. Ich weiß nicht, ob Sie sich dessen bewußt sind, Mr. Bok, aber Sie stellen hier auf der Erde so etwas wie eine kleine Sensation dar. Springer sind auf diesem Planeten nicht häufig, und ich muß zugeben, Sie haben eine ganz hübsche Show geliefert. Und da komme ich ins Spiel.«

»Ja.«

»Sehen Sie, ein Teilbereich meines Geschäftes ist es, nun, Shows wie jene zu organisieren, in der Sie mit den Haien aufgetreten sind. Aber meine sind ganz besondere Ereignisse; Oneshots nennen wir sie. Sie sind bei denen, die sich solche

Kämpfe anschauen, sehr beliebt, und das heißt beim Großteil der Erdbevölkerung. Ich kann Sie gut bezahlen.«

»Wie gut?«

»Ich glaube, die Summe, die unser Freund erwähnte, belief sich auf um die 15 000 Pesas. Klingt das ungefähr richtig?«

Ich nickte. Es war genau richtig. »Was müßte ich dafür machen?«

»Bis zum Tode gegen einen Polarbären kämpfen. Entweder seinem Tod oder Ihrem.«

Nichts zu machen. Ich dachte an den Stier und daran, wie er gestorben war. Nie wieder.

»Das Geld klingt prima, Mr. Wolfe, aber ich töte nicht dafür. Ginge es in Ordnung, wenn ich das Tier statt dessen nur bewußtlos schlüge?«

Er dachte einen Augenblick lang nach, zupfte an seinem Schnurrbart. »Das wäre schwieriger, als es zu töten, aber ich nehme an, daß jemand, der so groß ist wie Sie, es vielleicht so gerade eben schaffen könnte. Mein Publikum will Blut sehen, und sie kriegen es so oder so. Der Bär unterliegt natürlich keiner solchen Einschränkung.«

»Wann und wo?« fragte ich, bestrebt, mich auf die Socken zu machen. Für 15 000 Pesas hätte ich mit hinter dem Rücken zusammengebundenen Armen gegen eine Feuereidechse gerungen.

»Der Kampf wird in Anchorage-Sibirsk stattfinden. Vorzugsweise morgen nachmittag, wenn Sie es schaffen können. Ich habe einen Sendeplatz um 16 Uhr. Das würde schön passen.«

»Bin schon unterwegs«, sagte ich. »Äh, wie komme ich überhaupt hin?«

»Wo sind Sie jetzt?«

»Deecee.«

»Gut. Nehmen Sie die Röhrenbahn von dort nach Seattle, dann erwischen Sie noch den Zubringer rauf nach Anchorage-Sibirsk. Meine Männer erwarten Sie dort. Sie sollten keine Schwierigkeiten haben, Sie zu erkennen.« Er lehnte sich in seinem Sessel zurück.

»Machen Sie sich keine Sorgen um die Unkosten. Lassen Sie sie auf meinen Namen schreiben. Ich bin sehr bekannt hier.«

Zweifellos. Nur eines noch. »Diese Bären«, fragte ich, »sind sie so etwas Ähnliches wie Stiere oder Haie?«

Er lachte. »Nein. Nicht im geringsten. Ich glaube, dieses besondere Tier dürfte eine echte Herausforderung für Sie sein.«

Das war nicht genau das, was ich hatte hören wollen.

»Ich sehe Sie heute abend«, sagte er. »Ich freue mich, Sie persönlich kennenzulernen, Mr. Bok.«

»Gleichfalls«, sagte ich, und er unterbrach mit einem Winken seiner Hand die Verbindung. Für 15 000 Pesas konnte er so kurz angebunden mit mir sein, wie er wollte.

Ich faltete mich aus der Zelle. Etwas eng bemessen. Ich war völlig verkrampft.

»Bären, ja?« Eine Stimme hinter mir. Eine vertraute. O nein, nicht jetzt! Francisco.

»Was willst du denn mit Bären?« fragte er lachend.

»Was ich will, sind die 15 000 Pesas.«

»Wir gehen jetzt besser«, meinte er.

»Nein, Pancho. Sieh mal, ich muß das tun.«

Er packte meinen Arm, begann mich den Korridor entlangzuzerren.

»Diese Richtung«, sagte er. »Beeilung.«

»Wieso Beeilung?«

»B'oosa wird nicht mehr lange weg sein. Ich hab' ihn in die Apotheke geschickt, um dir Medizin zu besorgen.«

»B'oosa? Medizin?«

»Ich will dich doch decken, du Clown. Dein Kopf enthält genausowenig Grips wie dein Bizeps. Wenn wir die Röhrenbahn erreichen wollen, bevor B'oosa herausfindet, daß wir verschwunden sind, müssen wir uns beeilen.«

»Wir?«

»Sagen wir einfach, ich interessiere mich für die Tierwelt.« Er schleppte mich durch die Menge.

IX

Die Röhrenbahn war langweilig, aber schnell und billig. Wir wurden in eine Zwei-Mann-Kapsel geschnallt und auf den Weg gebracht. Wieder mal paßte ich so eben hinein. Es war ungemütlich, aber die Reise dauerte nicht lange.

Es gab auch nicht viel zu sehen. Der Großteil der Röhre verlief unterirdisch. Wenn wir doch einmal an die Oberfläche kamen, geschah es immer an irgendeinem öden, menschenverlassenen Ort. Bei 1 200 Stundenkilometern glitt alles ziemlich schnell vorbei.

Der Terminal in Seattle sah genauso aus wie der in Deecee, nur ein bißchen kleiner. Aber trotzdem voller Menschen. Alle in Eile. Wir erwischten den Zubringer nach Anchorage-Sibirsk ohne Probleme.

Der Zubringer war erheblich langsamer als die Röhrenbahn, und wir bekamen ein gutes Stück des Landes zu sehen. Nach dem, was Pancho mir erzählt hatte, erwartete ich, daß alles metertief unter Eis und Schnee begraben lag. Aber so war es ganz und gar nicht. Natürlich gab es etwas Schnee ringsum und Eis in den Bergen, aber hauptsächlich waren da Bäume. Keine Pflanzen auf Springworld werden halb so groß wie die Bäume, die wir sahen. Ich war echt beeindruckt. Obwohl es ringsum ein paar verstreute Häuser und einige kleine Städte gab, wirkte das ganze Gebiet weitgehend unbewohnt. Das war ziemlich ungewöhnlich für einen so überbevölkerten Planeten wie die Erde. Jemand erzählte uns, dies sei einer der letzten Orte auf dem Planeten, wo es überhaupt noch Wildnis gebe, hauptsächlich, weil die Leute keine Lust hätten, dort zu leben. Das änderte sich jedoch, und zwar ziemlich schnell. Die Tage waren im Sommer lang, und bestimmte Gebiete waren von automatischen Farmen bedeckt, die von Jahr zu Jahr größer wurden. Eine Menge Leute zu ernähren auf diesem Planeten.

Wir lernten auch ein bißchen über Bären. Die meisten der Leute, die wir im Zubringer trafen, wußten Geschichten über sie. Die meisten der Geschichten handelten von schrecklichen Dingen, die sie taten. Wir brauchten lange, bis wir jemanden fanden, der wirklich einem von Angesicht zu Angesicht gegenübergestanden hatte. Es war ein grauhaariger alter Mann mit einem Arm. Wir entdeckten ihn, wie er im Aussichtswagen des Zubringers saß. Er wollte nicht viel reden, aber nachdem Pancho ihm einen Drink spendiert hatte, lockerte sich seine Zunge ein bißchen.

»'s is' nich' mehr wie in den alten Tagen«, sagte er. »Kein bißchen. Mein Paps und der Paps von meinem Paps, die wußten noch, wie man lebt! Sieben Generationen im Hinterland, und nie auch nur eine Pesa vonner Regierung genommen. Da war ein Mann noch ein Mann. Mußte er ja, um am Leben zu bleiben. Alles ändert sich. Jeder will was umsonst. Die Regierung kümmert sich um alle. Füttert sie mit dem Löffel, tut alles für sie bis auf's Windelwechseln. Aber in den alten Tagen . . . » Seine Stimme verlor sich. Er starrte die Berge in der Ferne an. »Da war ein Mann eben noch ein Mann.«

»Wir möchten gerne etwas über Bären wissen«, sagte ich. »Polarbären. Können Sie uns darüber etwas erzählen?«

Der alte Mann lachte. »Bären. Hah! Ich bin praktisch von Bären entwöhnt worden, hab mein ganzes Leben in ihrer Nähe zugebracht. Meistens sind sie scheu, halten sich von den Menschen fern, aber nich' immer. Hüten Sie sich vor Weibchen mit Jungen, die reißen alles in Stücke, um ihre Jungen zu beschützen.«

»Ich glaube nicht, daß wir an so etwas geraten werden«, sagte ich hoffnungsvoll.

»Sind auch bösartig, wenn sie in die Enge getrieben werden, höllisch bösartig. Wenn man sie bedroht und mit dem Rücken zur Wand erwischt, können sie zehn Sorten Ärger machen. Ich weiß es. Ich sag Ihnen, ich *weiß* es. Ich erinnere mich an das Mal, als ich mit meinem Sohn meine Fallenreihen abging – John war's, mein zweitältester Sohn – und da kam aus dem Nichts . . . aus dem Nichts . . .« Er driftete wieder weg, in Gedanken verloren.

»Wie groß sind diese Bären?« fragte Pancho.

»Sie.« Er deutete auf mich. »Sie sind ein Außenweltler, stimmt's?«

Ich nickte.

»Wie groß sind Sie?«

»Zweieinhalb Meter.«

»Der größte Bär, den ich je gesehen hab, war fast drei Meter groß, wog mehr als sechshundert Kilo. Das weiß ich mit Sicherheit, hab ihn nämlich selbst getötet und abgehäutet. Kostete mich vier Hunde und einen Arm. Als er sich aufrichtete und auf mich losging, war er wie ein wandelnder Berg. Steckte 'nen vollen Patronenstreifen weg, bevor er fiel, und bis dahin, tja, da hatte er seinen Schaden schon angerichtet.«

»Wie schlägt man einen am besten k. o.?« fragte ich.

»Mit einer großen Keule und zehn Freunden«, sagte er.

»Nein, ich meine, mit meinen Händen.«

»Mit Ihren Händen? Ziehen Sie mich nich' auf.« Er musterte mich sorgfältig von oben bis unten. »Schätze, ein Bursche von Ihrer Größe könnte womöglich so mit einem fertigwerden; einem kleinen vielleicht, wenn Sie schnell genug wären. Sie müssen ihn genau hier packen.« Er deutete auf eine Stelle seitlich an seinem Hals. »Drücken Sie mit aller Kraft ein paar Sekunden lang. Wenn Sie die richtige Stelle erwischt haben und stark genug sind, fällt er vielleicht um. Wenn Sie danebenliegen, sind Sie tot. Sie werden keine zweite Chance kriegen.«

»Ich hoffe, ich werde keine brauchen.«

»Sie haben vor, mit 'nem Bären zu ringen? Junge, Sie haben wohl Felsen als Gehirn.«

»Ich weiß nicht. Ich denke, ich kann es schaffen. Außerdem hat Mr. Wolfe gesagt –«

Der alte Mann sah aus, als hätte man ihn in den Magen geschlagen. »Mr. Wolfe, sagen Sie? Mr. Paul Wolfe?«

»Ja. Ich habe mit ihm gesprochen, und er –«

»Hab nichts zu schaffen mit Wolfe und seiner Crew«, sagte er, indem er sich von seinem Platz erhob. »Hab nichts zu schaffen mit denen, die sich auf Geschäfte mit ihm einlassen.« Er kippte absichtlich den Drink in Panchos Schoß, während seine Augen Pancho herausforderten, etwas deswegen zu unternehmen. Alles erstarrte für einen Sekundenbruchteil.

»Hören Sie, wir haben –«

»*Bastarde*«, knurrte er und wandte sich von uns ab.

Ich wollte aufspringen, um hinter ihm herzustürmen; er begriff nicht. Pancho hielt mich zurück, indem er mir sanft eine Hand auf den Arm legte.

»Tu's nicht, Carl«, sagte er. »Der Mann hegt einen Groll, und ich glaube, der sitzt ziemlich tief. Wir wollen keinen Ärger.«

Klar wollten wir keinen Ärger, aber als sich Anchorage-Sibirsk in Sicht schob, fragte ich mich, auf was genau wir uns da eingelassen hatten.

Die Männer, die uns am Terminal erwarteten, sahen wie Schlägertypen aus, waren aber höflich und ganz geschäftsmäßig. Ohne Umwege brachten sie uns zum Hotel, einem dieser altmodischen Dinger aus Stahl und Glas, die hoch in die Luft aufragen. Würden in jedem halbwegs anständigen Sturm auf Springworld keine fünf Minuten stehenbleiben. Sie ersetzten uns die Auslagen für unsere Röhrenbahn- und Zubringertikkets, gaben uns noch ein kleines Extra, das sie Ausgehtaschengeld nannten, und befahlen uns, das Hotelzimmer nicht zu verlassen, da Mr. Wolfe sich in Kürze mit uns in Verbindung setzen würde.

Eine Wand des Zimmers war aus Glas und gewährte Ausblick über die sich ausbreitende Stadt auf die Berge dahinter. Leichter Schnee fiel. Wie bei Städten auf der Erde üblich, war auch diese ziemlich klein; sie hatte nur etwa 14 Millionen Einwohner. Trotzdem war sie die größte Stadt in diesem Teil des Planeten und hatte einen ziemlich wilden Ruf als ruppiges, aggressives Pflaster. Pancho wirkte unnatürlich begierig, es herauszufinden. Ich für meinen Teil hatte nur die 15 000 Pesas im Sinn.

Bald läutete das Phon, und Mr. Wolfes Gesicht erschien auf dem Schirm.

»Mr. Bok«, sagte er, »ich freue mich, zu sehen, daß Sie es geschafft haben, sicher anzukommen. Wie ich hörte, haben Sie einen Freund mitgebracht.« Er blickte in Panchos Richtung.

»Sein Name ist Francisco Bolivar. Pancho.«

»Sie sind sich im klaren, Mr. Bok, daß Mr. Bolivar Ihnen nicht gegen den Bären beistehen kann.«

»Er ist hier, um mir moralische Unterstützung zu geben«, erklärte ich.

»Nun gut«, sagte Mr. Wolfe. »Ich habe keine Einwände. Ich bin jetzt für Sie frei. Meine Männer werden Sie nach oben bringen.«

»Nach oben?«

»Ja. Mein Büro befindet sich im obersten Stockwerk dieses Gebäudes. Das Hotel gehört mir. Hat man Ihnen das nicht gesagt?«

»Nein.«

Er zuckte die Achseln. »Es ist nur eines meiner Besitztümer. Und nicht das gewinnbringendste, in keinster Weise.« Wieder unterbrach er abrupt die Verbindung. Eines war sicher: ich mußte mir keine Sorgen machen, ob Mr. Wolfe für die 15 000 Pesas gut war. Es sah so aus, als könnte er sich Planeten kaufen.

Wir wurden mit einem Privataufzug ins oberste Stockwerk gebracht, wo wir hinaus in ein großes Vorzimmer traten. Es war feudal eingerichtet; dicke Teppiche auf dem Fußboden, Gemälde an den Wänden. Es gab mehrere Schreibtische in dem Raum, die meisten besetzt von Leibwächtertypen, die einfach dasaßen, uns beobachteten und brutal aussahen. Große Schreibtische, anscheinend aus echtem Holz. Eine Frau saß an einem, und sie lächelte uns entgegen.

»Guten Tag, Mr. Bok, Mr. Bolivar.« Sie nickte uns freundlich zu. »Mr. Wolfe erwartet Sie schon. Möchten Sie nicht eintreten?« Sie wies auf eine Tür hinter ihrem Schreibtisch, nur eine von vielen Türen, die aus dem Raum hinausführten. Bei all diesen Türen und Leuten ringsum war es ein Wunder, daß überhaupt jemals irgendwer Mr. Wolfe zu sehen bekam.

Ich hatte erwartet, ein opulentes Büro vorzufinden, aber ich hatte mich getäuscht. Es war so funktional, daß es beinahe schon kahl wirkte: ein Schreibtisch, ein Phon, keine Bücher, keine Fenster. Hinter dem Tisch saß Mr. Wolfe. Er war groß für einen Erdling, aber immer noch ein ganzes Stück kleiner als ich. Er stand nicht auf, als wir eintraten, aber er brachte immerhin ein halbes Lächeln zustande. Für ihn war das vermutlich keine geringe Leistung.

»Mr. Bok, Sie sind größer, als ich erwartet habe«, sagte er. »Geraten alle, die von Springworld kommen, so groß?«

»Die meisten«,sagte ich. »Einige sind größer.«

»Sie werden sich prächtig machen, Mr. Bok.« Er reichte mir eine kleine Mappe voller Papiere.

Ich öffnete sie, blätterte sie durch. Eine Menge Kleingedrucktes mit erstgenannten Parteien und jeder überall darin verstreut. Ein typischer Vertrag, von Rechtsanwälten so aufgesetzt, daß nur Rechtsanwälte ihn verstehen konnten. Ich fand die wichtigsten Stellen: 15 000 Pesas für einen gewissen Carl Bok von Springworld, wenn dieser bis zum Tode (oder bis zur Bewußtlosigkeit) mit einem Polarbären kämpfte oder mit besagtem Tier eine Mindestzeit von einer halben Stunde in der Arena blieb.

»Was ist, wenn der Bär keine Lust zum Kämpfen hat?« fragte ich Mr. Wolfe. »Das würde eine ziemlich langweilige halbe Stunde. Und eine teure für Sie außerdem.«

»Darüber würde ich mir keine Sorgen machen, Mr. Bok. Das muß erst noch passieren.«

Pancho kam herüber und sah sich den Vertrag über meine Schulter hinweg an. Ich glaube nicht, daß das juristische Kauderwelsch für ihn mehr Sinn ergab als für mich. Englisch war eine Fremdsprache für ihn.

»Ist Mr. Bolivar Ihr Anwalt?« erkundigte sich Mr. Wolfe. Ich hatte das Gefühl, daß er nur halb im Scherz sprach.

»O nein«, sagte Pancho. »Ich bin nur ein Student, genau wie Carl. Wir sind Amigos, Kameraden.«

Mr. Wolfe reichte mir einen Stift. »Es ist ein Normvertrag. Sie werden alle drei Ausfertigungen unterschreiben.« Er hielt inne. »Wenn ich bitten darf«, fügte er nachträglich hinzu.

Ich unterschrieb. Für 15 000 Pesas hätte ich fast alles unterschrieben.

Mr. Wolfe nahm den Stift und die Mappe wieder an sich. »Sehr gut, Mr. Bok«, sagte er. »Das Geld liegt am Ende Ihres Kampfes für Sie bereit. Ich hoffe, Sie nutzen diesen Abend, sich ein wenig unsere Stadt anzusehen. Wir sind einigermaßen stolz auf sie. Zu Recht, darf ich hinzufügen. Ich würde Ihnen jedoch raten, zu versuchen, sich von Ärger fernzuhalten. Jedem Ärger, heißt das, der zu körperlichem Schaden führen könnte. Sie sind bis 16. 30 Uhr morgen mein Eigentum, und ich sehe es gerne, wenn man mit meinem Eigentum sorgfältig umgeht. Das ist eine kleine Unart von mir.«

Eigentum? Vielleicht hätte ich doch das Kleingedruckte lesen sollen.

»Ich paß schon auf ihn auf«, sagte Pancho.

»Tun Sie das«, meinte Mr. Wolfe. Er sah mich an. »Es ist angenehm, mit Ihnen Geschäfte zu machen, Mr. Bok. Ich bin sicher, daß sie sich zu unserem beiderseitigen Vorteil entwikkeln werden. Guten Tag.«

Es dauerte einen Augenblick, bevor ich begriff, daß wir entlassen waren. Ich langte über den Schreibtisch und schüttelte Mr. Wolfe die Hand. Pancho und ich wurden zurück in unser Zimmer geleitet.

Anchorage-Sibirsk gilt als Pionierstadt an der Siedlungsgrenze. Wie man etwas mit einer Einwohnerzahl von 14 Millionen als Grenzland ansehen konnte, entzog sich meinem Verständnis. Auf Springworld ergeben vierzehn Familien eine bevölkerte Stadt. Aber Pancho war begierig darauf, herauszufinden, wie sie war, und so viel schuldete ich ihm wenigstens dafür, daß er mich von B'oosa weggelotst hatte.

Wir begannen den freien Abend mit einem Dinner im Hotel. Es war köstlich; echtes Fleisch und alles. Als ich zu bezahlen versuchte, winkte man nur ab. Ging alles auf Mr. Wolfe. Was immer sich sonst über den Mann sagen läßt, er mag es, wenn sein Eigentum gut ernährt wird.

Pancho erkundigte sich am Empfang, was man Aufregendes in dieser Stadt unternehmen könne. Der Portier meinte, für die meisten Leute sei es schon aufregend genug, einfach nur vor die Tür zu treten, aber wenn wir sehen wollten, was es mit der Stadt wirklich auf sich habe, sollten wir einen Blick ins Casino de Mabel werfen.

Wir ließen uns den Weg erklären und marschierten los. Es war kühl, aber wir hatten leichte Jacken. Der Großteil der

Stadt, wenigstens jener Abschnitt, der unser Ziel war, war überkuppelt. Die Temperatur dort betrug konstante 23° Celsius. Bevor wir mehr als ein paar Schritte gegangen waren, schloß ein Oberflächenfahrzeug zu uns auf. Obwohl es lang und schnittig war, konnte es nicht mehr als fünf oder sechs Leute aufnehmen. Eine extravagante Platzverschwendung!

Der neben dem Fahrer sitzende Mann schob ein Fenster zurück. »Mr. Bok?« fragte er.

»Der bin ich«, sagte ich.

»Wir sollen für Ihre Beförderung sorgen.« Eine Tür glitt auf unserer Seite auf. Ich blickte Pancho an. Er stieg ein, ohne Fragen zu stellen. Ich folgte ihm.

Weiche Sitze, Polster. Man mußte kein Experte sein, um festzustellen, daß wir von echtem Leder und hölzerner Innenausstattung umgeben waren. Im Rücksitz gab es eine Bar und ein Phon. Eine Glasscheibe trennte uns von den Vordersitzen.

»Wohin wollten Sie, Mr. Bok?« Die Stimme klang ein bißchen blechern durch den Lautsprecher. Die Lautstärke war angenehm gedämpft. Jemand hatte sich bei der Konstruktion dieses Fahrzeugs eine Menge Gedanken gemacht.

»Der Hotelportier empfahl uns das Casino de Mabel.«

»Eine ausgezeichnete Wahl, Mr. Bok. Wir werden in fünf Minuten dort sein. Bitte, machen Sie es sich bequem.«

Ein flüchtiger Gedanke kam mir. »Gehört Mr. Wolfe das auch?« fragte ich.

»Natürlich.«

Es paßte.

Das Casino de Mabel war von außen protzig, aber auch nicht mehr als die anderen Etablissements, die die Straßen säumten. Drinnen gab es eine Nachtclubvorstellung und Spielsäle, dazu die üblichen Speisen und Getränke. Die Nachtclubvorstellung endete gerade, als wir hereinkamen. Sie führten etwas vor, das Can-Can hieß. Es sollte eine Zeitepoche darstellen, die man Goldrausch nannte. Ich begriff nichts davon. Nur ein Haufen Leute, die umhersprangen.

Pancho wollte die Spieltische ausprobieren. Er hatte ein bißchen Geld, plus das, was Wolfes Männer uns gegeben hatten.

Außerdem hatte er den verrückten Einfall, dabei reich werden zu können. Ich hatte in Mathe während des Kurses in Wahrscheinlichkeitstheorie nicht geschlafen, also verspürte ich keinerlei Versuchung. Alles, was ich wollte, waren meine 15 000 Pesas.

Pancho setzte sich eine Zeitlang an einen Tisch und spielte etwas, das Blackjack hieß, eine Veranstaltung, zu der man kleine Plastikrechtecke benutzte, sogenannte Karten. Wenigstens war er beständig – im Verlieren. Dann wandte er sich einem Spiel namens Roulette zu, das sich um eine Menge Zahlen und ein Rad mit einem kleinen Ball drehte. Es sah albern aus. Auch dort verlor er, aber nicht besonders viel. Als er zu etwas überging, das man Würfeln nannte und das passenderweise mit kleinen, mit Punkten bedeckten Würfeln gespielt wurde, entschloß ich mich, ihn für ein paar Minuten sich selbst zu überlassen. Ich mußte dringend frische Luft schöpfen. Die Luft im Casino war voller Zigarettenrauch. Tabak ist auf der Erde illegal, aber anscheinend wurde das entsprechende Gesetz in dieser Stadt nicht strikt durchgesetzt. Die beiden Männer, die auf uns aufpaßten, teilten sich; der eine folgte mir, der andere blieb auf seinem Platz in diskretem Abstand hinter Pancho.

Draußen die frische Luft unter der Markise des Casinos tat gut, obwohl ich mir gewünscht hätte, daß nicht obendrüber die Kuppel gewesen wäre, damit ich zur Abwechslung mal ein bißchen richtige Luft hätte atmen können. Außerhalb der Kuppel sah sie schwarz und klar aus. Meine Leibwache postierte sich ungefähr zehn Meter entfernt; sie bedrängte mich nie, ließ mich aber auch nie aus den Augen. Menschen wanderten in einem ununterbrochenem Strom den Gehweg auf und ab.

Ich studierte ihre Gesichter, während sie vorübergingen. Hier war man nicht so in Eile, aber vielleicht lag das an der Tageszeit. Viele Leute zeigten starre Mienen stiller Verzweiflung. Das beunruhigte mich ein bißchen, und – *Moment mal!* War das nicht . . .

Er rempelte mich an, murmelte »Tracys Bar« und stolperte weiter. Der Höller! Ich drehte mich um, um ihm zu folgen, und wurde von einer weiteren Person angerempelt. Ich schickte mich an, sie wegzustoßen.

»Folge uns nicht«, flüsterte der zweite Mann. Es war Angelo, der Spezi des Höllers. »In einer halben Stunde.« Sie verschwanden beide in der Menge.

So kurz sie gewesen war, hatte die Begegnung unerwünschte Aufmerksamkeit erregt. Mein Leibwächter kam auf mich zu. Ich bückte mich, tat so, als höbe ich etwas vom Gehweg auf. Er trat an mich heran. Ich richtete mich auf und machte kehrt, um ins Casino zurückzugehen. »Zu voll hier draußen«, sagte ich. Er nickte, und wir gingen wieder nach drinnen. Er blieb vier oder fünf Schritte hinter mir. Er war bestens ausgebildet.

Ich fand Pancho an einem großen Gerät, das man Spielautomaten nannte. Es nahm nur Pesas, und davon immer nur einen auf einmal. Ich begriff, daß er den Großteil seines Geldes schon verjubelt haben mußte. Ich beugte mich zu ihm, als wollte ich mir die Münzen näher ansehen, die er in der hohlen Hand hielt.

»Ärger«, flüsterte ich. »Ich glaub's wenigstens.« So schnell wie möglich erzählte ich ihm von meiner Begegnung mit dem Höller und Angelo.

Er verlor noch eben die letzten Münzen in seiner Hand und machte dann einen großen Auftritt daraus, daß er noch irgendwo hin gehen und ein Bier trinken wolle. Wir steuerten zur Tür, und ich nickte den beiden Männern zu, uns zu folgen. Das hätten sie sowieso.

Wir stiegen in den Wagen, und der Fahrer lenkte ihn vom Bordstein weg.

»Tracys Bar«, befahl ich ihm.

»Wäre es nicht Zeit, zurückzufahren?« fragte er.

»Tracys Bar«, sagte ich bestimmt. »Oder wir steigen aus und laufen.«

Der Fahrer änderte die Richtung, und der andere Mann sprach rasch in ein Mikrophon. Ich konnte nicht hören, was gesagt wurde. Sie kamen zu einer Art von Entscheidung, und der Fahrer bog in eine Seitenstraße ab.

»Ein Drink«, drang die Stimme über den Lautsprecher. Ich brauchte nicht zu fragen, ob Mr. Wolfe auch dieses Lokal gehörte. Ich hatte so das Gefühl, daß nicht.

Tracys war dunkel und schmutzig, voller Tabaksqualm. Es

war schwierig, mehr als einen Meter weit vor sich zu sehen. Pancho und ich stolperten zur Bar, bestellten zwei Bier. Der Barmixer brachte sie, kassierte unser Geld, bonnte es ein.

»Was meinst du, was los ist?« fragte Pancho.

Ich zuckte in der Dunkelheit die Achseln. Er wußte soviel wie ich. Ich nahm mir mein Bier zur Brust, und der Barmixer beugte sich vor und wischte mit einem Tuch vor mir über die Theke.

»Sie sind der Springer«, sagte der Barmixer. Es war keine Frage.

»Stimmt«, sagte ich. »Was –«

»Gehn Sie zum Klo«, sagte er.

»Was?«

»Marschieren Sie los in Richtung Klo, Blödhammel.« Er wiegte den Kopf leicht nach rechts, und ich konnte eine trübe Lampe über einer Toilettentür erkennen.

Ich sah in mein Bier und flüsterte Pancho zu: »Verschwinde raus auf die Straße. Schau, ob du sie weglotsen kannst. Ich muß herausfinden, was der Höller will.«

Plötzlich stöhnte Pancho, und ich wäre bald in Gelächter ausgebrochen. Hatte gar nicht gewußt, daß der kleine Kerl es in sich hatte. Was für ein Schauspieler! Er preßte die Hände vor den Bauch und wand sich zur Tür, im Gehen Leute beiseite stoßend. Unsere »Freunde« folgten ihm beide. In dem Durcheinander schlüpfte ich in Richtung Toilette davon.

Ich hatte sie beinahe erreicht, als jemand mich am Arm packte und in eine dunkle Nische zerrte. Schon wollte ich mich losreißen, da sagte eine vertraute Stimme: »Schiete, Springer, ich bin's!«

Ich entspannte mich. Bis zu diesem Augenblick hatte ich gar nicht gemerkt, wie angespannt ich gewesen war. »Wo brennt's denn?« fragte ich ihn.

»Bei dir, Springer. Bei dir.«

»Ich verstehe nicht –«

»Du hast nicht die geringste Chance. Das morgen ist kein gewöhnlicher Bär, sondern eines von diesen biotechnologisch hergestellten Biestern. Er wird dich umbringen. Ich hab das nicht gewußt, ich schwör's. Wolfe hat mich wegen ein paar

Sachen am Wickel, die ich vor langer Zeit für ihn gemacht habe, als ich noch jung und hungrig war. Er dachte sich, daß ich dich hierher bringen könnte, und ich tat es. Aber ich wußte nicht, daß er dich reinlegen wollte.«

»Er dachte, er würde dir helfen, Amigo«, pflichtete Angelo bei.

»Ich hätte wissen müssen, daß man Wolfe nicht trauen kann«, sagte der Höller. »Alles, was er will, ist jede Menge Blut, und du wirst sie liefern. Wenn der Bär dich umbringt, um so besser, so weit es ihn betrifft. Es gibt Gesetze gegen diese Art von Zeug, aber falls du es noch nicht bemerkt hast, Wolfe *ist* in dieser Gegend hier das Gesetz.«

»Darauf war ich auch schon gekommen.«

»Gut für dich. Es gibt noch Hoffnung für dich, Springer.«

»Und wie soll ich eurer Ansicht nach da wieder herauskommen?« fragte ich.

»Ist nicht leicht, aber es –« Der Höller wurde von dem *Twong* eines Messers auf dem Tisch unterbrochen. Er setzte zu einer Bewegung an, sah auf und hielt inne. Unsere beiden Leibwächter waren wieder zurück. Fünf oder sechs Männer standen hinter ihnen. Keiner von ihnen sah besonders erfreut aus.

»Mr. Bolivar ist schlecht geworden«, sagte einer von ihnen. »Mr. Wolfe meint, daß Sie vielleicht gerne in Ihr Zimmer zurückkehren würden. Sie brauchen Ruhe für morgen.«

Ich bildete mir nicht ein, irgendeine Wahl in der Angelegenheit zu haben. Sie führten mich hinaus zum Wagen. Pancho lag lang ausgestreckt auf dem Rücksitz. Er sah nicht so aus, als fühle er sich allzu gut. Ich machte mir mehr Sorgen um ihn und darüber, was mit dem Höller und Angelo geschehen mochte, als über den Bären oder was sie mit mir vorhatten. Das Fahrzeug setzte sich in Bewegung.

»Zehn Minuten, Mr. Bok.« Die Stimme war so gleichmäßig wie immer.

Pancho stöhnte und hielt sich den Kopf. Er setzte an, etwas zu sagen, konnte aber kein Wort herausbekommen und fiel zurück in den Sitz.

Wir erreichten das Hotelzimmer, und ich steckte Pancho unter die Dusche, drehte sie auf ganz kalt. Nach ein paar Minuten kam er wieder zu sich.

»Weiß nicht, was passiert ist, Carl. Glaube nicht, daß sie mich geschlagen haben. Sobald ich hinaus auf die Straße kam, wurde plötzlich alles schwarz. Jemand hat mir ganz fix das Licht ausgedreht.«

»Ich glaube, wir stecken bis über beide Ohren drin, Pancho«, sagte ich, als er sich aus der Dusche schleppte. »Diese Jungs spielen hart.«

Während Pancho sich abtrocknete, ging ich zur Tür und versuchte, sie zu öffnen. Es ging nicht. Sie war von außen abgeschlossen.

»Was sollen wir jetzt machen?« fragte Pancho.

»'ne Runde schlafen«, sagte ich. »Schließlich muß ich morgen gegen einen Bären kämpfen, und du mußt die Einzelteile aufsammeln.«

Das Bett war weich und zu kurz für mich. Ich schlief auf dem Boden.

X

Man brachte uns ein spätes Frühstück auf's Zimmer. Ich bat um etwas Literatur über Bären und las eine Weile über sie nach. Der alte Mann hatte haargenau recht gehabt.

Bären waren gefährlich.

Ich hatte nicht die geringste Ahnung, wie ein biotechnologisch hergestellter Bär sein mochte, aber ich nahm an, daß ich es bald genug herausfinden würde.

Ich arbeitete mich ein bißchen im Hotelzimmer aus, machte ein paar Übungen, um mich zu lockern. Mein Fuß schien prima verheilt zu sein, ohne eine Spur der *cornada*-Wunde. Die Erdärzte *konnten* Wunder vollbringen, genau wie sie gesagt hatten. Ich hoffte nur, daß Wolfe ein paar gute auf seiner Gehaltsliste hatte.

Man brachte Pancho und mich zum Stadion. Es war eine lange Fahrt, fast bis zum Stadtrand. Ich dachte die ganze Zeit an den Höller und das, was er gesagt hatte. Hoffentlich war ihm nichts passiert!

Das Stadion war oben offen, mit geheizten Tribünen. Es sah so aus, als könne es über 100 000 Menschen aufnehmen, und obwohl es noch früh war, füllte es sich bereits. Der Himmel darüber war blau und klar. Ich erkundigte mich, ob wir den Bären sehen könnten.

Unser Leibwächter zuckte die Achseln und führte uns eine Reihe von Korridoren und Treppen hinunter. Ich konnte die Tiere riechen, bevor wir sie sahen. Hören auch. Sie machten eine Menge Lärm.

»Da drin«, sagte der Leibwächter und wies auf eine Tür. Er lehnte sich gegen die Wand und zündete sich eine Zigarette an. »Schauen Sie nur gut hin.«

Drinnen war ein riesiger Raum, angefüllt mit in Käfigen eingesperrten Tieren jeder Art und Beschreibung, von denen ich einige nicht erkannte. Sie hatten allerdings alle eines gemeinsam – sie sahen alle gefährlich aus. Ich spazierte umher und ... da!

Selbst auf allen vieren war er fast doppelt so groß wie ich. Wog lässig über tausend Kilo. Er durchmaß ruhelos den Käfig von einem Ende zum anderen, wobei er ziellos mit seinen gewaltigen Pranken nach den Gitterstäben wischte. Sein Fell war von einem schmutzigen Gelbweiß und verfilzt; er roch wie tausend nasse Hunde. Schaum troff aus seinem Maul.

Er sah wie ein lebendig gewordener Alptraum aus. Ich wollte raus. Das war Irrsinn!

Als ich mich von dem Bären abwandte, unterhielt sich Pancho gerade mit drei Männern unter der Tür. Mehrere Polizisten standen draußen im Flur. Pancho sah alles andere als glücklich aus. Zwei der Männer waren breit gebaute, stämmige Typen, dem dritten stand das »Rechtsanwalt« geradezu im Gesicht geschrieben. Er hielt eine Mappe. Zweifellos ein Exemplar meines Vertrages. Ich gesellte mich zu ihnen.

»Mr. Bok«, sagte der Rechtsanwalt und streckte mir die Hand entgegen, »ich vertrete Mr. Wolfe.«

Ich übersah die Hand. »Dann können Sie Mr. Wolfe sagen, daß er selbst gegen diese Bestie kämpfen kann.«

»Sie scherzen natürlich. Der Vertrag –«

»Ich habe unterschrieben, gegen einen Bären zu kämpfen, nicht gegen ein Monster.«

»Sie haben unterschrieben, gegen alles zu kämpfen, wogegen wir Sie antreten lassen. Tun Sie es nicht, wäre das eine schwerwiegende Vertragsverletzung. Wenn ich das Gefühl hätte, daß Sie von unserer Übereinkunft zurücktreten möchten, würden diese Polizisten Sie auf ein Wort von mir hin in Haft nehmen. Die Strafe für Vertragsbruch ist ein Jahr Gefängnis für jede 1 000 verwirkte Pesas. Die Richter in dieser Gegend sind in solchen Angelegenheiten nicht sehr nachsichtig.«

»Und ich nehme an, alle Richter sind von unserem Freund Mr. Wolfe eigenhändig ausgesucht.«

Er grinste nur, der Bastard. »Fünfzehn Jahre im Gefängnis sind eine lange Zeit, Mr. Bok. Außerdem sind Ihre beiden

Freunde von gestern abend, der Gentleman von Hölle und sein kleiner Partner, sehr begierig darauf, Sie im Holo zu sehen. Sie sind besondere Gäste von Mr. Wolfe, und wenn Sie wider Erwarten nicht auftreten sollten, könnte ihnen womöglich ein Unfall zustoßen. Das wäre tragisch. Ich schlage vor, Sie machen sich für den Kampf bereit. Es ist beinahe soweit.«

Die beiden Schwergewichtler folgten uns bis in den Ankleideraum. Ich hatte das dringende Bedürfnis, ein paar Schädel zu knacken, aber es war hoffnungslos. Sie hatten uns tatsächlich. Vielleicht hatte ich doch Felsen als Gehirn.

Pancho rieb mich ab, während wir warteten. Er war trübsinnig und niedergeschlagen, sogar noch mehr als ich. Nach ein paar Minuten kam ein anderer Wächter, dieser bewaffnet mit einer schweren Pistole an der Hüfte. Er übergab mir das Messer, das ich gegen den Bären gebrauchen sollte. Es war kleiner als meine Hand, wertlos. Ich behielt es trotzdem, steckte es in den Gürtel. Vielleicht würde ich es nicht gebrauchen müssen. Vielleicht doch.

»Carl?«

Ich drehte mich zu Pancho um. Er schlug mir auf den Rükken, drückte meinen Arm. Er war den Tränen nahe.

»Viel Glück«, sagte er. »Komm wieder.«

»Ich muß wiederkommen«, sagte ich mit einer erzwungenen Munterkeit, die ich nicht verspürte. »Mein Rollstuhl steckt immer noch in einer Toilette in Deecee. Jemand muß die Miete dafür bezahlen.«

Wir schüttelten uns die Hände, und ich ging hinaus, um mich dem Bären zu stellen.

Die Menge brüllte, als ich auf den Sand trat. Hatten all diese Menschen nicht Besseres mit ihrer Zeit anzufangen, als zuzusehen, wie ich zerfleischt wurde? Das Stadion war voll. Ich fühlte mich zwergenhaft und unbedeutend, als ich zur Mitte der Arena schritt. Begleitet wurde ich von zwei ungefähr einen Meter großen, ferngesteuerten Holokameras, die auf mit Stelzen versehenen Plattformen neben mir herglitten. Ein Kampfrichter stand am Rande der Sandfläche. Ich bemerkte, daß er kein Gewehr trug. Noch eine Regel, die ein bißchen gebrochen wurde. Ein Ansager verkündete etwas über die Lautsprecher, aber ich konnte die Worte nicht über den Lärm der Menge verstehen. Dann ließen sie den Bären los, und die Tribünen begannen zu toben.

Es war leicht zu erkennen, wen sie anfeuerten.

Zuerst umkreiste der Bär nur schnaufend und an allem schnüffelnd die Arena. Er schien verwirrt zu sein, wo er sich befand. Vielleicht hatte ich doch eine Chance. Ich hielt mich nur von ihm fern, blieb auf der entgegengesetzten Seite der Arena. Das ging ungefähr fünf Minuten so. Dann setzte er sich und schnüffelte in der Luft umher, wobei er seinen massigen Kopf vor und zurück schaukelte. Ich hatte das unsinnige Gefühl, daß er vielleicht einschlafen würde.

Dann roch er mich.

In einem langsamen Trott kam er auf mich zu. Ich mußte mich von der Wand wegbewegen, damit ich nicht in die Enge getrieben wurde. Ich täuschte eine Bewegung nach links an, aber er ließ sich dadurch nicht im geringsten zum Narren halten. Er schien nicht wütend oder so etwas zu sein, bloß neugierig. Als er mich schlug, hatte ich das Gefühl, daß es ein verspielter Klaps war. Er ließ mich zehn Meter weit durch die Luft fliegen, und ich landete mit klingelnden Ohren auf der Seite. Bevor ich auf die Knie hochkommen konnte, war er über mir und rollte mich wie einen Ball umher. Er schien immer noch zu spielen, denn er schlug nicht sehr fest zu, aber ein Tausend-Kilo-Spielgefährte war etwas, das ich nicht brauchte. Ich rollte aus seiner Reichweite und kam auf die Füße.

Beim nächsten Mal, als er auf mich losging, schraubte ich mich herum und schwang mich auf seinen Rücken. Das hatte einmal funktioniert. Ihm gefiel es nicht besonders, und er versuchte, mich abzuschütteln. Ich hielt mich mit einer Hand an seinem dicken Pelz fest und versuchte mit der anderen, die Druckpunkte an seinem Nacken zu finden. Es war unmöglich. Sein Pelz war zu dick. Ich konnte nicht genug Druck auf die Arterien ausüben. Wieder und wieder drehte er den Kopf herum, versuchte, mich zu beißen. Seine Kiefer erzeugten ein gräßliches, krachendes Geräusch, seine Zähne waren riesig, sein Atem stank. Langsam wurde er wütend.

Er versuchte es mit Abrollen, und ich sprang ab, machte

mich aus dem Weg, schnell. Er konnte mich ohne die geringste Mühe zerquetschen. Ich versuchte wegzulaufen und rutschte aus. Bis ich wieder auf den Beinen war, war er über mir, aufgebäumt auf den Hinterbeinen.

Ich wußte genau, wie jener alte Trapper sich gefühlt hatte. Dies war das erste Mal, daß ich den Bären aufrecht gesehen hatte, und es war furchteinflößend. *Riesig!* Mir wurden die Knie weich. Er packte mich mühelos mit einer riesigen Tatze. Ich kämpfte völlig wirkungslos dagegen an. Seine Klauen waren so lang wie meine Hand. Der andere Arm traf mich schwer, und bevor ich wußte, was geschah, hatte er mich an die Brust gezogen. Mein Gesicht war in seinem stinkenden Pelz begraben, und ich zappelte wie ein Wilder. Ich trat und ich biß und ich warf meine Arme und Beine überall hin, wo sie nur hinreichten. Nichts funktionierte. In meinen Ohren begann es zu hämmern, und ich sah nichts mehr als Rot. Ich war dabei, das Bewußtsein zu verlieren. Ich versuchte, an mein Messer zu gelangen, vermochte es aber nicht. Ich biß nach seinem Pelz, riesige Stücke blieben in meinem Mund. Ich spuckte sie aus, biß noch etwas mehr. Ich trat und trat und trat, und irgend etwas muß geschehen sein, weil ich mir plötzlich seines lauten Brüllens bewußt wurde und ich Hals über Kopf in den Sand rollte. Diesmal zog ich mein Messer. Es wirkte erbärmlich klein.

Er griff an, und ich holte aus. Jetzt gab es keinen Zweifel mehr – er war wütend. Ich zielte auf seine Augen, in der Annahme, daß das meine einzige Chance war. Ich kam nicht einmal in ihre Nähe. Er schlug meine Hand beiseite, und ich sah das Messer in die Tribünen fliegen. Weg.

Dann bemerkte ich meine Hand; sie war aufgeschlitzt und blutig, die Sehnen lagen offen. Ich mußte zu lange hingeschaut haben, denn aus dem Nichts heraus erwischte mich eine gewaltige Pranke voller Klauen an der Brust und schleuderte mich durch die Luft. Alles unterhalb meines Kinns war blutbesudelt. Ich schüttelte den Kopf. Es mußte eine Antwort geben. Eine Holokamera kam für eine gute Aufnahme näher.

Ein Würfel. Die dritte Potenz. Es kam mir einfach so.

Es gibt Grenzen dafür, wie groß jedes beliebige Tier werden

kann. Es existiert immer ein Hemmfaktor. Ich bin ungefähr so groß, wie ein Mensch nur sein kann. Sind sie viel größer, kann ihr Skelett das Gewicht nicht mehr tragen. Darum kann man keine Ameisen züchten, die so groß sind wie Häuser. Und dieser Bär da war groß. *Zu groß*. Irgend etwas mußte nachgeben!

Beim nächsten Angriff traf ich ihn hart und tief. Dergleichen hatte er nicht erwartet, und eine Sekunde lang verlor er das Gleichgewicht. Eine Sekunde aber war alles, was ich brauchte. Ich warf alles, was ich hatte, gegen das Bein, das sein Gewicht trug. Er stürzte mit einem lauten Knacken um. Ein gebrochener Knochen. Vielleicht konnte ich ihm jetzt standhalten. Er brüllte vor Schmerz, stellte sich auf die Hinterbeine.

O verdammt, ein Vorderbein. Ich mußte ihm ausgerechnet ein *Vorderbein* brechen! Ich machte so schnell ich konnte einen Rückzieher. Es war nicht annähernd schnell genug. Er kam, und wie er kam! Blut fleckte an seinem Maul, und sein Kopf sauste vor und zurück, während er brüllte und auf mich losstürmte. Ich hatte nicht die geringste Chance. Er verpaßte mir tüchtig eins längs der Seite meines Kopfes. Für einen Sekundenbruchteil wurde alles schwarz, und ich schmeckte Blut, und plötzlich war er da, hoch über mir aufragend auf seinen beiden Hinterbeinen, bereit zum Töten. Ich stand mit dem Rücken zur Wand, konnte nirgendwo mehr hin. Eine Holokamera umkreiste uns lautlos, um eine gute Nahaufnahme davon zu bekommen, wie der Bär mich in Stücke riß. Zu nah.

Der Bär richtete sich zu seiner vollen Größe auf und warf den gesunden Arm zurück. Ich krümmte mich nach rechts und packte die Holokamera am Sockel. Er holte aus und ich holte aus, legte alles, was ich hatte, dahinter. Ich war ein bißchen schneller und zerschmetterte die Seite seines Kopfes mit der Kamera. Er fiel in sich zusammen, mit zuckenden Beinen. Er war erledigt.

Erledigt bedeutete bewußtlos. Ich hatte gewonnen. Es dauerte ein paar Sekunden, bis das eingesickert war. Dann konnte ich die Menge durch das Läuten in meinen Ohren vernehmen. *Ich hatte gewonnen!* Ich ließ die Holokamera los, und sie richtete sich automatisch wieder auf. Blumen und Bierflaschen flogen durch die Luft. Ich scherte mich nicht im geringsten darum.

15 000 Pesas warteten auf mich am Ende des Flures. Aber bevor ich es vom Sand herunter geschafft hatte, gaben meine Beine unter mir nach, und ich muß wohl eine Zeitlang die Besinnung verloren haben.

Denn als ich die Augen öffnete, war B'oosa da. Der Dekan auch. Pancho war da, alles war verschwommen, meine Augen wollten sich nicht scharf einstellen. Sie stritten erregt mit jemandem. Ich versuchte, mich hinzusetzen, schaffte es nicht. Meine Brust war mit Plastifleisch besprüht. Das beste, was ich tun konnte, war, die Augen zu öffnen und zu versuchen, sie auszurichten.

Alle waren wütend; auf mich, auf Pancho, auf Mr. Wolfe, auf den Rechtsanwalt. Jeder schien auf jeden wutend zu sein. Ich fühlte mich sofort ganz wie zu Hause.

»War auch Zeit, daß Sie sich der Party anschlossen«, sagte Herr B'oosa, als er bemerkte, daß meine Augen offen waren. Meine Augen mochten offen gewesen sein, aber mein Gehirn funktionierte nicht besonders gut.

»Sie haben mich gefunden«, sagte ich.

»Ein Riese wie Sie hinterläßt große Fußspuren; jeder erinnert sich an Sie. Es war leicht, Ihre Spur hierher zu verfolgen. Aber wir konnten nicht herausfinden, wo Sie sich letzte Nacht aufhielten. Die Leute in dieser Stadt scheinen bemerkenswert verschwiegen.« Er warf Mr. Wolfe, der hinter seinem Anwalt und mehreren Leibwächtern stand, einen finsteren Blick zu. »Und diese Gorillas«, er deutete auf mehrere herumstehende Polizisten, »hielten uns zurück, so daß wir nicht in der Lage waren, diesen lächerlichen Kampf zu stoppen.«

Einer der Polizisten trat vor. »Gorillas?« sagte er. »Dagegen möchte ich mich verwehren. Wir sind achtbare –«

»Ach, halten Sie den Mund«, sagte B'oosa mit beträchtlicher Gereiztheit in der Stimme. Keiner griff ihn deswegen an. Sie wären auch Narren gewesen, es zu versuchen.

Ich versuchte, mich aufzusetzen, schaffte es diesmal. »All das ist unwichtig«, meinte ich. »Es ist vorüber und vorbei. Lassen Sie mich mein Geld holen und verschwinden.«

»Es gibt Komplikationen, Carl«, sagte B'oosa. »Anscheinend wird es kein Geld geben.«

»*Kein Geld?*«

»In Ihrem Vertrag ist eine Klausel«, sagte der Rechtsanwalt, »die Sie für alle Schäden verantwortlich macht, die Sie vielleicht während des Kampfes verursachen. Das ist eine normale Vorsichtsmaßnahme von unserer Seite. Sie haben den Vertrag unterzeichnet; er ist rechtsgültig und wird von jedem Gericht anerkannt werden. Sie sind haftbar für alle Schäden.«

»Was für Schäden?« Der einzige Schaden, den ich sehen konnte, war mir zugefügt worden.

»Die Holokamera, die Sie malträtierten, hat eine erhebliche Belastung erlitten.«

»Sie sind praktisch unzerstörbar«, brüllte ich. Darum hatte ich sie schließlich in die Hand genommen.

»Dennoch haben wir festgestellt, daß sie Schäden in Höhe von, sagen wir, 15 000 Pesas davongetragen hat.«

»Das ist lächerlich!« Plastifleisch oder nicht, ich würde ihn in Stücke reißen.

Pancho und B'oosa hielten mich zurück. So wütend wie ich auch war, kostete es sie doch nicht sehr viel Anstrengung. Ich war erledigt. In mehr als einer Hinsicht.

Dr. M'Bisa, der Dekan, kam zu mir herüber. Er war echt verstimmt. »Vergessen Sie's, Carl«, sagte er. Es war das letzte Nette, was er in den nächsten zwei Tagen zu mir sagte.

XI

Ich bekam so richtig mein Fett ab. Wahrscheinlich hatte ich es selbst herbeigeführt, aber es wirkte so, als würden alle überreagieren. Ich hatte mehrere lange Gespräche mit dem Dekan. An einem Punkt überreichte er mir eine Eingabe der Studenten, die besagte, daß sie mich nicht für die Steuer verantwortlich machten. Ich bemerkte, daß Pancho sie nicht unterzeichnet hatte. Wenigstens er war auf meiner Seite. Anscheinend aber war er der einzige, und er fing sich eine Menge Schwierigkeiten dafür ein, daß er sich auf meine Seite schlug.

Es gab allerdings nichts Offizielles, das sie mit uns machen konnten. Ich fing mir ein paar Sonderaufgaben und dergleichen ein, aber eigentlich hatte ich keine Regeln gebrochen, sie nur ein bißchen gedehnt. Mangelhaftes Urteilsvermögen war der Begriff, den der Dekan gebrauchte, zusammen mit kindischem Stolz und Starrköpfigkeit. Er benutzte diese Begriffe ziemlich oft in unseren kleinen Diskussionen. Die Hausarbeiten machten mir nichts aus; ich lag sowieso im Bett und ließ meine Blessuren heilen. Der Rest der Gruppe ging ein und aus: der offizielle Teil der Exkursion auf der Erde war zu Ende, und es gab zehn Tage Freizeit, bevor wir abflogen.

Damit blieben mir noch zehn Tage, und ich war immer noch 14 662,50 Pesas zurück.

B'oosa schalt mich ausgiebig in jener distanzierten Art aus, die ihm eigen ist. Ich glaube, er amüsierte sich über die Anstrengungen, die ich auf mich genommen hatte, um zu versuchen, das Geld zurückzuzahlen. Er erklärte mir auch, daß der Dekan sich möglicherweise Sorgen um die schlechte Presse und den Verlust potentieller Studenten machte, wenn einer von uns sich bei einem unbeaufsichtigten Abenteuer selbst umbrachte.

Ich lag im Hotelbett, umgeben von Büchern, als B'oosa zusammen mit Pancho hereinspaziert kam. Die Bücher waren nur Tarnung; in Wirklichkeit wühlte ich mich durch meine Post. Es war eine Menge gekommen.

»Na, wieder da aus den großen Kulturzentren des Universums?« erkundigte ich mich.

»Sie sollten es wirklich mal irgendwann ausprobieren, Carl«, sagte B'oosa. »Vielleicht würde dann ein bißchen Wissen durch Ihren dicken Schädel dringen.«

»Liebend gerne«, sagte ich. »Aber wie ihr leicht sehen könnt, bin ich ein armer Invalide, ans Bett gefesselt. Vielleicht werde ich nie wieder gesund.«

Pancho warf ein Buch nach mir. Ich fing es mühelos auf. Mit meiner »schlimmen« Hand.

»Mich kannst du nicht zum Narren halten«, meinte er. »Ich habe gesehen, wie du letzte Nacht tiefe Kniebeugen gemacht hast, als du glaubtest, wir schliefen. Du hast bloß Glück, daß der Dekan nicht den Befehl gegeben hat, dich für die nächste Woche oder so angebunden zu halten.« Er ließ sich in einen Sessel plumpsen, und B'oosa ging zum Bett, hob einen der Briefe hoch.

»Noch mehr Bären?« erkundigte er sich.

»Nein«, schauderte ich. »Aber so ziemlich alles andere. Was ist ein Löwe?«

B'oosa legte den Brief, den er in der Hand hielt, zurück aufs Bett. »Sind Sie sich sicher, daß Sie kein Maasai'pyanerblut in sich haben?« fragte er.

»Nein, ich ...« Dann merkte ich, daß er scherzte. »Warum?«

»Sie erinnern mich ein bißchen an meinen Bruder. Natürlich war er nicht ganz so groß wie Sie und ein wenig dunkler. Aber ihr hattet ein paar Dinge gemeinsam, als er in Ihrem Alter war.«

»Und was zum Beispiel?«

»Die Starrköpfigkeit. Einen gewissen Hang zur Selbstzerstörung. Kennen Sie das Wort *›eunoto‹*?«

»Nein.«

»Auf Englisch könnten Sie ›Initiationsritus‹ sagen, aber die Übersetzung wäre nicht ganz treffend.

Unser Planet wurde von Angehörigen des Maasai-Stammes besiedelt, von der Erde aus. Sie waren ein sehr ... konservatives Volk, auf der Erde, fast technikfeindlich, und bewahrten Traditionen, deren Ursprünge sich in der Vorgeschichte verlieren. Die auf der Erde tun das immer noch.«

»Ihr Volk rebellierte?«

Er nickte langsam. »So ist es; deswegen nennen wir unseren Planeten Neu Maasai, Maasai'pya. Als sie sich von den alten Bräuchen lösten, überprüften meine Vorfahren kaltblütig die Gesamtheit der Maasai-Tradition und modernisierten sie Punkt für Punkt, um die Kultur derart zu verwandeln, daß sie in die neue interstellare Gemeinschaft hineinpaßte.

Eine Tradition, die wir – wenngleich in radikal veränderter Form – beibehielten, war eunoto. Auf der Erde handelte es sich dabei um vier Tage streng überwachter Rituale, die den Übergang eines jungen Mannes von der Kriegerkaste zur Ältestenkaste kennzeichneten. Diese ›Ältesten‹ waren nur siebzehn oder achtzehn Jahre alt, was die Realität widerspiegelte, daß die Kriegerkaste ein hoffnungsloser Anachronismus war. Es war Jahrhunderte her, seit sie jemanden gehabt hatten, gegen den sie kämpfen konnten.

Trotzdem war die Vorstellung einer rituellen Zeit, die den Übergang vom verantwortungslosen Jugendlichen zum verantwortlichen Erwachsenen – vom *kivulana* zum *mwenyeji* – kennzeichnete, erhaltenswert. Die Einzelheiten sind unwichtig, aber im wesentlichen dreht es sich darum, daß ein Jahr lang ein junger Mann weder Kind noch Bürger ist. Er entscheidet für sich selbst, wann sein eunoto-Jahr ist, irgendwann zwischen dem Eintreten der Pubertät und dem Alter von zwanzig. Es gibt einen besonderen Kodex für eunoto, der körperliche Erprobung ermutigt, ja sogar Rücksichtslosigkeit. Mord ist nicht erlaubt, wohl aber Tätlichkeiten, unter Duellbedingungen.

Mein Bruder und ich haben nicht in einer Turnhalle gelernt, wie man den Bauernspieß benutzt. Wir haben es im Dschungel und auf der Straße gelernt; wir mußten gegen jeden kämpfen, der einen Zweikampf verlangte, und unter bestimmten Bedingungen mußten wir selbst Herausforderungen aussprechen.«

»Und wenn Sie nicht kämpften oder herausforderten?«

»Dann ging man zurück zum kivulana. Das war nicht nur eine Schande, sondern es bedeutete auch, daß man eunoto noch einmal von vorne beginnen mußte. Manche Leute beenden eunoto tatsächlich nie; sie sind Ziel von Mitleid und Verachtung.«

Ich wußte schon, daß gleich eine große Moral kommen würde. »Was also hat Ihr Bruder gemacht?«

Er lachte wehmütig. »Es war ziemlich bizarr. Am letzten Tag seines eunoto äußerte ein anderer Junge ihm gegenüber eine wirklich das Blut erstarren lassende Beleidigung. Es war eine abgekartete Sache. Als mein Bruder durch eine dritte Partei von der Beleidigung erfuhr, befand sich der betreffende Junge auf der anderen Seite der Welt und würde noch für mehrere Tage nicht zurückkommen.

Ein vernünftiger Mensch hätte es mit einem Achselzucken abgetan. Mein Bruder hingegen traf alle Vorbereitungen zu einem Duell und weigerte sich dann, zu kämpfen. So bekam er seine Rache, aber um einen hohen Preis.«

»Noch ein Jahr Ferien?«

»Oh, das ist es. Der Traum eines jeden Jungen oder Mädchen: Die Regierung finanziert dir deine Reise nach überall auf der Welt.« Sein Blick wurde verträumt. »Besteige Berge, durchschwimme Flüsse, stolziere durch Häfen und Basare – tu ein Jahr lang, was du willst. Erprobe dich selbst, finde die Grenzen deiner Fähigkeiten. Du lernst viel über das Leben, aber nach einem Jahr solltest du genug gelernt haben: Demut, Zurückhaltung, ein Zweckgefühl. Jemand, der sich selbst absichtlich zurückschickt, ist für den Rest seines Lebens gezeichnet. Er hat sich für unfähig oder nicht gewillt erklärt, zu wachsen.«

»Und er darf sich noch ein Jahr lang auf Kosten des Steuerzahlers austoben«, sagte ich.

»Das ist ein Teil davon«, gab B'oosa zu. »Aber sehen Sie denn nicht, daß Sie genau das auch tun? Sie haben die Geste gemacht, und das war keine schlechte Sache. Aber nun über jede Vernunft hinaus darauf zu beharren, *ist* schlecht. Ist kindisch. Was werden Ihre Eltern, was wird Ihr Planet denken, wenn Sie sich hier selbst umbringen? Was werden sie von *Starschool* denken?«

»Meine Eltern«, sagte ich langsam, »mein Planet . . . würden von mir erwarten, daß ich meine eigenen Schulden bezahle.«

»Genau wie ich auch!« sagte er mit überraschender Heftigkeit. »Schulden, die Sie selbst gemacht haben. Aber das hier ist nichts, für das irgend jemand Sie verantwortlich macht. Jeder an Bord von *Starschool* betrachtet diese zynische Steuer als das, was sie ist – jeder außer Ihnen.«

Pancho hatte während dieser ganzen Diskussion geschwiegen und die Post durchgeblättert. B'oosa blickte ihn um Bestätigung heischend an. Er zuckte die Achseln. *»Un hombre hace lo necesario.«*

»Dieses Sprichwort muß es wohl auf jedem Planeten geben«, meinte B'oosa. »›Ein Mann muß tun, was er zu tun hat.‹ Das wirkliche Leben gestattet Alternativen. Ein Jahr eunoto würde Ihnen das beibringen. Sie sollten sich vielleicht beide die Haut schwarz färben und nach Maasai'pya gehen.«

»Vielleicht ist eunoto dort, wo man es findet«, sagte Pancho.

B'oosa rollte die Augen zur Decke. *»Jungens!«*

»Es ist etwas, wo ich durch muß.«

Er begann, ruhelos auf und ab zu gehen. »Wenn Sie weiter umsonst gegen Monster kämpfen und sich mit Leuten wie diesem Wolfe abgeben, handeln Sie sich nur den Tod ein. Ich würde Ihre höchst unterhaltsame Gegenwart vermissen.«

»Wie kann ich die schlechten Angebote von den guten unterscheiden? Ich bekomme so viele. Schauen Sie.« Ich hielt eine Handvoll Umschläge hoch.

»Die meisten davon haben Klauseln, die Ihnen nicht gefallen würden. Sie versuchen alle, Kapital aus Ihrem vorübergehenden Neuheitswert zu schlagen. Und aus Ihrem Mangel an juristischen Kenntnissen, wie ich hinzufügen darf. Wenn ich Ihren Vertrag mit Herrn Wolfe gesehen hätte, bevor Sie ihn unterzeichneten, wären Sie nie in diesen Schlamassel hineingeraten.«

»Heißt das, Sie werden mir helfen?«

»Sie *sind* wie mein Bruder. Er hat mich auch immer ausgenutzt, wenn ich ihn ließ. Ich würde es sehr bedauern, Sie sterben zu sehen und nicht einmal dafür bezahlt zu werden. Ich sehe die Verträge für Sie durch, so viel tue ich. Aber verraten Sie bloß dem Dekan nicht, daß ich irgend etwas damit zu tun habe. Er erwartet von mir, daß ich einen beruhigenden Einfluß auf euch zwei Nichtsnutze ausübe.«

Das brachte mich aus dem Bett. Ich breitete die Angebote auf dem Tisch aus, und zu dritt begannen wir sie durchzusehen.

»Keine Löwen oder Tiger«, sagte B'oosa,

»Oder Bären«, meinte Pancho.

»Haie und Stiere kommen auch nicht in Frage«, ergänzte ich. »Schließlich ist es mein Körper.«

»Hier ist eines«, sagte Pancho. »Alligatorenringen an einem Ort, der The Glades heißt. Alligatoren sind bloß große Eidechsen mit einer Menge Zähne.«

»Laßt mich das mal anschauen«, meinte B'oosa. Er studierte es eine Minute lang. »Nicht gut«, sagte er. »Oberflächlich betrachtet, sieht das Geld prima aus, aber es hängt alles davon ab, wieviel Holozeit sie verkaufen können. Verkaufen sie nicht viel Zeit, bekommen Sie auch nicht viel Geld. Besser, wir halten Ausschau nach einer großen Show, statt zu versuchen, eine Menge kleiner mitzunehmen.«

Wir sortierten den Großteil der Angebote aus.

»Das hier sieht interessant aus«, sagte B'oosa. »Keine Tiere. Es ist eine formelle Herausforderung von einem Gladiatorenteam in Lusaka. Wenn Sie mit einem Team mit einem Gesamtgewicht von 400 Kilogramm antreten können, stellen sie sich Ihnen für eine Siegprämie von 60 000 Pesas mit einem Team gleichen Gewichts zum Kampf. Die Siegprämie ist verbürgt und unabhängig vom Gewinn oder Verlust der Sponsorfirma. Klingt anständig, aber Sie würden ein Team brauchen.«

Ich sah Pancho an. »Interessiert?«

»Ich nicht, Mann. 400 Kilogramm Erdlinge sind ein echter Mob. Sie würden über uns drüber kriechen und uns wahrscheinlich totbeißen.«

»Unsinn«, sagte B'oosa. »Zwei gute Männer Rücken an Rükken mit Bauernspießen können jeden Mob unbegrenzt abwehren, solange ihre Gegner nicht Fernkampfwaffen benutzen. Gladiatoren ist nur die Verwendung von Keulen, Vibrokeulen, Bauernspießen und Bolos gestattet. Nur die Bolo läßt sich wirkungsvoll werfen, und mit einem Bauernspieß kann man sie leicht kontern. Überreden Sie sie dazu, eine zeitliche Begrenzung festzusetzen, und Sie dürften eigentlich keine Probleme haben. Es ist auf jeden Fall einfacher als Haie oder Bären. Auch würdiger, wie ich hinzufügen darf.«

Ich hatte meine Zweifel, weil ich mich noch an das Mal erinnerte, als B'oosa mich mit dem Bauernspieß flachgelegt hatte. »Es würde nicht funktionieren.«

»Warum nicht?«

»Ich bin nicht annähernd gut genug mit dem Bauernspieß.«

»*So* schlecht sind Sie nun auch wieder nicht, Carl. Alles, was Sie brauchen, ist Übung und ein bißchen Unterricht. Nach dem, was ich von den Erdlingen gesehen habe, sind sie nicht besonders gut mit dem Bauernspieß, nicht mal die Besten von ihnen.«

»Aber ich habe nur wenige Tage, und ... *he!* Würden Sie es mir beibringen?«

»Ich? Warum sollte ich etwas damit zu tun haben? Für gewöhnlich verbringe ich meine Zeit nicht damit, dickschädeligen kleinen Jungs beizubringen, wie man hinausgeht und sich wehtut. Außerdem gibt es ein paar Museen, die ich noch nicht gesehen habe.«

»Aber Sie sind gut«, sagte ich. »Der Beste auf der Universität. Besser als irgend jemand auf diesem Planeten, wette ich. Sie könnten mir eine Menge beibringen.«

»Mh«, sagte er, »ich nehme an, sogar jemand wie Sie könnte die Anfangsgründe erlernen, wenn er sich genügend anstrengt. Es wäre so etwas wie eine Herausforderung. Wenn ich es *Ihnen* beibringen könnte, könnte ich es jedem beibringen. Natürlich würde es Jahre dauern, bis Sie nach Maasai'pyanischen Maßstäben auch nur halbwegs anständig wären, aber das bräuchten Sie ja wohl gar nicht, um gegen die Erdlinge standzuhalten.«

»Vielleicht geht es«, sagte Pancho. »Ich könnte die Bolo übernehmen.«

»Du?« fragte ich.

»Klar. Auf Selva werden wir praktisch mit Bolos in der Hand geboren. Ich bin gut damit. Bevor ich in die *Starschool* eintrat, war ich Dorfmeister.«

Meister? Es begann so auszusehen, als wäre es möglich. Nur ... »Wir müßten einen zweiten Bauernspieß-Mann finden.« Ich blickte Pancho an. Er kapierte sofort.

»Er würde gut sein müssen«, sagte Pancho. Wir blickten beide B'oosa an.

»Vergessen Sie's«, sagte er. »Ich bin nicht interessiert. Ich bin zu alt und zu gescheit für so eine Narretei.«

»Ginge sowieso nicht«, meinte Pancho. »Herr B'oosa ist nicht groß genug. Es wäre schon ein Brocken von Mann nötig, um dich zu schützen. Wir suchen uns besser jemand Größeres.«

»Unsinn«, sagte B'oosa. »Größe bedeutet beim Bauernspieß nichts. Das habe ich Ihnen doch schon vorgeführt.«

»Außerdem«, meinte Pancho grinsend, »müßte es jemand sein, der stark und schnell ist. Jemand mit Mut.«

»Wollen Sie damit etwa sagen, daß ich –«

»Das stimmt«, unterbrach ich, wobei ich Pancho anschaute und B'oosa ignorierte. »Er sollte auch Köpfchen haben. Jemand, auf den man sich bei einem Kampf verlassen kann.«

»Hören Sie –«

»Jemand, der so gut kämpfen könnte, wie andere Leute reden«, sagte Pancho. »Wo könnten wir so jemanden finden?«

»Ich könnte eine Wannad aufgeben«, sagte ich. »›Gesucht: ein starker, mutiger Gladiator, der ein paar dummen Schuljungen hilft, eine Schuld zurückzuzahlen. Erfahrung mit dem Bauernspieß erforderlich. Bewerbungen von Maasai'pyanern zwecklos.‹ Jemand würde sich schon darauf melden. Ein Taugenichts vielleicht, ein menschliches Wrack, das ein Ende einer Vibrokeule nicht vom anderen unterscheiden kann. Wahrscheinlich würden wir beide getötet, während wir versuchten, ihn zu beschützen.«

»Genug«, sagte B'oosa. »Genug.«

»Sie machen's?« fragte ich ihn.

»Scheint, als hätte ich keine andere Wahl«, sagte er gutmütig. »Wenn ich es nicht tue, kriegt ihr Jungs mit Sicherheit wieder Schwierigkeiten. Außerdem sollte der Gewinn dieses Kampfes ein für allemal diesem unwürdigen Sport mit Tieren ein Ende machen.«

Zusammen brachten wir drei 320 Kilogramm auf die Waage, da auch B'oosa nach irdischen Maßstäben ein Gigant war, obwohl er doch nur armselige 95 Kilo wog. Damit blieben uns immer noch 80 Kilo, um das Team abzurunden. Ich hatte so eine Idee, wo ich 80 Kilo wüsten Gladiators auftreiben konnte.

Ich fand ihn auf der Plaza de Gladiatores, aber er sah aus, als wäre er es gewesen, der mit dem Bären gekämpft hätte, nicht ich.

»Schiete, Springer«, sagte der Höller. »Ich hatte nicht geglaubt, daß ich dich noch einmal wiedersehen würde.«

»Es war nicht dein Fehler, Markos«, sagte ich. »Und danke für die Warnung wegen dem Bär.«

Er rieb sich die Seite seines Gesichts. Sie war geschwollen und oberflächlich mit Plastifleisch zusammengeflickt. »Es gab andere Leute, denen unsere kleine Unterhaltung nicht gefallen hat.«

»Sie hätten ihn beinahe umgebracht«, sagte Angelo, der selbst nicht besonders gut aussah. »Es war sehr knapp.«

»Sie werden mich nicht töten, solange sie noch eine schmukkerte Pesa aus mir herausholen können. Diese Schmucks lassen mich ausbluten, wenn sie können«, sagte der Höller. »Aber sie werden einen höllischen Kampf auf dem Halse haben. Der alte Markos gibt nicht so leicht auf.« Er nahm einen langen Zug von dem Bier, das ich ihm gekauft hatte.

»Tut mir leid, daß ich dir Scherereien eingebracht habe«, sagte ich.

»Schiete, Mann«, meinte Markos. »Ich bringe mir meine eigenen Scherereien ein. Schlechte Nachrichten ist mein zweiter Vorname. Aber sie hatten einfach kein Recht, über meinen kleinen Freund hier herzufallen. Es war nicht seine Angelegenheit. Wie soll er je eine von den *señoritas* kriegen, wenn er weiter so verwämst wird? Am Ende wird er noch so häßlich wie ich. Und so pleite außerdem.«

»Ich habe es zu meiner Angelegenheit gemacht, Amigo«, sagte Angelo. »Deine Scherereien sind auch meine.«

Markos schüttelte den Kopf, sah zu mir auf. »Aber was führt dich her. Suchst du etwa wieder einen neuen Bären?«

»Nein. Ich suche einen Gladiator.«

»Da bist du hier richtig. Die ganze schmuckerte Stadt ist voll davon. Was hast du im Sinn?«

»Ich brauche einen vierten Mann für ein Team, das wir gegen einen Haufen Erdlinge aus Lusaka aufstellen. Er muß gut mit einer Vibrokeule sein oder achtzig Kilo oder darunter wiegen. Siegprämie ist 60 000 Pesas. Verbürgt. Wenn wir gewinnen, gibt's für jeden 15 000 Pesas.«

»Ich wiege achtundsiebzig Kilo und kann mit einer Vibro Dinge anstellen, von denen du noch nicht mal geträumt hast. So ein Sümmchen könnte mir helfen, hier vom Planeten die Mücke zu machen und von Wolfe loszukommen. Noch einmal von vorne anzufangen. Ich bin dein Mann.«

»Ich hatte gehofft, daß du das sagen würdest.«

XII

Bis Markos und ich zurückkamen, hatte B'oosa alle Details geregelt. Wir würden gegen ein Team von neun Erdlingen antreten: vier mit Bauernspießen, jeweils zwei mit Keulen und Bolos, und eine Vibrokeule. Jedem Team war nur eine Vibrokeule gestattet, das war so eine Art Regel.

Wir hatten gewonnen, wenn wir nach zehn Minuten noch wenigstens einen Mann übrig hatten. Die Kampfrichter würden ein Teammitglied immer dann vom Feld schicken, wenn es ihrem Urteil nach schwer genug angeschlagen war, um kampfunfähig zu sein. Das bedeutete bewußtlos oder Schlimmeres. Der Kampf sollte in einer Woche stattfinden.

Wir trainierten ununterbrochen. Irgendwie mußten wir die Kampfstile von vier völlig verschiedenen Planeten unter einen Hut bringen. Und irgendwie schien es zu funktionieren.

Worauf wir schließlich hängenblieben, war eine Defensivstrategie. Da sie so viele Leute mehr hatten, war es offensichtlich, daß der Kampf in Sekunden vorüber sein würde, wenn erst einmal nur noch einer von uns übrig war. Also legten wir uns eine konservative Strategie zurecht, ein Abwartespiel. B'oosa und ich würden Rücken an Rücken bleiben, während Pancho und der Höller von unseren Flanken aus arbeiteten. Wir rechneten damit, auf diese Weise beinahe alles abhalten zu können. Es kostete eine Menge, den Höller davon zu überzeugen. Er neigte mehr zur »Immer ran und ein paar Köpfe einschlagen«-Denkrichtung. Er fand auch, der Bauernspieß sei kraftlos, eine Waffe für Weichlinge. B'oosa führte ihm ein bißchen von dem vor, was er auch mit mir gemacht hatte. Danach gab es keine Probleme mehr. Lusaka war heiß und staubig. Zehntausende von Zuschauern umgaben den kleinen Ring aus hart gebackenem Staub. Es war offensichtlich, wem sie zujubelten. Der Kampf war als »Die Erde gegen die Monster von den Außenwelten« oder so etwas angekündigt. Jedenfalls waren wir die Fieslinge. Ich war es müde, immer der Fiesling zu sein.

Wir wurden in der Mitte des Rings unter einem brausenden Chor von Buhrufen und Pfiffen vorgestellt. Die Erdlinge bekamen den ganzen Applaus. Sie waren klein, aber es waren neun. Neun war mir noch nie zuvor als eine so große Zahl vorgekommen. Wir schüttelten uns die Hände, nahmen unsere Ausgangspositionen ein. Zehn Minuten, das war alles. Zehn Minuten.

Und los ging es. Wir bewegten uns vorsichtig auf den Mittelpunkt des Ringes zu, B'oosa und ich Rücken an Rücken, Pancho und Markos an unseren Flanken.

»Hier«, sagte B'oosa, und wir erstarrten. Die Erdlinge umkreisten uns argwöhnisch, mit einem Vorschnellen hier und da, einer kleinen Finte. Nichts Ernsthaftes.

Pancho leitete seine Aktion ein. Die Bolo ist eine schwere, mit Leder überzogene Kugel am Ende eines elastischen Seils, das um das Handgelenk gebunden wird. Richtig geworfen, wickelt sie sich um das Fußgelenk eines Gegners und bringt ihn zu Fall. Dann, so hatten wir uns gedacht, sollte Pancho ihn nahe genug heranziehen, damit Markos ihn mit der Vibrokeule erreichen konnte, ohne den Schutz der Bauernspieße zu verlassen. Eine Berührung mit der Vibrokeule reicht aus, um eine zeitweilig kampfunfähig machende Lähmung hervorzurufen. Ein Schlag auf den Kopf ist immer gefährlich, manchmal auf Dauer verkrüppelnd, manchmal tödlich.

Pancho landete als erster einen Treffer. Er erwischte mit seiner Bolo einen Spießträger am Bein und begann, ihn hereinzuziehen. Wir deckten ihn, wobei wir uns seitwärts auf den gefallenen Mann zuschoben. Markos traf ihn, und er verlor das Bewußtsein. Der Kampfrichter ordnete eine Auszeit an, und der Erdling wurde hinausgebracht. Jetzt stand es acht zu vier. Die Zeit begann wieder zu laufen.

Dieselbe Strategie. Diesmal angelte sich Pancho einen Burschen mit einer Keule. Einer der Spießträger versuchte, ihn abzuschirmen, aber B'oosa und ich trieben ihn leicht zurück. Der Mann mit der Keule versteifte sich, als Markos ihn traf.

»Wie Fische in der Tonne«, sagte der Höller. Ich fragte mich, was er damit meinte. Die einzigen Fische, die ich auf der Erde kannte, waren Haie. Die Zeit begann erneut zu laufen. Sie hatten sich neu gruppiert, ahmten unsere Verteidigung nach: zwei Spießträger deckten eine Bolo und die Vibrokeule. Aber das ließ drei Männer übrig, die die Plätze wechseln konnten, und diese bedrängten uns von links, während der Rest der Mannschaft in einem Block von rechts kam. Bald hatten wir alle Hände voll zu tun. Ich erwischte einen Burschen mit einer Keule in den Magen. Er ging zu Boden, aber nicht k. o. Lenkte eine Bolo ab, parierte mit einem Spieß. Ich konnte spüren, wie B'oosa sich hinter meinem Rücken schnell bewegte. Etwas aus dem Nichts traf hart mein linkes Schienbein. Ich verlor die Balance, wankte. Ein Spieß kam auf mich herabgesaust, und ich schlug ihn gerade noch rechtzeitig zur Seite.

»Nimm das«, sagte Markos, und ein weiterer ihrer Spießträger fiel. Der Höller grinste, obwohl die Seite seines Kopfes ganz blutig war und es so aussah, als hätte er ein paar Zähne verloren. Es stand jetzt sechs von ihnen gegen vier von uns, und es sah so aus, als wären wir im Vorteil.

Dieses Mal griffen sie den Höller an. Jedenfalls sah es zuerst so aus. Ich bemerkte den Bolomann nicht, bis er sich zur anderen Seite gearbeitet hatte und Pancho am Bein erwischte.

»Carl«, rief er. Er wurde aus der Formation gezerrt.

Wir wechselten den Platz, um zu versuchen, ihm etwas Schutz zu geben, aber die anderen waren ganz wild auf uns. B'oosa schickte ihren anderen Bolospieler mit einem schnellen Stoß ans Kinn auf die Knie. Ein sanfter Klaps auf die Seite seines Kopfes ließ ihn stürzen. Der Kampfrichter hätte jetzt die Zeit anhalten müssen. Er tat es nicht.

Ihr Keulenmann hatte sich an Pancho herangemacht, walkte ihn richtig durch. Wo war dieser Kampfrichter? Alles, was Pancho tun konnte, war, sein Gesicht zu schützen. Der Keulenmann konnte sehen, daß wir nicht imstande sein würden, zu ihm herüberzukommen, und er nahm sich Zeit; offenbar hatte er seinen Spaß. Ich hörte etwas brechen – Rippen vielleicht oder ein Handgelenk. Pancho litt wirklich und wäre gefallen, wenn der Erdling von ihm abgelassen hätte. So aber hielt der Keulenmann ihn aufrecht und schlug ihn zusammen, bis ein Spießträger sich heranarbeitete. Der Spießträger erwischte Pancho im Magen und hob in von den Füßen. Beim Rückschwung erwischte er ihn übers Genick. Pancho ging schwer zu Boden und rührte sich nicht mehr.

Dann hielt der Kampfrichter die Zeit an.

Ich war wütend. Pancho war offensichtlich kampfunfähig gewesen, bevor der Spießträger dazugekommen war. Ich wollte protestieren, aber B'oosa und der Höller hielten mich zurück.

»Erinnerst du dich an das Armdrücken?« fragte Markos.

Ich nickte. »Genauso. Es gibt keine wirklichen Regeln. Man muß es nur *tun.*«

Noch fünf Minuten. Sie hatten uns, fünf gegen drei. Diesmal warfen sie alles gegen mich. Vermutlich glaubten sie, ich sei das schwächste Glied. Ich parierte die Bolo zweimal, ihre Spießträger hielten mich ganz schön auf Trab. Aber B'oosa hatte mich gut ausgebildet. Ich hielt stand. Aber ich sah wohl den Erdling mit der Vibrokeule nicht.

»Springer! Paß auf den Schmuck auf!« Plötzlich spürte ich, wie ein Ellenbogen mich zur Seite stieß. Es war der Höller, der sich zwischen mich und den Erdling warf. Dann wickelte sich die Bolo völlig um meinen Spieß, der andere Spießträger kam rasch herein, und in der Verwirrung wurden wir irgendwie getrennt. B'oosa und ich waren immer noch Rücken an Rükken, aber der Höller stand ganz allein, vornübergebeugt, dem Erdling gegenüber, Vibrokeule gegen Vibrokeule.

In einem Vibrokeulenkampf Mann gegen Mann zwischen zwei fähigen Gegnern scheint nicht viel an Aktion zu passieren, aber da täuscht man sich. Alles ist Stellungsspiel. Sie umkreisen einander, machen kleine Ausfallbewegungen, mit denen sie versuchen, den anderen aus der Balance zu bringen, ihn zu einer Handlungsweise zu verleiten, die ihn auf die Verliererstraße geraten läßt. So geht es meist eine ganze Weile, und dann kommt ein schneller Schlag durch die Verteidigung des Gegners. Der Erdling war gut, aber Markos war besser. Er machte eine komplizierte Bewegung und klapste den Erdling wie beiläufig, so daß dieser zu Boden ging. Der Kampfrichter hätte jetzt die Zeit anhalten müssen, aber er tat es nicht.

Einer der Spießträger und ein Keulenmann hatten Markos eingekreist. Der Spießträger schlenzte ihm die Vibrokeule aus der Hand. Wir versuchten hinüberzugelangen, um ihm zu helfen, aber die Bolo hatte mich am Bein erwischt. Ich versuchte, mich zu entwirren, und ihr anderer Spießträger prügelte auf meine Schultern ein.

Ohne eine Waffe hatte der Höller nicht die geringste Chance. Sie hätten es schnell und leicht beenden können, aber das taten sie nicht. Der Keuler rückte ihm zu Leibe und schlug den Höller bewußtlos. Stellte ihn für den Spießträger hin, der ihn hart am Nacken erwischte, zweimal, dreimal, viermal. Der Menge gefiel es.

»Er ist k. o.«, schrie ich. »Er ist k. o.«

Etwaş knackte im Genick des Höllers, und sein Kopf verdrehte sich in eine absurde Richtung. Sie ließen ihn los, und er stürzte zu Boden. Sie prügelten weiter auf ihn ein.

Wir arbeiteten uns zu ihm hinüber. Ich landete einen Glückstreffer und brachte den Bolomann zu Fall, als er mir zu nahe kam. Dann trat B'oosa auf die weggeworfene Vibrokeule. Ich konnte den Ruck durch seinen Rücken spüren.

Dann hielt der Kampfrichter die Zeit an.

Langsam wurde es hektisch. Sie holten Markos vom Feld, zusammen mit zwei Erdlingen. Ich begann, mit dem Kampfrichter zu debattieren, erreichte aber nichts. Ich war stinksauer. Sie entschieden, daß B'oosa drinbleiben sollte, weil ein Maasai'pyaner auf Knien beinahe so groß wie ein Erdling war.

»Carl«, sagte B'oosa, der erhebliche Schmerzen litt, aber versuchte, es nicht zu zeigen. »*Das* ist der einzige Kampfrichter, auf den wir zählen können.« Er deutete auf die große Uhr am Ende des Feldes. Noch zwei Minuten und zehn Sekunden. Sie begann wieder zu laufen.

Sie stürmten auf uns los, zwei Spießträger und eine Keule. Auf Knien konnte B'oosa seinen Spieß nicht handhaben. Ich schwebte gewissermaßen über ihm und schützte ihn nach besten Kräften. Vielleicht würde der Biß der Vibrokeule nachlassen, und er konnte wieder in Aktion treten.

Ich versuchte, meinen Körper als Schild zu gebrauchen und sie so gut ich konnte mit dem Spieß abzuwehren. Es waren einfach zu viele. Einer der Spießträger durchbrach meine Dekkung und erwischte mich quer über den Rippen. Etwas knackte. Es war nicht sein Stab. Ich konnte den Schmerz kaum spüren, aber ich wußte, daß etwas gebrochen war. Aber auch der Spießträger war in Schwierigkeiten; er war zu dicht herangekommen, B'oosa war vielleicht nicht mehr in der Lage, seinen Spieß zu benutzen, aber hilflos war er nicht. Er packte das Bein des Spießträgers, riß ihn aus dem Gleichgewicht. Ich gab ihm einen Klaps auf die Seite des Kopfes, und er ging zu Boden. Plötzlich begann meine Seite wirklich wehzutun. Ich wünschte mir, härter zugeschlagen zu haben.

Eine schnelle Zeitunterbrechung, während sie den Erdling wegschleppten. Meine Seite stand in Flammen, ein paar Rippen waren kaputt, wenigstens. B'oosa versuchte aufzustehen, schaffte es nicht. Sie waren nicht bereit, ihn eine weggeworfene Keule oder Bolo benutzen zu lassen. Er konnte nur seinen Spieß und die Hände benutzen. Sie schienen ziemlich fix damit, auf die Regeln zu pochen, die gegen uns waren. Noch etwas mehr als eine Minute. Ich war todmüde, mein Körper übersät mit Prellungen.

Sie kamen, um uns den Rest zu geben. Der Spießträger hielt mich von vorne beschäftigt, während der Bursche mit der Keule mich von hinten angriff. Alles, was ich tun konnte, war den Spießträger abzuwehren, und der Kerl mit der Keule fiel über mich her. Er landete einen tüchtigen Hieb hinten am Bein, und meine Muskeln zogen sich alle zu Knoten zusammen. Ich mußte mich auf B'oosa stützen, um mich aufrecht zu halten.

Genau in diesem Augenblick wurde mir der Spieß aus den Händen geschlagen. Dann sprang der Bursche mit der Keule auf meinen Rücken und fing an, auf meine Schultern und meinen Kopf einzudreschen. Der Spießträger drang auf mich ein, um mich endgültig zu erledigen.

Aber ich war noch nicht dazu bereit, erledigt zu werden. Ich griff über die Schulter und packte den Arm des Erdlings, schleuderte ihn über den Kopf auf den heranstürmenden Spießträger. Sie verhedderten sich ineinander, stürzten in einem Haufen zu Boden. B'oosa reichte mir seinen Spieß, und ich setzte mich auf sie zu in Bewegung, um ein paar Köpfe einzuschlagen.

Da ertönte die Pistole.

Mir tat alles so weh, daß ich dachte, man hätte mich angeschossen. Es dauerte eine Sekunde, bis ich begriff, was es bedeutete. Der Kampf war vorüber. Ich war immer noch auf den Füßen. Wir hatten gewonnen.

Ich mußte B'oosa vom Feld helfen. Es war beinahe so gefährlich wie der Kampf selbst. Auf den Tribünen saßen eine Menge unzufriedener Leute, und sie schienen mit allem nach uns zu werfen, was nicht niet- und nagelfest war. Ein paar von ihnen versuchten auf das Feld zu gelangen, und die örtliche Polizei wirkte nicht allzu interessiert, sie zurückzuhalten.

Im Büro jedoch sahen wir nur lächelnde Gesichter. Der Kampf war ein großer Erfolg gewesen, mit Holo-Lifeübertragungen auf der Erde und drei weiteren Planeten. Ich versuchte, Pancho und den Höller zu finden, aber man hatte sie in ein örtliches Krankenhaus gebracht und von dort aus sofort weiter in eine überregionale Spezialklinik geflogen. So schlimm stand es.

Die Ärzte glaubten nicht, daß einer von den beiden überleben würde.

Es war ein Schock, betäubte mich. Bis jetzt war das alles so eine Art Spiel gewesen. Leute wurden verletzt, aber niemand *starb*. Und alles wofür? Für mich und meinen dummen Stolz. Alles für nichts.

Ich merkte nicht einmal, als sie uns das Geld überreichten. Der Scheck erschien einfach plötzlich irgendwie in meiner Hand. Ich blickte darauf. Auf ein Stück Papier geschriebene Zahlen gleichen nicht das Leben eines Freundes aus. Ich hatte einen bitteren Geschmack im Mund, und mein Magen rebellierte. Ich wollte nichts mit dem Geld zu tun haben, gab es an B'oosa weiter.

»Ich muß zu ihnen«, sagte ich.

B'oosa nickte. »Bald«, sagte er. »Es gibt nichts, was wir jetzt tun können. Zuerst müssen wir dich zusammenflicken.«

Ich sah an meinem Körper hinunter. Er schien jemand anderem zu gehören. Ich war voller Blut und Blutergüsse. Ich sah aus wie ein Barbar.

Ich fühlte mich wie ein Idiot.

XIII

Es war unsere letzte Nacht auf der Erde. B'oosa und ich saßen in einer Nische an der Plaza de Gladiatores. Pancho war bereits an Bord von *Starschool*. In der Krankenstation, vom Kinn bis zu den Zehen eingegipst. Wenigstens lebte er noch. Der Höller hatte nicht so viel Glück gehabt.

»Kein schlechter Ort für Lokalkolorit«, meinte B'oosa, der an einem Bier nippte. »Ich kann verstehen, warum du das hier den Museen vorgezogen hast.«

Ich nickte nur, mein Bier unberührt vor mir. Ich hatte keine große Lust zum Reden. Es gab noch etwas, das ich tun mußte, bevor wir abflogen, jemanden, den ich finden mußte. Das hier war der logische Ort.

B'oosa versuchte, mich aufzuheitern. Sicher, es sei kein fairer Kampf gewesen; aber es sei auch nicht der übelste gewesen, den er gesehen habe, bei weitem nicht. Wir hätten uns aus freiem Willen darauf eingelassen, einschließlich des Höllers. Wir hätten das Risiko gekannt. Alles in allem glaube er, daß es eine lehrreiche Erfahrung gewesen sei.

»Lehrreich?« fragte ich. Ein Freund tot, ein anderer schwer verletzt. »Was ist denn heutzutage der gängige Preis für Erziehung?«

»Was immer man bereit ist zu zahlen«, sagte er, während er in das Dunkel der Kneipe starrte. »Manche riskieren mehr als andere. Das Leben ist niemals leicht. Auf Maasai'pya lernt man das früh. Mein Bruder war jünger als du, als er starb.«

»Starb? Ich wußte nicht ...«

»Es ging um eine Sache, die ihm sehr wichtig war. Ich fand sie eigentlich eher unbedeutend. Aber für die Jungen ist alles wichtig. Vielleicht hätte ich es verhindern können; er respektierte mich. Aber ich habe vor langer Zeit gelernt, daß man keine Schlachten außer den eigenen schlagen kann. Wäre es nicht das gewesen, dann eben etwas anderes. Er war halsstarrig und dumm. Trotzdem hatte er das Recht, sein eigenes Leben zu leben. Und es auch zu sterben.«

»Es tut mir leid«, sagte ich.

»Das muß es nicht. Der Tod ist ein Teil des Lebens.«

»Carl!« Von der Tür der Kneipe her kam eine Stimme. Es war Angelo. Der kleine Angelo.

»Setz dich«, sagte ich und zog einen Stuhl für ihn zurück. Ich setzte an, B'oosa vorzustellen.

»Ich habe diesen Mann schon gesehen«, sagte Angelo, während er B'oosa die Hand schüttelte. »Er war beim Kampf am Bauernspieß. Ein tapferer Mann.« Er hielt einen Augenblick inne. »Ich hab' ihn mir im Holo angesehen.«

»Dein Freund, Markos . . .«, setzte ich an.

»Er war ein guter Mann. Ein ehrenwerter Mann, auf eine schwer verständliche Art und Weise. Er hatte viele Probleme, aber er bemühte sich, so gut damit fertig zu werden, wie er konnte.«

»Ich möchte, daß du das hier bekommst«, sagte ich und schob ihm ein Päckchen hin.

»Was ist das?« erkundigte er sich,

»Der Anteil deines Freundes an der Börse. Markos hat ihn sich verdient. Ich möchte, daß du ihn bekommst.«

Er betrachtete das Päckchen sorgfältig. »Mit dem Geld könnte ich eine Menge anfangen.«

»Darf ich dir einen Rat geben?« fragte ich.

»Si, Amigo. Auf dich werde ich immer gerne hören.«

»Gib den Gedanken auf, Gladiator werden zu wollen. Darin liegt kein Ruhm, nur Selbsttäuschung. Dieser Planet ist voll von Männern wie Mr. Wolfe, die nur darauf warten, dich auszunutzen. Die Kämpfe sind verwerflich und eine Verschwendung, ein Zirkus, der nur dafür da ist, die gewaltsamen Impulse eines überbevölkerten Planeten zu befriedigen. Vielleicht ist es einmal edel gewesen, aber jetzt ist es alles andere als das. Kein Heldentum liegt darin, nur Verzweiflung. So ist es nicht überall. Schau dich um. Such dir etwas anderes.«

»Ich glaube, du sprichst die Wahrheit. So viele Kämpfe Markos auch hatte, er sprach immer davon, nach Perrin zu gehen und noch einmal von vorne anzufangen. Dort sei alles besser, sagte er. Er war einer, der es wissen mußte. Ich danke dir. Und im Namen meines Freundes danke ich dir doppelt.«

»Ich wünschte nur, es könnte mehr sein«, sagte ich. »Genug, um dir eine Passage nach Perrin zu kaufen.«

»Ich denke, das hier müßte dafür reichen«, sagte B'oosa und warf noch ein Päckchen auf den Tisch.

»Was?« fragte ich.

»Dies ist mein und Panchos Anteil. Er erzählte mir von deinem kleinen Freund hier. Wir hielten es angesichts der Umstände für das Richtige.«

»Meine Freunde von den Sternen«, sagte Angelo. »Ihr seid wirklich außergewöhnliche Männer. Ich kann euch nicht genug danken.«

»Es ist nur Geld«, sagte B'oosa. »Und Geld sollte einem nützlichen Zweck dienen. Ich bin froh, daß ich einen gefunden habe.« Er blickte auf seine Digital. »Carl, wir sollten uns besser auf den Weg zum Raumhafen machen. Ich würde nur sehr ungern auf diesem Planeten hängenbleiben.«

»Möge das Glück euch immer folgen«, sagte Angelo und umarmte uns, als wir aufstanden, um zu gehen.

Ich wußte nicht, was ich sagen sollte, also drückte ich ihn einfach nur an mich, dachte an Markos, den Höller, und wollte so schnell wie möglich von diesem Planeten weg.

Als wir hinaus in die Nachtluft traten, wandte ich mich an B'oosa. »Eines beschäftigt mich«, meinte ich.

»Nur eines? Was ist es denn?«

»Wenn du glaubst, daß man keine Schlachten außer den eigenen schlagen kann, warum hilfst du dann Angelo? Warum halfst du mir?«

»Vielleicht bin ich logisch«, sagte B'oosa lächelnd, »aber ich muß nicht widerspruchsfrei sein.«

Ich lachte, und wir strebten die Straße hinunter. Der nächste Halt auf unserer Rundreise würde der Planet Hölle sein, aber nach der Erde würde er mir wie der Himmel vorkommen.

Hölle

Anmerkungen zum Lehrplan – Hölle

Hölle ist der vierte Planet des Sterns Delta Pavonis. Die Besiedlung begann A. C. 35, ursprünglich durch jüdische Einwanderer von Selva. Mehr als neunzig Prozent der Einwanderer starben in den ersten beiden Jahren, der überlebende Bruchteil behauptete eine unsichere Existenz in den Wüstengebieten, die, wenngleich kaum bewohnbar, immerhin frei von einem Großteil der fürchterlichen Fauna sind, die den Rest der Land- und Meeresgebiete des Planeten beherrscht.

A. C. 62 verkauften diese Einwanderer ihr Privileg an die Gesellschaft Mercenarios Universal, S. A., eine Firma freier Söldner, die die Wüste als Trainingslager verwenden wollte. Im Laufe der Jahrhunderte dehnte die Gesellschaft ihren Herrschaftsbereich auf verschiedene subtropische und arktische Gebiete aus. Das Betätigungsfeld der Gesellschaft erweiterte sich ebenfalls; man begann, die Ausbildung militärischer Führer anderer Planeten zu übernehmen und schließlich öde Landstriche von Hölle selbst an Länder zu vermieten, die Krieg führen wollten, ohne sich gegenseitig Grund und Boden zu gefährden ...

... Studenten mit religiösen oder philosophischen Bedenken hinsichtlich dieses Teils der Rundreise ist gestattet – ja, man ermutigt sie sogar dazu –, im Orbit an Bord von Starschool *zu bleiben, während die anderen den Kurzkurs absolvieren.*

Der Dekan dieser zweiten Rundreise möchte zu Protokoll geben, daß er sich dagegen ausgesprochen hat, Hölle zu einem Teil des Lehrplans zu machen.

I

Endlich gaben meine Knie nach, und ich stürzte in den Sand, hart. Ich war benommen, durstig. Meine Haut fühlte sich an wie trocknes Pergament. Ich hätte alles, was ich besaß, für ein Glas Wasser gegeben.

Sie hatten uns gesagt, wie hart Hölle sein würde, und ich hatte ihnen nicht geglaubt. Jetzt tat ich es!

Ich versuchte, mir den Sand aus dem Mund zu wischen, und rollte auf den Rücken. Das war ein Fehler. Die Sonne blendete mich fast. Der Schmerz in meiner Seite wollte nicht weichen. Ich kriegte nicht richtig Luft, und das bißchen, das ich kriegte, war heiß und trocken.

Ein Gesicht verdunkelte für einen Augenblick die Sonne; ein wettergegerbtes, zerknittertes Gesicht, verschönt von aufgeworfenen Narben. Es ragte drohend über mir auf, kam näher. Das Gesicht war ungefähr zehn Zentimeter von meiner Nase entfernt, und sein Atem legte sich auf mich wie ein giftiger Nebel.

»Schiete, Springer«, dröhnte er. »Kannst du etwa nicht mehr? Du liegst da wie eine alte Oma. Hiev deinen Arsch aus dem Sand und beweg die Beine. Los! Bewegung!«

Ich wollte sagen, daß ich genug hatte, daß ich am Ende war, daß ich mich fühlte, als würde ich sterben. Es hätte nichts genutzt. Diese Stimme würde nicht aufhören, bis ich mich in Bewegung setzte. Ich haßte die Stimme und den Kretin mit den über den Boden schleifenden Knöcheln, der dazugehörte; wir alle taten das. Bruno Santino, unser Ausbilder, der jeden von uns bis zur Zerreißgrenze zu treiben versuchte und dann darüber hinaus. Ich glaube, er piesackte mich ärger als die anderen. Vielleicht, weil ich der einzige war, der größer war als er.

Die einzige Methode, ihn dazu zu bringen, das Maul zu halten, war, mich in Bewegung zu setzen. Ich stemmte mich auf die Knie. Es tat weh, überall.

»So ist es richtig, Springer. Wir machen schon noch einen Soldaten aus dir.« Er wandte sich abrupt um, um einen anderen Studenten zu quälen. Ich wollte gar kein Soldat sein. Ich war einfach nur ein Universitätsstudent. Das schien er zu vergessen.

Irgendwie schaffte ich es, auf die Füße zu kommen. In der Ferne konnte ich die glänzenden schwarzen Solarzellen auf den Kasernendächern sehen. Die Gebäude waren größtenteils unterirdisch, nur die Dächer ragten über den Sand und den Gestrüppbewuchs hinaus. Einige der Studenten hatten die Kasernen schon erreicht. Sie hatten ja auch nicht so weit laufen müssen wie ich. Irgendein Schlaukopf hatte die Gefechtsübung heute morgen so angesetzt, daß der Größte den längsten Weg hatte. Ich war der lebende Beweis dafür, daß es nicht andersherum war.

Ich setzte einen Fuß vor mich. Er hielt. Ich versuchte den anderen und torkelte durch die Wüste.

Natürlich hatte uns niemand versprochen, daß Hölle leicht sein würde. Sie war die lebensfeindlichste Welt in der Confederación gewesen, bis man Springworld kolonisiert hatte. Jetzt denke ich, daß es eher ein Kopf-an-Kopf-Rennen ist, obwohl Hölle vielleicht um eine Winzigkeit vorne liegt. Manchmal, wenn ich total müde und zerschlagen bin, kommt es mir beinahe so vor, als wäre ich wieder daheim bei der Volmer-Ernte.

Hölle hat nur eine bedeutende Industrie: Menschen zur Gewalt auszubilden, indem man sie in einem Stahlbad von Gewalt härtet. So ziemlich alles, was sich auf diesem elenden Planeten bewegt, kann einen umbringen, die Höller eingeschlossen. Vielleicht die Höller ganz besonders. Planeten, die es mit dem Krieg ernst meinen, schicken ihre zukünftigen militärischen Führer hierher, um ihr Handwerk zu erlernen. Entweder erlernen sie es, oder sie sterben. Das ist der harte Kurs.

Es gibt noch einen anderen Kurs für so wichtige Leute wie Prinzen. Unter kontrollierten Bedingungen lernen sie, wie man tötet, ohne selbst getötet zu werden. Wenn sie versagen, sterben sie nicht, sie fallen einfach nur durch. Vielleicht verlieren sie ihr Gesicht und das eine oder andere Glied, aber sie überleben. Sind hinterher auch ziemlich zäh. Das wird der *leichte* Kurs genannt.

Natürlich gibt es einen dritten Kurs für Leute wie uns – Studenten und Besucher, die nur eine Kostprobe davon bekommen wollen, was während der Ausbildung auf Hölle geschieht. Das wird der weiche Kurs genannt. Sie haben uns um 0300 heute morgen aus dem Bett gescheucht, und wir sind seit sechzehn Stunden ununterbrochen auf den Beinen. Jemand namens Bruno schreit mir dauernd ins Gesicht, daß er einen Soldaten aus mir machen will. Ich würde ihm den Arm abreißen, wenn ich nur noch etwas Kraft hätte. *Weicher* Kurs!

Als ich endlich bei den Kasernen ankam, steuerte ich geradewegs auf mein Feldbett zu. Es fühlte sich an, als wäre es aus Ziegelsteinen, und war mindestens einen Meter zu kurz. Zum ersten Mal beklagte ich mich nicht darüber. Ich streckte mich auf den Laken aus und war eingeschlafen, bevor mein Kopf aufs Kissen fiel. Ich hätte zehn Jahre lang schlafen können; mir kamen es eher wie zehn Minuten vor.

»Aufwachen, Carl«, sagte eine wohlbekannte Stimme aus großer Entfernung. »Nur noch eine halbe Stunde bis zum Essenfassen.« Ich öffnete ein Auge. Mein Mund fühlte sich an, als hätte ein Aasvogel darin genistet. Der Sand zwischen meinen Zähnen erzeugte interessante Geräusche.

Langsam wurden die Umrisse der Person auf dem angrenzenden Feldbett scharf. Klein, schwarzhaarig mit einem herabhängenden Schnurrbart. Pancho.

»Ich laß das Essen ausfallen«, stöhnte ich. »Schlaf. Das brauche ich. Jede Menge Schlaf.«

»Du brauchst Nahrung, Amigo«, sagte Pancho und rüttelte mich am Arm. »Dein Körper braucht Brennstoff.«

Was mein Körper brauchte, war ein Schild mit der Aufschrift ICH STREIKE. Jeder Muskel schrie aus Protest über die Strapazen der letzten Woche.

»Laß mich drüber nachdenken«, sagte ich und schloß mein offenes Auge wieder.

Eine scharfe Stimme schnitt durch die Kaserne. »Ah, das

Baby von Springworld, das Riesenbaby, es braucht seinen Schönheitsschlaf.«

Verdammter Bruno! Nicht einmal das Wissen, daß wir ihn hassen *sollten*, half etwas. Irgendwie schaffte ich es, mich hinzusetzen und diesmal beide Augen zu öffnen.

»Ich wollte gerade unter die Dusche und dann was essen«, sagte ich. Es gab keine Vorschrift gegen das Schlafen während der Mahlzeiten, aber es galt als Zeichen dafür, daß man nachließ, und Nachlasser bekamen eine ziemlich rauhe Behandlung. Davon brauchte ich nicht noch mehr.

Wie ich da auf meiner Bettkante saß, waren meine Augen ungefähr auf gleicher Höhe mit denen Brunos. Er war ziemlich groß für einen Höller, aber ich überragte ihn immer noch mühelos um dreiviertel Meter und war an die achtzig Kilo schwerer. Da alles andere aber gleich war, hätte ich mich nicht gerne mit ihm angelegt. Höller waren robust gebaut. Ich schluckte all die Dinge herunter, die ich eigentlich über die Gattungszugehörigkeit seiner Eltern sagen wollte. Statt dessen wandte ich mich an Pancho.

»Was ist nun mit dem Duschen, Amigo? Bist du fertig?«

Pancho schnappte zwei Handtücher, warf mir eins zu. »Gehen wir«, sagte er.

Die Duschen hatten zwei Einstellungen: kalt und kälter. Das wiederaufbereitete Wasser hatte einen fauligen, abgestandenen Geruch. Waren ihre Wiederaufbereiter überlastet, oder steckte Absicht dahinter? Sie machten auf Hölle eine Menge Dinge, die zum Himmel stanken, um »den Charakter zu bilden«.

Der Speisesaal war voller Lärm und überfüllt, trotz der Tatsache, daß wir zu spät kamen. Während ich mein Tablett balancierte, ließ ich meinen Blick durch den Raum schweifen und sah ein paar freie Plätze. Ich pflügte mir einen Weg dorthin, und Pancho folgte in meinem Kielwasser. Wir setzten uns an einen Tisch zu B'oosa, Alegria und Miko Riley, der auf der Erde zu uns gestoßen war. Ich mochte ihn nicht besonders.

»Na, Jungs, hat euch unser kleiner Belebungsspaziergang heute morgen gefallen?« erkundigte sich B'oosa, als ich mein Tablett absetzte.

»Du machst wohl Witze«, sagte ich. »Um 0300 Uhr auf, nachdem ich letzte Nacht Spätdienst geschoben hab. Freiübungen bis Sonnenaufgang. Im Schnellschritt dreißig Kilometer weit über den Sand. Kam mir eher wie ein Todesmarsch vor.«

B'oosa lachte, ein unbeschwertes Lachen, so glatt wie Glas.

»Die Wüste erinnert mich an zu Hause«, sagte er. »Es hat gutgetan, rauszukommen und mal die Beine zu strecken. Selbst ein Schiff, das so groß ist wie *Starschool*, wirkt nach einer Weile beengend.«

»Ich dachte, ich sei in ganz guter Verfassung, bis sie anfingen, uns herumzuhetzen«, gestand ich. »Wenn das ihr weicher Kurs ist, möchte ich nicht den harten erleben.«

»Nach allem, was ich so höre, ist er ziemlich übel«, bemerkte Pancho zwischen Happen unidentifizierbaren, kleistrigen Essens.

»Auf diesem Planeten produzieren sie zähe Soldaten«, sagte Alegria. »Das ist ihr einziger Exportartikel.«

Ich nickte. Höller waren überall in der Galaxis als erstklassige Raufbolde bekannt. Die einzigen Leute, die annähernd so rauh waren wie Höller, waren jene, die ihren Ausbildungskurs mitgemacht hatten. Den harten.

»Wir haben einen langen Abend vor uns«, sagte Miko. »Exerzieren in voller Montur.«

O nein. Ich hatte noch keinen Blick auf den Dienstplan geworfen, nachdem ich zurückgekommen war. Was hatte ich sonst noch verpaßt? Ich haßte es, mit Marschgepäck zu drillen. Aber das konnte ich sie nicht merken lassen. Miko nicht, jedenfalls.

»Leichter als das Rumrennen bei Tage«, sagte ich, obwohl ich davon nicht sehr überzeugt war.

»Darauf würde ich nicht zählen«, meinte B'oosa beim Aufstehen. »Wir sehen uns dort.« Er stellte sein Tablett auf ein Förderband, das aus dem Saal hinausführte. Ich malte mir aus, daß am anderen Ende des Bandes ein Monster saß und alle Essensreste verschlang. Es würde einen Magen aus Titanlegierung brauchen.

Finster blickte ich auf mein eigenes Tablett. Drei Haufen

formlosen grauen Matsches füllten es von Rand zu Rand. Er sollte nahrhaft sein, einen Körper garantiert bei Kräften halten. Er schmeckte sogar noch widerlicher, als er aussah.

Pancho schaufelte ihn in sich hinein. Ich fragte mich, was sie normalerweise auf Selva aßen, das ihn vielleicht auf das hier vorbereitet haben mochte, aber ich wollte nicht zu viel darüber nachdenken.

»Wenigstens ist es abends kühler«, sagte Alegria.

Pancho nickte. »Aber dieses Marschgepäck ist schwer«, meinte er.

»Wirkt, als würde es tausend Kilo wiegen«, pflichtete Miko bei. »Als trügst du einen Bären auf deinem Rücken herum.«

»Es sind nur 37,5 Kilo«, sagte ich und wünschte dann, ich hätte meinen Mund gehalten.

»Für dich ist das vielleicht nicht viel«, meinte Miko. »Wir anderen müssen mit normalen Körpern auskommen.«

Wir hätten scherzen können, aber das taten wir nicht. Miko und ich waren nicht die besten Freunde. Er betrachtete mich als Rivalen, und ich betrachtete ihn als Eindringling.

Alegria war auf Selva an Bord von *Starschool* gekommen, dem Halt vor meinem. Wir waren ziemlich gute Freunde geworden, und obwohl sie so klein war, hatte ich wohl immer im Hinterkopf, daß wir eines Tages mehr als Freunde sein könnten. Pustekuchen. Auf der Erde stieg Miko zu, und Alegria mochte ihn sofort – sie mochte alles, was mit diesem verdammten antiken Stück von einem Planeten zu tun hatte.

Vermutlich war ich ein bißchen zu offensichtlich in meiner Abneigung ihm gegenüber, und das brachte Alegria dazu, Partei zu ergreifen. Dann forderte mich der unverschämte kleine Zwerg in der Sporthalle heraus. Er fing damit an; ich konnte keinen Rückzieher machen. Ich tat einfach, was ich tun mußte. Ein Klecks Plastifleisch reichte aus, um ihn zusammenzuflikken. Alegria war sauer. Pancho auch. Ich auch – nur Miko schien das alles nichts auszumachen. Er hatte sein Ziel erreicht.

Alegria nahm ihr Tablett und erhob sich vom Tisch. »Ich bin fertig«, sagte sie im Davongehen. Miko folgte ihr, obwohl er noch Essen auf dem Tablett hatte.

»Was soll ich tun?« fragte ich Pancho.

Er schüttelte nur den Kopf, und wir aßen schweigend zu Ende.

Wir kamen zu spät zur Befehlsausgabe und mußten hinten stehen – in Habachtstellung. Ein Höller-Offizier stand vorne und musterte uns mit einem Blick müder Verachtung.

»Hölle ist kein Ort für Weichlinge«, begann er. »Ihr Studenten seid weicher als die meisten. Wir haben nicht viel Zeit, das bei euch zu ändern, aber wir werden es versuchen. Ihr macht diese Exkursion, um zu lernen, und wir sind hier, um zu lehren. Um euch ein paar Dinge über das Leben und darüber, wie man es behält, beizubringen. Es wird nicht leicht werden. Was ihr bisher gemacht habt, war ein Kinderspiel im Vergleich zu dem, was noch kommt. Unser Ziel hier ist einfach: wir wollen jeden einzelnen von euch bis an seine persönliche Zerreißgrenze treiben. Dann treiben wir euch noch ein bißchen weiter. Ihr werdet uns dafür hassen. Später, zu irgendeinem wichtigen Zeitpunkt in eurem Leben, werdet ihr uns dafür danken. Paßt auf. In den nächsten beiden Wochen könnt ihr vielleicht etwas lernen.«

Er sah sich im Raum um, entspannte sich ein wenig, lehnte sich gegen das Pult.

»Ich nehme an, euch Studenten gefällt es hier draußen in der Wüste nicht. Das sollte es aber. Es mag nicht komfortabel sein, aber es ist sicher. Gibt nicht viele gefährliche Tiere in der Wüste. Oh, ein paar natürlich schon, aber nicht besonders viele. Die wirklich bissigen sind groß, und wir können sie kommen sehen.«

Man hatte uns vor ein paar dieser Geschöpfe gewarnt, aber wir hatten noch keine davon zu Gesicht bekommen. Es reichte allerdings schon, nur von den Sandeidechsen zu hören. Hoffentlich würde ich nie einer begegnen.

»Wir stecken Besuchergruppen und Leute wie euch in diese Wüstenlager. Auf diese Weise verlieren wir nicht so viele. Die meisten regulären Rekruten verbringen ihre ersten paar Tage auf Dunkelwald. Ihr wechselt heute dorthin, in voller Montur.

Es ist ein kleines bißchen gefährlicher als hier, aber ich denke, ihr werdet schon damit fertigwerden. Wir starten um 1800 Uhr. Ich übergebe euch jetzt an Feldwebel Santino, der euch wegtreten lassen wird. Das ist alles.«

Er wandte sich ab und verließ übergangslos den Saal. Bruno trat vor.

»Okay, Kinder, ich schätze, eure Ärsche haben für jetzt genug geübt, also wollen wir mal den Rest von euch in Form bringen. Wird eine lange Nacht werden. Wenn ihr hier herauskommt, möchte ich, daß ihr zwanzig Runden ums Gebäude dreht. Die zehn, die als letzte fertig sind, drehen nochmal zwanzig. Bewegung!«

Wenigstens stand ich hinten. Das gab mir einen Vorsprung.

II

Schwindel! Die Wüste sackte plötzlich unter meinen Fußen weg. Ich klammerte mich an den Gurten fest und schloß die Augen. B'oosa lachte. Es war 1800 Uhr, auf die Sekunde.

Sie hatten uns für den Sprung in drei dieser riesigen Schweber verladen. Ich hatte einen guten Ausblick, zu gut. Meine zweieinhalb Meter paßten nicht in einen der normalen Sitze, also hatten sie mich vorne hingesetzt, wo meine Beine Platz zum Baumeln hatten. B'oosa saß neben mir, Bruno kam als nächster. Es war ein langer Weg bis nach unten. Die Kasernen sahen wie verstreute kleine schwarze Spiegel aus. Bald waren sie verschwunden.

Wir wischten über eine Bergkette und strebten aufs Wasser hinaus. Dunkelwald war eine Insel in ziemlicher Entfernung von der Küste. Das war eines der Dinge, die sie »sicher« machten. Das andere war, daß in regelmäßigen Abständen ein Höller-Team die Insel von einem Ende bis zum anderen säuberte. Sie sollte ungefähr so sicher sein, wie ein Stück Nichtwüste auf Hölle nur sein konnte. Der Gedanke heiterte mich nicht auf.

Der Flug dauerte ein bißchen länger als vorgesehen. Wir mußten um das südliche Ende von Fegefeuer herum ausweichen, weil dort ein Krieg im Gange war. Ein interplanetarischer Krieg.

Ich glaube, das sollte ich erklären.

Die Confederación verbietet echte interplanetarische Kriege. Damit meine ich, daß wir keine Schiffe haben, die draußen im All miteinander kämpfen oder Planeten bombardieren. Einmal ist das versucht worden, von einem Planeten namens Oktober. Oktober existiert nicht mehr; die Confederación schickte Truppen hin und sterilisierte den Planeten, löschte alles Leben auf ihm aus. Das hielt die anderen ganz schön davon ab, so etwas noch einmal zu versuchen. Natürlich habe ich darin sowieso nie viel Sinn sehen können. Es gibt einfach nicht genug Devisenfluß zwischen den Planeten, nicht genug jedenfalls, um einen Krieg bis zum Ende durchzukämpfen.

Gelegentlich gibt es größeren Knies zwischen zwei Planeten, und das wird dann auf Fegefeuer ausgefochten. Fegefeuer ist ein ausgewachsener Kontinent, den die Höller an Parteien vermieten, die sich nicht ihre eigenen Planeten schmutzig machen wollen. Beide Seiten hinterlegen eine Kaution und dreschen gemäß den Regeln aufeinander los. Die Regeln sind einfach: nichts stärkeres als strahlungsarme Nuklearwaffen der Klasse drei. Alles andere ist erlaubt. Ein Teil der Kaution dient dazu, die Schweinerei auf Fegefeuer wieder zu beseitigen, wenn alles vorbei ist, aber das meiste stecken sich die Höller ein.

Die Confederación schert sich nicht darum, was Leute auf ihren eigenen Planeten machen, also finden sich immer eine Menge Kandidaten für Hölles einzigartiges Trainingsprogramm.

Keine Springer, natürlich. Auf Springworld haben wir alle Hände voll damit zu tun, bloß gegen den Planeten zu kämpfen. Wer hat da noch Zeit für etwas anderes? Außerdem versuchen wir nicht, irgendwem ein starres System aufzuzwingen. Wenn irgend etwas nicht funktioniert, probieren wir etwas anderes aus, bis wir ein System finden, das funktioniert. Es kommt mir wie eine Verschwendung von Energie und Hilfsmitteln vor, wenn man versucht, zu »beweisen«, daß ein System richtig ist und ein anderes falsch. Entweder funktioniert es, oder es funktioniert nicht.

(Auf Hölle hat es noch nie irgendwelche Kriege zwischen Höllern gegeben. Vielleicht wissen sie etwas, das die anderen nicht wissen.)

Wir sanken bis dicht über das Wasser herab und strichen ungefähr einen Meter über den Schaumkronen dahin, bis die Küste von Dunkelwald uns entgegensprang. Ein schmaler, sandiger Strand, der sofort von einer Mauer undurchdringlichen Dschungels abgeschnitten wurde, umgab die Insel. Wir bogen in eine kleine Bucht und gingen auf einem Landefeld in der Nähe einer Ansammlung von Gebäuden in einer Lichtung nieder.

Wir kletterten aus den Schwebern und teilten uns in unsere Ausbildungseinheiten auf – AEs nannten sie sie. Sie liebten Abkürzungen. In unserer waren fünf, die Höchstzahl: B'oosa, Pancho, Alegria, Miko und ich. Überall auf dem Feld sammelten sich Menschen in kleinen Trauben. Ein Höller kam auf unsere Gruppe zu. Wir setzten uns ins Gras. Meine Ohren klingelten noch von dem Wind, der in dem offenen Schweber an uns gezerrt hatte.

»Heiße Vito Fargnoli«, sagte der Höller. »Die meisten Leute nennen mich Skeeter, also könnt ihr das von mir aus auch.« Während er sprach, zog er ein Messer aus seinem Gürtel, schnellte es von Hand zu Hand. »Ich weiß nicht, was man euch über diesen Ort erzählt hat, aber das hier is' kein Urlaub. Sicherer als die meisten Orte hier, aber das will nichts heißen. Ihr macht eine zahme Version des Überlebenstests mit, durch den wir alle grünen Rekruten schicken. Ihr werdet es leichter haben als sie, aber nicht viel. Wir haben die Insel vor ein paar Wochen gesäubert, aber es ist eine große Insel. Kann sein, daß wir den einen oder anderen Sauger übersehen haben.«

Sauger waren runde Tiere von ungefähr der Größe meiner Handfläche. Sie ließen sich am liebsten aus Bäumen fallen. Ihr Körper war weich, aber ihr Skelett bestand aus einer Menge scharfer Stacheln. Wenn sie auftrafen, blieben ihre Stacheln hängen, und das Tier bildete einen Sofortmund an der Stelle, wo der Stachel sein Opfer durchbohrt hatte. Wenn einen viele davon gleichzeitig erwischten, konnten sie einen in Nullkommanichts aussaugen. Natürlich traten sie meist in Haufen auf.

»Müssen wir nicht vor allem auf die Großen aufpassen?« fragte Miko.

Der Höller spuckte ins Gras. »Nicht unbedingt«, sagte er. »Das größte Tier auf der Insel is'n Biest, das wir Malmer nennen. Sechs Meter groß und nichts als Zähne. Drei Reihen Zähne, und wenn ihr dicht genug rangeht, um sie zu zählen, werden sie das letzte sein, was ihr je seht. Geht also besser nicht so dicht ran. Sie haben keine natürlichen Feinde hier; sie trampeln nur rum und machen 'ne Menge Lärm. Ihr könnt sie auf ein paar Kilometer hören. Dann nichts wie ab in die entgegengesetzte Richtung. Eine Vibrokeule legt einen in einer Sekunde flach. Schocker ist aber besser, da muß man nicht so dicht ran.

In erster Linie solltet ihr auf die kleinen Tiere aufpassen, die Nachtfledermäuse, die Landaale. Wenn ihr auf dem Pfad bleibt, solltet ihr keine großen Schwierigkeiten haben.«

»Pfad?« fragte ich. »Was für ein Pfad?«

»*Studenten*«, sagte er. »Was wißt ihr denn? Nichts. Es ist alles ganz einfach. Wir bringen euch irgendwohin und setzen euch ab. Ihr folgt den Pfaden hierher zurück. Die Pfade werden saubergehalten, sauberer als der Rest der Insel. Wenn ihr auf ihnen bleibt, solltet ihr keine Schwierigkeiten haben. Ihr paßt auf, wo ihr hintretet, ihr folgt dem Pfad, ihr kommt hierher zurück. Ich würde meinen, daß sogar ein Student das verstehen müßte.«

Er holte einen kleinen Kasten, ungefähr zehn Zentimeter im Geviert, aus seinem Tornister und stellte ihn vor sich hin. »Dies ist ein Sender«, sagte er. »Was er tut, ist, einen Hilferuf auszustrahlen und uns eure Position mitzuteilen. Alles, was ihr tun müßt, ist, diesen kleinen Knopf an der Seite zu drükken. Das rote Lämpchen zeigt an, daß ihr sendet, das grüne Lämpchen zeigt an, daß wir euch empfangen und unterwegs sind, um euch aufzusammeln. Einer von euch trägt ihn bei sich. Verliert ihn nicht.«

B'oosa streckte die Hand aus, hob ihn auf.

»Ich nehme an, ihr habt schon mal mit dem Marschtornister geübt«, sagte der Höller. Wir alle nickten. Das war eine Untertreibung. Wir hatten jeden Tag mit den Dingern auf dem Rükken gedrillt. Ich fühlte mich auf Hölle ohne einen beinahe nackt.

»Ihr verfügt über die Standard-Wochenration an dehydrierter Nahrung, aber ich glaube nicht, daß ihr viel davon verbraucht. Werdet wohl kaum länger als einen Tag draußen sein. Wir geben an eure Gruppe zwei Vibrokeulen und einen Schokker aus. Versucht bitte, euch nicht gegenseitig damit zu verletzen.«

Ich versuchte, ein Lächeln zu verbergen. Ich konnte mit einer Vibrokeule ganz gut umgehen, und B'oosa und Pancho auch. Nein, da sah ich keine Schwierigkeiten. Wenn es hart auf hart kam, konnte B'oosa sich einen Spieß aus einem Ast machen. Es gibt nichts, was er nicht mit einem Spieß aufhalten kann. Ich wette, er würde sogar mit einem Malmer fertigwerden.

Der Höller schlenzte sein Messer beiläufig aus der Rückhand heraus. Es landete ungefähr fünf Zentimeter von meinem linken Fuß.

»Du«, sagte er und blickte mich an. »Wo bist du her?«

»Springworld«, sagte ich.

»Hab schon mal davon gehört. Soll 'n ziemlich rauher Planet sein. Stimmt das?«

Ich nickte, zog das Messer aus dem Boden.

»Na, man muß hier draußen mehr sein als bloß zäh.« Er nickte in Richtung Dschungel. »Man muß Köpfchen haben, um am Leben zu bleiben.« Er sah auf seine Digital.

»Dadurch, daß ihr mit mir redet, werdet ihr nicht klüger. Gehen wir.«

Ich gab ihm sein Messer zurück. Ich hätte es ihm ja zugeworfen, aber vielleicht hätte ich danebengezielt. Das hätte ihn wütend machen können. Und einen Höller sollte man nie wütend machen.

Der kleine Schweber hob ab, strich dicht über den Baumwipfeln davon. Als er verschwand, setzten die Dschungelgeräusche ein. Es waren keine lauten Geräusche, nur ein Hintergrund aus knirschenden und huschenden Lauten. Gelegentlich ein Knurren oder Kreischen. Wir standen alle sehr dicht beieinander.

Vier Pfade führten von der Lichtung weg. »Welchen Weg nehmen wir?« fragte ich. »Der Gleiter hat so viele Kreise gezogen, daß ich die Orientierung verloren habe.«

»Wir suchen Wasser«, sagte B'oosa.

»Warum?« fragte Pancho.

»Ein Fluß wird uns zur Küste führen. Von dort aus können wir das Lager finden.«

Das klang für mich so gut wie alles andere. Wir teilten uns in zwei Gruppen und überprüften die Pfade. Pancho und Alegria fanden einen, neben dem ein Wasserlauf herführte. Wir folgten ihm.

Zuerst war es nicht besonders schlimm. Der Pfad war ziemlich frei und breit genug, daß zwei Leute Seite an Seite gehen konnten. Das blieb nicht sehr lange so. Bald rückte der Dschungel über unseren Köpfen zusammen, und dann drängte er von den Seiten her heran. Durch die Aussperrung des Himmels wurde es ein ganzes Stück dunkler. Die Luft war schwer vom Geruch verrottender Vegetation.

»Bist du sicher, daß das der richtige Weg ist?« fragte ich B'oosa. Er war hinter mir, während wir langsam im Gänsemarsch den dunklen Pfad entlangwanderten.

»Nicht hundertprozentig, aber in etwa stimmt es«, sagte er. »Die Sonne ging ungefähr in der richtigen Richtung unter. Ich werde eine genauere Richtungsbestimmung vornehmen können, wenn die Sterne hervorkommen.«

»Du hast die Sternkarte für diesen Planeten studiert?« fragte ich.

»Natürlich«, erwiderte er. »Du etwa nicht?« Er lachte, und ich wußte, daß er keine Antwort brauchte.

»Runter!« gellte Pancho. Er bildete die Nachhut unserer Kolonne.

Als ich auf dem Boden landete, rollte ich mich auf den Rükken. Irgendwie hatte ich eine Vibrokeule in der Hand. Aber da war schon alles vorüber.

Ungefähr einen Meter über meinem Kopf sah ich das rote und gelbe Blitzen des Schwanzendes eines Schlitzers. Der kalte Schweiß brach mir aus. Das war knapp gewesen!

Ein Schlitzer ist so eine Art Kreuzung aus einer Schlange und einer Fledermaus; langer, schlanker Körper und ledrige Flügel. Sein ganzer Körper ist mit rasiermesserscharfen Platten besetzt, die sich nach vorne sträuben, sobald er angreift. Wenn er deine Schulter streift, verlierst du deinen Arm.

Bebend stand ich wieder auf. B'oosa schaute seitlich ins Unterholz, wo der Schlitzer verschwunden war. Ich schwöre, daß er lächelte.

»Den haben sie wohl übersehen«, sagte Miko.

»Vielleicht, vielleicht auch nicht«, sagte B'oosa.

Alegria stand auf. »Was meinst du damit?« fragte sie.

»Sie schaffen eine Menge Tiere weg, wenn sie die Insel überprüfen, aber nicht alle. Ein paar übersehen sie, aber ein paar entschärfen sie auch.«

»Entschärfen?«

»Die Schuppen dieses Schlitzers waren abgefeilt. Wenn er dich getroffen hätte, hättest du nur blaue Flecken gekriegt, mehr nicht. Außer, er hätte dich zu Tode erschreckt. Es gibt hier in der Gegend eine Menge Tiere, denen man die Klauen beschnitten und die Zähne gezogen hat.«

»Woher weißt du das?« fragte ich.

»Ich habe mehr Nachforschungen über diesen Planeten angestellt, als bloß Sternkarten zu studieren. Und zwar nicht nur in Büchern. Letzte Nacht, während du Wache geschoben hast, war ich auf ein paar Bier mit den Ausbildern raus. Bruno hat mir diese interessante Information gegeben. Sie bringen nicht gerne unnötig Studenten um, selbst wenn ihre Versicherung das abdeckt. Was sie tut.«

Bruno. »Hat dein Kumpel dir auch verraten, welchen Pfaden du folgen sollst?« B'oosa lächelte bloß. »Wir setzen uns besser wieder in Bewegung. Es wird bald dunkel, und wir wollen doch nicht unser Lager bei Sternenlicht aufschlagen müssen.«

Wir hatten Angst und kamen uns wie Narren vor, als wir uns hochrappelten und das entlanghasteten, was von dem Pfad übrig war. Ab und an mußten wir ein paar Ranken oder Unterholz weghacken, um voranzukommen. Die Vegetation wuchs schnell in dem feuchten Dschungel. Wir sahen einen weiteren Schlitzer, aber er kam uns nicht nahe. Ich konnte nicht erkennen, ob seine Schuppen abgestumpft worden waren oder nicht.

Gerade als ich dachte, der Pfad würde ganz verschwinden, machte er eine Biegung nach links und öffnete sich auf eine kleine Lichtung. Sah wie eine gute Stelle aus, um ein Lager aufzuschlagen. Wir konnten nicht erkennen, wo der Pfad die Lichtung wieder verließ, aber es wurde dunkel, und wir rechneten damit, daß wir ihn am Morgen finden würden.

Alegria und Pancho bliesen das Zelt auf, während Miko sich

daranmachte, das Abendessen vorzubereiten. B'oosa, Pancho und ich überprüften den Rand der Lichtung und sammelten Holz für ein Feuer.

Im Augenblick schien im Umkreis alles sauber zu sein. Wir stapelten das Holz auf und zerbrachen ein paar Feuerstäbe, um ein Lagerfeuer in Gang zu bringen. Die Rationen, die wir zum Abendessen hatten, waren ohne Geschmack, erfüllten aber ihren Zweck. Das Feuer diente in erster Linie unserem Seelenfrieden; es mochte Tiere fernhalten oder auch nicht. Wir saßen um es herum, und das flackernde Licht ließ Schatten über unsere Gesichter spielen. Eine Art Frosch begann zu quaken, und bald klang es, als wären Tausende zugleich zugange. Wenigstens übertönte es einige der unerfreulicheren Geräusche.

B'oosa griff in seinen Tornister neben sich und holte ein kleines Musikinstrument heraus. Ich nehme an, es stammte von Maasai'pya; ich hatte nie zuvor so etwas gesehen. Er blies hindurch, und der Klang, der herauskam, war weich und dünn. Er spielte lange, und ich lehnte mich zurück und hörte zu. Es war eine Seite von B'oosa, die ich nie für möglich gehalten hätte.

Das Feuer erlosch langsam, und ich rollte einen weiteren Holzklotz darauf. Pancho und Miko legten sich hin. Es wurde allmählich spät.

»Ich löse jetzt wohl besser Alegria ab«, sagte ich. Wir hatten Hölzchen um die Wachen gezogen. Ich hatte die zweite.

B'oosa nickte und stocherte mit einem langen Stock Kohlen auf. »Ich hau mich auch gleich hin«, sagte er.

Ich marschierte zum Rand der Lichtung, wo Alegria auf einem Baumstamm saß.

»Alles ruhig?« erkundigte ich mich bei ihr.

»Ruhig nicht«, meinte sie, »aber ereignislos. Ich glaube nicht, daß es an diesem Ort jemals ruhig ist.«

»Vermutlich gewöhnt man sich nach einer Weile daran«, sagte ich.

»Man kann sich nach einer Weile an alles gewöhnen«, erwiderte sie. »Aber das bedeutet noch lange nicht, daß es einem auch gefallen muß.«

»Nervt dich das?«

»Der Dschungel? Nein.«

»Tu ich's denn?«

»Tust du was?« fragte sie.

»Nerve ich dich?«

»Warum fragst du das?« Sie drehte sich zu mir um, so daß sich die eine Hälfte ihres Gesichts gegen das Feuer abhob und die andere im Dunkeln lag.

»Mir kommt es so vor, als ob du ...« Ich suchte nach Worten. »Ich meine, seit Miko sich der Exkursion angeschlossen hat ...«

»Fangen wir nicht wieder damit an, Carl. Du bist mein Freund, und er ist mein Freund. Belaß es dabei.«

»Aber ich dachte –«

»Das ist dein Problem. Du denkst zu viel. Für einen großen Burschen läßt du dich ganz schön von kleinen Dingen durcheinanderbringen.« Sie übergab mir den Schocker. »Ich hau mich hin. Schrei, wenn du irgendwelche Tierchen siehst.«

»Aber Alegria ...«

»Aber *was*, Carl? Was?« Sie wirkte müde.

»Nichts«, meinte ich. »Bis morgen früh.«

Sie marschierte zum Lager zurück, ohne noch etwas zu sagen. Ich fühlte mich albern, dumm. Ich weiß nicht, warum ich anscheinend immer die falschen Sachen sage, wenn ich in ihrer Nähe bin. Mit allen anderen komme ich normalerweise ganz gut klar, aber in ihrer Nähe verknotet sich mein Gehirn, und meine Zunge stolpert über die einfachsten Worte. Manchmal fühle ich mich echt wie ein schmuckerter Idiot.

Ich beobachtete, wie B'oosa und Alegria das Feuer schürten und sich hinlegten. Da ich mich ruhelos fühlte, schulterte ich den Schocker und spazierte den Rand der Lichtung entlang. Das half nicht viel, also drehte ich um und spazierte in die andere Richtung zurück. So weit ich sehen konnte, war nicht viel Bewegung rings um unser Lager. Aus dem Dschungel drang eine Menge Gegrunze und Geraschel, aber das waren hauptsächlich Froschgeräusche. Alles andere schien weit weg zu sein.

Einmal sah ich über mir ein paar Nachtfledermäuse vorüberfliegen, aber die stellen kein großes Problem dar, solange sie nicht nahe herankommen. Ich setzte mich wieder auf den Baumstamm.

Seltsamerweise begann ich, an Springworld zu denken. Ich glaube nicht, daß ich oft daran gedacht hatte, seit ich an Bord von *Starschool* gegangen war.

Ich war der erste in meiner Familie, der die Gelegenheit hatte, eine so gute Erziehung zu genießen.

Ich war der erste in acht Generationen von Boks, der in der Lage war, einem nur aus Ernten bestehenden Leben zu entkommen, einem Leben, das von den Launen eines feindseligen Planeten regiert wurde, den Launen herzloser Händler, denen du auf Gnade und Ungnade ausgeliefert bist.

Ich war die Hoffnung meiner Familie. Ihre Träume konzentrierten sich auf mich.

Und manchmal kam mir das alles wie eine Verschwendung vor; ich wußte nicht das geringste, würde es nie.

Als ich da so auf meinem Baumstamm saß, konnte ich durch die Baumwipfel hindurch kaum ein paar Sterne ausmachen. Ich fühlte mich sehr weit weg von zu Hause.

Mein Bein war eingeschlafen. Ich bewegte es hin und her, bis die Blutzirkulation wieder einsetzte. Sorgfältig auf die Nachtgeräusche horchend, umkreiste ich noch einmal die Lichtung. Vielleicht hatte Alegria recht. Vielleicht denke ich zu viel. Nicht gut, aber zu viel. Ich blieb in Bewegung. Bald schloß sich mir Miko an; er hatte die nächste Wache.

Ich gab ihm den Schocker und erklärte ihm, wo ich die Laterne stehengelassen hatte. Bisher hatten wir sie noch nicht benutzen müssen.

Ich legte noch ein paar Holzklötze auf das Feuer, dann ging ich ins Zelt und kroch in meinen Schlafsack. Alegria lag in dem Schlafsack neben meinem, tausend Lichtjahre entfernt. Ich schlief bald ein und trieb in unruhige Träume davon.

Ich erwachte, als jemand mir auf die Schulter trat. Es war B'oosa, der aus der Zeltklappe blickte. Ich wollte mich aufsetzen. Er drehte sich um und legte einen Finger auf die Lippen.

»Was ist los?« flüsterte ich.

»Ein Problem«, sagte er. »Ein großes Problem.«

Ich schob mich aus meinem Schlafsack und kroch zu ihm hinüber. Als ich hinaussah, konnte ich fünf oder sechs Formen am Rand der Lichtung ausmachen. Miko lag ausgestreckt neben dem Baumstamm. Entweder schlief er, oder er war tot oder bewußtlos.

»Was ist das?« fragte ich. »Ich kann es nicht erkennen.«

»Mörderschnecken«, sagte B'oosa gepreßt.

Das *war* ein großes Problem. Man nannte sie Schnecken, weil sie ein Haus auf dem Rücken hatten. Damit hörte die Ähnlichkeit aber schon auf. Sie waren nicht langsam; sie bewegten sich auf ungefähr tausend kleinen Beinen vorwärts, und das flink. Rings um ihr Haus waren mehrere dicke Tentakel angeordnet, die ein säurehaltiges Gift absonderten. Selbst wenn das Gift dich nicht sofort umbrachte, fraß sich die Säure immerhin in deine Haut.

»Sind sie, äh, entschärft?« fragte ich.

»Ich bezweifle es. Hol mal tief Luft.«

Er war unverkennbar, der scharfe Geruch von Salzsäure. Eines der Geschöpfe bewegte sich auf Miko zu. Es ließ sich Zeit, und seine Tentakeln wedelten unaufhörlich in der Luft herum.

»Was sollen wir tun?« fragte ich.

»Die anderen wecken.«

»Wir sind wach«, sagte Alegria hinter mir.

»Wir müssen an den Schocker herankommen«, sagte B'oosa. »Das ist die einzige Möglichkeit, um mit ihnen fertigzuwerden. Miko passiert nichts, solange er sich nicht bewegt. Vielleicht schläft er nur.– Wer hat die Feuerstäbe?« erkundigte er sich.

»Ich.« Das war Pancho. »Ungefähr ein Dutzend davon.«

»Vielleicht können wir sie zur Ablenkung benutzen. Wenn du sie ins Feuer wirfst, gibt das womöglich genug Durcheinander, daß wir den Schocker erreichen können.«

»Alle?« fragte Pancho. »Aber das –«

»Ich weiß schon, was ich tue«, sagte B'oosa. »Eine Menge Lärm, eine Menge Licht und eine Menge Feuer. Das kann uns nur helfen.«

»Wer geht den Schocker holen?« fragte ich.

»Wir alle. Ich folge Pancho aus dem Zelt. Wenn er die Feuerstäbe wirft, bin ich unterwegs. Ihr alle folgt nach. Carl, du nimmst eine Vibrokeule. Alegria hat die andere. Benutzt sie nicht, solange ihr nicht unbedingt müßt. Wenn ihr dicht genug dran seid, um sie mit einer Vibrokeule zu treffen, sind sie auch dicht genug dran, um euch mit einem Tentakel zu erwischen. Also keine Heldentaten bitte. Sobald wir erst einmal den Schocker haben, werden wir ohne Schwierigkeiten mit ihnen fertig. Versucht, Pancho zwischen euch zu halten. Er ist der einzige ohne eine Waffe.«

»Du«, sagte Pancho. »Wo ist deine Waffe?«

B'oosa griff neben sich und hob einen mächtigen Spieß hoch. »Ich hab ihn mir gestern abend zurechtgeschnitten.«

»Was ist mit der bei Miko?« fragte Alegria.

»Mit der werden wir selber fertig werden müssen«, sagte B'oosa. »Ich rechne darauf, daß das Feuer sie ablenkt. Wenn wir versuchen, Miko etwas zuzurufen, könnte er sich aus einem Reflex heraus bewegen, und dann wäre sie im nächsten Augenblick über ihm.«

»Ich habe die Feuerstäbe«, verkündete Pancho. Ich hatte bereits eine der Vibrokeulen gepackt; Alegria hatte die andere.

»Du gehst zuerst«, sagte B'oosa. »Lauf los, wenn du fertig bist, dann folgen wir dir nach draußen.«

Pancho sprang aus dem Zelt, geduckt laufend, und wir schlossen uns an. Ich hatte mich gerade aus den Zeltklappen befreit, als ich die Feuerstäbe in hohem Bogen auf das Feuer zufliegen sah. Ich schmiegte mich dicht an den Boden; die Erschütterung hob mich hoch und rollte mich herum.

Ich hob die Vibrokeule auf und kam stolpernd auf die Füße. Die Geschöpfe schienen verwirrt, von der Explosion wie von der plötzlichen reichen Auswahl an Mahlzeiten; sie wälzten sich schwerfällig vor und zurück, als wären sie unentschieden. Alegria und B'oosa waren auf Händen und Knien, zwischen dem Feuer und einer der Mörderschnecken. Auf die ging ich los.

Die Vibrokeule würde wahrscheinlich gegen das Haus nichts ausrichten können. Ich brüllte die Bestie an, und sie wirbelte herum, überraschend schnell. Sie griff an, mit mahlenden Kiefern und wedelnden Tentakeln. Als sie ein paar Meter entfernt war, warf ich die summende Vibrokeule hinterhältig tief genau vor sie hin. Sie trippelte über die Waffe und gab ein schreckliches, gurgelndes Heulen von sich, dann machte sie einen Salto vorwärts, landete auf dem Rücken, mit sich windenden Tausendfüßlerbeinen.

Vorsichtig holte ich mir die Keule zurück und sah mich um. Miko war jetzt auf den Beinen, aber zwischen ihm und dem Schocker lauerte eine Mörderschnecke. B'oosa hielt eine mit seinem Spieß in Schach, wodurch er Alegria ebenso schützte wie sich selbst.

Ich stand eine Sekunde zu lange da, während ich eine Entscheidung fällte – die Tentakel des auf dem Rücken liegenden Geschöpfs peitschten umher, und einer von ihnen streifte meine Hand. Es war, als hätte mich eine brennende Fackel getroffen. Ich zuckte zurück und ließ die Keule fallen.

Pancho kam herübergerannt und ergatterte die Keule, griff dann die Schnecke an, die uns den Weg zum Schocker versperrte. Er begann, sie vorsichtig zu umkreisen, war aber zu dicht herangekommen; ein Tentakel peitschte heran und wikkelte sich um sein linkes Bein. Ich eilte ihm zu Hilfe, aber er kümmerte sich schon um sich selbst, indem er dem Monster aufs Gesicht hämmerte, als es ihn zu sich heranzog, um ihn zu erledigen. Es überschlug sich mit der gleichen Salto-Reaktion wie meines; Pancho rollte sich weg, sein Bein haltend und stöhnend.

Ich hechtete nach dem Schocker und feuerte sechs oder sieben rasche Schüsse ab, und plötzlich war alles ruhig. Bis auf das Prasseln des Feuers und Pancho, der in einem seltsamen, leisen Singsang vor sich hin fluchte.

Alegria und ich beugten uns über Pancho. Die Säure hatte sich durch sein Hosenbein gefressen und begann nun sein Fleisch anzugreifen. B'oosa stieß mich beiseite und zog eine Erste-Hilfe-Ausrüstung aus seinem Tornister. Er riß Panchos Hosenbein bis zum Knie auf und trug eine Salbe auf. Er schien zu wissen, was er tat. Ich bemerkte, daß B'oosa der einzige war, der seinen Tornister trug. Automatisch warf ich einen

Blick in Richtung Zelt, wo ich meinen zurückgelassen hatte. Vom Zelt war nichts mehr übrig außer ein bißchen schmorender Plastik und geschwärzter Stangen.

B'oosa strich auch etwas Salbe auf meine Hand. Die Salbe war kalt und nahm das Brennen weg, aber ein tiefer, pochender Schmerz blieb zurück. Ich konnte mir vorstellen, was Pancho jetzt spürte.

Miko setzte sich neben mich. »Was ist passiert?« erkundigte er sich.

»Das wollte ich gerade dich fragen«, sagte ich scharf.

»Ich muß ein. . .«, sagte er. »Ich meine, ich hab sie überhaupt nicht gesehen.«

»Was du meinst, ist, daß du eingeschlafen bist«, sagte ich.

»Anscheinend.«

»Das hätte uns umbringen können. Uns alle.« Ich dachte mehr an Pancho als an mich selbst. Plötzlich war ich voller Wut und Verzweiflung. »Das war dumm, ganz einfach –«

»Carl«, sagte Alegria. »Das bringt uns nirgendwohin.«

»Sie hat recht«, bekräftigte B'oosa. »Wir rufen besser um Hilfe.«

Er langte in seinen Tornister und holte den kleinen Sender heraus. Er legte den Schalter um, aber das rote Lämpchen ging nicht an. Das grüne auch nicht. Er klickte ihn ein paarmal vor und zurück. Nichts.

»Sieht aus, als wären wir allein auf uns gestellt«, sagte er.

»Davon hat Bruno wohl nichts gesagt«, meinte ich.

Er schüttelte bloß den Kopf. »Wie geht's dir, Pancho?«

»Es tut weh, Amigo, aber ich schaff's schon.«

»Wir brechen bei Tagesanbruch auf«, sagte B'oosa. »Wir sollten nicht allzu lange brauchen.«

Wir sammelten ein, was wir an Ausrüstung retten konnten. Viel war es nicht. B'oosa und Miko waren die einzigen, die ihre Tornister hatten. Alles im Zelt war verloren.

Den Rest der Nacht saßen wir einfach nur herum. Keiner schlief. Jedesmal, wenn meine Hand zu schmerzen begann, dachte ich an Pancho und versuchte, es zu ignorieren. Er mußte wirkliche Schmerzen haben. Ich mied Miko, obwohl B'oosa und Alegria beide lange Gespräche mit ihm führten. Es mag nicht rational gewesen sein, aber ich machte ihn für das alles verantwortlich. Als es hell zu werden begann, schnitten wir ein paar Stangen ab und brachten zwischen ihnen eine Schlinge aus Lianen an, um Pancho zu tragen. Er konnte unmöglich laufen.

Miko und B'oosa fanden den Pfad, der von der Lichtung wegführte. Das Feuer war erloschen, und die Lichtung war ein verkohltes Durcheinander. Die Schnecken waren nicht tot, aber sie würden sich lange Zeit nicht bewegen; ich hoffte, daß etwas des Weges kam und sie fraß. Wir warfen zusammen, was wir an Essen hatten, teilten uns ein bißchen zum Frühstück und brachen auf.

Panchos Bein hatte sich entzündet. Es tat weh, wenn er irgendwo anstieß, und hatte ringsherum häßliche rote Streifen. Er würde bald ärztliche Hilfe brauchen. Meine Hand pochte und begann anzuschwellen und dick zu werden.

Bald bildete sich eine Routine heraus. Ich trug das Kopfende der Bahre und Miko das Fußende. Ich mußte die meiste Zeit gebückt gehen, und selbst dann war mein Ende noch ein ganzes Stück höher als das andere. B'oosa übernahm die Spitze, haute den Pfad frei und paßte auf. Alegria, die Mikos Tornister trug und unsere Nachhut im Auge behielt, folgte nach. Sie entdeckte zwei Schlitzer; einer kam zu dicht heran, und sie schoß mit dem Schocker nach ihm. Seine Schuppen waren rasiermesserscharf.

Ich stapfte hinter B'oosa drein. Pancho war nicht schwer, aber wir legten eine ganz schöne Strecke zurück, und langsam begannen meine Arme müde zu werden. Gelegentlich strich B'oosa neue Salbe auf meine Hand und auf Panchos Bein. Es half ein bißchen. Kurz bevor wir zum Mittagessen halt machten, fing Pancho an zu delirieren und wurde dann bewußtlos. Wir verspeisten unser Mittagessen, ohne es zu schmecken, ohne zu reden. Miko saß mit trüben Augen auf einem Felsen. Ich konnte nicht weiter voraus denken als einen Fuß vor den anderen. B'oosa fummelte am Sender herum. Nichts schien zu klappen. Wir aßen zu Ende und marschierten weiter.

Ich war soweit, mich hinzulegen und aufzugeben. Mein Körper pochte tausend Proteste; meine Hand fühlte sich an, als läge sie auf einem Bett aus Kohlen. Die Salbe ging uns aus. Pancho hatte hohes Fieber. Ich bekam einen Krampf im linken Bein und humpelte; ich glaubte nicht daran, daß wir jemals zurück ins Lager kommen würden. Wir mochten sogar in die falsche Richtung gehen. Vielleicht irrte sich B'oosa. Ich fing an, mich selbst fiebrig zu fühlen. Langsam verschwamm alles um mich herum.

Noch zwanzig Schritte, und dann würde ich aufgeben. Ich zählte zwanzig Schritte ab und beschloß, noch zwanzig zu machen. Dann noch zwanzig. Ich stolperte den Pfad entlang, in der Überzeugung, daß jeder Schritt mein letzter sei. Ich glaube, ich fiel ein paarmal hin. Ich glaube, ich erinnere mich daran, daß B'oosa mir aufhalf. Nur war es auf einmal nicht mehr B'oosa, sondern jemand anderes. Jemand, den ich kannte. Skooter? Skeeter! Vito Fargnoli, der Höller, der uns abgesetzt hatte. Bruno war auch da. Ich versuchte, etwas zu ihm zu sagen, und der ganze Haß stieg in mir hoch, und alles wurde schwarz. Es war so, als würde ich in einen Tunnel hineingleiten. Einen schwarzen Tunnel.

Als ich wieder zu mir kam, lag ich ausgestreckt auf einem Feldbett. Das erste, was ich bemerkte, war, daß es zu kurz war. Dann entdeckte ich den kleinen Verband an meiner Hand. Ich setzte mich auf, und Pancho grinste mich vom nächsten Bett an.

»Buenos dias, Amigo«, sagte Pancho. »Na, hast du deinen Schlaf genossen?«

»Schlaf?« fragte ich und schüttelte den Kopf, um ihn klar zu bekommen.

»Du hast einmal rund um die Uhr geschlafen«, sagte Pancho. »Wie fühlst du dich?«

»Ganz gut, anscheinend. Aber du . . .«

»Ich bin okay, Amigo. Sieh.« Er schlug die Bettdecke zurück und zeigte mir sein Bein. Man konnte kaum erkennen, wo das Plastifleisch an das echte anschloß. Ich spähte unter meine Bandage. Meine Hand sah genauso gut aus.

»Die müssen ziemlich gute Ärzte hier haben«, meinte ich.

»Die besten«, sagte Pancho. »Sie importieren sie von der Erde.«

»Woher auch sonst.«

»Sie haben dir etwas Brühe gebracht«, fuhr Pancho fort. »Versuch sie mal.«

Ich blickte auf die Schüssel auf dem Gestell neben meinem Bett und erinnerte mich daran, wie Pancho neulich die graue, kleistrige Nahrung in sich hineingeschaufelt hatte. Aber ich war hungrig und schlürfte sie. Sie war gar nicht mal schlecht. Ich war überrascht – das erste vernünftige Essen, das ich auf Hölle gekriegt hatte. Ich trank alles aus.

»Schau dir das mal an«, sagte Pancho und schlüpfte aus dem Bett.

»Warte«, sagte ich. »Überanstreng dich . . .«

»Ist schon in Ordnung, Carl. Überhaupt kein Problem. Das meiste war sowieso nur das Gift in meinem Blut. Eine Spritze, und ich war so gut wie neu. Siehst du?«

Ich sah es, und ich war beeindruckt. Ich hatte damit gerechnet, daß er mindestens eine Woche oder so liegen mußte. Das letzte Mal, als ich ihn zu Gesicht bekommen hatte, hatte ich geglaubt, er wäre nahezu tot. Die Wunder der modernen Medizin! Ich bewegte meine Finger, und sie funktionierten prima. Noch ein Wunder mehr.

»Was mache ich dann eigentlich noch im Bett?« erkundigte ich mich.

»Da bin ich auch überfragt, Amigo. Schlafen, nehme ich an. Du warst ja schon immer einer, der gern lange in der Falle lag. Ziehen wir uns an und suchen wir die anderen.«

Das klang gut. Wir warfen uns in Schale und zogen los. Fanden B'oosa in der Kantine, allein. Er wußte nicht, wo Alegria und Miko waren. Ich weiß nicht, warum mir das Sorgen machte, aber genau das war der Fall. B'oosa wirkte geistesabwesend. Wir setzten uns trotzdem.

»Was gibt es schönes Neues?« fragte Pancho.

»Nicht viel«, sagte B'oosa, indem er seine Kaffeetasse von sich wegschob. »Und Schönes schon gar nicht.«

»Stimmt was nicht?« erkundigte ich mich. Ich hatte B'oosa noch nie so aus dem Gleichgewicht gebracht erlebt.

»Sie waren die ganze Zeit über da«, sagte er ruhig.

»Wer? Wo?«

»Die Höller«, erläuterte B'oosa und schüttelte den Kopf. »Wir waren nie außer Sichtweite. Skeeter und Bruno waren die ganze Zeit über da. Sie haben bloß erst in letzter Minute eingegriffen.«

»Du meinst, sie haben das alles geschehen lassen?« Ich konnte es nicht glauben.

»Ich fürchte ja«, sagte B'oosa. »Alles Teil des ›weichen‹ Überlebenstrainingskurses.«

»Überleben? Sie hätten uns umbringen können!«

»Das bezweifle ich«, sagte B'oosa. »Sie hätten etwas unternommen, wenn es zu ernst geworden wäre.«

»Bist du dir sicher?« fragte ich.

B'oosa schaute nachdenklich drein. »Nein, sicher bin ich mir nicht, aber ich würde es gerne glauben.«

»Und der Sender?«

»Der sollte nie funktionieren. Aber der nächste wird es, das hat man mir versichert.«

»Der nächste? Welcher nächste?«

B'oosa nickte in Richtung Tür. »Da kommen sie schon. Sollen sie es euch selbst erzählen.«

Skeeter und Bruno kamen auf den Tisch zu. Ich verspürte das Bedürfnis, ein paar Köpfe zusammenzuschlagen.

»Hallo, Studenten«, sagte Bruno. »Bereit für ein bißchen kaltes Wetter?«

»Was für kaltes Wetter?« fragte Pancho.

»Wir starten um 0800 Uhr«, erklärte Bruno und warf einen Umschlag auf den Tisch. »Hier ist der Zeitplan. Holt heute abend eure Ausrüstungen ab. Morgen werden wir auf dem Hochplateau sein. Wir sehen uns dann.« Er drehte sich um und ging. Skeeter blieb noch einen Augenblick da.

»Alles okay mit dir, Pancho?« fragte er.

Pancho zuckte die Achseln. »Ich glaube, ich werd's überleben.«

Skeeter blickte nervös drein, errötete ein bißchen. »He, tut mir leid, was passiert ist. Wenn ich das Sagen gehabt –«

»Skeeter! Setz dich in Bewegung!« rief Bruno von der Tür herüber.

»Tut mir leid, Pancho. Wirklich«, sagte er und verließ uns.

B'oosa hatte den Umschlag geöffnet. »Dieselbe Vorgehensweise«, berichtete er. »Nur diesmal arktische Bedingungen. Unangenehm, das, ich hab's nicht gerne kalt. Hitze kann ich gut vertragen, aber Kälte . . .«

»Wer geht?« fragte ich.

»Dieselbe Gruppe«, sagte B'oosa.

»Nichts da«, sagte ich. »Ich weigere mich, noch einmal mit Miko hinauszugehen. Nicht, wenn mein Leben vielleicht davon abhängt, daß er wach bleibt.«

»Beruhige dich, Carl«, sagte Pancho. »Er fühlt sich ganz schön mies deswegen. Ich denke, er will es an dir – an uns wiedergutmachen.«

»Das ist mir egal«, erklärte ich. »Ich tu's nicht.«

»O doch, das wirst du«, sagte B'oosa ruhig. Er schob die Anweisungen über den Tisch. Sie waren vom Dekan unterzeichnet.

Ich konnte natürlich aussteigen, wenn ich wirklich wollte. Wenn ich durchfallen, wie ein Feigling, wie ein Narr aussehen wollte. Wieder gefangen! Hätte der Dekan sie nicht unterzeichnet, hätte ich vielleicht eine Chance gehabt. Er unterzeichnet nicht viele derartige Dokumente, also mußte er aus irgendeinem Grund gewünscht haben, daß diese Gruppe zusammenblieb. Aus dem Stegreif fiel mir kein einziger stichhaltiger ein.

Ich fragte mich, wie kalt es sein würde.

III

Es sah einfach aus, was mich auf Anhieb mißtrauisch machte. Sie setzten uns auf dem Gipfel eines kleinen Berges ab. Der Punkt, der unser Ziel war, lag auf der gegenüberliegenden Seite des Tales unter uns. Wir konnten sogar die Antennenspitzen der Basis in der Ferne sehen. Alles, was wir tun mußten, war, vom Berg herunterzukommen und das Delta zu überqueren. Es konnten nicht mehr als dreißig Kilometer sein. Ein Zuckerlecken.

Zuerst teilten wir uns auf und suchten nach einem leichten Weg den Berg hinunter. Es gab nichts dergleichen. Ich fand ungefähr ein Dutzend Stellen, an denen ich alleine hätte nach unten gehen können, aber nicht, wenn alle an mich angeseilt waren. Auf Springworld hatte ich Berge wie diesen bestiegen, als ich fünf Jahre alt gewesen war. Von den anderen hatte nur B'oosa Bergerfahrung. Der Rest waren alles Flachländer, wie wir sie daheim nennen.

B'oosa entdeckte eine Route, von der er glaubte, daß wir sie vielleicht zusammen schaffen würden. Sie begann als ein mehr oder weniger senkrechter Abhang, der hinüber zu einer vertikalen Spalte führte. Formationen direkt oberhalb der Spalte hätten ein Verankern schwierig gemacht; wir mußten dorthin traversieren. Nach der Spalte sah es nicht so aus, als würde es allzu schwierig sein.

»Was meinst du?« fragte B'oosa.

Ich sah mir den senkrechten Absturz lange an. Die Oberfläche der Wand war uneben und sollte Händen und Füßen recht guten Halt bieten. Es war jedoch kalt, und vielleicht gab es hier und da Eis. Ich schaute zum Himmel auf. Er war schiefergrau von Horizont zu Horizont; konnte ein aufkommender Sturm sein. Normalerweise würde ich nicht einmal daran denken, einen Abstieg unter diesen Bedingungen zu beginnen.

»Schätze, es wird gehen«, sagte ich. »Wenigstens schneit es nicht.«

»Noch nicht«, meinte B'oosa.

Wir holten alle zusammen und erklärten, was wir tun mußten. B'oosa würde zuerst gehen, und ich würde das andere Ende übernehmen. Niemand bewegte sich, bevor sie das von B'oosa oder mir gesagt bekamen. Wir überprüften unsere Ausrüstung doppelt und traten an den Rand.

B'oosa ging hinüber. Ich sah zu, wie er abstieg. Er war ziemlich gut, kein Zweifel. Immer bewegte sich nur ein Arm oder ein Bein zur gleichen Zeit. Er prüfte jeden Halt sorgfältig, bevor er ihm sein Gewicht anvertraute. Während er nach unten stieg, trieb er Kletterhaken in die Felswand und schob das Seil durch ihre Karabiner. Er bewegte sich ebensosehr seitlich wie abwärts, mehr von der Natur der Wand geführt als von unseren Wünschen. Bald hielt er an, rief zu uns anderen hinauf, zu folgen. Ich hatte eine gute, sichere Position, das Seil spielte ohne Schleifen oder scharfe Knicke von mir zu B'oosa hinunter.

Pancho war der erste, der folgte. Er ging langsam, jeden Halt mehrere Male prüfend. Jedesmal, wenn er einen der Haken erreichte, holte er ein Stück schlaffes Seil von der gegenüberliegenden Seite ein und schob es durch den Karabiner auf der rechten Seite seines Gürtels. Dann hing er einen Augenblick da, bevor er den Führungsabschnitt des Seils von seiner linken Seite löste und sich weiterbewegte, am Haken vorbei. Es war ein mühsames Vorankommen, aber er machte es gut. An einer Bergflanke kann man gar nicht vorsichtig genug sein.

Alegria war als nächste an der Reihe. Sie machte sich auf den Weg, als Pancho ungefähr die halbe Strecke bis zu B'oosa zurückgelegt hatte. Sie kletterte leicht und elegant. Ich hatte noch nie jemanden erlebt, der so selbstverständlich mit den Seilen zurechtkam. Hätte ich es nicht besser gewußt, ich hätte geglaubt, sie hätte ihr ganzes Leben nichts anderes gemacht. Ihre Bewegungen waren vorsichtig, aber flüssig. Sie ging am Fels entlang, als sei sie ein Teil davon. Ich konnte kein einziges Anzeichen von Nervosität bemerken. Sie bewegte sich wie eine Katze, und ich dachte bei mir, daß es gut war, sie in der Mitte zu haben.

Miko ging hinter Alegria hinüber. Er war nicht sicher auf den Beinen, aber wenigstens tat er nichts Dummes. Ein paarmal hielt er an und schien nicht imstande zu sein, den nächsten Halt zu finden. Ich konnte sie von dort aus sehen, wo ich war. Ich machte mich hinter ihm auf den Weg und half ihm weiter.

Sofort fiel ich in die alten Rhythmen und Muster. Seltsam, wie man bestimmte Fertigkeiten nie zu verlieren scheint, wenn man sie einmal gelernt hat, selbst wenn man sich nicht regelmäßig darin übt. Ich fühlte mich sofort zu Hause. Es machte mir nicht einmal etwas aus, Miko vor mir zu haben!

Die meisten Leute würden denken, daß es die gefährlichste Position sei, als erster in einer solchen Seilschaft zu gehen. Das stimmt nicht. Derjenige, der das Ende bildet, geht das größte Risiko ein. Ich weiß das, weil ich beides schon gemacht habe. Mehr als einmal.

Es wurde ein bißchen schwieriger. Einmal fing sich B'oosa selbst in einer Sackgasse, fand sich ohne eine Stelle, um voraus einen Halt zu bekommen. Er hätte einen Haken einschlagen und versuchen können, nach außen zu schwingen und einen zu finden, aber die anderen wären nicht imstande gewesen, zu folgen. Wir mußten umkehren und eine andere Route wählen. Sie klappte ein bißchen besser, aber das hatte uns einige wertvolle Zeit gekostet, und der Wind frischte auf. B'oosa gab uns Zeichen, und wir setzten uns wieder in Bewegung.

Bis wir B'oosa eingeholt hatten, kam der Wind mit voller Stärke. Wir konnten nichts tun als die Zähne zusammenbeißen und weitermachen. Wenn wir die Spalte erreichten, würden wir wenigstens vor dem Wind geschützt sein. Ich schätzte, daß es noch zwei Anläufe kosten würde. B'oosa nahm das schlaffe Seil und ging weiter.

Es fing an zu regnen. Nur ein bißchen zuerst, aber der Wind ließ ihn kälter wirken, als er war. Außerdem machte er die Felsen rutschig, und das verlangsamte das Vorankommen. Ich wollte die Spalte erreichen, bevor alles vereiste, und ich glaube, das war es, wo ich meinen Fehler machte – ich ging zu schnell. Wäre ich nicht so in Eile gewesen, wäre es nie passiert.

Miko war vorausgegangen, während ich an einer lästigen Schleife im Seil herumfummelte. Alle waren außer Sicht hinter einer Felskante, und ich hatte es eilig, aufzuschließen. Ich hatte nur einen Zweipunkt-Halt und zu viel schlaffes Seil, als ich um die Kante herumgriff. Es war die reinste Dummheit.

Ich hatte einen guten Halt mit meinem linken Fuß, und meine linke Hand war ziemlich sicher, aber meine rechte Seite wurde von der Kante blockiert. Ich war sicher, daß auf der anderen Seite ein Halt sein würde, also schwang ich meinen Körper herum. Als ich einen bestimmten Punkt meiner Schwingbewegung passierte, spürte ich, wie mein Gleichgewicht sich verschob und begriff, daß ich in Schwierigkeiten war. Zu viel schlaffes Seil. Zu weit vom nächsten Kletterhaken. Wenn auf der anderen Seite der Kante nichts war, an dem ich mich festhalten konnte, würde ich abstürzen. So einfach war das: alles Physik und die Bewegung fallender Körper. Es war nichts da, an dem ich mich festhalten konnte. Meine Finger rutschten über nassen, glatten Fels. Ich stürzte rücklings ab. Alles schien in Zeitlupe zu passieren.

Es war nicht das erste Mal, daß ich abstürzte, daher wußte ich, was mich erwartete. Ich würde nur so weit nach unten fallen, bis das Seil sich bis zum nächsten Haken spannte, dann würde ich anhalten und schwingen. Ich versuchte, meinen Körper zu entspannen. Es gab einen scharfen Doppelruck am Seil. Die Wetten standen fünfzig zu fünfzig, daß das ein Haken war, der sich löste. Unmöglich zu sagen, was jetzt passieren würde.

Die Felsen schlugen und schrammten gegen mein Gesicht und meine Hände, während ich fiel. Ich versuchte, irgend etwas zu packen, das vorbeihuschte. Wenn ich es nicht festhalten konnte, würde es mich wenigstens abbremsen. Es sah aber nicht so aus, als würde ich an etwas einen vernünftigen Halt finden können; die Felsen waren naß vor Regen, und meine Finger waren naß vor Blut. Irgendwo hörte ich jemanden schreien. Möglich, daß ich es war.

Mein rechter Fuß prallte gegen einen kleinen Vorsprung,

und ich warf meinen Körper hart dagegen. Schmerz zuckte durch meine Seite, als der Fels an meinem Körper entlangschrammte. Es bremste mich. Ich zappelte mich ab nach einem Halt für meine Zehen, meine Füße, meinen Mund, für was auch immer. Der Vorsprung traf mich am Kinn, ich klammerte mich an der Felsflanke fest. Irgendwie kam ich zum Halten. Ich wartete darauf, daß die anderen an mir vorbeigefallen kamen und mich zusammen mit sich in den Abgrund rissen. Nichts. Alles, was ich hören konnte, war mein eigenes schweres Atmen.

Ich habe nicht die geringste Ahnung, warum ich nicht immer weiterstürzte. So weit ich erkennen konnte, hatte ich nicht einen einzigen Griff. Mit weit ausgebreiteten Armen preßte ich mich so dicht an die Wand wie möglich. Es war lächerlich, daß ich mich selbst in eine so mißliche Lage gebracht hatte. Ich konnte keinen Muskel bewegen, ohne das bißchen zu verlieren, was ich an Halt hatte.

Mir kam es vor, als hinge ich für Stunden dort, aber es konnten nicht mehr als ein paar Minuten gewesen sein. Ich konnte spüren, wie das Seil sich bewegte, und hin und wieder drangen gedämpfte Stimmen zu mir herunter, aber ich konnte nie so recht die Worte verstehen. Dreck und kleine Steinchen fielen an mir vorbei, als sie sich zu mir herunterarbeiteten. Mein linkes Bein, in einer unangenehmen Stellung, begann zu zukken. Meine Nase juckte, wie sie es immer tut, wenn ich sie nicht kratzen kann. Ich fühlte mich eher blöde als ängstlich. Ich hatte einen bösen Fehler gemacht. Nicht nur das, ich hatte auch andere Leute mit hineingezogen. Wäre das zu Hause passiert, würde ich für meinen Fehler allein bezahlt haben; hier hätte ich beinahe vier Leute mit mir in den Tod gerissen.

»Wolltest wohl den schnellen Weg nach unten finden, Carl?« B'oosas Stimme schreckte mich auf.

»Ich hab danebengegriffen«, sagte ich. »Ich bin ausgerutscht.«

»Wir alle rutschen manchmal aus«, sagte B'oosa. Ich konnte ihn einen Haken einschlagen hören, aber ich wagte nicht, den Kopf zu bewegen, um ihn zu sehen.

»Beinahe drin«, verkündete er. »Eine Sekunde noch . . . Ah,

der hat ihm den Rest gegeben. Ich habe das Seil ungefähr zwei Meter über deinem Kopf und einen Meter zu deiner Linken gesichert. Wenn du losläßt und nach links schwingst, müßtest du einen sicheren Griff finden.«

Ich hatte keine Wahl, als ihm zu vertrauen. Ich *wußte*, daß er gute Arbeit geleistet hatte – ich glaube, er ist gar nicht fähig, schlechte zu leisten –, aber ich muß zugeben, daß ich mich fragte, ob er mein Gewicht unterschätzt hatte, als ich hinausschwang. Er hatte nicht. Ich fand den Griff leicht.

»Danke«, sagte ich schwer atmend. »Ich hatte nicht geglaubt, daß jener Haken sich lösen würde.«

»Er hat sich nicht gelöst, Carl«, sagte B'oosa langsam.

»Was willst du damit sagen?«

»Er ist gebrochen. Mitten durchgeknackt.«

»Das ist unmöglich. Ich weiß, daß ich schwer bin, aber diese Haken sind dafür ausgelegt, das zu halten.«

»Der nicht«, sagte er in einem Tonfall, der mich erschauern ließ. »Und bei den anderen bin ich mir auch nicht so sicher.« Die Implikationen gefielen mir gar nicht. »Ich gehe zurück ans andere Ende«, sagte er. »Außer, du hättest es lieber, wenn ich den Schluß übernehme.«

Ich wußte, was er damit meinte. Auf seine übliche umwegige, höfliche Art fragte er mich, ob ich meine Nerven verloren hätte.

»Nein, ich bin okay«, sagte ich. Wir schafften die Spalte in zehn Minuten, und dann ruhten wir uns aus.

Die Spalte war eigentlich ein senkrechter Riß, der den ganzen restlichen Weg die Bergwand hinunter verlief. Es würde verhältnismäßig einfach sein, uns nach unten zu arbeiten; danach war alles eine klare Sache. Beinahe ein Spaziergang ins Tal.

Das obere Ende der Spalte war eng, und ich konnte mich kaum hineinquetschen. Die anderen paßten bequem hinein. Sie hatte eine unebene Oberfläche, und es war einfach, seine Füße gegen eine Seite des Risses zu stemmen und seine Schultern gegen die andere. Wir blieben so einige Minuten lang, bevor wir abstiegen. Der Sturm nahm an Heftigkeit zu, aber in der Spalte waren wir ziemlich gut geschützt.

B'oosa führte, und ich übernahm die Schlußposition. Es ging ziemlich leicht. Ich verankerte das Seil, und B'oosa führte die anderen nach unten, so weit wie es das Seil erlaubte, dann kam ich zu ihnen herab, und wir begannen das Ganze von vorne. Es funktionierte wirklich prima, bis auf das eine Mal, als Pancho abrutschte, aber nicht einmal das war ernst. Wir beschlossen, am Grund der Spalte zu lagern, wenn er eben genug für unser Zelt war. Es fing an, dunkel zu werden, und der Sturm zeigte keine Anzeichen nachzulassen.

Ich zog die erste Wache. Es gab wirklich nicht viel, worauf man hätte wachen müssen. Ich konnte mir kein Tier denken, das bei solchem Wetter draußen war, aber wenn es doch welche gab, würden sie vielleicht groß, bösartig und verfroren sein. Der Regen ging in Graupel über, und als Miko kam, um mich abzulösen, steckte ich meine Nase sofort in den Schlafsack. Ich lauschte ungefähr zehn Sekunden dem Heulen des Windes, bis ich einschlief.

B'oosa weckte mich und reichte mir eine Tasse heißen Tees. Der Wind brauste immer noch draußen vor dem Zelt. Wenn überhaupt, dann war er noch lauter als letzte Nacht. Ich hatte tausend Kratzer und Schnitte von meinem kleinen Sturz am Vortag und konnte jeden davon spüren.

Ich trat hinaus vor das Zelt, und sofort durchdrang mich die Kälte bis auf die Knochen. Alles war mit einer dünnen Eisschicht bedeckt.

Obwohl wir am Vortag ein gutes Stück zurückgelegt hatten, waren wir immer noch ziemlich weit oben. Die Sicht war miserabel; ich konnte nicht einmal den Talboden erkennen. Es graupelte immer noch. Pancho kam nach draußen und stellte sich neben mich.

»Was denkst du, Amigo?«

»Schau dir das ganze Eis an«, sagte ich. »Ich denke, daß wir den ganzen Tag brauchen werden, um von diesem Berg herunterzukommen.«

Wir brauchten zwei.

Und es waren zwei harte Tage. Nicht, daß der Abstieg steil gewesen wäre; nur ließ das Unwetter nie auch nur für eine Sekunde nach. Selbst auf verhältnismäßig ebenem Grund war es schwierig, unseren Stand zu bewahren. Wir brachten eine Menge Zeit damit zu, herumzurutschen und zu schliddern. Ich begriff, warum sie uns fünf Tage gegeben hatten, die Station zu erreichen.

Spät am zweiten Tag tat B'oosa einen bösen Sturz auf einem vereisten Felsen. Ich nahm an, daß er sich vielleicht den Knöchel verstaucht hätte, aber er sagte kein einziges Wort. Ich glaube, dieser Bursche hätte sich nicht einmal beklagt, wenn es ein komplizierter Bruch gewesen wäre!

Der Graupel verwandelte sich schließlich in Schnee. Es war wirklich keine große Verbesserung, aber wir waren selbst für kleine Gunstbeweise dankbar. Wir kampierten am Fuße des Berges, das Deltagebiet vor uns ausgebreitet. Es war flach, baumlos und kalt. Ein überaus öder Ort.

Das Delta war ein matschig nasses Netz aus Tausenden kleiner Wasserläufe und Flüsse, die sich von einem größeren Hauptstrom aus verzweigten, der in das nördliche Meer floß. Die kleineren waren vielleicht zugefroren; es waren die anderen, die uns Schwierigkeiten machen würden.

Es war ein großes Gebiet. Wir waren froh, den Sender zu haben, und hofften, daß er diesmal funktionieren würde. Beobachteten sie uns? Es würde ihnen schwerfallen, Verstecke zu finden.

Wir brachen das Lager früh ab; der Schnee hörte gerade vor der Morgendämmerung auf. Der Himmel hellte sich zu einem eintönigen Schiefer auf, ohne eine Spur von Blau. Der Wind war steif und böig, der treibende Schnee ständige kalte Schmerztupfer auf unserem Gesicht.

Das Gehen bereitete Mühe. Zehn Zentimeter Neuschnee lagen auf einer harten Kruste, der geschmolzenen Oberseite des alten Schnees, der ungefähr doppelt so tief war. Wir alle außer Alegria waren schwer genug, um durch die Kruste zu brechen: stapf, knirsch, zieh; stapf, knirsch, zieh. Wir blieben auch immer wieder in der Vegetation hängen, die meist niedrig genug war, daß der Schnee sie verbarg. Eine Matte verfilzter Dornensträucher.

Das Eis lag ungefähr zwei Meter tiefer als das Ufer, mit steilen Böschungen auf beiden Seiten. Wir prüften das Eis sorgfältig, bevor wir unser volles Gewicht darauf verlagerten. Ich ging als erster. Rechneten damit, daß, wenn es mich trug, es alle tragen würde. Es war kein sehr breiter Arm, und wir kamen ohne Schwierigkeiten hinüber. Wenn die restlichen auch so einfach waren, würden wir es in einer prima Verfassung schaffen, solange das Wetter sich hielt.

Die restlichen waren nicht so einfach, und das Wetter hielt sich nicht. Es fing wieder an zu graupeln, naß und kalt. Der nächste Arm, an den wir kamen, war obendrauf matschig mit mehreren großen Löchern im Eis.

B'oosa schüttelte den Kopf. »Das sieht übel aus.«

»Du meinst, das Eis wird nicht halten?« fragte ich.

»Das ist es nicht.« Er krabbelte die Böschung hinunter, und wir folgten, um uns eine Minute außer Reichweite des Windes auszuruhen. »Diese Löcher sind Teil der winterlichen Ökologie dieses Gebietes. Eine Menge Tiere kommen des Wassers wegen hierher; andere kommen, um zu fischen.«

»Große Tiere?« sagte Alegria.

»Genau das. Große Raubtiere treiben sich bei den Löchern herum, um sich von den Tieren zu ernähren, die zum Trinken kommen. Einige davon sind groß genug, um keine Angst vor fünf Menschen zu haben.« Er erzählte uns von der Schneebestie. So groß wie ein kleiner Schweber, hatte sie sechs kraftvolle Beine, deren Vorderpaar sie zentaurengleich als Hände benutzen konnte. Sie hatte riesige Klauen und Zähne – in einem Maul, das groß genug war, um einen Menschen mit einem Zuschnappen zu köpfen – und war mit seidigem weißen Fell bedeckt. Ihre Augen hatten die Größe von Tellern und waren ebenfalls weiß. In einem Schneesturm konnte man auf zehn Meter an eine herankommen, ohne sie überhaupt zu sehen, ohne jemals zu erfahren, was einen tötete. Vibrokeulen würden wirkungslos sein, außer auf Augen oder Maul.

An diesem Tag sahen wir weder eine Schneebestie noch irgendein anderes Tier, das größer gewesen wäre als ein Seevogel, obwohl wir vier Flüsse mit Wasserlöchern überquerten (wobei wir zugegebenermaßen weiten Abstand von den Löchern hielten). Es graupelte ununterbrochen, bis wir zur Nacht anhielten und das Zelt aufschlugen.

Es ließ sich schwer feststellen, wie weit wir gekommen waren. Die Karten, die man uns mitgegeben hatte, waren absichtlich grob, und ein kleines Flüßchen sah genau wie das andere aus. Die Sicht war zu schlecht, um die Berge zu sehen und zurückzutriangulieren. Wenn wir den Hauptstrom erreichten, würden wir wissen, daß wir ungefähr ein Drittel der Entfernung zurückgelegt hatten. Was das hinsichtlich der Zeit bedeutete, würde vom Wetter und vom Terrain abhängen.

Am nächsten Morgen war der Himmel völlig klar, und wir kamen ziemlich gut voran. Wir erreichten den Hauptstrom nach ein paar Stunden mühsamen Dahinstapfens.

Er war erheblich breiter, als er von den Bergen aus gewirkt hatte. In einem Schaum aus Schneematsch treibende Eiskörnchen rasselten am Ufer entlang, aber die Mitte war frei bis auf große Eisbrocken, die träge dahintrieben. Wir würden ungefähr zweihundert Meter weit paddeln müssen.

Miko holte das Floß aus seinem Tornister und zog die Strippe, die es aufblies. Es war groß genug für drei normale Personen; wir würden drei Überfahrten machen müssen.

Die ersten beiden verliefen ohne Zwischenfall, auch wenn es schaurig war, auf einem Ufer zurückgelassen zu werden, während sich der Schocker auf dem anderen befand. Ich ließ mein Messer draußen und blies meine Rettungsweste erst in letzter Minute auf, um beweglich zu bleiben. Pancho, Alegria und Miko gingen zuerst hinüber, dann kam Pancho zurück, um B'oosa zu holen. Als nächstes sollte er mich abholen, aber bei der zweiten Überfahrt hatte er einen Krampf bekommen, und ich mußte mit Miko Vorlieb nehmen. B'oosa war zu groß und Alegria zu klein. Das gefiel mir nicht besonders, aber ich war froh, endlich an Bord des Floßes gehen zu können.

»Die Strömung ist nicht schlimm, bis wir in die Mitte kommen«, sagte Miko. »Dann müssen wir uns ein bißchen ins Zeug legen.«

Das verdammte Ding ließ sich überhaupt nicht steuern; wir paddelten geradeaus und trieben in einer gekrümmten Diagonale auf das gegenüberliegende Ufer zu. Wir benutzten die Paddel auch, um uns von den Eisschollen abzustoßen, von denen manche groß genug waren, um darauf zu stehen.

Miko hatte mehr Erfahrung mit Booten als ich, aber ich war vorne, weil ich stärker war. Wir steuerten auf etwas zu, das wie ein Strudel aussah. Ich wies mit meinem Paddel darauf. »Bedeutet das, daß ein Felsen oder so etwas darunter ist? Sollten wir –«

»War vorher nicht da«, sagte er rasch. »Das ist kein Felsen.«

Plötzlich hob sich das Wasser, und ein riesiger Hügel weißen Fells tauchte auf. Er wälzte sich langsam herum und richtete ein weißes Auge auf uns. Er war nicht mehr als zehn Meter entfernt. Der Schocker röhrte vom gegenüberliegenden Ufer; die Schneebestie drehte sich um, um einen Blick darauf zu werfen, und ging gemächlich unter.

»Das war verdammt dicht«, sagte Miko.

Ich paddelte wie ein Verrückter. »Idiot! Das war höchstens *zu weit weg*! Man kann kein Tier dieser Größe aus einer solchen Entfernung –« Plötzlich waren wir aus dem Wasser heraus, neigten uns wie verrückt, und ich erhaschte einen flüchtigen Blick auf den gewaltigen Rücken des Viehs, bevor ich in das schwarze, eisige Wasser tauchte.

Ein kräftiger Mann kann fünf oder sechs Minuten in diesem Wasser überleben. Einen Augenblick lang fühlte es sich kalt an; dann war ich nur noch taub und brannte. Ich tauchte hustend auf, das Messer in der Hand, was immer das auch wert sein mochte. Ich versuchte, die Vibrokeule zu finden, aber sie war außen auf meinem Tornister, eingeklemmt unter der Rettungsweste.

Ich konnte die Schneebestie nirgendwo sehen. Miko schwamm wie wild auf eine große Eisscholle zu. Ich war dichter am Floß, also machte ich mich dorthin auf den Weg.

Ich weiß nicht, wie lange ich brauchte. Ich versuchte, gleichmäßig zu schlagen und zu atmen und nicht an die Mordbestie zu denken, die unter mir schwamm, bereit, mich mit einem Biß zu töten. Irgendwie schaffte ich es bis zum Floß, keine Paddel, und zog mich halb an Bord. Begann mit den Füßen zu strampeln und bewegte mich so langsam aufs Ufer zu.

Nach ein paar Augenblicken hörte ich Rufen. Ich blickte auf und sah die anderen drei brüllen und deuten. B'oosa ließ sich in Scharfschützenstellung fallen und feuerte einen langen Energiestoß aus dem Schocker ab.

Sie deuteten auf Miko, der es bis zur Eisscholle geschafft hatte. Er lag auf ihr, offensichtlich ohne Bewußtsein. Die Schneebestie war ein Stückchen flußabwärts, und nur ihr Kopf ragte hervor, als sie näherschwamm.

Zwei Tatzen reckten sich aus dem Wasser und griffen nach Miko, aber er hatte sich weit genug vom Rand fortgeschleppt, daß die Klauen ihn nicht erreichen konnten. Die Bestie heulte und begann, an Bord zu klettern. Sie schenkte dem Schocker, den B'oosa immer noch stetig abfeuerte, keinerlei Beachtung.

Schließlich schaffte sie es, ihre ganze Masse hinauf auf die Eisscholle zu wuchten. Ich wußte, daß ich eigentlich strampeln sollte, versuchen, das Ufer zu erreichen, bevor ich die Nachspeise wurde. Aber ich war von dem grausigen Geschehen fasziniert, auf mehr als eine Art erstarrt.

Sie ragte über ihm auf, noch einmal halb so groß wie ich mit vier Füßen auf dem Boden. Aber statt Miko zu packen und an ihm zu reißen, stand sie mit schlaffen Armen da und schüttelte den Kopf. Der Schocker fing an, Wirkung zu zeigen. B'oosa hörte keinen Augenblick lang auf zu feuern.

Die vier Beine der Kreatur knickten ein, und sie fiel, ihr furchtbarer Kopf weniger als einen Meter von Miko entfernt.

»Hol ihn!« rief B'oosa. »Mit dem Floß! Wir schicken dir ein Seil hinaus.« Es sah wie ein langer Weg aus. Ich fragte mich, wie lange die Schneebestie bewußtlos bleiben würde.

Ich begann, flußabwärts zu strampeln. Man konnte niemanden einem solchen Biest überlassen, nicht einmal Miko. Aber ich konnte nicht einmal mehr meine Beine spüren, und langsam wurde auch das Atmen schwierig.

Als ich endlich die Scholle erreichte, war ich vor Schmerz und Erschöpfung in einer Art Trance. Ich schaffte es zwar, auf das Eis hinaufzuklettern, aber das Stehen dort war sehr merkwürdig, als würde ich zwei Meter über dem Boden schweben und unterhalb der Taille gar nicht existieren. Ich mag eine lange Zeit dort gestanden und genossen haben, aus dem Wasser heraus zu sein. Jemand rief vom Ufer her. Die Bestie lag mit offenen Augen da. Einer ihrer Nüsternlappen bewegte sich langsam. Wir schauten einander eine Weile an. Dann kam ich wieder zu Sinnen, als Schmerz meine Beine aufweckte und gesunde Furcht in mein Gehirn sickerte. Ich zerrte Miko zum Rand und brachte es fertig, ihn auf das Floß zu hieven, ohne ihn zu ertränken. Als ich ins Wasser glitt, war es wie ein Bad in Feuer, dann war wieder alles taub. Wir waren ungefähr siebzig Meter vom Ufer entfernt. Wissend, daß wir es niemals schaffen würden, begann ich zu strampeln.

Sie schrien mir zu, ins Floß zu klettern. Das ergab keinen Sinn, aber es wirkte wirklich wie ein wärmerer Aufenthaltsort. Es dauerte unendlich lange, wie alles, und ich mußte vorsichtig sein, nicht versehentlich Miko über Bord zu werfen.

Die Erschöpfung war beinahe zuviel. Ich spürte einen neuen, pressenden Schmerz in der Brustmitte. Ein Herzanfall? Ich legte mich hin, Miko als Kissen mißbrauchend. Ich verlor das Bewußtsein, wachte wieder auf, verlor erneut das Bewußtsein.

»Kannst du es erreichen?« flüsterte Miko. Ich war ärgerlich, daß er mich aufweckte.

»Was erreichen?«

»Das Seil. Sie sagen, sie hätten ein Seil schwimmen lassen.« Ich konnte Rufen hören, aber meine Ohren klingelten zu laut, als daß ich es hätte verstehen können. Ich hebelte mich weit genug hoch, um über die Floßkante zu spähen. Tatsächlich, da war ein Seil, mit einem Ende an eine aufgeblasene Rettungsweste gebunden, und wir bewegten uns langsam darauf zu. Sie hatten es so hinausgeworfen, daß es sich an einer Eisscholle festhakte; wegen des Windes trieben wir ein bißchen schneller als das Eis.

Aber der einschnürende Schmerz war immer noch in meiner Brust, und meine Arme fühlten sich an wie gelähmt. Ich wartete, bis das Floß das Seil berührte, dann wuchtete ich einen Arm über Bord. Indem ich mich hinsetzte, zog ich den Arm zurück auf das Floß, und das Seil kam mit. Meine Hände wollten sich nicht schließen, um das Seil festzuhalten, aber ich schaffte es, es um meinen Arm zu wickeln und mich zurückzulehnen. Miko versuchte zu helfen, aber er war außerstande, etwas anderes zu tun als zu zucken.

Sie zogen, und das Seil begann abzurutschen. Ich rollte mich darauf, und die Welt verschwand, anders diesmal, weiße Funken statt Schwärze.

Ich schaffte es, ein Auge zum Arbeiten zu bringen. Da war ein Licht, amorph und durchwirkt mit Regenbögen. Ein paarmal tüchtig blinzeln, und es wurde etwas schärfer: ein verwaschener Fleck, der erkennbar B'oosa war, der lesend unter der Zeltlampe saß. Ein weiterer Fleck dicht neben mir war der in einen Schlafsack gehüllte Miko. Ich steckte auch in einem; es kostete mich ganz schöne Mühe, meine Hände freizubekommen, um meine Augen so lange zu reiben, bis sie wieder etwas sahen.

»Fühlst du dich besser, Carl?« sagte B'oosa, ohne aufzuschauen.

»Besser als was?« Mein Körper war eine Ansammlung stumpfer Qualen und stechender Schmerzen. Offenbar lebte ich noch. »Wie lange war ich bewußtlos?«

»Beinahe zwei Tage.«

»Zwei *Tage*!«

»Du littest an Unterkühlung. Schwer, genau wie Miko. Es war besser, wenn ihr etwas Ruhe bekamt. Die Medoausrüstung enthält wunderbare kleine rosa Pillen dafür.«

»Wo sind wir?«

»Wir sind immer noch am Fluß.«

»Und dieser Lärm da draußen?«

»Ein Sturm, ein schlimmer.«

Ich zählte schlafende Leiber. »Wo ist Pancho?«

»Draußen, auf Wache.«

Wir waren fünf Tage unterwegs, wurde mir plötzlich klar. »Eigentlich müßten sie uns inzwischen suchen, stimmt's?«

B'oosa zuckte die Achseln. »Möglich.«

»Hast du versucht, sie mit dem Sender zu rufen?«

»Das habe ich«, sagte er und hielt den kleinen Kasten hoch, »aber ohne Ergebnis.«

»Nicht schon wieder!«

»Ich fand es auch merkwürdig. Darum habe ich den Sender geöffnet, um nachzusehen, ob er sich reparieren ließe. Das hier habe ich gefunden.« Er öffnete die Vorderseite des Kästchens. Das Gehäuseinnere war leer: keine Drähte, keine Kristalle. »Das hier ist nicht einfach bloß ein kaputter Sender, das hier ist eine Senderattrappe. Er sollte nie arbeiten.«

»Das klingt beinahe, als ob sie versuchen würden, uns umzubringen«, sagte ich.

»Das habe ich auch schon in Erwägung gezogen«, sagte B'oosa. »Unwahrscheinlich, aber möglich.«

Gerade in diesem Augenblick stürzte Pancho ins Zelt. »B'oosa, ich – oh, hallo, Carl – ich meine, du hast mir gesagt, ich sollte –«

B'oosa stand auf, verließ eilig das Zelt. Alegria folgte ihm nach draußen. Ich ging auch, nachdem ich meine Kleider gefunden hatte.

Draußen konnte ich kaum aufrecht stehen, so stark war der Wind. B'oosa und Alegria waren über die Halteleinen des Zelts gebeugt. Sie waren doppelt und dreifach verankert. Selbst von dort aus, wo ich mich befand, konnte ich erkennen, daß sie nicht mehr lange halten würden.

»Wir werden das Zelt abbrechen müssen!« rief B'oosa. Alegria nickte.

»Ich helfe euch«, sagte ich vorwärtsstolpernd.

»Geh wieder in deinen Schlafsack«, sagte B'oosa. »Du bist zu schwach.«

Ich setzte zu einem Protest an, als meine Beine unter mir nachgaben und ich seitlich in den Schnee fiel. Er hatte recht, ich *war* zu schwach. Ich kroch zurück ins Zelt.

Sie ließen das Zelt über uns dreien zusammenfallen. Mit einem niedrigen Querschnitt würde das Zelt vielleicht an Ort und Stelle bleiben. Sie zurrten uns ganz gut fest. Schließlich kroch Pancho zu uns herein.

»Wo ist B'oosa?« fragte ich.

»Er ist draußen, Amigo«, erwiderte Pancho. »Hat ein Auge auf das Zelt und hält Ausschau nach Schneebestien. Er hat mir gesagt, er würde hereinkommen, wenn es zu schlimm wird, aber offengestanden mache ich mir Sorgen.«

»Warum das?« fragte ich.

»Diese beiden Tage, während du bewußtlos warst, waren

sehr hart für unseren Freund. Ich glaube nicht, daß es ihm gut geht, und er versucht zu viel zu machen. Du weißt, er hat Miko und dich aus dem Wasser gezogen.«

Das wußte ich nicht. Ich hätte es aber erwartet, und es sah ihm ähnlich, daß er nichts davon erwähnt hatte.

»Sehr übel da draußen«, sagte Pancho. »Ich sah den Sturm heraufziehen. Er begann in den Bergen, und wie eine massive Wand rückte er an, eine massive Wand aus Eis. Dann kam der Wind das Delta von der See hinauf. Sie prallten im Tal aufeinander, und es wird mit jeder Stunde schlimmer. Als ich hereinkam, konnte ich die Hand nicht vor Augen sehen, ehrlich!«

Wir hatten solche Stürme auf Springworld, während der Wintersonnenwende. Natürlich ging keiner in das Inferno hinaus. Es gab Geschichten über Leute, die nach draußen gingen und sich wenige Meter von ihren Häusern verirrten und im Kreis zu gehen begannen, bis man sie im Frühling beim Tauen Kilometer entfernt fand. »Wie lange steht B'oosa Wache?«

»Eine Stunde, zwei Stunden. Er wird kommen und Alegria oder mich holen, wenn er bereit ist.«

»Oder mich«, sagte ich. »Ich könnte keine volle Stunde aushalten, aber –«

»Nur wenn du schläfst, Amigo.« Er drehte das Licht ab, und ich konnte hören, wie er sich tief in seinen Schlafsack vergrub. Gute Idee.

»*Aufwachen!* Wacht alle auf!« Es war Alegria, und in ihrer Stimme lag ein Unterton von Entsetzen.

»Was ist denn los?« Pancho klang hellwach.

»B'oosa! Er ist verschwunden!« Wir quälten uns aus dem Zelt und wurden von einem blaßblauen Himmel empfangen, kein Wind, die Sonne beinahe warm. Kein B'oosa, keine Fußspuren. Kein Schocker.

Miko schwankte und packte meinen Arm. Ich hielt ihn an den Schultern aufrecht. Da er kleiner war, hatte die Unterkühlung ihm noch ärger zugesetzt als mir. »Schiete«, sagte er schwach. »Was sollen wir jetzt machen?«

»Wir müssen nach ihm suchen«, sagte Alegria. Natürlich hätte keiner das Gegenteil vorgeschlagen, aber derselbe Gedanke muß uns alle beherrscht haben: B'oosa, der auf und ab ging, um sich warm zu halten, die Orientierung verlor ... das steile Flußufer keine zehn Meter entfernt ...

Pancho stapfte zur Uferböschung und spähte hinüber. »Keine Spur.«

»Was wir brauchen, ist ein Schweber«, sagte ich. »Wenn er auch nur einen halben Kilometer von hier ... ohnmächtig geworden ist, könnten wir Tage suchen, ohne ihn zu finden.« Besonders, wenn sein Körper unter einer Schneewehe begraben liegt.

»Wir werden das Gebiet vierteln«, bestimmte Pancho. »Und sechs Stunden lang suchen. Dann brechen wir das Lager ab und machen uns auf durch das Delta.«

»Da jetzt die Sonne am Himmel steht«, sagte ich, »würde er in die gleiche Richtung gehen. Wenn es nicht wieder zu schneien anfängt, sollten wir auf seine Spuren stoßen.« Ich glaubte nicht daran und die anderen auch nicht, aber sie alle nickten.

Wir hatten nur drei Vibrokeulen. Ich gab meine Alegria, dann nahm ich B'oosas Spieß und band mein Messer an dessen Spitze. Immer auf die Augen zielen ... Pancho gab Anweisungen aus, und wir marschierten los und suchten.

Nachdem ich vielleicht eine Stunde lang mit den Zehenspitzen in Schneewehen herumgestochert hatte, hörte ich jemand schreien – so laut, daß ich ihn sogar über das Klingeln in meinen Ohren hören konnte. Es war Pancho, in der Nähe des Lagers, winkend und deutend.

Ich schaute einen langen Augenblick und sah schließlich den Silberpunkt eines Schwebers, der über den Bergen herabglitt und auf uns zujagte. Ich begann zu laufen und fiel aufs Gesicht. Rappelte mich auf und hastete vorsichtiger weiter.

Ich kam zur gleichen Zeit an wie der Schweber. Das hier war nicht die einfache offene Plattform, die sie benutzten, um uns hin und her zu transportieren; es war ein stromlinienförmiger Tragflügelschweber mit einem Kuppeldach. Das Dach glitt zurück, und Bruno kletterte hinaus. Ein Mann, den ich noch nie gesehen hatte, folgte ihm. Er war nicht für das Wetter gekleidet: grüngefleckter Kampfdrillich mit einer Jacke. Er rieb sich die Hände aneinander und blies in sie.

Bruno musterte uns. »Wo ist der große Schwarze?«

»Er war letzte Nacht auf Wache. Wir haben ihn verloren.«

»Ihn verloren.« Bruno wandte sich an den anderen Mann. »Tut mir leid. Er war der beste.«

Der Mann zuckte die Achseln. »Quantität, nicht Qualität.«

Sie lachten beide, und Bruno ließ das Halfter an seinem Gürtel aufschnappen. Gemächlich zog er eine gedrungene schwarze Pistole, die ich als »Nervenzerrütter« erkannte.

»Ihr seid alle tot«, sagte er tonlos und legte den Sicherungshebel um.

Mein selbstgemachter Speer war nicht zum Werfen ausbalanciert, und ich war nie gut bei Tiefwürfen, aber ich schleuderte ihn, so hart ich konnte. Im gleichen Augenblick summte der Zerrütter, und ich spürte, wie eine Million winziger Nadeln die Vorderseite meines Körpers durchbohrten, und das, was ich noch an Kraft übrig hatte, begann zu schwinden.

Der Speer traf Bruno genau vor die Brust, dann rutschte er ab. Körperpanzer! Während er sich die Stelle rieb, wo er ihn erwischt hatte, fällte Bruno alle anderen mit einem nachlässigen Wedeln des Zerrütters.

»Er ist ein Kämpfer«, sagte der andere Mann beifällig. »Gute Reflexe.«

Ich sank langsam zurück in den Schnee. War dieser blaue Himmel das letzte, was ich jemals sehen würde? »Bären sind auch gute Kämpfer«, hörte ich Bruno sagen. »Aber sie sind dumm. Werfen wir diese Schiete doch einfach in den Fluß.«

Ich hörte sie das Zelt wegschleifen; hörte es platschen.

»Find ich nicht fair«, sagte der andere. »Sie kriegen eine Prämie für alle fünf. Aber ich –«

»Bös. Wir haben einen Handel geschlossen. Helfen Sie mir mal bei dem Großen.«

Sie packten mich bei den Füßen und schleiften mich davon. Meine Vorderseite war völlig taub, aber die entsetzliche Kälte des Schnees, der sich in den Kragen meines Uniformrocks schob, half, mich wachzuhalten.

Sie warfen mich nicht in den Fluß. Statt dessen stellten sie mich unsanft aufrecht hin und kippten mich in den Schweber. Ich hörte meine Nase auf dem Boden brechen, spürte aber nichts. Ich sah Schnee; der Boden war aus durchsichtigem Plastik.

Einen nach dem anderen stapelten sie die anderen auf mich. Dann ließen sie das Dach zugleiten, und wir hoben ab.

Ich beobachtete, wie der Fluß unter uns zurückblieb, und verfolgte meine unregelmäßige Spur bis dorthin zurück, wo ich gesucht hatte, als der Gleiter kam. Ich suchte nichts bestimmtes und hätte sie beinahe übersehen – noch mehr Fußspuren! Ungefähr hundert Meter weiter, als ich gekommen war. Also hatte B'oosa den Sturm überlebt.

Aber meine Hoffnungen verschwanden so schnell, wie sie aufgekommen waren. Es mußte noch dunkel gewesen sein, als der Sturm aufhörte. Die Spuren führten geradewegs weiter bis zu einem weiteren Fluß, und dort hörten sie auf.

IV

»Vorwärts, Kompanie. Bewegt die morschen Knochen.« Etwas traf mich hart am Fuß, und ich erwachte aus einem verwirrenden Traum.

Wir befanden uns in einem weißen, fensterlosen Raum mit zwei Reihen Betten, die meisten davon leer. Der Mann, der mit einem Stock nach meinem Fuß geschlagen hatte, war der, der zusammen mit Bruno in dem Schweber gewesen war. Er hatte jetzt eine andere Uniform an, mit der Anordnung von Kreisen auf dem Arm, die ihn als Höller-Feldwebel auswies. Nicht eben mein Lieblingszweig der menschlichen Rasse!

Außer uns vieren waren da noch zwei Fremde, die benommen aus ihren Betten krabbelten. Wir alle trugen weiße Krankenhausnachthemden. Jemand hatte mich ausgezogen – jemand hatte *Alegria* ausgezogen, während sie bewußtlos war. Wenn es dieser Feldwebel gewesen war, würde ich ihm den Arm brechen. Ich würde ihm den Arm *ab*brechen und ihn damit verprügeln.

»Stillgestan*den*. Vor dem Bett, Dummkopf.« Er hatte einen Zerrütter an der Hüfte.

»Diese Ausbildung ist zu weit gegangen«, sagte Pancho. »Ich werde –«

»Ich werde dir sagen, was du tun wirst.« Der Feldwebel durchbohrte die Luft mit seinem Stock, ein paar Zentimeter vor Panchos Gesicht. »Und zwar sehr bald.«

Ich war immer noch groggy von dem Zeug, das sie uns gegeben hatten, um uns am Schlafen zu halten. Meine Nase tat weh, aber nicht so, als sei sie gebrochen. Hatten sie Zeit gehabt, sie zu richten? Ich holte tief Luft und hielt sie an, versuchte, den Nebel zurückzudrängen.

Der Feldwebel trat an die einzige Tür des Raumes und öffnete sie ein Stück. »Mit Verlaub, Kommandant.«

Der Mann, der hereinkam, sah zu jung aus, um weißes Haar zu haben. Er war tief gebräunt und groß, gebaut wie ein junger Athlet. Er trug eine enggeschnittene Uniform, die ich nicht identifizieren konnte, mit glänzenden goldenen Rangabzeichen. Einen Augenblick lang stand er da, die Arme vor der Brust verschränkt, und blickte uns mit völlig teilnahmslosem Gesicht an. Als er zu sprechen begann, war seine Stimme tief und ruhig.

»Ich bin Hauptmann Forrestor von der Marineinfanterie Ihrer Majestät. Ich werde ein Jahr lang Ihr Kommandant sein. Weniger, wenn wir in weniger Zeit gewinnen.«

»Wessen Majestät?« sagte Pancho. Der Feldwebel trat auf ihn zu und hob seinen Stab zum Schlag.

»Nein, Feldwebel.« Der Hauptmann schaute Pancho an. »Man hat Sie noch nicht instruiert?«

»Ich weiß nicht, wovon Sie sprechen.«

»Herr Hauptmann!« zischte der Feldwebel.

»Ich weiß nicht, wovon Sie sprechen, Herr Hauptmann«, leierte Pancho.

»Für das nächste Jahr werden Sie alle in Diensten Ihrer Majestät Königin Phylle II. von Freistatt auf dem Planeten Spicelle stehen. Wir sind hier, um eine Meinungsverschiedenheit zwischen Ihrer Majestät und dem regierenden Monarchen von Feder zu entscheiden. Ebenfalls auf Spicelle. Wir werden gegen Feders Truppen im nordöstlichen Quadranten von Fegefeuer antreten, zu einem sauberen Klasse 2/D-Krieg, der in zwei Tagen von jetzt an beginnt.«

»Herr Hauptmann, irgendwo ist da ein Fehler«, sagte ich. »Wir sind keine Soldaten.«

»Das kannst du nochmal sagen«, brummte der Feldwebel.

»Jetzt sind Sie es«, sagte der Hauptmann. »Ich habe Ihre Papiere.«

»Das kann nicht legal sein«, protestierte Alegria. »Ich bin eine Bürgerin von Selva, eine Studentin. Wir sind gekidnappt worden.«

Er lächelte dünn. »Sie werden nicht viele Rechtsanwälte auf Hölle finden. Nicht dieser Hölle jedenfalls.« Er holte einen Umschlag aus einer Innentasche und zog daraus mehrere Blätter hervor. »Sie müssen Soldatin Alegria de Saldaña sein, *vormals* vom Planeten Selva. Jetzt eine Sklavenrekrutin, an Ihre Majestät vermietet von der Menschenkraft-AG.«

»*Nein!* Wir sind Studenten, wir waren auf einer Ausbildungs –«

»Ich werde das erklären, Herr Hauptmann«, sagte der Feldwebel. »Als ihr jenen Fluß überquertet, wart ihr auf Nordland-Boden. In Nordland ist Sklaverei erlaubt, barbarisch, nicht wahr? Ihr wurdet rechtmäßig von der Menschenkraft-AG eingefangen und durch mich an Ihre Majestät vermietet.«

»Wir werden nicht kämpfen«, sagte ich. »Herr Hauptmann.«

»Nicht alle von Ihnen werden kämpfen müssen. Man braucht mehr als nur Kampftruppen, um einen Krieg zu gewinnen ... Soldatin Saldaña zum Beispiel ist einem Truppenverbandplatz zugewiesen, weil sie eine paramedizinische Ausbildung hat. Sie sind wohl ...« Er sah die Papiere durch. »Carl Bok, nicht wahr? Sie werden natürlich kämpfen.«

»Nein, Herr Hauptmann. Auf Springworld haben wir keinen Krieg. Ich bin Bauer und Pazifist.«

»Hier heißt es, Sie hätten sich für Gladiatorenkämpfe auf der Erde verdungen. Komische Beschäftigung für einen Pazifisten.«

»Es ist kein Mord.«

»Das habe ich anders gehört. Wie dem auch sei, Sie werden kämpfen, wenn man Ihnen das befiehlt, oder Sie müssen mit dem sicheren Tode rechnen. Entweder durch ein Militärgericht oder einen Echtzeit-Feldentscheid.«

»Wofür kämpfen wir eigentlich?« fragte Miko. »Ich habe noch nie auch nur von Freistatt *gehört*, oder von Ihrer Majestät.«

»Das ist bedeutungslos. Wissen Sie, was ein Klasse 2/D-Krieg ist?« Keiner antwortete. Er wandte sich an den Feldwebel. »Ich dachte, Sie sagten, man hätte sie ausgebildet.«

»Körperlich ausgebildet, Herr Hauptmann.«

»Ah. Nun, zu Ihrer Information, ein Klasse 2/D-Krieg ist eine sehr gute Art von Krieg für untrainierte Soldaten wie Sie. Wir haben diesen Typ gewählt, weil unser eigenes Marineinfanteriekorps nicht groß ist und wir die meisten unserer Infanteristen hier kaufen mußten. Offen gesagt ist Freistatt kein übermäßig reiches Land, und wir konnten uns keine große Zahl ausgebildeter Höller-Söldner leisten. Daher werden die meisten Ihrer zukünftigen Waffengefährten ebenfalls gemietete Rekruten sein.

Bei einer kriegerischen Auseinandersetzung der Klasse 2/D werden keine Nuklearwaffen verwendet, keine Laser und auch keine andere Waffe, die nach dem Jahre 1900 erfunden worden sind, auf der Erde, mit der einzigen Ausnahme kybernetischer Hilfsmittel zu diesen primitiven Gerätschaften. Eine einigermaßen intelligente Person kann die Handhabung aller erlaubten Waffen binnen ein oder zwei Tagen erlernen.

Wir haben ferner mit Feder vereinbart, daß keine Artillerie zugelassen ist, keine Luftbeobachter und auch keine Splitterwaffen bis auf einfache Handgranaten.«

»Was ist eine Handgranate?« erkundigte sich Miko.

Der Hauptmann seufzte. »Das hier ist Feldwebel Meyer, mein Erster Stabsfeldwebel. Er wird Sie während der nächsten zwei Tage ausbilden. Mit Gottes Hilfe wird er Ihnen nicht nur beibringen, was eine Handgranate ist, sondern auch, wie Sie sich nicht damit umbringen.

Bedenken Sie vor allen Dingen immer eines: Was mit Ihnen geschehen ist, mag Ihnen maßlos ungerecht vorkommen. Aber individuelle Gerechtigkeit war nie die Domäne des Krieges. Wenn Sie gut und vorsichtig kämpfen, überleben Sie vielleicht und erlangen Ihre Freiheit zurück. Wenn Sie Schwierigkeiten machen oder auf irgendeine Weise den Verlauf unseres Unternehmens behindern, werden Sie mit ziemlicher . . . Sicherheit . . . sterben.« Er wandte sich an Meyer. »Feldwebel, Sie liefern diese sechs am Samstag um neun Uhr im Bereitstellungsraum ab, voll ausgebildet und kooperationswillig.«

»Jawohl, Herr Hauptmann.« Sie salutierten, hoben die Fäuste, und der Hauptmann marschierte hinaus. Der Feldwebel wandte sich mit einem feindseligen Lächeln an uns.

»Laßt mich euch das ausführlicher erklären. Es gibt drei Arten, auf die die Armee euch wegen Ungehorsams umbringen kann. Eine ist eine Verhandlung, ein Kriegsgericht. Wenn der vorsitzende Offizier euch für schuldig befindet, und das tut er meistens, baumelt ihr 'ne Runde; Aufhängen am Hals bis zum Tode.«

»Zu Tode würgen?« sagte einer der Fremden.

»Es tut nur ein paar Minuten lang weh«, sagte der Feldwebel. »Wenn ihr natürlich unter Kampfbedingungen den Gehorsam verweigert, kann euch jeder Offizier oder Unteroffizier, so wie ich, auf der Stelle töten.

Die dritte Methode ist die zweckmäßigste. Das Fleischkommando, TAE, Taktische Ablenkungseinheit. Im wesentlichen nehmen wir euch da eure Waffen ab und benutzen euch als Köder, um das Feuer des Gegners anzuziehen. Oft können wir euch zusammenflicken und euch noch einmal verwenden.«

Ich wußte nicht, was ich machen würde. Möglicherweise konnte ich jemanden umbringen, der mich umzubringen versuchte. Aber kaltblütig für die Politik von jemand anderem töten? Ich würde ja nicht einmal für meine eigene Politik töten!

Aber die Alternative war, am Ende eines Seils zu tanzen. War ich bereit, für meinen Pazifismus zu sterben? Aber vielleicht starb ich ja sowieso. Ich wünschte mir, B'oosa wäre hier.

Sie brachten Alegria weg zum Truppenverbandplatz und steckten uns zu einer Gruppe von ungefähr fünfzig Männern, die gerade bei der Waffenausbildung waren. Keiner von uns war mit besonderer Begeisterung dabei, aber wie der Offizier gesagt hatte, waren die Waffen einfach. Wir benutzten Gewehre, Messer und Handgranaten. Die Handgranaten waren Bomben, die man gegen den Feind warf; wenn sie explodierten, zerplatzten sie in Tausende winziger Splitter, so daß man sie weit genug werfen mußte, um nicht selbst von der Detonation erwischt zu werden. Oder sich irgendwo hinter eine Deckung ducken.

Das Gewehr verschoß Metallkugeln, die von Schießpulver getrieben wurden, und war todeinfach zu bedienen. Wenn man durch das Zielfernrohr blickte, zeigte einem ein gelber Punkt an, wo die Kugel landen würde. Es beinhaltete einen

Reichweitemesser, der auch die Windgeschwindigkeit und -richtung zwischen dir und deinem Ziel auswertete. Darum wanderte der Punkt, wenn der Wind umschlug oder man von Ziel zu Ziel schwenkte.

Wir wurden in einer neutralen Zone von Fegefeuer ausgebildet, in einem Truppenlager, das eher einem großen Gefängnis glich. Es maß ungefähr zwei mal drei Kilometer, im Innern eines Schockzaunes, mit bewaffneten Wachtposten auf erhöhten Plattformen alle halbe Kilometer oder so. Wenn wir nicht mit den Waffen übten, liefen wir, machten Liegestütz, betrieben allgemeines Konditionstraining.

Das war seltsam. Da sie uns die Uhren abgenommen hatten, wußten wir nicht, welches Datum wir hatten, und auch nicht, wie lange wir bewußtlos gewesen waren. Aber während wir weg waren, hatten sie etwas gemacht, um unsere Kräfte wiederherzustellen: in unserem Nordland-Camp wäre ich nicht imstande gewesen, einen Liegestütz zu machen, geschweige denn fünfzig hintereinander.

Uns blieb nicht viel Zeit zum Unterhalten, aber ich war in der Lage, ein paar Dinge herauszufinden. Die meisten unserer Mitrekruten waren von anderen Welten hergeschickte Militärstudenten, die man zur Strafe in kleinen Gruppen auf Nordland-Manöver ausgeschickt hatte. Ein Mann war ein Jäger, und ein anderer war ein zufälliger Urlauber, den man dazu überredet hatte, sich zu einer Nordlandtour anzumelden.

Es war unvorstellbar, daß die Behörden von Hölle nichts von dieser Rekrutierung per Kidnapping wußten. Und es war offensichtlich, daß keiner von uns lange genug leben würde, um davon zu berichten.

Unsere einzige Hoffnung bestand darin, vom Schlachtfeld zu entkommen und zu versuchen, nach der Hauptstadt Höllingen zurückzufinden. Es gab nur eine Landbrücke, die Höllingen mit Fegefeuer verband; ganz gleich also, wo wir waren, wenn es uns gelang, die Küste zu finden und ihr zu folgen, würden wir am Ende dorthin kommen. Unsere Fluchtchancen waren so gering wie unsere Chancen, den langen Marsch zu überleben, aber anscheinend gab es keinen anderen Weg nach draußen.

In Höllingen angekommen, konnten wir Hilfe von irgendeinem Vertreter der Confederación erhalten. Wenn das Militär uns nicht zuerst fand.

In jener ersten Nacht bot sich uns eine andere Alternative. Sie war grotesk, aber sie hatte einen Vorteil: vielleicht würde sie die Armee davon abhalten, uns umzubringen, sobald der Krieg vorüber war.

Wir übten achtzehn oder zwanzig Stunden lang und wankten dann zurück in die Kasernen zu kaltem Haferschleim und harten Betten, beides willkommen. Während wir aßen und hoffnungslose geflüsterte Bemerkungen austauschten, kam Feldwebel Meyer herein.

Er setzte sich auf ein leeres Feldbett und legte ein Klemmbrett neben sich. »Ihr habt heute gar nicht so schlecht da draußen ausgesehen. Mit ein bißchen Übung werdet ihr vielleicht noch richtige Soldaten.«

Er klopfte leicht auf die Papiere auf dem Klemmbrett. »Ich werde euch eine Chance geben, das für euch selbst herauszufinden, wenn ihr wollt. Das hier sind Rekrutierungsformulare. Unterschreibt sie, und ihr seid auf Treu und Glauben gemeine Söldner, mit Rang und Bezahlung und der Möglichkeit zur Beförderung.«

»Für wie lange wäre das?« fragte Pancho.

»Zehn Jahre.« Er legte die Hände auf die Knie und blickte Pancho direkt an. »Natürlich würdest du nicht die ganze Zeit über kämpfen. Manchmal vergehen Monate ohne einen Krieg.«

»Und in den Zeiten dazwischen?«

»Würdest du dich in einer Kaserne aufhalten. Wie dieser.«

»Als Gefangener.«

Er zuckte die Achseln, erhob sich. »Denkt darüber nach, besprecht es. Es hat seine Vorteile.«

Er ließ das Klemmbrett auf das Bett fallen, wo Pancho und ich saßen. »Wenn euch der Gedanke gefällt, unterschreibt eines dieser Formulare. Vermerkt über eurer Unterschrift ›Unterschrieben ohne Zwang, 17. Diazo 49‹.«

»Der siebzehnte? Wir sind erst seit zwei Tagen hier?« Das paßte damit zusammen, daß übermorgen Samstag war, aber wir waren uns sicher, daß wir wenigstens ein oder sogar zwei Wochen weg gewesen waren.

»Richtig; die Regenerationsklinik ist sehr leistungsfähig. Wie ihr noch feststellen werdet, wenn ihr verwundet seid. Sie sehen es nicht gerne, wenn Soldaten ihre Zeit im Bett vergeuden.«

»Und das nennen Sie keinen Zwang?« fragte Miko.

»Nein. Niemand muß unterschreiben.«

»Wir könnten bloß ein bißchen länger leben, wenn wir es tun«, sagte ich.

»Ich bin in zehn Minuten wieder da. Besprecht es.« Er ging weg, blieb dann an der Tür noch einmal stehen. »Ich bin auf die gleiche Art wie ihr aufgegabelt worden, vor acht Jahren. Es ist kein so schlechtes Leben. Es ist ein Leben.«

Einen Augenblick lang sagte keiner etwas. Dann kam einer der Militärstudenten herüber und unterschrieb ein Formular. Pancho nahm ihm das Klemmbrett ab und unterschrieb ebenfalls.

»Sie können uns nur einmal töten, Amigo«, flüsterte er. »So können wir auf die beste Gelegenheit warten.«

Ich war mir nicht so sicher, daß das unsere Chancen wesentlich verbesserte, aber ich unterschrieb. Miko auch. Am Ende taten es alle Kasernierten.

Meyer kam zurück und nahm das Klemmbrett in die Hand; blätterte die Formulare durch. Er nickte, lächelte aber nicht. »So fällt es für gewöhnlich aus . . . süße Träume, Engel. Harter Tag morgen.«

Am ersten Tag hatten wir mit Platzpatronen und Granatenattrappen geübt; am zweiten Tag war alles echt. Und vermutlich war das, was geschah, unvermeidlich; jedenfalls war Meyer darauf vorbereitet.

Die Gewehre waren moderne Nachbauten einer primitiven Konstruktion: statt zu feuern, wann immer man den Abzug betätigte, mußte man zwischen jedem einzelnen Schuß einen Schiebebolzen spannen. Sie wirkten langsam und sperrig, und jedes Patronenmagazin hatte nur zehn Schuß.

Meyer führte uns auf den Schießplatz, und sein Obergefreiter gab jedem von uns ein Magazin. Wir wußten vom endlosen Drill am Vortag, wie wir damit umgehen mußten.

Ein Rekrut, der seit zwei Tagen kein Wort gesagt hatte, legte das Magazin ein, richtete sein Gewehr auf Meyer und feuerte. Natürlich trug Meyer einen Körperpanzer; die Kugel warf ihn einen Schritt zurück, aber sofort zog er seinen Nervenzerrütter und fällte den Mann. Rasch ließ er einen prüfenden Blick über uns andere schweifen, dann schob er die Pistole wieder ins Halfter.

Er baute sich über dem am Boden liegenden Mann auf. »Na, na. Obergefreiter?« Der andere Höller-Uffz hatte seine eigene Pistole gezogen und wirkte deswegen ganz aufgeregt. Es war ein Laser, kein Zerrütter. »Was sollen wir mit diesem Würstchen machen?«

»Töten Sie ihn hier. Weniger Papierkram als ein Kriegsgericht.«

Meyer nickte nachdenklich. »Wir sollten ein Exempel an ihm statuieren. Offenbar ist er zu blöd, um Infanterist zu sein.«

»Sollen wir ihn verbrennen?« Er ließ den Sicherungsflügel ausschnappen.

»Nein. Können ihn genausogut zu etwas Nützlichem verwenden. Wir benutzen ihn als Fleisch.« Der Gefreite bückte sich und legte dem paralysierten Mann Handschellen an. Meyer hob die Stimme. »Morgen oder Sonntag werdet ihr diesen Mann sterben sehen, unsere erste TAE. Wenn ihr Glück habt, rettet er euch vielleicht das Leben, indem er anzeigt, woher das feindliche Feuer kommt.« Er legte die Hand auf den Kolben seiner Pistole. »Noch irgendwelche Freiwilligen?«

Keiner von uns übrigen war so verzweifelt oder so resigniert. Wir bezogen unsere Stellungen auf dem Schießplatz.

Unsere Ziele waren menschenförmige Puppen, die willkürlich aus Gräben fünfzig bis zweihundert Meter standabwärts hochschnellten. Man hatte eine Sekunde oder weniger, um zu zielen und zu feuern. Mit echten Kugeln war es schwieriger, als es mit den Platzpatronen gewesen war. Der Knall war lauter, und der Gewehrkolben schlug im Rückstoß gegen deine Schulter. Es war schwierig, nicht in Erwartung des Aufpralls zurückzuzucken, was den Zielpunkt gleich um mehrere Meter verzogen hätte.

Nach fünf oder sechs Stunden Üben war ich ziemlich gut darin, aber einige Leute, Miko eingeschlossen, kriegten nie das Gefühl dafür. Meyer bemerkte sarkastisch, daß sie ganz bestimmt besser werden würden, wenn die Ziele anfingen, zurückzuschießen.

Dann stellten wir uns in einer Reihe hinter einer durchsichtigen Wand aus zernarbtem Plastik auf. Ein Ambulanzschweber landete bedrohlich hinter uns. Wir setzten die schweren Stahlhelme auf, die wir im Gefecht tragen würden.

Dies war der Granaten-Übungsplatz. Wenn man an die Spitze der Reihe kam, gab Meyer einem eine Granate. Man trat auf die andere Seite der Wand, zog den Sicherungshebel und warf die Granate auf ein Betonziel in dreißig Metern Entfernung. Und schmiß sich in den Dreck.

Die Splitter waren bis zehn oder fünfzehn Meter von dort, wo die Granate explodierte, tödlich; manche Leute konnten sie kaum so weit werfen. Die Plastikwand rasselte oft vor verirrten Brocken. Ein Mann zauberte eine Reihe tiefer Einkerbungen in seinen Helm und brachte es fertig, sich das letzte Glied seines kleinen Fingers abzusäbeln. Meyer meinte, damit habe er sich einen eintägigen Urlaub und eine Position im vordersten Schützengraben verdient, »wo er jede Menge Übung kriegen könne«.

Wir übten, die Messer als Speere zu benutzen, indem wir sie über das Ende des Gewehrlaufs klemmten. Das sollte von Nutzen sein, wenn man keine Munition mehr hatte. Ich glaube nicht, daß es von großem Nutzen war, wenn dein Feind noch ein oder zwei Kugeln hatte.

Bei Einbruch der Nacht hatten wir unsere »Abiturübung«: beschossen zu werden. Wir mußten einen Zickzack-Schützengraben entlangkriechen, während jemand mit einer Gatling über unsere Köpfe hinwegfeuerte, einem Gewehr, das einen ununterbrochenen Strom von Kugeln verschoß. Der Graben war voll Schlamm und kaum einen Meter tief. Die anderen waren klein genug, um auf allen vieren zu gehen; ich mußte auf dem Bauch kriechen. Es war ganz schön schaurig, besonders, da Meyer hinter uns herkroch und Granaten warf. Keine von ihnen rollte aber in den Graben, und wir beendeten die Übung mit derselben Anzahl von Leuten, mit der wir sie begonnen hatten.

Sie verabreichten uns eine gute Mahlzeit – Fleisch, Gemüse und Wein – und ließen uns früh zu Bett gehen. Das wäre prima gewesen, wenn ich hätte schlafen können. Bis lange nach Mitternacht starrte ich gegen die Decke und fragte mich, wie es sein würde, fragte mich, ob ich den nächsten Sonnenuntergang noch erleben würde, fragte mich, was passieren würde, wenn ich tatsächlich jemanden töten mußte. Pancho und Miko und ich hatten das durchgesprochen. Es würde leicht genug sein, einfach zu verfehlen, wenn man mit dem Gewehr auf Leute schoß. Aber was würde passieren, wenn wir zum Nahkampf antreten mußten? Miko schwor, daß er lieber sterben würde, bevor er jemanden für Ihre Majestät umbrachte. Ich stimmte ihm zu. Aber es war nur einfach Gerede. Ich war mir ziemlich sicher, daß ich töten würde, um mein eigenes Leben zu retten; ganz bestimmt hätte ich während der Spiele nicht gezögert, auf der Erde.

Als ich endlich einschlief, träumte ich von zu Hause, aber es war kein angenehmer Traum. Ich mußte eine Ernte überstehen, mit nicht mehr Waffen, als ich in den Krieg mitnahm. Und dauernd wurde ich von Spuckern und Einäuglern angegriffen.

Ich glaube nicht, daß irgendein Krieg Sinn hat, aber dieser schien noch idiotischer zu sein als die, von denen ich gelesen hatte. Worum es ging, waren zwei Hügel namens 814 und 905 mit einem kleinen Tal dazwischen. Freistatt sollte fünfhundert Soldaten auf Hügel 814 stationieren; Feder würde das gleiche auf 905 tun. Sie sollten kämpfen, bis eine Gruppe im Besitz beider Hügel war.

Das Tal war ungefähr zwei Kilometer breit, von einem Netz tiefer Gräben durchzogen. Offenbar würde sich der Großteil des Kampfes dort abspielen. Weder die Gewehre noch die Gatlings hatten eine wirksame Schußweite von zwei Kilometern;

man konnte zwar eine Kugel so weit befördern, aber man konnte nicht zielen. Also war die naheliegende Strategie, unsere Gruppe zu teilen und einen Teil davon zur Verteidigung des Hügels zurückzulassen, während der andere von Graben zu Graben gegen den Hügel des Feindes vorrückte. Die zweite Gruppe hatte eine gefährlichere Aufgabe, so wollte mir scheinen, würde aber auch bessere Gelegenheit zum Fliehen haben.

Ungefähr ein Drittel der Truppe waren Männer mit Spezialausbildung, wie zum Beispiel Scharfschützen, die über schwere Gewehre mit großer Zielgenauigkeit verfügten, Sprengstofftechniker, Sanitäter und so weiter. Die restlichen zwei Drittel von uns waren Kanonenfutter.

Sie weckten uns vor Anbruch der Dämmerung und trieben uns an Bord von Schwebern. Wir flogen nicht direkt zum Hügel, sondern zu einem ungefähr zehn Kilometer davon entfernten »Bereitstellungsraum«. Dichter durften Schweber nicht heran, um eine Luftaufklärung zu verhindern. Wir marschierten den Rest des Weges, wobei wir Karren voll Nachschub schoben.

Wir waren ungefähr ein Zehntel der Gesamtstreitkräfte Freistatts. Die anderen befanden sich schon seit mehreren Tagen auf dem Hügel und bereiteten alles vor. Der Krieg sollte um Mittag beginnen. Wir zerrten die Karren um ungefähr 1130 den Hügel hoch, völlig erschöpft.

Feldwebel Meyer war nach unserem kleinen Marsch frisch wie eine Blume, da er keinen Karren geschoben hatte. »Verstaut eure Ausrüstung in dem Unterstand da«, sagte er, auf ein Loch im Boden deutend, »und füllt ein paar Sandsäcke.« Sandsäcke? Er marschierte schneidig davon, ohne weitere Erklärungen abzugeben.

Als Pancho und ich unseren Karren um den Unterstand herumzogen, entdeckten wir zwei Männer, die Plastiksäcke mit Schlamm füllten. Nasser Sand, vermute ich.

»Hier kommt das Grünfleisch«, sagte einer von ihnen. »Habt ihr eine Schaufel in eurem Mist?«

Ich fand eine. »Ihr beiden füllt; wir stapeln.« Sie plauderten, während sie eine Mauer über dem Loch errichteten, zwei

Sandsäcke dick. Sie hießen Tanner und Darty, Veteranen mit mehr als einem Jahr Kriegserfahrung auf dem Buckel, denen man das Privileg eingeräumt hatte, uns beim Bau unseres Unterstandes zu helfen. Sie hatten bereits einen großen Stoß Sandsäcke, und sie stapelten zügig und schnell.

Das Loch war eine Art Höhle, die auf die Hügelflanke hinausging. Sie erklärten, daß die Sandsackmauer uns theoretisch gegen Gewehr- oder Gatling-Feuer in jeder Menge schützen würde, da eine Kugel nur wenige Zentimeter tief eindringen konnte. Aber es mußte Schießlöcher geben, durch die man hindurchfeuern konnte, und ein glücklicher Scharfschütze oder Jäger, der zu dicht herankam, konnte eine Kugel durch das Schießloch lenken. Wenn man zu diesem Zeitpunkt gerade hinausschoß, mußte man mit einer Kopfverletzung rechnen. Darty zeigte uns eine kahle Furche längs seiner Kopfseite und kicherte.

Die Schießlöcher waren rechteckige, zwei Sandsäcke tiefe Holzkästen mit offenen Enden, die genug Raum boten, um ein Gewehr hineinzustecken und es ein bißchen hin und her zu bewegen. Das Ende, das nach außen zeigte, war mit einer Klappe aus durchsichtiger Gaze in derselben Farbe wie der Schlamm abgedeckt. Auf diese Weise konnte theoretisch kein Scharfschütze feststellen, wo das Schießloch war, außer er blickte genau darauf, wenn man in seine Richtung feuerte.

Gefährlicher als Kugeln war die Möglichkeit, daß jemand nahe genug herankam, um eine Granate oder Brandbombe über die Mauer zu werfen. In der Mitte des Unterstandbodens befand sich ein tiefes Loch, der »Granatenschacht«. Wenn eine Granate über die Mauerkrone kam, konnte man sie in den Schacht treten, der angeblich alle Splitter senkrecht nach oben lenkte. Wenn es eine Brandbombe war, konnte man nur noch versuchen, so schnell wie möglich aus dem Unterstand hinauszukommen.

Die beste Strategie war, niemanden so dicht herankommen zu lassen, daß er auf einen werfen konnte.

»Aber hört mal«, sagte Tanner, »schießt nicht, um zu töten, wenn ihr nicht unbedingt müßt.«

»Tanner . . .«, sagte Darty gedehnt.

»Halt die Klappe, du unverbesserlicher Verbrecher. Schießt auf Beine, Arme, Hüften, Schultern. Die Jungs sind genau wie wir, die meisten von ihnen, sie wollen auch nur überleben. Wenn wir richtig blutdürstig werden, kommen sie nachher genauso zurück. Du kannst nicht behaupten, das sei nicht wahr, Darty. Ich hab's erlebt.«

Darty blickte ihn nur finster an.

»Außer, ihr seht Höller-Rangabzeichen. Diese verrückten Schmucks wollen sowieso alle sterben.« Eine Pfeife schrillte über ihnen. »Muni-Appell. Gehn wir.«

Wir kletterten rutschend und fallend zum Gipfel des Hügels hinauf. Dort warteten Hauptmann Forrestor, Feldwebel Meyer und ungefähr ein Dutzend anderer Höller-Uffz. Alegria kam aus einem Unterstand neben ihnen, in Weiß gekleidet, zusammen mit neun anderen weißgekleideten Sanitätern, davon zwei Frauen. Sie winkte mir und Pancho zu und lächelte schwach.

Es wurde ziemlich beengt hier oben, als fünfhundert Leute herumschlidderten. Sie trieben uns in unsere zehn Kompanien zusammen, jeder Abschnitt markiert mit einem Kistenstapel und einem Kompaniewimpel. Wir drei gehörten alle zur Kompanie der *Tapferen*; Miko bekam allerdings einen anderen Unterstand zugewiesen.

Als die Pfeife erneut schrillte, war es 1200, Zeit, daß der Krieg anfing. Sie gaben uns jeweils zweihundert Schuß Gewehrmunition und fünf Granaten und teilten uns in Zehnergruppen ein. Pancho und ich waren in Gruppe D, die von einem Erdlingsobergefreiten namens O'Connor angeführt wurde.

»Wir haben's heute glücklich getroffen«, sagte O'Connor. »Wir sind eine der Verteidigungseinheiten, bleiben auf dem Hügel. Eine Zeitlang wird sich das meiste an Kämpfen unten im Tal abspielen. Habt ihr alle Unterstände zugewiesen bekommen?« Wir murmelten ein lustloses »Ja«.

»Gut. Wir werden die nächsten Stunden im stundenweisen Wechseldienst verbringen. Eine Stunde schlafen, eine Stunde Wache halten. Wie viele von euch sind Grünfleisch?«

Fünf von uns hoben die Hand. Er seufzte. »Immer kriege ich

sie. Hört zu. Ihr seid nicht besonders gründlich ausgebildet worden, und ich weiß, daß ihr für dies nicht vorbereitet seid. Wenn es heiß wird, werdet ihr alles vergessen. Eines aber vergeßt besser nie: Schießt immer, um zu töten. Ihr werdet nicht lebendig hier herauskommen, wenn ihr nicht ihre Truppen genug schwächen könnt, um jenen Hügel zu nehmen. Verwundet ihr einen Burschen nur, ist er nächste Woche wieder da und schießt auf euch. Schießt also immer . . .«

Von der anderen Talseite trieb das ferne Tap-tap-tap einer feuernden Gatling herüber.

»Schiete. Sie fangen schon an. Marsch in eure Unterstände und hinter die Sandsäcke. Ich komme später nach.«

Ich blickte Pancho an und öffnete den Mund, um etwas zu sagen. Da ertönte ein peitschendes Geräusch und ein dumpfes Platschen: ungefähr drei Meter entfernt warf eine Kugel einen Krater im Schlamm auf.

Ich schätze, ich konnte schneller rutschen als er. Ich war schon gute drei Sekunden im Unterstand, bevor er auf mich fiel.

Er wischte sich Schlamm von den Armen. »Dachte, diese Dinger könnten nicht so weit fliegen.«

»Schätze, sie können sie bloß nicht zielen. Versuchen einfach, uns Angst zu machen.« Und das gelang ihnen auch; wir konnten Leute rufen und herumhasten hören. Mein Herz schlug schnell, und Pancho sah nicht gerade besonders braun aus.

Unsere eigene Gatling begann das Feuer zu erwidern. Ich schob mein Gewehr durch das Schießloch und kurbelte das Zielfernrohr auf seine höchste Leistung (der Zielpunkt sank auf den Grund des Sichtfeldes und blinkte rot). Hügel 905 war mit krabbelnden Ameisen übersät.

Versuchsweise zielte ich mit dem Gewehr den Hügel hinunter, auf die Gräben an seinem Fuß. Der Punkt wurde gelb und trieb ins Zentrum zurück.

»Meinst du nicht, daß wir später noch genug davon haben werden, Amigo?« sagte Pancho. »Und dein Gewehr ist nicht mal geladen.« Wie auf ein Stichwort hin bellte ein Gewehr in einem nahegelegenen Unterstand.

»Geschenkt!« rief jemand. »Kommst doch nicht mal bis zur Mitte.«

»Wer ruht sich zuerst aus?« fragte Pancho.

»Mach du nur. Ich könnt's nicht.«

»Ich auch nicht. Ungerade oder gerade?«

»Gerade«, sagte ich. Er zeigte zwei Finger vor gegenüber meinen dreien.

»Angenehme Träume«, sagte er und schob ein Magazin in sein Gewehr. Plötzlich erhob sich ein noch größerer Aufruhr, als eine Gruppe von Männern den Pfad an unserem Unterstand vorbei heruntergehastet und – geschliddert kam – bewaffnet, behelmt, die kleinen Feldtornister auf dem Rücken, die Extramunition, Granaten und ein bißchen Essen enthielten – und in die zeitweilige Sicherheit der Gräben unten stürzte. Die Sturmeinheiten, über zweihundert Mann.

Ein Mann schlug kopfüber hin und rutschte zehn oder fünfzehn Meter weit, bis er reglos liegenblieb. Ein anderer kam rutschend neben ihm zum Halten, musterte ihn prüfend und rief dann: »Sanitäter! Gehirnerschütterung!« – und rannte mit verdoppelter Geschwindigkeit weiter den Hügel hinunter.

Zwei männliche Sanitäter eilten nach unten und untersuchten den Mann rasch, faßten ihn dann unter den Armen und schleiften ihn hinüber zu unserem Bunker und begannen ihn hineinzulassen. »Hier, helft uns mal!«

Mühsam schafften wir ihn hinunter auf den Boden, so sanft wie möglich. Einer der Sanitäter kam heruntergesprungen und wählte eine Spritze aus einem Kästchen an seinem Gürtel und gab ihm eine Injektion in den Arm.

Der Mann stöhnte und schüttelte den Kopf. Der Sanitäter schnallte seinen Helm los und legte ihn neben ihn. »Wo bin ich . . . was zum Teufel . . .«

»Eine Kugel ist von deinem Helm abgeprallt, hat dich k. o. geschlagen«, sagte der Sanitäter. »Komm rauf zum Sanitätsbunker, wenn du wieder gehen kannst.« Er begann, sich nach draußen zu ziehen. »Oder wenn es zu regnen aufhört.« Er folgte dem anderen Sanitäter hügelaufwärts, schnell.

Der Mann betastete seinen Helm und strich mit den Fingern über die große Einkerbung am Scheitel. Dann berührte er behutsam die eigroße Schwellung, die sich auf seinem Kopf bildete, und starrte seine Finger an. »Das war knapp.« Er schluckte, wurde bleich.

»Du hast Glück gehabt, Amigo.«

»Ich – ich bin noch nie vorher getroffen worden.«

»Wie lange kämpfst du schon?« fragte ich.

»Gleich in den ersten Minuten, das bringt Unglück. Was?«

»Ich sagte: ›An wie vielen Kriegen hast du schon teilgenommen, ohne verwundet zu werden?‹ «

»Drei Vorstellungen«, meinte er, während er erneut seinen Kopf berührte und zusammenzuckte. »Vier Monate her, seit ich mich verpflichtet hab.«

»Verpflichtet? Du siehst nicht wie ein Höller aus.«

Er blickte wieder auf seine Finger. »Wenigstens blutet es nicht – nein, ich bin von der Erde. Zu schmuckert groß für die Erde. Hab ein bißchen Geld in den Spielen gemacht und bin hierhergekommen, um einen Schnapsladen aufzumachen. Bin in Schulden geraten.« Er schüttelte langsam den Kopf. »Wäre besser auf der Erde geblieben, wenn ich gewußt hätte, daß es zu dem hier kommen würde. Hätte ein Vermögen machen können.«

»Wir waren auch in den Spielen«, sagte ich. »Pancho hier war Bolo; ich war der Bauernspieß.«

»Na, ich will verdammt sein.« Er lächelte zum ersten Mal und streckte uns seine Hand entgegen. »Jake Newmann, Vibrokeule.«

»Ich bin Carl –« In einem Regen aus Erde und Schlamm schlitterte O'Connor, der kleine Erdlingsobergefreite, in den Bunker. »Was zum Teufel ist das«, sagte er. »Drei Männer in einem schmuckerten Unterstand und keiner auf Wache?«

»Medizinischer Notfall, Herr Obergefreiter«, sagte ich.

»Nennt-mich-nicht-Herr-ich-bin-auch-nur-Gscherr«, sagte er automatisch. »Du bist der, den es auf dem Weg den Hügel hinunter erwischt hat?«

»Ja, Obergefreiter, eine von diesen Gatling-Salven. Ist von meinem Pott abgeprallt, hat mich k. o. geschlagen.«

»So früh«, sagte er und schüttelte den Kopf. »Das bringt Unglück.« Waren alle Soldaten so abergläubisch?

Er wandte sich an mich und Pancho. »Eigentlich müßt ihr auch die nächste Stunde noch nicht Ausschau halten, Männer. Die Blauen werden schon nicht quer durch das Tal gerannt kommen.« Wir waren die Roten; beide Seiten trugen die gleichen schlammfarbenen Uniformen, aber wir hatten Armbinden, damit wir nicht im Nahkampf von unseren eigenen Leuten getötet wurden.

»Trotzdem möchte ich aber nicht, daß ihr nachlässig werdet. Wißt ihr, sie können Scharfschützen um die Flanken unserer Hauptangriffsstreitmacht herumschicken – könnt getrost euern Arsch darauf verwetten, daß wir das gleiche tun –, und die können in einer Stunde oder so hier sein.

Aller Wahrscheinlichkeit nach bemerken wir einen Heckenschützen erst, wenn er seinen ersten Mann tötet. Er wird nicht riskieren, seine Position preiszugeben, bevor er sich seines Opfers nicht sicher ist. Jeder hält Ausschau, dann können wir vielleicht das Mündungsfeuer oder ein bißchen Rauch sehen.«

»H-Obergefreiter«, sagte ich, »werden wir ihn denn nicht sehen können, ihn selbst, wenn er schießt? Ich meine, es gibt da unten doch keine Bunker, oder?«

»Keine Bunker. Aber sie haben TTEs, tragbare Tarneinheiten. Ungefähr wie eure Schießlöcher. Wenn ihr nicht seht, wie er sie aufstellt, und sie sind schwer auszumachen, dann werdet ihr nicht imstande sein, sie vom Rest des Grabens zu unterscheiden. Nicht, wenn ihr euch nicht das ganze Gelände eingeprägt habt, bis auf den letzten Kieselstein. Das dauert ein paar Wochen. Bis dahin schießen sie nur noch bei Nacht.« Ich war froh, daß die Spielregeln keine Nachtgläser erlaubten, wie wir sie benutzten, wenn wir daheim die Ernte bewachten. Dann wären die Heckenschützen zu mächtig gewesen.

»Grünfleisch, ihr Jungs?« fragte Jake Newmann.

»Und ob sie das sind«, sagte O'Connor. »Warum bleibst du nicht bei ihnen, bis deine Gruppe zurückkommt – außer, du willst losgehen und sie einholen.«

»Klar, Obergefreiter, allein im Niemandsland.«

»Ich kläre das mit Feldwebel Dubi; muß sowieso da rauf. Sollte kein Problem sein.«

»Wüßte auch nicht, wo ich sonst hingehen sollte«, sagte Jake. »Außerdem sind wir Blutsbrüder. Wir waren alle Gladiatoren, auf der Erde.«

Der Obergefreite blickte uns seltsam an. »Dann muß euch das hier ziemlich zahm vorkommen.« Pancho und ich hielten den Mund. »Wartet einfach«, sagte er mild und zog sich aus dem Unterstand hinaus.

»Ich habe so das Gefühl, daß er Gladiatoren nicht sehr mag«, sagte Jake. »Warum seid ihr hierhergekommen? Hat man euch ausgeschlossen oder so etwas?«

Wir erzählten ihm von *Starschool* und dem Kidnapping. Er war nicht überrascht, natürlich.

»Sicher, daß das Schiff inzwischen abgeflogen ist?« fragte er.

Pancho zuckte die Achseln. »Wir wurden als bei der Ausbildung getötet gemeldet, in einem entlegenen Gebiet. Ich habe so das Gefühl, Bruno hat das schon oft genug gemacht, um zu wissen, wie er seine Spuren verwischen muß.«

»Und laut Plan sollte das Schiff gestern abfliegen«, fügte ich hinzu.

»Trotzdem müssen diese *Starschool*-Heinis ziemliche Unmenschen sein«, meinte Jake. »Zum Teufel, selbst *ich* wäre auf die Idee gekommen, wenigstens mal selber nachzuschauen. Vielleicht seht ihr morgen das ganze verdammte Schiff im Niemandsland landen.«

»Es landet nie«, sagte ich. Immerhin, wenn der Dekan etwas war, dann war er gründlich.

»Kann aber sein, daß du trotzdem recht hast. Vielleicht hat man uns zu sehr den Optimismus, das Hoffen abtrainiert.«

»Genau. Bleibt immer nur am Leben. Sie kommen bestimmt, um euch abzuholen – betrachtet es doch mal aus *ihrer* Sicht. Aus der Sicht von *Starschool*. Sollen sie denn nach Hause fliegen und euren Leuten erzählen, ihr wärt bei irgendeiner verdammten Ausbildungsübung ausgelöscht worden? Das werdense nicht. Das werdense einfach nicht.«

Ich kämpfte gegen die Hoffnung an. »Wir haben Entbindungserklärungen gegenüber *Starschool* unterschrieben. Sie sind nicht verantwortlich für das ... O mein Gott!«

»Was?« sagte Jake.

»Wir haben uns verpflichtet. Wir haben uns als Söldner verpflichtet und mußten erklären, daß wir es ohne Zwang unterschrieben hätten.«

Jake lachte laut auf. »Dieser Fetzen Papier taugt nicht mal was zum Arschabwischen. Nicht, solange es Zeugen wie euren Dekan gibt. *Ihr seid keine Höller!* Ihr seid Außenweltler – wenn ihr einen Vertrag anfechtet, geht das zur Entscheidung vor die Confederación. Die werden ihn nicht gelten lassen.«

»Wie kommt's, daß du so viel über diese Dinge weißt?« fragte Pancho.

»Seht mich an!« Er breitete die Arme weit aus. »Ich bin Geschäftsmann, kein Soldat.« Er lachte, leise, aber ein bißchen irre. »Ich hatte einen Schnapsladen auf der Erde, bevor ich zu den Spielen gehen mußte. Glaubt mir, ich weiß Bescheid. Ich hätte ein registrierter Fremdweltler bleiben können, aber die Annahme der Staatsbürgerschaft hier brachte mir einen zehnprozentigen Steuervorteil. Schiete, ich wünschte, ich könnte ... zurückgehen. Besser pleite und ausgewiesen als pleite und eingezogen.« Er lachte wieder. »Aber glaubt mir, ich kenne die Gesetze. Ich hab das hier kommen sehen. Ich habe es ein Jahr oder mehr kommen sehen.«

»Gibt es denn nichts, was du machen kannst?« fragte ich.

»Zehn Jahre lang überleben.« Plötzlich grimmig. »Kommt mir weniger wahrscheinlich vor als gestern.«

»Dieser ganze schmuckerte Planet ergibt keinen Sinn«, sagte ich. »Warum können sie nicht einfach ... nun, auf Springworld setzen sie einen Regierungsverwalter ein, überwachen deinen Lebensstandard –«

»Oh, mein Schnapsladen hat jetzt einen Regierungsverwalter. Und keine Schulden. Man kann die Regierung hier nicht verklagen – wer würde das wagen? Wenn ich rauskomme, erhalte ich theoretisch meinen Laden und meine Schulden zurück. Plus Zinsen. Was durch zehn Jahre Sold als gemeiner Soldat und Gefreiter genau ausgeglichen wird. Darum hat man mich ja gezogen.«

»Ich dachte, du sagtest, du hättest dich verpflichtet.«

»Klar. Genau wie ihr Jungs. Ich hatte die Wahl, einzutreten

oder ins Schuldgefängnis zu wandern. Und aus dem Schuldgefängnis kommt niemand wieder heraus, außer in einer Kiste.«

»Aber hättest du dann nicht wenigstens . . .« Pancho begriff, was er da sagte, fuhr aber trotzdem fort: ». . . eine natürliche Lebenserwartung gehabt?«

»Ja. Wo wart ihr, als ich euren Rat gebraucht hätte?« Er stand auf, lehnte sich haltsuchend gegen die Sandsackmauer.

»Warum weigern sich alle Unwilligen nicht einfach, zu kämpfen?« fragte Pancho. »Setzen sich einfach hin oder so etwas?«

Jake lachte. »Es wäre völlig offen, wer euch zuerst abknallen würde. Da draußen sind eine Menge Höller, die das gerne erledigen würden. Manche Eingezogenen auch. Erst hassen sie es, und am Ende lieben sie es. Hab das schon oft passieren sehen.«

Ich schauderte, weil ich mich an die Arena erinnerte. Jeder Mensch hatte seine dunklen Seiten.

»Ich geh besser und hol mein Gewehr«, sagte Jake. Es lag immer noch im Schlamm, wo er hingefallen war. »Bevor es da draußen gefährlich wird.«

»Bleib hier und ruh dich aus, Amigo. Ich hol's dir.«

»Pancho –« Die Gatling hämmerte immer noch.

»Bevor es gefährlich wird«, sagte er, während er sich aus dem Unterstand schwang. Er machte ganz schön fix.

»Danke.« Jake nahm das Gewehr und begann es sorgfältig mit einem Lumpen zu reinigen.

»Wie ich schon sagte, ihr Jungs müßt vielleicht nur ein oder zwei Tage aushalten, bis sie kommen, um euch abzuholen. Haltet einfach die Köpfe unten und macht nichts Dummes.« Er wedelte in Richtung der Schießlöcher. »Legt alle eure Magazine auf das Holzbrett dort; alle gleich ausgerichtet. Ihr müßt im Dunkeln nachladen. Legt auch ein paar Granaten da rauf. Benutzt sie, wenn ihr bei Nacht die Lage des Unterstandes nicht verraten wollt. Versucht, sie nicht in Richtung des Unterstandes unter euch zu werfen.

Haltet eure Visiereinrichtungen sauber; haltet euer Gewehr sauber. Vielleicht rettet euch das das Leben.«

»Schießt du, um zu töten?« fragte ich ihn.

»Ich schieße einfach. Soll die Kugel entscheiden.« Er wirkte nachdenklich. »Wenn ein gewisser blauer Feldwebel den Hügel hinaufkommt, werde ich allerdings sehr genau zielen.«

»Glaubst du, daß sie schon heute nacht den Hügel hinaufkommen?« fragte Pancho.

»Wahrscheinlich nicht. Bei meiner zweiten Vorstellung haben sie's getan; zogen jeden schmuckerten Mann von ihrem Hügel ab und probierten einen Massenangriff. Hat nicht funktioniert.

Meist schicken sie nur ein paar Heckenschützen nach da unten. Jeder von ihnen hat zwei oder drei TTEs; auf diese Weise können sie aus verschiedenen Winkeln auf uns schießen. Nachts versuchen sie vielleicht, ein paar Pioniere heranzubringen, die sich anschleichen und Granaten in den einen oder anderen Bunker werfen. Ebenso werden wir, nachdem es dunkel geworden ist, Kommandotrupps hinunterschicken, um die Heckenschützen zu erwischen. Das ist häßliche Arbeit. Müssen ganz leise sein dabei. Manchmal treffen die Kommandos, die nach unten gehen, auf die Pioniere, die heraufkommen. Das ist eine verfluchte Geschichte.«

»Glaubst du, sie werden uns als Kommandos einsetzen?« fragte ich.

»Nein. Das sind für gewöhnlich Höller oder andere richtige Söldner. Wie ich sage, sie müssen leise sein. Das ist Messerarbeit.« Ich schauderte.

Er rieb sich das Gesicht mit beiden Händen, hart. »Überlege, ob ich nicht doch mal bei den Sanitätern vorbeischauen sollte.«

»Er hat gesagt –«

»Ja. Aber ich hasse Ärzte, und wie!« Er setzte sich den Helm auf den Kopf und zuckte zusammen. »Schätze, ich mach's besser. Vielleicht schicken sie mich ja für ein paar Tage vom Hügel runter.«

Er zog sich aus dem Unterstand, und es gab ein Geräusch wie einen harten Schlag. »Oh«, sagte er leise und rutschte zurück nach unten.

Ich fing ihn auf, bevor er auf dem Boden aufschlug, und ließ ihn vorsichtig auf den Rücken gleiten. Ich hörte Pancho keuchen.

Seine Haut war grau vor Schock, und ein dunkelroter Fleck breitete sich auf seiner Hemdbrust aus. Er starrte ihn an. Er sagte ein Wort: »Nicht.« Dann gurgelte er fürchterlich, und sein Genick wurde schlaff, sein Kopf fiel nach hinten auf den Boden, seine Augen erloschen.

»Dios«, sagte Pancho. *»Mierda«.*

Meine Hände zitterten so, daß ich kaum den Gleitverschluß an seinem Hemd betätigen konnte. Als es sich öffnete, schmeckte ich säuerliches Erbrochenes, stand auf und würgte es wieder hinunter. Ich würde nicht meinen Kopf über die Brustwehr stecken, nur um meinen nervösen Magen zu entleeren!

Die Mitte seiner Brust war ein Loch, groß genug, um meine Faust hindurchzustecken. Hauptsächlich rot und weiß und gelb. Knochensplitter. Es sah aus, als sei ihm die Kugel geradewegs durchs Herz gekracht.

»Sanitäter!« schrie Pancho, dann noch einmal, lauter.

»Was ist los?« drang eine Stimme zu uns herunter.

»Wir – wir haben einen Toten.«

»Seid ihr sicher, daß er tot ist?«

Pancho sah ihn einen Augenblick lang an und wandte dann krampfhaft den Kopf ab. »Mausetot.«

»Momentchen.«

Wir warteten. Ich nahm den Lumpen aus seiner Tasche und deckte sein Gesicht damit zu. Das machte es ein wenig leichter. Es heißt, daß Medizinstudenten als erstes das Gesicht entfernen, wenn sie Autopsien durchführen.

»He, ihr.« Die Stimme war kein bißchen näher. »Laßt ihn dort. Wir kommen ihn nach Einbruch der Dunkelheit holen.«

Das war ja famos. »Sollen . . . sollen wir ihn nach draußen legen?«

»Ich glaube nicht«, sagte Pancho. »Warum stehen wir nicht beide eine Weile Wache?«

»Gute Idee.« Ich stieg über den Leichnam und setzte mich, um durch das Schießloch hinauszublicken.

»Was für eine schreckliche Geschichte«, flüsterte Pancho.

»Er –« jemand sprang hinter uns in den Unterstand. Ich packte mein Gewehr und wirbelte herum.

»Nicht schießen, Arschloch.« Es war O'Connor. Er stieß den Leichnam mit den Fußspitzen an. »Derselbe Bursche.« Er spähte unter den Lumpen. »Ich will verdammt sein. Ich will verdammt sein.«

Ich dachte, daß er damit gar nicht so schief lag, sagte aber nichts. »Was ist passiert?«

»Er wollte rauf zu den Sanitätern. Vielleicht war es ein Heckenschütze.«

»Nö. Das ist eine Kaliber-fünfzig-Wunde.« Er drehte den Körper halb herum; ein Kreis von Blut war auf der Rückseite seines Hemdes.

»Seht ihr, da ist die Einschußwunde«, sagte er gleichgültig. »Höher als die Austrittswunde. Bei einem Heckenschützen läge sie tiefer.« Er ließ den Leichnam fallen. »*Hofft* lieber, daß sie keinen Heckenschützen mit einer Fünfziger haben.«

»Nur eine von diesen ungezielten Gatling-Salven«, sagte ich.

Er stand auf und wischte sich die Hände an seinem Hemd ab. »Manchmal verläßt einen Burschen eben das Glück. Zweimal! Würdet ihr –«

Zwei Sanitäter krabbelten auf allen vieren zum Rand des Unterstands hinunter. »Reicht ihr Jungs wohl mal den Fleischkloß da rauf? Der gottverdammte Leutnant sagt, wir brauchen die Teile.«

»Ich brauche keine gottverdammten Teile«, sagte der andere. »Bei mir ist noch alles dran.«

»Hört mal, ich bin Obergefreiter«, sagte O'Connor.

»Und wenn du Flottenkommandeur bist, ist mir das auch egal. Gebt uns nur diesen schmuckerten Fleischkloß, damit wir zurück in den schmuckerten Bunker können!«

Ich packte einen Arm, und O'Connor packte den anderen. Ein toter Körper ist schwerer als ein lebendiger. Die Sanitäter nahmen ihn, ohne uns zu danken, und schleiften ihn davon. Seine Fußspitzen hinterließen parallele Furchen im Schlamm.

O'Connor trat Schlamm über die Blutpfütze und setzte sich mit dem Rücken gegen die Sandsäcke. Er zündete sich einen

Glimmstengel an und hielt uns die Schachtel hin. Ich verzichtete, aber Pancho nahm eine.

Eine Zeitlang saßen wir da und starrten auf die Stelle, wo der Leichnam gelegen hatte. Die Gatling ratterte leise, und hin und wieder gab es ein feuchtes Geräusch, wenn eine Kugel in der Nähe einschlug.

»Die müssen eine Tonne Muni haben«, sagte O'Connor.

»Warum schießen wir nicht zurück?« fragte ich.

»Tja, vielleicht, weil jemand glaubt, daß *sie* das von uns erwarten. Um Muni zu verbrauchen. Das würde einen Sturmangriff heut nacht bedeuten, einen großen, Menschenwellenattacke. Darum sparen wir Muni. Aber natürlich rate ich nur.«

Er nahm einen tiefen Zug. »Das wäre nett.«

»Eine *Menschenwellen*attacke?« sagte Pancho.

»Dann wäre alles rasch vorbei, so oder so. Aber ich kämpfe lieber in den Gräben. Größere Beweglichkeit.«

Unten im Tal ertönten plötzlich ein paar Schüsse, dann mehrere Granatenexplosionen.

»Erste Feindberührung«, sagte O'Connor, einen Unterton von Erregung in der Stimme. Eine kurze Salve Gewehrfeuer folgte.

Er stand auf und trat seinen Glimmstengel auf unserem Fußboden aus. »Gehe besser zum Befehlsstand.« Er setzte sich in Bewegung, drehte sich dann um. »Sagt mal, ist einer von euch Burschen gut mit dem Messer?«

»Nein«, log ich.

»Hab noch nie eins benutzt«, sagte Pancho.

Er nickte und hievte sich hinaus; spazierte ohne Eile davon.

»Dieser Mann ist gefährlicher für uns als jeder Blaue«, sagte Pancho.

Ich dachte nach. »Warte. Angenommen, er schickt uns zu einem Kommandounternehmen hinaus. Dadurch hätten wir die ganze Nacht Zeit, um uns davonzumachen – und wenn wir nicht zurückkämen, würden sie möglicherweise glauben, wir seien getötet worden.«

»Der einzige Fehler in deiner Logik ist, daß wir möglicherweise *tatsächlich* getötet werden würden.« Er blickte durch das

Schießloch. »Ich frage mich, ob sie es bis zur Hälfte geschafft haben.«

Ich benutzte mein Teleskopvisier, schwenkte das Gelände ab. Weißer Rauch und Schlamm spritzten auf, gefolgt vom scharfen Knall einer Granate. Ich stellte darauf scharf; der Zielpunkt war dicht am Grund, blinkte aber nicht rot.

Plötzlich sprangen ein paar Soldaten aus einem Graben und stürmten in unsere Richtung los. Sie hatten blaue Armbinden; ihre Gewehre hatten Bajonette.

»Feuer frei!« schrie jemand, und die Unterstände rings um uns begannen sofort zu feuern. Ich zielte hoch und drückte den Abzug nieder – das Gewehr war laut im Inneren des Unterstandes –, dann lud ich durch und schoß erneut.

»*Vorhalten*, ihr Hurenschmucks! Die Kugeln brauchen eine Sekunde, um dort anzukommen.« Wir schienen nicht viel Wirkung zu erzielen. Dann sank einer der Soldaten auf die Knie, ließ sein Gewehr fallen und begann zurückzukriechen.

Aus einem Graben rund zwanzig Meter vor ihm tauchten plötzlich rote Soldaten auf und begannen zu feuern und Granaten zu werfen. Mehrere der Blauen fielen sofort, aber der Rest begann im Laufen zurückzuschießen. Jemand feuerte eine Signalpistole ab, und ein heller grüner Stern erstrahlte über ihrer Position. Verstärkung herbeirufen, vermutete ich, aber beide Seiten würden ihn sehen.

Ungefähr die Hälfte der blauen Soldaten schaffte es bis zum Graben, sprangen mit ihren Bajonetten hinein.

»Feuer einstellen!«

Ohne von seinem Gewehrvisier aufzublicken, sagte Pancho: »Ich bin ganz froh, daß wir hier sind und die dort.«

»Hoffentlich bleibt es auch so. Jemanden erschossen?«

»Nein, ich habe hoch gezielt.«

»Ich auch.« Ich zuckte zusammen, als eine Granate im Graben explodierte. Das schien selbstmörderisch im Nahkampf.

Ein lauterer Schuß, beinahe so laut wie die aus den anderen Unterständen, ertönte über den Lärm der Schlacht, und jemand auf der Hügelkuppe schrie. Ein Heckenschütze. »Jetzt sitzen wir in der Patsche«, sagte ich.

»Hast du irgendwas gesehen?«

»Nein.« Der Jemand, den er getroffen hatte, rief nach einem Sanitäter. Ich fragte mich, ob ich ihm zu Hilfe geeilt wäre, wenn ich Weiß statt Schlammfarben getragen hätte. Angeblich schossen sie nicht auf Sanitäter.

Ich hatte eine angsterfüllte Vision von Alegria, die hinauslaufen und sich um den Mann kümmern mußte, ungeschützt, ihr Leben abhängig von der Achtung des Heckenschützen vor den Spielregeln. Es gab allerdings keine Frauen bei der Kampftruppe, also arbeiteten die weiblichen Sanitäter vielleicht nur in sicherer Deckung.

Ein weiterer Schuß, der aus einer anderen Richtung zu kommen schien, aber offenbar wurde niemand getroffen. Einige Sekunden später begann der Unterstand über uns heftig zu feuern; sie mußten den Schuß gesehen haben. Sie warfen eine Granate, aber sie landete zu kurz, verfehlte knapp den Unterstand darunter.

»Siehst du es?« fragte Pancho. Ich konnte Schlamm spritzen sehen, wo die Kugeln einschlugen, aber das war alles.

Dann ertönte wieder ein Schuß, und dieses Mal konnten wir die Kugel über unsere Köpfe pfeifen hören. Der Unterstand über uns stellte das Feuer ein. Vernünftig. Warum den Ärger noch herausfordern?

»Da!« sagte Pancho,

Ich glaubte, ebenfalls ein kleines Huschen von Bewegung gesehen zu haben. »Direkt links von dem weißen Felsen da?«

»Genau.«

Nach einem Moment sagte ich: »Wirst du schießen?«

»Es ist nicht mein Krieg . . . ist es deiner, Amigo?«

»Nein.« Aber während ich jenen Fleck anstarrte, begann ich, von Moral als einer Rechenaufgabe zu denken, oder umgekehrt. Was, wenn er lange genug lebte, um noch weitere zehn Soldaten zu töten, weil ich den Abzug nicht betätigt hatte? Ich wäre für alle zehn verantwortlich, in gewissem Sinne.

Aber wenn er das Aufblitzen oder den Rauch sah und ich danebenschoß, und er erwiderte das Feuer . . . ich fühlte mich eher wie ein Feigling als wie ein Moralist.

»Glaubst du, das, was Jake sagte, hatte Hand und Fuß?« fragte Pancho.

»Daß der Dekan angerückt kommen und uns retten würde? Ich würde mein Geld nicht darauf verwetten.«

»Ich fürchte, ich auch nicht. Sollen wir uns freiwillig zu dieser Kommandosache melden?«

Ich dachte einen Augenblick nach. »Noch nicht. Sie könnten Verdacht schöpfen. *Ich* würde das jedenfalls.«

»Also abwarten und sehen, was passiert, nehme ich an. Die Schlacht da scheint vorüber zu sein.« Draußen wurde nicht mehr geschossen. Sieben tote oder verwundete Männer lagen zwischen den beiden Gräben. Ein weißgekleideter Sanitäter (mit einer blauen Armbinde) schritt von Körper zu Körper. Wie viele mehr lagen noch im Graben?

Es erfolgte kein Heckenschützenfeuer mehr. Wir nahmen an, daß sie auf die Dunkelheit warteten oder darauf, daß sich jemand zeigte. Ich mußte fürchterlich pinkeln, entschied aber, daß es nichts Fürchterlicheres geben konnte, als nach draußen zu gehen.

Pancho hielt Wache, während ich versuchte zu schlafen. Ich wünschte mir beinahe, O'Connor wäre hier. Bedeutete diese Schlacht, weil nur so wenig Männer daran beteiligt gewesen waren, daß uns die Menschenwellenattacke bevorstand? Oder konnten dort drei- oder vierhundert Männer mehr durch die Gräben geschlichen sein? Mir brach der kalte Schweiß aus, als ich begriff, daß das plausibel klang: ein Dutzend Männer loszuschicken, um die Aufmerksamkeit des Gegners abzulenken, während die Hauptmasse zum Abschlachten anrückte. Nein, dann hätte es mehr Schüsse gegeben. Außer, sie hatten mit Bajonetten gestürmt. Aber wir hatten zweihundert Mann da draußen, irgendwo. Wie viele waren an der Schlacht beteiligt? Bei weitem keine zweihundert. Und die Gräben waren ein kompliziertes Labyrinth; deswegen schafften es die Heckenschützen ja, sich unbemerkt heranzuarbeiten. Wenn zweihundert Männer sich durchschleichen konnten, warum dann nicht auch fünfhundert? Es schien nicht wahrscheinlich. Es schien aber auch nicht unmöglich.

Ich erwachte plötzlich durch das Geräusch von Gewehrfeuer. »Das ist unten im ersten Graben«, sagte Pancho. »Nicht im Furchengraben, im ersten richtigen Graben.« Der Furchengraben war flach und gerade, im Gegensatz zu den tiefen Zickzacklinien, die das Tal verwüsteten.

Ich blickte durch das Schießloch und konnte Rauchwölkchen aus dem Graben aufsteigen sehen. War dies die erste Reihe der Menschenwelle? Es war noch nicht ganz dunkel.

»Irgendwelche Leute gesehen?«

»Nein«, sagte er, »bisher nicht.«

Das Feuer hörte abrupt auf. Dann kamen Dutzende von Soldaten aus dem Graben geströmt – mit roten Armbinden, zu unserer Erleichterung. »Vielleicht haben sie die Heckenschützen erwischt«, meinte ich.

»Jedenfalls kommen sie zurück. Das wird die Nacht leichter machen.«

Ich reckte mich, spürte dann einen scharfen Schmerz. »Eine Menge Ziele jetzt. Ich denke, ich geh mal raus und bewässere den Rasen.«

»Als nächster ich«, sagte er.

Die sanitären Einrichtungen bestanden aus einer großen Latrine von ungefähr zweihundert Litern auf der anderen Seite des Weges. Die zurückkommenden Soldaten krabbelten vorbei, während ich dort stand und mich erleichterte, manche mit unterhaltsamen Kommentaren. Einige waren bandagiert und bluteten; einige mußten getragen werden. Sie hatten zwei Heckenschützen erwischt.

Ich tauschte meinen Platz mit Pancho und verfolgte, wie es dunkel wurde. Als ich kaum noch durchs Visier sehen konnte, hörte ich, wie sich jemand dem Unterstand näherte und hineinschlüpfte. »O'Connor?«

»Richtig. Seid ihr beide wach?«

»Ja«, sagte Pancho.

»Hier.« Er reichte mir ein schweres Bündel; Pancho ebenfalls. »Pistole und Grabenmesser. Gladiatoren müssen tapfer sein, richtig?« Wir sagten nichts. »Tja, das ist ein Job für tapfere Männer.«

»Was für ein Job?«

»Ihr beide geht heute nacht auf Heckenschützenjagd. Kriecht durch die ersten Gräbenreihen und tötet sie lautlos.«

»Ich dachte, die Sturmtruppen hätten sie erledigt.«

»Sie werden zurückkommen. Sie lieben die Nacht.«

»Obergefreiter«, sagte Pancho, »diese Pistolen sind nicht lautlos, nicht wahr?«

»Nein. Ihr setzt sie lieber nur im Notfall ein. Nehmt ein paar Handgranaten; die sind besser.

Und so werden wir vorgehen.« Mir gefiel dieses »Wir«. »Um 2225 feuern wir eine Doppelsternrakete ab. Zwei helle Leuchtkugeln. Sobald sie ausgebrannt sind, klettert ihr aus dem Unterstand und lauft den Weg hinunter. Ihr habt fünf Minuten Dunkelheit.«

»Außer, der Feind feuert auch eine Leuchtkugel ab.«

»Genau. In welchem Fall ihr bewegungslos stehenbleibt, wie ihr es geübt habt. Es ist nämlich gar nicht so einfach, einen Mann zu sehen, wenn er sich nicht bewegt. Außerdem findet ihr eine Tarnausrüstung am Pistolengurt. Reibt euch die Creme überall auf Gesicht und Hände und Hals.« Er rasselte mit etwas. »Diese Pillen verbessern die Nachtsicht und machen zugleich sas Weiße eurer Augen dunkler. Nehmt jetzt eine davon.« Wir taten es.

»Wie wissen wir, wenn es 2225 ist?« fragte ich.

»Ihr habt keine Uhren? Ich werde einen Kieselstein in euren Unterstand werfen. Wenn ihr statt dessen eine Pfeife hört –« Er führte eine Pfeife an die Lippen und blies leise. »– das bedeutet, daß es abgeblasen ist.«

»Warum sollte es abgeblasen werden?« fragte Pancho.

»Brauchen euch hier dringender; Anzeichen für einen Massenangriff. Habt ihr in der Ausbildung auch gelernt, wie man einen Mann mit einem Messer tötet?«

»Sie haben es uns gezeigt.« Wir hatten nicht aneinander geübt.

»Bei so etwas ist es am besten, sich von hinten anzuschleichen, die freie Hand über seinen Mund und seine Nase zu legen und dann entweder auf die Kehle oder auf die Nieren zu zielen. Die Kehle ist ein einfacheres Ziel, aber die Nieren stoppen ihn schneller. Du, mit deinen großen Händen, du könntest den Schmuck einfach würgen, bis er bewußtlos ist, und ihn dann in aller Stille erledigen.

Von der Geräuschentwicklung hängt alles ab. Wahrscheinlich werdet ihr noch einen weiteren Heckenschützen in der Nähe haben. Vielleicht auch ein paar Pioniere. Am besten läßt man einen Mann Wache halten, während der andere das Töten übernimmt.«

»Aber bestimmt wird schwer zu überraschen sein«, sagte Pancho. »Bestimmt erwartet er etwas in dieser Art.«

»Vielleicht nicht. Wir schicken eine TAE raus, einen aus eurer Gruppe, der auf den Kompaniefeldwebel geschossen hat. Er wird für Kommandoarbeit ausgerüstet sein. Aber einer seiner Stiefel quietscht, ganz leise. Nachdem sie ihn getötet haben, sind sie bestimmt weniger wachsam.« Er zündete sich einen Glimmstengel an, wobei er sorgfältig die Flamme abschirmte. »Außerdem ist es am besten anzugreifen, während Feuer im Gange ist. Die Gatling oben auf dem Hügel wird hin und wieder die Gräben mit ungezieltem Feuer bestreichen. Das ist eine gute Zeit, um zuzuschlagen.

Es gibt noch eine andere Gatling, die die Lücke im Stacheldraht deckt. Der Schütze stellt das Feuer solange ein, bis ihr durch seid.« Er rauchte einige Augenblicke lang. »Das Zurückkommen. Es ist am sichersten, bis zur Dämmerung zu warten. Wartet im Schlitzgraben. Haltet eine Armbinde hoch und winkt damit. Die Gatling wird euch durchlassen.«

»Aber was ist mit Heckenschützen?«

»Es werden keine mehr übrig sein, nicht, wenn ihr eure Arbeit tut. Aber die Gatling schießt Sperrfeuer, nur zur Sicherheit.«

»Sind das da unten alles Blaue?« fragte ich.

»Ja. Wir haben ein paar Einheiten im Niemandsland, aber sie sind alle drüben beim anderen Hügel. Wenn ihr eine Gruppe von Männern hört oder seht, ist es wahrscheinlich eine blaue Pioniereinheit. Werft ein paar Granaten auf sie, aus der Dekkung heraus. Wenn es Rote sind, mißachten sie Befehle.« Harte Strafe, dachte ich. »Sonst noch Fragen?«

»Nur eins«, sagte Pancho. »Warum gerade wir? Das hier klingt wie die Art von Aufgabe, die man erfahrenen Soldaten geben würde.«

»Ich habe nur fünf Söldner in meiner Gruppe. Die will ich mir aufsparen.« Er wandte sich ab, wie um zu gehen, dann sagte er: »Nun, das ist nicht die ganze Geschichte. Ich sollte euch das eigentlich nicht erzählen. Ihr müßt irgendwas angestellt haben, um den Kompaniefeldwebel zu verärgern. Er befahl mir, euch eine gefährliche Aufgabe zuzuteilen. Erledigt sie gut, und er schließt euch vielleicht wieder in sein Herz.«

Ich war mir nicht so sicher, ob es eine große Verbesserung sein würde, von ihm ins Herz geschlossen zu werden.

»Euer Freund, der andere, hat eine ähnliche Aufgabe.«

Damit konnte nur Miko gemeint sein. »Er hat nicht gesagt, was?« fragte ich.

»Ich habe euch schon zu viel erzählt. Aber nein, hat er nicht. Viel Glück.« Er verschwand.

Wir hörten zu, wie er davonschlich. »Nicht sehr vielversprechend«, sagte Pancho.

»Klingt, als wollten sie die Beweise verschwinden lassen«, meinte ich. »Ich frage mich, was sie sich für Alegria und Miko ausgedacht haben.«

»Sollen wir sie im Stich lassen?«

So hatte ich es noch gar nicht betrachtet. »Wir müssen. Keiner von uns hat irgendeine Chance, wenn wir die Confederación nicht benachrichtigen können.«

»Vermutlich.« Ich hörte, wie er sich hinhaute. »Weck mich, wenn du müde bist.«

Ich begab mich zurück ans Schießloch und beobachtete, wie die Szenerie ein bißchen deutlicher wurde, als die Pille zu wirken begann. Aber immer, wenn eine Leuchtkugel zerplatzte, war ich geblendet. Es wurde nicht viel gekämpft. Die Gatling unten am Stacheldraht feuerte einmal ein paar Salven ab, und ein Heckenschütze erwiderte das Feuer, aber seine Kugel prallte nur vom Metallschild des Maschinengewehrs ab. Eine Leuchtkugel erwischte einen Blauen im Freien, und obwohl mehrere Leute auf ihn feuerten, schaffte er es, sich in die Sicherheit eines Grabens zu rollen. Sein Gewehr sah größer aus als unsere, mit einer schweren Visiereinrichtung und einem Zweibein nahe der Mündung: ein Heckenschütze. Also würden wir uns mit einem auseinandersetzen müssen – oder ihm ausweichen.

O'Connor hatte mich auf eine Idee gebracht. Wenn nötig,

konnte ich einen Heckenschützen bis zur Bewußtlosigkeit würgen und immer noch rechtzeitig aufhören, bevor ich ihn umbrachte. Obwohl es besser sein würde, ganz einfach um sie herumzuschleichen.

Pancho wachte von alleine auf, und flüsternd entwarfen wir einen vorläufigen Plan.

Das Niemandsland war ein Rechteck von ungefähr zwei Kilometern Länge und einem Kilometer Breite. Der längste Graben war der dritte von uns aus, der uns bis auf zwanzig Meter an den Rand des Niemandslandes heranbringen würde. Wir würden uns geradewegs bis zum dritten Graben begeben und ihm bis ganz nach rechts folgen; dann hinausklettern und um unser Leben laufen. Soweit wir erkennen konnten, gab es dort nicht einmal einen Stacheldrahtstrang, obwohl es natürlich Alarmvorrichtungen geben mochte. Sie sagten, daß es Desertion sei, wenn man nur einen Fuß außerhalb der Begrenzungslinie setzte; automatische Todesstrafe. Vielleicht reichte das aus, um die meisten Leute drinnen zu halten, wo die Todesstrafe wenigstens aufgeschoben war.

Ich glaube nicht, daß ich länger als fünf Minuten an einem Stück geschlafen habe, bei den Leuchtkugeln und dem Gewehrfeuer und den fürchterlichen Träumen, die mich aufweckten. Ich hatte furchtbare Angst, und Pancho auch: im Licht einer Leuchtkugel sah ich ihn aufs Niemandsland hinunterstarren, die Kiefermuskulatur verknotet vor Anspannung; kleine Schweißbäche perlten auf der dunklen Tarnpaste.

Endlich leuchtete der Doppelstern auf, und ein Kiesel prallte klappernd vom oberen Rand unserer Brustwehr ab. Wir schnallten unsere Pistolen und Messer um und krochen, sobald die Leuchtkugeln erloschen, aus dem Unterstand und bewegten uns so schnell und leise wie möglich den Weg hinunter. Als wir den Stacheldraht durchquerten, erlitt ich beinahe einen Herzanfall, als die Gatling losging. Aber sie schoß nicht auf uns; offensichtlich war es Unterstützungsfeuer, um die Köpfe der Gegner unten zu halten.

Pancho und ich hatten beide eine Menge gejagt, daher war es uns zur zweiten Natur geworden, uns lautlos zu bewegen. Trotzdem fühlte ich mich schrecklich ausgeliefert, als wir über die zehn Meter offenen Terrains zwischen dem Furchengraben und dem ersten der Hauptgräben krochen. Zum Glück gingen keine Leuchtkugeln hoch, und wir ließen uns ohne Zwischenfall in den Graben hinunter. Wir mußten ungefähr hundert Meter nach links gehen, um zum Quergraben zu gelangen.

Wir kamen bis auf ungefähr drei Meter an einen Heckenschützen heran, bevor wir ihn sahen. Er befand sich in einer Art in die Grabenwand gestochenen Nische, und er schien völlig in sein Geschäft versunken, zu unserem Glück.

Wir konnten aber nicht riskieren, uns hinter ihn zu schleichen. Ich machte eine tätschelnde Bewegung, um Pancho zu bedeuten, sich nicht vom Fleck zu rühren, und mit ein paar raschen Schritten war ich über dem Mann. Ich legte beide Hände wie einen Schraubstock um seine Kehle und lehnte mich an ihn, wobei ich ihn gegen die Wand drückte, damit sein Gestrampel nicht zu viel Lärm machte. Das einzige Geräusch, das er machte, war ein schwaches Quieken, wie ein Kätzchen. Schließlich hörte er auf zu zappeln und wurde schlaff. Ich gab ihm noch ein paar Sekunden und ließ ihn zu Boden sinken. Ich zog den Bolzen aus seinem Gewehr und steckte ihn in die Tasche, dann winkte ich Pancho.

Kurz vor dem Quergraben stießen wir auf einen weiteren Heckenschützen. Wir setzten an, uns auf die gleiche Weise mit ihm zu befassen, aber als ich seinen Hals packte, war er kalt und schleimig. Er sackte gegen mich, und genau in diesem Augenblick ging eine Leuchtkugel los, und ich starrte auf das ausgezackte Loch in seinem Kopf. Ich ließ ihn instinktiv los, und er fiel mit einem schweren Geräusch hin. Wir warteten darauf, daß eine Armee sich auf uns stürzte, aber nichts geschah.

Wir schlüpften in den Quergraben und hasteten weiter, so schnell wir konnten. Wenn unsere eigene Gatling das Feuer eröffnete, würden wir keinen Platz haben, um uns zu verstekken; sie waren genau in einer Linie. In der Mitte des Grabens lag ein toter Mann mit einer roten Armbinde. Vielleicht die TAE, die als Köder losgeschickt worden war. Wir hielten nicht an, um es festzustellen.

Wir zögerten am Kreuzungspunkt, wo der Quergraben auf

den zweiten Graben stieß, und das war ein Glück. Wir hörten Schritte. Mehrere Männer kamen von links auf uns zu!

Sie konnten uns noch nicht sehen, wegen des Sägezahnmusters der Gräben (das gab einem einen gewissen Schutz vor Granatenexplosionen und verhinderte, daß eine Gruppe oder ein einzelner Mann mit einer Gatling einen ganzen Graben unter Feuer halten konnte).

Wir kreuzten rasch und drückten uns flach gegen die Wände. Pancho hatte eine Granate in der Hand; ich holte auch eine heraus. Aber wir mußten sie nicht benutzen. Sie kamen bis auf wenige Meter an uns heran, aber schauten nicht einmal in unsere Richtung. Sie bogen in den Quergraben ein und entfernten sich rasch von uns. Eine sechsköpfige Pioniereinheit.

Dann platzte eine Leuchtkugel, und die Gatling eröffnete das Feuer. Pancho und ich hechteten zurück in die Kreuzung und gingen in Deckung. Die Pioniereinheit erwischte es im Durchgang. Ein paar schreckliche Schreie ertönten, und ein Mann rief nach einem Sanitäter. Die Gatling feuerte weiter, bis er verstummte.

Ich fragte mich, ob Miko wohl auch hier draußen war. Er konnte nicht besser dran sein als wir. Vielleicht war er sogar allein! Ich fragte mich das aber nicht sehr lange. Er würde selber sehen müssen, wie er zurechtkam.

Als die letzte Leuchtkugel erlosch, bewegten wir uns weiter den Quergraben entlang. Ich kämpfte den Impuls nieder, zu rennen. Wir hatten gesehen, wie weit Lärm trug.

Dritter Graben, rechte Abzweigung, ein halber Kilometer bis zur Freiheit. Es war weniger wahrscheinlich, daß wir hier auf Heckenschützen stoßen würden, aber wir verwendeten die gleiche Vorsicht: Pancho an der Spitze, er schlich immer ein paar Meter voran und hielt dann an; darauf folgte ich, das größere Ziel, während ich auf etwaige Handzeichen achtgab.

Wir gelangten ohne Schwierigkeiten zum Ende des Grabens. Offensichtlich blieben heute nacht beide Armeen dicht in Heimatnähe, ein Schweineglück. Wir hielten eine geflüsterte Konferenz ab und beschlossen, bis zur nächsten Leuchtkugel im Graben zu bleiben; wenn diese erlosch, wollten wir um unser Leben laufen.

Es schien ewig zu dauern, aber endlich platzte eine Leuchtkugel, und wir spannten uns für den Spurt an. In dem gespenstisch fahlen, tanzenden Licht konnten wir ein Warnschild über dem Graben erkennen:

Warnung!

Sie nähern sich jetzt der Begrenzungslinie.
Kehren Sie sofort um. Das Verlassen
des Niemandslandes wird mit dem Tod bestraft.

Die Leuchtkugel erlosch, wir kletterten nach draußen und begannen zu rennen. Nach ein paar Schritten spürte ich einen stechenden Schmerz in der Brust. Ich hatte kaum Zeit, darüber erstaunt zu sein, als er plötzlich stärker wurde und mich auf die Knie warf. Pancho stolperte neben mir zu Boden.

»Meine Brust«, ächzte er. *»Dios!«*

»Meine auch. Wir müssen zurück.«

»Zurück?« Er hatte immer noch nicht begriffen.

»Komm.« Während wir den Weg zurückkrochen, den wir gekommen waren, ließ der Schmerz nach und verschwand schließlich ganz, als wir zurück in den Graben purzelten.

»Ich glaube, jetzt verstehe ich«, wisperte er nach Luft ringend. »Sie haben uns etwas in den Körper eingepflanzt.«

»Ja. Und die Begrenzungslinie gibt irgendeine Art Signal ab, das es auslöst.«

»Ich bin sicher, es hätte uns getötet, wenn wir viel dichter herangekommen wären.« Er schüttelte den Kopf. »Was nun?«

»Wie Jake sagte. Ein paar Tage am Leben bleiben. Dann noch ein paar Tage, nehme ich an. Jetzt müssen wir bis zur Dämmerung am Leben bleiben.«

»Das ist ein sicherer Platz hier.«

»Ich weiß nicht. Je länger wir bleiben, an desto mehr Blauen müssen wir vorbei, um zurückzukommen. Vorausgesetzt, sie haben mehr als zwei Heckenschützen und sechs Pioniere geschickt.«

»Und wenn sie das nicht haben, sind wir überall sicher«, sagte Pancho, irgendwie mit einer Mischung aus Hoffnung und Sarkasmus in der Stimme.

Ich stand auf. »Wir gehen zurück, halb so schnell und doppelt so leise.«

»Und versuchen, nicht zu töten?«

»Das würde ich – verdammt!«

»Was ist los?«

»Ich habe den Bolzen nicht aus dem Gewehr des toten Heckenschützen genommen. Wenn der, den ich gewürgt habe, aufwacht, wird er einfach die Waffen wechseln.«

»Wenn er dableibt. Wenn ich er wäre, würde ich mich in Richtung meines eigenen Hügels davonmachen.«

Wir verfolgten unseren Weg in völligem Schweigen zurück und begegneten niemandem. Im Durchgang lagen nur fünf Pionierleichen, aber wir fanden die sechste auf dem Boden des ersten Grabens. Der tote Heckenschütze hatte immer noch einen Bolzen in seinem Gewehr; ich entfernte ihn. Der, den ich gewürgt hatte, war verschwunden.

Ich wollte über die Wand steigen, aber Pancho packte mein Bein. »Nein, Amigo«, flüsterte er. »Wir sind hier unten sicherer vor unserem eigenen Feuer als im Furchengraben.«

Er hatte recht. Wir ließen uns dort in einer Nische nieder, und dann brach die Hölle los.

Zunächst gab es mehrere gedämpfte Granatenexplosionen, alle binnen ein paar Sekunden. Dann sporadisches Gewehrfeuer und das tiefere, schnellere Krachen von Pistolen. Menschen schrien, brüllten Befehle, riefen nach Sanitätern. Leuchtkugeln platzten. Überall schwärmten Menschen über den Hügel.

»Pioniere«, flüsterte Pancho.

Vier Männer kamen den Weg heruntergerannt und erwiderten das Feuer unserer Leute mit Pistolen. Sie rannten unbehelligt durch die Öffnung im Stacheldraht; sie mußten den Gatling-Unterstand erwischt haben. Sie sprangen über den Furchengraben und rannten auf uns zu. Gewehrkugeln spritzten überall um sie herum.

Sie würden den ersten Graben ein paar Meter von der Stelle

erreichen, wo wir waren. Es bestand keine Möglichkeit, daß sie uns verfehlten.

»Gott vergebe mir«, murmelte ich und zog den Stift aus einer Granate und warf sie auf sie.

Mein Ziel war gut, aber mein Timing war schlecht. Die Granate traf einen von ihnen voll vor die Brust. Sie sprang ihm vor die Füße, und ohne im Schritt innezuhalten, trat er sie genau auf uns zurück. Sie sprang einmal und fiel in den Graben zwischen mir und Pancho. Sie war nahe genug, daß man den Zünder zischen hören konnte.

Ich hätte den Helden spielen und mich mit dem Körper darüberwerfen können, um Pancho zu retten. Oder ich hätte klug sein und wegspringen können, mich flach hinwerfen mit den Füßen in ihrer Richtung (was Pancho machte). Statt dessen benahm ich mich wie ein Idiot und hob sie auf.

Meine Erinnerung daran läuft in quälender Zeitlupe ab. Sobald ich sie aufgehoben hatte, wußte ich, daß ich das Falsche getan hatte. Dann, als ich herumschwang, um sie auf die näherkommenden Pioniere zu werfen, wußte ich, daß ich den zweiten Fehler begangen hatte; ich hätte sie einfach ein paar Meter weit den Graben entlang werfen sollen, und der Zickzack würde uns geschützt haben.

Sie muß ungefähr einen Meter von meiner Hand entfernt explodiert sein. Es tat nicht weh, bloß ein großes Brennen und ein blendender Blitz, und ich stürzte rücklings auf den Boden des Grabens, genau auf Pancho.

Ich hörte die Pioniere in den Graben springen, und dann hörte ich jemanden eine Pistole spannen und jemand anderes sagen: Verschwende sie nicht, er ist tot. Dann hörte ich die Gatling losgehen und langsam verklingen.

»Carl! Wach auf! *Dios!*« Ich erwachte in ein jähes Universum aus Schmerz hinein: meine Brust und mein Gesicht fühlten sich an, als wären sie abgekaut und wieder festgenagelt worden. Mein rechter Arm fühlte sich an, als würde er gerade tiefgefroren.

Nur ein Auge arbeitete. Ich benutzte es dazu, um meinen Arm anzuschauen, und wurde beinahe wieder ohnmächtig. Daumen und Zeigefinger waren verschwunden; der Mittelfinger war abgebrochen und baumelte lose, von einem Fleischfetzen gehalten. Der ganze Arm sah wie ein gehäutetes Tier aus, dem man die Haut bei lebendigem Leibe abgezogen hatte. Blut spritzte heraus.

Pancho war dabei, eine Aderpresse anzulegen. Das Blut hörte auf zu spritzen, während ich noch zuschaute. »Ich muß Hilfe holen«, sagte er. »Halt dieses Messer fest.« Er führte meine linke Hand an das Grabenmesser, das er als Drehzapfen für die Aderpresse verwendet hatte. »Versuch nicht, dich hinzusetzen. Du hast ein Auge aus der Höhle, und ich weiß nicht, was ich damit machen soll.«

Mein Mund war so trocken, daß ich nicht sprechen konnte. Ich versuchte, ihm zu befehlen, weiterzugehen, ich sei tot, er solle nicht sich selbst und einen Sanitäter in Gefahr bringen. Aber er war schon verschwunden. Ich schlief wieder ein. Hatte Pancho mir eine Spritze gegeben?

Das nächste, was ich sah, war Alegrias Gesicht. Sie lächelte. »Du wirst wieder in Ordnung kommen, Carl.« Ich war auf dem Truppenverbandplatz oben auf dem Hügel. »In einer Woche oder so kannst du deine Hand schon wieder gebrauchen.« Meine Sicht war verschwommen; ich berührte das verletzte Auge, und es tat weh, aber es war da.

»Sie haben das Auge wieder hineingeschoben. Du sahst ganz schön gruselig aus, als sie dich hier heraufbrachten.« Ihre Stimme zitterte. Ich fragte mich, ob sie geweint hatte.

»Wie geht's Pancho?«

»Kaum ein Kratzer. Und du kannst ihm dafür danken, daß er deinen Daumen und deinen Finger gefunden hat, während ihr auf die Sanitäter wartetet. Du hast Glück gehabt – es . . . es ist alles in einem Stück abgegangen. Das hat die Knochentransplantation einfach gemacht.«

»›Kaum ein Kratzer?‹ Also ist er getroffen worden.»

»Er wurde ein bißchen verwundet, als die Granate, mit der

du gespielt hast, hochgegangen ist. Nur ein paar Schnitte in der Kopfhaut; er hat sie nicht einmal bemerkt.«

Meine Sinne begannen zurückzukehren. »Sind wir allein?« flüsterte ich.

»Ja.«

»Schau mal, die werden mich zurück ins Hauptlazarett schicken, nicht wahr?«

»Ich vermute es . . .«

»Ich kann entkommen! Meinen Weg zurück in die Confederación finden.«

»So leicht ist das nicht. Miko hat es letzte Nacht versucht, und sie –«

Ich hörte, wie eine Tür sich öffnete.

»Kann er aufstehen?« sagte eine Stimme, die ich nirgendwo unterbringen konnte.

»Ich weiß es nicht, Herr Hauptmann«, sagte Alegria. »Ich glaube nicht, daß es gut für ihn wäre.«

»Er soll's mal versuchen.« Ich rollte auf einen Ellbogen und stemmte mich hoch, setzte mich dann auf dem Bett auf. Seltsamerweise tat nur mein Auge weh.

Die Stimme gehörte Hauptmann Forrestor. Er stand da mit einer Pistole in der Hand, locker an der Seite. Hinter ihm waren Pancho und Miko, die Hände auf dem Rücken zusammengebunden, und Feldwebel Meyer, mit einem Gewehr hinter ihnen.

Ich ließ meine Füße auf den Boden herunter und stand benommen auf. Alegria hielt mich an meinem unverletzten Arm fest. »Was ist denn los?« fragte ich. »Herr Hauptmann.«

»Sie wissen genau, was los ist. Es tut mir leid, daß der Chirurg letzte Nacht soviel Zeit auf Sie verschwendet hat. Sie werden heute sterben.

Sie und Soldat Bolivar haben willentlich versucht, letzte Nacht zu desertieren. Die in Ihrer Brust implantierten Sensoren haben Sie identifiziert. Wenn jemand mich geweckt hätte, hätte ich Sie gleich erschießen lassen und Scherereien gespart.« Er blickte Meyer scharf an.

»Darüber hinaus ist da die Sache mit Soldat Rileys Desertionsversuch letzte Nacht. Daß er weiter gekommen ist als Sie beide, hat er nur seiner Fähigkeit zu verdanken, die Schmerzen der Sensoren länger zu ertragen.« Hauptmann Forrestor drehte sich halb um, musterte Miko kalt. »Soldat Riley hat es geschafft, die Begrenzungslinie zu erreichen und einen Teil des Warnanlagen-Netzes zu desaktivieren. Wäre er einfach weitergegangen, besteht kein Zweifel, daß er hätte entkommen können. Aber obwohl es närrisch scheint, entschloß er sich, zurückzukehren. Wenn er nur die Frau mitgenommen hätte, hätte er keine Schwierigkeiten bekommen. Erst als er versuchte, Sie zu retten, wurde er gefaßt. Dumme Loyalität. Schade, daß sie ihn nicht getötet haben.«

Ich sah Miko an. Er wich meinen Augen aus, und da erst bemerkte ich die dünne Linie Plastifleisch, die sein halbes Gesicht bedeckte. Seine Nase war erneuert worden.

»Deshalb habe ich guten und stichhaltigen Grund zu glauben, daß zwischen Ihnen vieren eine Verschwörung besteht, zu fliehen. Mir bleibt nur eine mögliche Vorgehensweise. Sie sind alle zum Tode verurteilt.« Er hob die Pistole. »Feldwebel?«

Meyer lehnte sein Gewehr gegen die Wand und griff nach einer dicken Rolle chirurgischen Pflasters. Er band Alegria die Hände hinter dem Rücken zusammen und mir meine vorne, die unverletzte gegen die im Plastigipsverband. Dann klebte er uns allen den Mund zu.

»Bringen Sie sie runter zum Stacheldraht und erledigen Sie sie mit der Gatling. Halten Sie zuerst eine kleine Ansprache. Wenigstens werden sie noch zu *etwas* nützlich sein.«

Meyer stieß uns zur Tür hinaus und folgte uns den Weg zum Fuß des Hügels hinunter. Miko war neben mir.

Ich fühlte mich wie ein Dummkopf angesichts all der Dinge, die ich von ihm gedacht hatte. Es gab ein paar Dinge, die ich ihm sagen mußte, wichtige Dinge. Ich würde nie Gelegenheit dazu erhalten. Ich lenkte seine Aufmerksamkeit auf mich, und irgendwie hatte ich das Gefühl, daß er verstand.

»Es ist kein Trost«, sagte Meyer leise, »aber ich mache das hier nicht gerne.«

Pancho hatte eine Ecke des Pflasters auf seiner Schulter gelockert. »Aber Sie *machen* es«, murmelte er.

»Um meine Haut zu retten. Ich habe dieses Arschloch letzte Nacht nicht geweckt, weil ich mir dachte, daß jedes Arschloch, das einen Pionierangriff verschläft, seinen Schlaf wirklich brauchen muß.

Ihr könnt genausogut auch die ganze Geschichte erfahren. Er hat eine Aufforderung erhalten – eine Aufforderung, keinen Befehl –, euch zum Basislager zurückzuschicken. Wie es scheint, hat irgendein Beamter der Confederación eine Untersuchung über unsere Rekrutierungsmethoden angestellt. Insbesondere über euch vier. Es wird eine Anhörung geben. Forrestor sähe es lieber, wenn ihr nicht mehr am Leben wäret, um auszusagen, deswegen hat er euch auch gestern so interessante Aufgaben übertragen. Euer Fluchtversuch hat es nur einfacher für ihn gemacht.«

»Wir wurden gekidnappt – und Sie auch! Begreifen Sie denn nicht, daß es auch *Ihre* Freiheit bedeuten könnte, wenn Sie uns laufenließen?«

»Nein. Es würde eine Kugel ins Gehirn bedeuten. Außerdem wurden wir *legal* gekidnappt. Ich denke, er könnte die ganze Angelegenheit vor Gericht beheben, vor einem Gerichtshof der Confederación. Aber er ist ein impulsives Arschloch, und beim Gedanken an die Confederación scheißt er sich vor Angst in die Hosen – was zum Teufel ist das?«

Wir hatten ungefähr den halben Weg den Hügel hinunter zurückgelegt. Ein tiefes, singendes Geräusch ertönte, voller nervöser Frequenzen unterhalb der Hörgrenze.

Ich hatte noch nie zuvor einen Polizeikreuzer der Confederación gesehen. Eine glänzend schwarze, umgedrehte Schüssel von der halben Größe des Hügels, auf dem wir standen. Sie senkte sich über den ersten drei Grabenreihen nieder, so sanft wie ein Staubkörnchen. Der an der Spitze angebrachte Gigawattlaser drehte sich, bis er auf uns zeigte.

»WIR LADEN HIERMIT FÜNF PERSONEN VOR: HAUPTMANN HARVEY FORRESTOR, SPICELLE; ALEGRIA SALDAÑA, SELVA; FRANCISCO BOLIVAR, SELVA; CARL BOK, SPRINGWORLD; UND MIKO RILEY, PERRIN. TRETEN SIE VOR!« Es hatte die Stimme eines Untergottes.

»Erschießen Sie die Schmucks!« Forrestor stand auf der Hügelkuppe und wedelte mit der Pistole. Er feuerte; die Kugel pfiff über unsere Köpfe.

Meyer lud mit einem Ruck durch und richtete sein Gewehr auf den Offizier. »Lassen Sie die Waffe fallen, Hauptmann! Die werden uns alle braten!«

Forrestor hielt seine Pistole noch einen Augenblick auf uns gerichtet und ließ sie dann aus den Fingern fallen. »Ramirez! Tulo! Sandiwell! *Tu* doch irgendeiner was!«

Das ganze Lager starrte hinter den Unterständen hervor. Niemand hob eine Waffe. »Am besten gehe ich wohl mit Ihnen«, sagte Meyer. »Kommen Sie, Herr Hauptmann.«

Seine Augen unverwandt auf Gewehr und Forrestor gerichtet, fuhr er fort: »Morrison. Würden Sie wohl diese Leute befreien?«

Nachdem es verkündet hatte, daß der Krieg vorübergehend ausgesetzt sei, nahm uns das Polizeischiff an Bord, und ein paar Minuten später waren wir wieder auf dem Raumhafen der Hauptstadt. Mit Zerrüttern bewaffnete Wachen eskortierten uns zu einem Schweber, und wir wurden zu einem großen Gebäude im Stadtzentrum gebracht. Mit einem Lift ging es nach unten in einen Korridor; dann den Korridor entlang in ein Büro. In dem Büro befanden sich ein riesiger, bis auf vier Blätter Papier – unsere Eintrittsformulare – leerer Schreibtisch und drei Menschen: ein Höller mit reich verzierter Uniform, auf der fünf Sterne prangten, Dekan M'Bisa – und B'oosa!

Der Dekan zuckte zusammen, als er mich sah. B'oosa sagte: »Hast ja noch alle deine Arme und Beine, Carl. Ich bin überrascht.«

Der General erkundigte sich: »Wer sind Sie?«

»Feldwebel Meyer, Herr General. Ich begleite die –«

»Ich hatte nur gefragt, wer Sie sind. Sie können wegtreten.« Er wandte sich an uns. »Setzen Sie sich. Sie bleiben stehen, Hauptmann.«

Er wartete, bis wir Platz genommen hatten. »Hauptmann Forrestor, sind Sie sich darüber im klaren, daß Sie sich einer schwerwiegenden Gesetzesverletzung schuldig gemacht haben?« Forrestor blickte nur erstaunt. »Im Zusammenhang mit der Rekrutierung dieser vier Personen.«

»Herr General, ich habe sie gekauft, von –«

»Schweigen Sie! Ich weiß nicht, wie sie in Ihr Lager gekommen sind, und es interessiert mich auch nicht.« Mit einem sorgfältig manikürten Zeigefinger schob er die Dokumente zwei Zentimeter auf Forrestor zu. »Ich spreche über das hier.«

»Sie haben ohne Zwang unterschrieben, Herr General.«

»Schön und gut.« Er beugte sich vor, und seine Stimme sank beinahe zu einem Flüstern herab. »Aber es sind Minderjährige, Forrestor. *Minderjährige.* Sie können einen solchen Vertrag nicht ohne die Erlaubnis ihrer Eltern unterschreiben.«

Er wandte sich an die beiden Schwarzen. »In diesem Falle Dr. M'Bisa, der *in loco parentis* handelt.

Es wird Ihnen vielleicht nicht gefallen, zu erfahren, daß wir bereits einen Mann in Zusammenhang mit diesem ... scheußlichen Komplott gehenkt haben. Den Feldwebel, der Ihnen diese vier zugeführt hat. Er kidnappte sie, berichtete, sie seien bei der Ausbildung getötet worden, und kassierte nicht nur einen Teil der Versicherung, sondern auch eine Anwerbeprämie von Ihnen. Sie werden Gelegenheit haben, Ihre eigene Rolle in dieser Affäre bei einem General-Kriegsgericht heute nachmittag zu verteidigen. Sie können wegtreten.«

»Aber ... General ... das machen doch –«

»Sie verbessern Ihre Lage nicht, Hauptmann. Wegtre*ten.*« Die Wachen geleiteten ihn zur Tür hinaus.

Als sie fort waren, sagte der General: »Seine Verwirrung dürfte wohl verständlich sein. Auf seiner Welt erreicht man die Volljährigkeit mit achtzehn. Auf Hölle liegt das entsprechende Alter bei fünfundzwanzig.«

»Natürlich«, sagte M'Bisa.

»Also ist es überhaupt keine Confederacións-Angelegenheit, auch wenn wir natürlich dankbar für die Hilfe von Beamten der Confederación bei ihrer Beilegung sind. Der Rest läßt sich innerhalb der Struktur des Universal-Kodex der Militärgerichtsbarkeit regeln.« Man konnte die Großbuchstaben förmlich hören.

»Außer, wenn wir uns entschließen sollten, nachdrücklich auf der Angelegenheit zu bestehen«, sagte M'Bisa.

»Lassen Sie mich offen zu Ihnen sein.« Der General deutete mit einem Wedeln der Hand auf uns. »Zufällig wird das gleiche Dokument bei der Einschreibung in die Söldnerarmee und der Einschreibung in unser Militärschulsystem benutzt. Letzteres dürfen Minderjährige unterschreiben.«

»Aber es ist schwierig, dort wieder herauszukommen, nehme ich an«, sagte B'oosa.

Der General nickte langsam. »Selbst, wenn es von den Eltern gewünscht wird. Den natürlichen Eltern.«

Dekan M'Bisa erhob sich, und seine Haltung und sein Gesicht zeigten sein Alter. »Ich denke, wir verstehen einander, General. Guten Tag.«

»Guten Tag, Bürger.«

B'oosa hatte die ganze Sache beobachtet. Er trampelte eine Botschaft in den Schnee – in Pan-Suaheli. Nicht viele Höller verstehen diese Sprache, aber dafür die meisten Mitarbeiter der Confederación. Ein Wettersatellit bemerkte sie, und wurde von demselben Fahrzeug gerettet wie später wir.

Ich verbrachte einen Tag in einem Höller-Krankenhaus, wo Erdlingsdoktoren an meiner Hand und meinem Gesicht herumwerkelten. Dann flogen wir zurück nach *Starschool.* Dr. M'Bisa kündigte an, daß der Planet aus dem Reiseplan der Schule gestrichen werde.

Was habe ich dort gelernt?

Das läßt sich schwer sagen. Ich hatte schon vorher eine ziemlich gute Ausbildung in Angst und Schmerzen und Erschöpfung. Die Tiere waren nicht fremdartiger oder wilder als zu Hause. Abgesehen von den menschlichen Tieren.

Ich vermute, das, was am Ende unter dem Strich übrigbleibt, ist etwas Kaltes und Trockenes, wie *Das Beharrungsvermögen von Institutionen* oder *Die Unvollkommenheit des Menschen.*

Diese Höller waren nicht weniger menschlich als ich.

Was mich des Nachts nicht schlafen läßt, ist der Gedanke, daß sie womöglich menschlicher sind.

Konstrukt

Haftungsausschluß

Die vorausgegangenen vierzehn Abschnitte haben die verschiedenen Stationen der Rundreise in groben Umrissen dargestellt, verbunden mit einem versuchsweisen Zeitplan. Starschool *kann jedoch nicht dafür garantieren, daß alle diese Stationen auch angeflogen werden.*

Die politische Lage auf einigen Welten der Confederación ist nicht von Jahr zu Jahr stabil. Wenn die Vorsicht es gebietet, liegt es im Ermessen des Dekans, eine oder mehrere Stationen auszulassen.

Es besteht auch die Möglichkeit, daß neue Stationen ergänzt werden können, wenn sie nach Meinung des Dekans ungewöhnliche Lernmöglichkeiten bieten . . .

I

Hölle schmiedete uns zusammen. Nach allem, was wir durchgemacht hatten, wurden wir eine verschworene kleine Gemeinschaft. So läuft das. Manchmal muß man erst übel mitgenommen werden, bevor man sehen kann, was einem die ganze Zeit direkt vor der Nase war. Wir kamen aus fünf verschiedenen Umfeldern von fünf verschiedenen Planeten. Wir lernten eine Menge voneinander. Ich gelangte sogar zu einem unsicheren Einverständnis mit Miko, auch wenn es immer noch ein bißchen Reibung gab, Alegrias wegen.

Sogar Dekan M'Bisa schien uns richtig ein bißchen ins Herz geschlossen zu haben. Oder vielleicht hatte er auch nur ein besonders scharfes Auge auf uns, um sicherzugehen, daß wir nicht wieder in Schwierigkeiten gerieten.

Er hätte sich keine Sorgen zu machen brauchen. Schwierigkeiten waren das letzte, was wir wollten. Tatsächlich gaben wir uns große Mühe, sie zu vermeiden. Auf Odalys, der Station nach Hölle, waren wir Musterstudenten. Bis auf den kleinen Zwischenfall auf dem Algenfloß machten wir überhaupt keine Probleme. Na ja, fast keine.

In letzter Zeit waren wir viel zu beschäftigt gewesen, um in Schwierigkeiten zu geraten. Makroökonomie kann ganz schön kompliziert werden, wenn man sich mit Planetensystemen befaßt, und vor uns am nahen Horizont ragte eine Batterie von Examen auf. Ich hatte mir so viel Wirtschaftstheorien in den Schädel geknallt, daß ich sogar davon träumte. Was für eine Verschwendung wunderbar süßer Träume! Ich war seit über zwei Wochen nicht mehr in der Turnhalle gewesen. Tatsächlich war ich schon lange nirgendwo gewesen, außer in den Vorlesungen und im Lesesaal. Bis heute.

Der Dekan hatte alle Studenten ins Auditorium gerufen. Schon das an sich war ungewöhnlich, da er den Großteil seiner

Bekanntmachungen über die Sprechanlage des Schiffes machte. Ich hatte noch nie zuvor alle Studenten an Bord von *Starschool* an einem Ort gesehen, nicht auf dem Schiff jedenfalls. Als ich das Auditorium betrat, war es beeindruckend. Und laut. Anscheinend redeten alle auf einmal.

Ich ließ meinen Blick über die Menge schweifen und hielt Ausschau nach bekannten Gesichtern. Es war leicht, B'oosa auszumachen; er ragt beinahe ebensosehr hervor wie ich. Er saß beim Rest unserer Freunde. Ein Platz schien noch frei zu sein, also bahnte ich mir einen Weg durch die wogenden Studenten.

»Hab dir einen Platz freigehalten, Carl«, sagte Alegria und tätschelte den Stuhl neben sich.

»Hätte nicht gedacht, daß du es schaffen würdest, Amigo«, sagte Pancho, während ich mich setzte.

»Sogar ich weiß, was Anwesenheitspflicht heißt«, sagte ich. »Ich habe genug zu tun, ohne Tadel abzuarbeiten.«

B'oosa lachte. Er konnte es sich leisten, weil er das obere Ende der Leistungskurve in Makro hochhielt. Ich tat mein Bestes, damit die Mitte nicht zusammenfiel. Es war eine dauernde Plackerei.

»Irgendeine Ahnung, was der Dekan uns mitteilen will?« fragte ich.

B'oosa schüttelte den Kopf. »Was immer es ist, es muß wichtig sein.«

»Nichts ist wichtiger als dieses Makro-Examen nächste Woche«, behauptete ich.

»Wenn du nicht alles bis auf den letzten Monat aufgeschoben hättest, würdest du nicht so viele Schwierigkeiten haben«, sagte Alegria.

Da hatte sie mich. Was konnte ich darauf sagen? Ich verschob immer alles bis auf die letzte Minute. An einem Ort, der so groß ist wie *Starschool*, gibt es eine Menge Ablenkungen. Ich war so menschlich wie jeder andere auch. Mehr als einige der anderen, vermute ich.

Der Dekan trat ein, und alle setzten sich, wurden still. Er schritt zielbewußt zum Lesepult, justierte sein Kehlkopfmikro. Ich persönlich finde nicht, daß er die Verstärkung brauchte, hatte ich mich doch am Empfängerende mehrerer lautstarker Unterhaltungen mit ihm befunden. Er sah todernst aus.

»Studenten, ich werde mich kurz fassen und mich auf das Wesentliche beschränken«, sagte er. »Es hat eine unerwartete Planänderung gegeben. Wir steuern nicht länger Dimian an. Diese Station der Reise ist aufgrund einer Nachricht gestrichen worden, die wir vor kurzer Zeit empfingen. Unser Kurs hat sich geändert. Wir werden in schätzungsweise sechs Tagen auf Konstrukt eintreffen.«

Er machte eine Pause, um das wirken zu lassen. Konstrukt!

»Ich brauche Ihnen die Bedeutung dessen wohl nicht zu erklären. Alle Vorlesungen sind bis auf weiteres abgesagt. Sie beginnen sofort mit dem Planetenlandetraining. Fragen Sie die Datenspeicher an Ihren Lernkonsolen nach allen erreichbaren Informationen über Konstrukt ab. Ich versichere Ihnen, daß es keine lange Liste sein wird.« Darauf drehte er sich um und ging hinaus. Der Raum war totenstill, als wir in benommenem Schweigen dasaßen.

Konstrukt. Ein in Schichten um Schichten von Geheimnissen gehülltes Rätsel. Der Beweis, daß der Mensch nicht allein im Universum war.

»Schätze, du kannst das Makro-Examen vergessen«, flüsterte B'oosa.

»Das ist das letzte, woran ich jetzt denke«, sagte ich. *Beinahe* stimmte das auch.

Konstrukt. Der Berührungspunkt der Menschheit mit außerirdischen Rassen, außerirdischen Kulturen. Die Confederación bewahrte eine scharfe Sperre über alles, was dort vorging. Es war dermaßen von Geheimnissen umhüllt, daß es beinahe ein mythischer Ort zu sein schien. Aber wir waren auf dem Weg dorthin! Wir.

Konstrukt.

II

Der Dekan hatte nicht gescherzt, als er sagte, die Liste über Konstrukt würde kurz sein. Die Wahrheit war, daß wir einfach nicht viel darüber wußten. Nicht einmal seinen wirklichen Namen.

Es war ein künstlicher Planet, erbaut vor vielleicht fünfzigtausend Jahren. Vielleicht auch vor einer Million. Es umkreiste einen winzigen Roten Zwerg, der keine anderen Planeten hatte. Die Aussicht war umwerfend, da der Orion-Nebel sich über den halben Himmel hinzog, aber vermutlich sahen sie ihn sich nie an. Sie lebten alle im Innern.

Eigentlich war Konstrukt eine Art Kreuzung aus einem Raumschiff und einem Planeten. Oder vielleicht einem Senat und einem Zoo. Es war eine Hohlkugel in einer anderen Hohlkugel in usw., insgesamt neunzehn Stück, die größte sechshundert Kilometer im Durchmesser, die kleinste etwa ein Zehntel davon.

Es war so gebaut, um wirtschaftliche künstliche Schwerkraft durch Rotation zu liefern. Die verschiedenen Ebenen boten einem höhere Schwerkraft, je weiter man nach außen kam, von ungefähr einem Drittel G bis ungefähr drei G. So konnten sich alle wohl fühlen.

»Alle«, das waren 277 verschiedene Arten intelligenten Lebens von 246 verschiedenen Planeten. Jede hatte ein Gebiet auf Konstrukt, das die Bedingungen ihrer Heimatwelt nachbildete. Springworld war hier nicht nachgebildet, wohl aber die Erde.

Es gab Wasserwelten und Dürregebiete, wo Wasser Gift war. Hoch-G-Kaltzonen, wo sie in flüssigem Ammoniak herumschwammen. Eine Halb-G-Schale war beinahe Vakuum, bloß ein Hauch von Chlor für die kaum beweglichen Felsen, die dort Skulpturen ersannen.

Einige derer, die auf Konstrukt lebten, waren mehr oder weniger humanoid. Die meisten waren etwas anderes. Man warnte uns, daß manche nicht angenehm anzuschauen waren.

Wie die Linguisten, jene, die den Planeten vor langer Zeit gebaut hatten. Sie waren annähernd menschlich; wenigstens hatten sie einen Kopf, zwei Arme, zwei Beine. Aber sie waren größer als ich und unmöglich dürr. Ihre weiße Haut war mit pulsierenden roten Adern bedeckt. Ihre Arme und Beine hatten zusätzliche Ellbogen und Knie. Ihre Augen rollten, statt zu blinzeln; ihre Münder waren zahnlose, breite, gummiartige Schlitze. Sie würden unsere Führer sein.

Das war es anscheinend, was die Linguisten *taten*: unterschiedliche Arten zusammenzubringen und zu sehen, was passierte. Vielleicht war das der Grund, warum sie Konstrukt überhaupt gebaut hatten, aber sicher konnten wir uns nicht sein. Es war schwierig, eine unumwundene Antwort aus ihnen herauszubekommen.

Wir Menschen waren vor ungefähr neunzig Jahren eingeladen worden, uns auf Konstrukt niederzulassen. Wir hatten ein paar tausend Xenobiologen, Xenoanthropologen, Xeno-was-auch-immer-Ologen dort leben, die die Xenoleute der anderen Geschöpfe studierten und von ihnen studiert wurden. Bis auf von der Confederación handverlesene Wissenschaftler gelangten nie irgendwelche Menschen nach Konstrukt. Die Einladung an *Starschool* war eine Premiere. Es war irgendwie verwirrend.

Wir würden auf Konstrukt arbeiten, aber es würde eine merkwürdige Art von Arbeit sein. Einfach nur in kleinen Gruppen umherwandern, mit einem Linguisten, und sich mit den verschiedenen Aliens unterhalten – oder zu unterhalten versuchen. Die Linguisten waren schwache Telepathen; sie würden unsere nonverbalen Reaktionen auffangen und außerdem hin und her übersetzen.

Pancho und ich gingen hinauf zum Beobachtungsdeck, um das Andockmanöver zu verfolgen. Es war ein unheimlicher Anblick. Zuerst war Konstrukt ein schwacher dünner roter Halbmond, der einen schwarzen Kreis umschloß. Er schwoll zu einem blutroten Halbrund an, der von Augenblick zu

Augenblick größer wurde, bis er ein riesiger gekrümmter Horizont war. Plötzlich tauchte ein schwarzer Punkt auf, erblühte, wurde der Eingang eines dunklen Tunnels und verschlang uns.

Nach einer Minute der Schwärze kamen wir in der Zentralsphäre heraus; einem schwerelosen, luftleeren Raum blaßblauen Lichts, das gleichmäßig aus allen Richtungen strahlte. Drinnen parkten Hunderte von Raumschiffen, die meisten von fremdartiger Bauweise, manche bei weitem größer als *Starschool.*

»Ich wünschte, wir hätten mehr Zeit gehabt, uns auf das hier vorzubereiten«, sagte Pancho.

»War nicht viel zu studieren.«

»So hatte ich das eigentlich nicht gemeint.«

»Wie denn?«

»Sie werden uns beobachten. Genau. Sie haben bisher noch nicht viele Menschen studieren können. Ich habe Angst, daß wir etwas falsch machen. Wir wissen nicht, was sie von uns erwarten. Was ist, wenn wir jemanden beleidigen, die Tabus irgendeines Wesens verletzen?«

»Das ist ein Risiko, das wir eingehen müssen. Wir müssen einfach vorsichtig sein und die Augen offenhalten.«

»Ich wünschte mir trotzdem, wir hätten eine bessere Vorstellung davon, wie wir uns verhalten sollen.«

»Vermutlich müssen wir einfach nur wir selbst sein. Vielleicht erwarten sie gerade das.«

»Davor habe ich ja Angst«, sagte Pancho.

Wir schwebten jetzt über einer Andockplattform, die so aussah, als hätten auf ihr fünf *Starschools* Platz gehabt. Als sie diesen Ort bauten, hatten sie wirklich nicht in kleinen Maßstäben gedacht. Alles war von solchen Größenordnungen, daß ich mir wie ein Lilliputaner vorkam.

Eine Glocke ertönte, und wir verließen widerwillig das Beobachtungsdeck, um zum Rest unserer Gruppe zu stoßen. Von hier an würden wir auf uns allein gestellt sein.

»Seid ihr bereit?« fragte Miko, als wir ankamen.

»So bereit wie nur möglich«, sagte ich. Miko war echt aufgeregt. B'oosa nahm es leicht, so wie er alles leicht nahm. Er ließ sich von nichts erschüttern. Alegria behielt ihre Gefühle ziemlich für sich. Sie wirkte ein bißchen eingeschüchtert.

Die Lichter flackerten einmal, und ein schwaches Hintergrundsummen, das ich kaum bemerkt hatte, hörte auf. Wir mußten das Andockmanöver beendet haben. Wir standen ein paar Minuten lang nervös herum. Mir fiel auf, daß wir dazu neigten, zu flüstern. Endlich kam Dekan M'Bisa zu uns herüber.

»Sie sind bereit für euch«, sagte er einfach.

Wir verließen das Schiff durch eine große Nabelschnur und zogen uns in der Null-Schwerkraft entlang, indem wir uns an etwas festhielten, das ich für Handgriffe hielt. Nach allem, was ich wußte, hätten es auch Tentakelgriffe sein können; es gab eine Menge verschiedener Formen und Größen. Eine Art Universalverbindungssteg, nehme ich an.

Die Luft im Innern war frisch und sauber, geliefert von Konstrukt. Ich stellte mir vor, daß so früher einmal die Luft auf der Erde gewesen sein mußte. Der Heimatplanet der Menschheit hatte schon sehr, sehr lange keine so gute Atmosphäre mehr.

Als wir auf der anderen Seite herauskamen, sahen wir unsere ersten Aliens. Linguisten. Obwohl wir so vorbereitet wie möglich waren und sie humanoid waren, war es doch ein ziemlicher Schock. Ihre Ähnlichkeiten mit uns Menschen betonten nur die Unterschiede. Sowohl in offensichtlichen als auch in subtilen Weisen waren sie völlig anders als wir. Wenn sie gingen, bewegten sie sich in unmögliche Richtungen. Sie hielten ihre Körper in einer ein ganz kleines bißchen exzentrischen Lage, einer Lage, die die menschliche Knochenstruktur nicht erlaubt hätte. Einer löste sich aus der Menge und kam zu uns herüber. Als ich ihn aus der Nähe sah, erschauerte ich. Und noch während ich erschauerte, fiel mir ein, daß sie Telepathen waren, und ich fragte mich, ob ich unseren ersten Fehler gemacht hatte.

»Ihr könnt mich Führer nennen«, sagte er in perfektem Pan-Suaheli. Perfekt, heißt das, bis aufs Gefühl. Seine Stimme war so ausdruckslos wie die einer Maschine.

»Mein richtiger Name läßt sich angesichts der physiologischen Parameter eurer Rasse unmöglich wiedergeben. Die

Hälfte davon wird auf telepathischer Ebene ›ausgesprochen‹. Ich werde für die Dauer eures Aufenthalts bei euch bleiben. Ihr könnt mir Fragen stellen. Ich werde antworten. Jetzt bringe ich euch zunächst zur Erdebene.« Er wandte sich abrupt um, und wir folgten.

Seine Stimme mag ausdruckslos gewesen sein, aber sein Gesicht war es nicht. Das Problem war nur, daß seine Gesichtsausdrücke nicht zu dem paßten, was er sagte, und sein Gesicht von unmenschlicher Beweglichkeit war; ihm zuzuschauen, wenn er lächelte oder die Stirn runzelte, ließ einem selbst das Gesicht schmerzen.

Der Linguist führte uns zu einer Reihe kleiner Fahrzeuge. Schlitten nannte er sie. Sie schienen kaum mehr als seltsam geformte Sitze auf einer Plattform zu sein, die von einer dünnen Schale umgeben wurden. Jeder Schlitten schwebte ungefähr zehn Zentimeter über einer dünnen, in den Boden eingelassenen Metallstange. Als wir einstiegen, schob sich ein durchsichtiges Dach über uns. In einer Tasche an jedem Sitz befanden sich silberne Halsbänder; Führer erläuterte ihre Funktion.

»Konstrukt hat nicht viele Regeln, aber eine Regel, die nie gebrochen wird, ist die des freien Zugangs. jedes Wesen darf jedes Gebiet besuchen; es gibt Luftschleusen, um verschiedene Umwelten voneinander zu trennen, aber jeder darf von einer in die andere überwechseln.

Natürlich sind einige der Umwelten für euch gefährlich oder sogar giftig. Benutzt den Schlüssel am Halsband, bevor ihr durch irgendeine Tür geht. Er verrät euch, ob ihr auf der anderen Seite ungeschützt überleben könnt.«

»Aber er hält einen nicht davon ab, zu gehen?« fragte M'Bisa. »Nicht einmal, wenn die Umgebung einen umbringen wird?«

Führer bedeckte sein Gesicht mit beiden Händen und erzeugte ein pfeifendes Geräusch. »Ein guter Scherz«, sagte er. »Schnallt euch jetzt an.«

Wir warteten ein paar Augenblicke, während die stationäre Andockplattform sich in einer Linie mit einer der Transportröhren ausrichtete, die langsam mit dem Rest Konstrukts vor uns rotierten. Sie verliefen vom Zentrum zum Rand des künstlichen Planeten. Bestimmte davon würden uns zur Erdebene hinunterbringen. Als sie vorbeikam, beschleunigten wir weich sie entlang. Der Andockhafen schrumpfte hinter uns zusammen.

»Wir werden sieben Ebenen passieren, bevor wir eure erreichen«, sagte Führer. »Ihr könnt eure Sitze auf jeden Winkel einstellen, indem ihr den Hebel zu eurer Linken benutzt. Manche Arten finden unsere Beförderungsmethode beunruhigend.«

Da wir uns durch das Halbdunkel bewegten, konnte ich nicht begreifen, was er meinte. Die Transportröhre war groß und stabil, kein Problem also. Dahinter befand sich das freiliegende Gitterwerk des Planeten, massive Träger an manchen Stellen, spinnwebdünne Drähte an anderen. Röhren und Leitungswerk schlängelten sich durch die komplexe Struktur. Ein Großteil Konstrukts bestand aus offenen Räumen wie diesem, einige zur Lagerung, manche angefüllt mit den zum Betrieb des Planeten nötigen Maschinen. Die Wohnsektoren befanden sich tatsächlich nur in einem die Kugel scheibenförmig durchschneidenden Areal am Äquator. Selbst das war nach allen Maßstäben noch riesig.

Voraus konnte ich einen schwachen Lichtkreis sehen, wo die Röhre die Wand durchstieß. Der Kreis wurde größer, zuerst langsam, dann immer schneller. Plötzlich fegte er über uns hinweg, und wir waren hindurch.

Augenblicklicher Schwindel.

Die »Wand«, die wir passiert hatten, war in Wirklichkeit die Decke der ersten bewohnten Ebene. Wir schauten geradewegs hinunter auf den Felsboden mehrere Kilometer unter uns. Ich konnte das Gefühl nicht loswerden, zu fallen. Ohne zu zögern, langte ich nach dem Hebel. Der Sitz schwang herum, so daß seine Rückenlehne zum Boden des Schlittens zeigte und ich durch die Röhre hinaussah. Es war eine echte Verbesserung. Ich bemerkte, daß die anderen das gleiche gemacht hatten, alle außer Führer.

Die Ebene, in der wir uns befanden, war gigantisch. Sie muß gut zwanzig Kilometer vom Himmelsdach bis zum Untergrund des Bodens gemessen haben. Am gegenüberliegenden Horizont konnte ich mit viel Mühe eine andere Röhre ähnlich unserer ausmachen. Der Boden war mit zerklüfteten Felsen übersät, nirgendwo Anzeichen von Gebäuden oder wenigstens nichts, was ich als Gebäude erkannte. Wir waren immer noch ziemlich hoch, aber ich suchte den Boden ab und hielt nach Aliens Ausschau. Ich verpaßte sie fast, als sie kamen. Sie waren in der Luft.

Sie hingen wie schwache Gazevorhänge in der Luft rings um uns, sich in gleichmäßigem Rhythmus ausdehnend und zusammenziehend. Ihre Ränder wirkten verschwommen und undeutlich, und sie bewegten sich mit elegant wogenden Bewegungen. Einer trieb unter uns auf die Röhre zu, preßte sich gegen die transparente Oberfläche. Er breitete seine Ränder aus und umschloß die Röhre vollständig. Einen Augenblick später waren wir an ihm vorbei. Alles, was ich sehen konnte, war ein vorüberhuschender Fleck Pastellfarben. Ich fragte mich, ob er wohl versuchte, uns hallo zu sagen oder uns zu fressen. Es hätte alles sein können.

»Was war das?« fragte Miko.

»Das sind Irrwische von dem als K'allsón bekannten Planeten«, sagte Führer. »Manche behaupten, sie seien große Musikkomponisten, aber meinem Geschmack entspricht es nicht. Ihr würdet nicht imstande sein, es zu hören, da sie auf einer Frequenz miteinander kommunizieren, die weit über jene hinausgeht, die zu empfangen ihr eingerichtet seid.«

Wir näherten uns jetzt dem Boden. Er schien rascher auf uns zuzukommen. Über uns waren die Irrwische von der Röhre weggetrieben und segelten nun wie fragile Pastellwolken über den Himmel. Der Boden sprang uns entgegen, und in Augenblicksschnelle waren wir hindurchgehuscht in die nächste Ebene.

Zuerst war nicht viel zu erkennen, da wir uns in einer dichten Wolkenschicht befanden. Aber die Wolken waren orange, und sie wallten und brodelten wie ein übles Hexengebräu. Es sah ganz so aus, als würden sie auch genauso tödlich sein. Wenigstens für uns Menschen.

Wir brachen durch die Wolken, und eine gelbe kristallinische Welt entfaltete sich unter uns. So weit das Auge reichte, war die Landschaft eine unebene, ausgezackte Masse scharfspitziger Kristalle, die in jede nur vorstellbare Richtung stachen. Manche waren unglaublich massiv; sie ragten ein oder zwei Kilometer in die Luft und verzweigten sich in unmöglichen Richtungen und Winkeln. Es sah aus wie eine komplizierte chemische Lösung, die man zum Trocknen stehengelassen hatte. Der Boden ihrer Welt erinnerte an eine mit schwefligen Kristallrückständen bedeckte Petrischale. Ich konnte keine Aliens entdecken und auch keine Gebäude, um sie zu beherbergen.

»Ihr werdet nicht imstande sein, die Hafter zu sehen«, sagte Führer. Las er meine Gedanken? »Ihre Körperstruktur ist die eines dünnen, flexiblen Films von der gleichen Farbe wie alles andere auf ihrem Planeten. Ihr Leben verbringen sie in Kontemplation. Sie sind exzellente theoretische Mathematiker und beschäftigen sich gelegentlich aus Liebhaberei mit anderen Arten von Philosophie. Sie haben keine Werkzeuge hervorgebracht, aber ihre Denkvorgänge sind recht interessant. Ohne einen Linguisten wäret ihr außerstande, mit ihnen zu kommunizieren. Wie die Dinge liegen, könnt ihr in diesem Gebiet nicht ohne Lebenserhaltungssystem existieren. Die Atmosphäre ist hochgradig ätzend.«

Während der Boden auf uns zusprang, glaubte ich, flüchtig den Anblick einer anderen Farbe zu erhaschen. Sie huschte zu schnell vorbei, als daß ich genauer hätte hinsehen können, aber es schien Grau zu sein. Dann war sie verschwunden, und Dunkelheit hüllte uns ein.

»Die Bewohner dieser Ebene haben sich Ungestörtheit vor zufälligen Beobachtern erbeten. Zu diesem Zweck haben sie die Röhren undurchsichtig gemacht, die durch ihre Domäne verlaufen. Dazu sind sie berechtigt. Aber trotzdem müssen sie allen, die sich die Mühe machen, einzutreten, offenen Zugang gewähren.«

Als nächstes passierten wir ein mit rötlichem Nebel erfülltes Gebiet. Die dort lebenden Aliens sahen aus, als hätten sie ihr Innerstes außen. Übelkeiterregend.

Der nächste Sektor schien eine große Stadt zu sein, oder wenigstens war es das, was ich als seine Funktion vermutete. Sie erstreckte sich über zehn Kilometer, ein ineinander verschachteltes Labyrinth aus Rampen und etwas, das Verbindungsstege zu sein schienen. Was ich für Gebäude hielt, waren große runde, von den Rampen miteinander verbundene Gebilde. Von oben sah sie wie eines dieser Modelle aus, die man benutzt, um Molekularwissenschaft zu lehren. Ich sah nicht, wie die Aliens, die dort wohnten, ausschauten. Vielleicht war das auch ganz gut so; ich war überladen mit Eindrücken, die völlig anders waren als alles, was mir je zuvor begegnet war. Es würde eine Weile dauern, sie alle einzuordnen.

Deswegen war es auch eine Erleichterung, eine weitere undurchsichtige Zone zu passieren. Auf sie folgte eine Wasserwelt, die von Lebensformen jeglicher Art wimmelte, die meisten davon groß, häßlich und voller Zähne.

Dann erreichten wir die Erde, eine Erde, die vielleicht seit Hunderten von Jahren so nicht mehr existierte. Das erste, was mich traf, als ich vom Dach des Himmels nach unten spähte, war, wie ruhig und friedlich alles aussah. Grün war die vorherrschende Farbe, von den Wäldern bis zu den Feldern. Ein Fluß stürzte in Kaskaden von den fernen Hügeln zu einem zentralen Tal unter uns herab. Wo die Röhre im Boden verschwand, befand sich eine kleine Stadt, modern und sauber. Mir schwindelte bei dem Gedanken, was dieser Sektor von der Energie her kostete. Multiplizieren Sie das mit den anderen Habitaten in Konstrukt, und Sie haben eine Vorstellung von den damit verbundenen gewaltigen Kosten.

Wir kamen glatt und geräuschlos an einer Ladeplattform zum Stehen. Irgendwie verspürte ich ein Gefühl der Erleichterung, beinahe ein Gefühl, daheim zu sein, obwohl diese imitierte Erde nicht die geringste Ähnlichkeit mit Springworld hatte. Was vertraut war, waren Form und Funktion. Alles war nach menschlichen Maßstäben und menschlichen Bedürfnissen gebaut. Ich vermochte zu erkennen, wofür beinahe alles da war, anders als bei diesen unirdischen Welten, wo ich nur raten konnte.

Wir verließen die Röhre und versammelten uns in einem großen Raum mit Aussicht auf das Ladedock. Andere Gruppen von *Starschool* kamen jetzt an, jede mit einem Linguisten als Begleiter. Von dort nahmen wir einen Lift zur obersten Ebene des Gebäudes, wo sich die Schlafräume befanden. Das Zimmer, das man uns gab, wirkte komfortabel, geräumig im Vergleich zu dem, was wir auf dem Schiff gewöhnt waren, mit einem eindrucksvollen Blick auf die Stadt und die Röhre, mit den Feldern und Wäldern dahinter. So viel Grün!

»Es steht euch frei, während eures Aufenthaltes hier zu kommen und zu gehen, wie es euch beliebt«, sagte Führer. »Es gibt keine Einschränkungen außer jenen, die ihr euch selbst aufzuerlegen beschließt.«

»Wie kommen wir herum?« fragte Miko, ängstlich bedacht wie immer.

»Alles auf Konstrukt steht zu eurer Verfügung. Das gilt für alle Wesen auf diesem Planeten, ungeachtet ihrer Absichten.«

Ich wartete darauf, daß er das erklärte, aber er tat es nicht. »Benutzen wir die Schlitten?« fragte ich.

»Das könnt ihr«, sagte er. »Wenn ihr es wünscht.«

»Fährst du uns umher?«

»Wenn ihr es wünscht.«

Er gab uns keine direkten Antworten. Ich dachte an etwas anderes.

»Können wir selber fahren?« fragte ich.

»Wenn ihr es wünscht.« Ich fühlte mich, als sei ich in einer Computerschleife gefangen.

»Wie bedienen wir die Schlitten?« fragte ich. Mir kam es wie eine ziemlich direkte Frage vor.

»Wie alle anderen«, sagte er und beließ es dabei. Ich begann zu verstehen, warum die Menschen so viele Jahre hier gewesen sein und immer noch nicht viel über die Linguisten wissen konnten.

»Es ist günstig, kleine Gruppen zu bilden, um so viel wie möglich kennenzulernen«, fuhr Führer fort. »Eure Zeit hier ist begrenzt, und ihr solltet sie im bestmöglichen Maße nutzen. Eindrücke lassen sich teilen, aber Zeit kann man nicht ausdehnen.«

Wir sprachen das durch und entschieden, daß es eine gute Idee sein würde, uns zu trennen. Pancho ging mit mir, B'oosa und Alegria würden zusammen gehen und Führer mit dem Dekan und Miko. Miko schien beeindruckt zu sein, daß der Dekan beschlossen hatte, bei uns zu bleiben, aber ich war ein bißchen verärgert. Es sah aus, als würde er uns genau im Auge behalten.

Ich fühlte mich ein bißchen alt, um meinen eigenen persönlichen Babysitter mit mir herumzuschleppen.

III

Pancho und ich fingen damit an, den Erdsektor zu erkunden. Obwohl die Stadt ziemlich klein war, sah sie doch so aus, als könnte sie mühelos die fünf- oder sechsfache Zahl der jetzt hier stationierten Leute beherbergen. Jeder wollte sich mit uns unterhalten, den neuesten Klatsch von der Erde und den anderen Planeten hören. Ich hatte außerhalb der Stadionmauern nicht viel von der Erde gesehen, aber das schien nicht viel auszumachen. Ich glaube, sie waren einfach froh, ein paar neue Gesichter zu sehen.

Wir saßen mit Carlos, einem Ingenieur von der Erde, auf einer Veranda, die hinausging auf den Fluß. Er war seit zwei Jahren auf Konstrukt. Die Aussicht war phantastisch.

»Wie kommen wir eigentlich in die anderen Sektoren?« fragte ich. Wir holten ihn ebensosehr nach Informationen aus wie er uns.

»Hat man euch Jungs denn gar nichts erklärt?« Er wirkte amüsiert.

»Unser Linguist war nicht gerade das, was man einen Born an Fakten nennen würde«, meinte Pancho.

»Das macht es verständlich«, sagte Carlos. »Ich hätte es mir denken sollen. Das meiste von dem, was ich hier so erfahren habe, ist von anderen Leuten gekommen. Schwierig, überhaupt etwas aus einem dieser Linguisten herauszubekommen.«

Ich nickte. Das war zweifellos eine Untertreibung.

»Ihr benutzt die Schlitten«, sagte Carlos, indem er sich zurücklehnte und die Füße auf den Tisch zwischen uns legte. »Steckt einfach euren Schlüssel in den Schlitz an der Vorderseite des Schlittens. Das aktiviert ihn und programmiert die richtige Atmosphäre. Der einzelne Schalthebel neben dem Vordersitz ist die Steuerung. Zum Losfahren schiebt ihr ihn nach vorne, zum Anhalten zieht ihr ihn zurück. Ganz einfach.«

»Was ist das für ein Schlüssel, und wo kriegen wir einen?« fragte Pancho.

Carlos schüttelte nur den Kopf und tippte das schlanke Metallrechteck an, das von seinem Halsband baumelte. »Schlüssel«, sagte er. Pancho und ich trugen beide einen.

»Das haben sie uns nicht gesagt«, meinte ich.

»Hätte ich auch nicht von ihnen erwartet«, räumte Carlos ein. »Wie ich es mir zusammenreime, sollt ihr herumkramen und alles auf die harte Tour herausfinden. So war es bei uns allen.«

»Wir haben nicht viel Zeit«, sagte Pancho.

»Ich kann euch ein bißchen helfen, aber nicht besonders viel. Konstrukt hält mehr Fragen als Antworten bereit. Hat euer Linguist euch *irgend etwas* hinsichtlich der Halsbänder erklärt?«

»Nicht viel«, sagte ich. »Nur, daß man sie zum Prüfen gebraucht, bevor man eine Ebene betritt.«

»Das ist nur einer ihrer Verwendungszwecke; ein anderer ist, die Schlitten in Gang zu setzen. Der Schlüssel ist auch eine Art Kommunikationsgerät. Er verbindet euch mit eurem Linguisten, wenn euer Linguist zufällig in der Nähe ist. Sonst ist er eine Art einfacher Computer. Ihr könnt ihm Fragen stellen, und er wird sie so gut wie möglich beantworten. Allerdings sind sie ein bißchen beschränkt. Ich würde nicht –«

Er wurde durch die Ankunft eines Aliens unterbrochen – ein gedrungenes, vielarmiges Wesen, das mit losen Falten braunweiß gefleckter Haut bedeckt war. Carlos schien sich zu freuen, es zu sehen, und während sich das Wesen in einem Sessel niederließ, stellte er uns vor.

Der Name des Außerirdischen war in etwa Einer-Der-Sucht-Und-Findet. Er stammte vom Planeten Savrot und bewohnte einen Sektor auf der Ein-G-Ebene, der an den der Erde angrenzte. Er war seit fünfzig Erdenjahren auf Konstrukt – nach savrotischen Maßstäben eine kurze Zeit – und sprach ein passables Pan-Suaheli, auch wenn seine Stimme rauh und hohl war, wie die eines Hundes, der bellte.

»Wir wissen mehr über Sucht/Findets Kultur als über jede andere hier«, sagte Carlos. »Unsere Atmosphären sind sich ziemlich ähnlich, was eine ganze Menge hilft.«

»Außerdem betrachten wir einander nicht als potentielle Nahrung«, ergänzte Sucht/Findet. »Das hilft auch.« Er erzeugte ein Geräusch wie ein langgezogenes Knurren. Ich nahm es als Ausdruck von Humor, da Carlos lachte.

»Was können wir für dich tun, Sucht/Findet?« fragte Carlos. »Ich kenne dich zu gut, um zu glauben, daß du nur aus Freude an meiner Gesellschaft herübergekommen bist.«

»Ich suche, und ich habe gefunden. Wir hörten von den Studenten und sind neugierig. Könnt ihr uns ein paar leihen?«

»Studenten gehören nicht zu den Dingen, die wir verleihen«, sagte Carlos. »Sie können mit dir gehen, wenn sie möchten.«

Der Alien wandte sich an uns. »Werdet ihr mit mir gehen?« fragte er. »Wir interessieren uns für Studenten.«

Ich sah Pancho an. Schien ein ebenso guter Anfang wie jeder andere Ort. »Klar«, sagte ich.

Wir begaben uns hinunter zum Ladedock und nahmen den ersten Schlitten in der Reihe. Sucht/Findet zeigte uns, wie man sie aktivierte. Es war wirklich nicht viel dabei. Als der Schlitten bereit war, schnellte das Dach auf, und wir kletterten hinein. Da Sucht/Findet meinen Schlüssel benutzt hatte – was von seiner Seite aus eine Frage der Höflichkeit zu sein schien –, war die Atmosphäre Erd-normal.

»Wir nehmen eine Traversalbahn«, sagte er, indem er den Schlitten in Bewegung setzte. »Sie verlaufen unter jeder Ebene und haben Anschluß an die Vertikalröhren.«

Nachdem wir einmal das Ladedock verlassen hatten, gab es nicht mehr viel zu sehen, bloß eine Menge Metallstreben und -träger. Röhren, Kabelkanäle und Leitungen liefen in jede Richtung. Es war, als befände man sich im Inneren einer riesigen, komplizierten Maschine. Ich mußte mich echt konzentrieren, um mir klarzumachen, daß der Boden der Erde ganz knapp über meinem Kopf war und der Himmel von jemand anderem direkt unter uns. Bald wurde das Licht heller, und wir kamen in ein anderes Ladeareal. Eine vertikale Röhre verlief in rechten Winkeln zu unserer Bahn. Das Ladeareal war anders, viel einfacher als das im Erdsektor. Wir stiegen aus dem Schlitten und machten uns auf in Richtung Eingang, eine Luftschleusenanordnung, die sich nicht sehr von denen unterschied, an die ich gewöhnt war. Wir wollten Sucht/Findet hindurch folgen, aber er hielt uns auf.

»Auch wenn diese Ebene sicher für euch ist, ist es gut, sich anzugewöhnen, euren Schlüssel einzustecken, bevor ihr irgendwo eintretet.« Er zeigte uns den Schlitz.

Ich steckte meinen Schlüssel hinein, und als ich ihn zurückzog, blinkte er grün. Als er mich dann noch ansprach, war ich so überrascht, daß ich ihn beinahe fallen gelassen hätte.

»Die körperlichen Besonderheiten Ihrer Gattung erlauben Ihnen, sich ohne irreversible Schäden unbeschränkte Zeit in diesem Sektor aufzuhalten.« Er sprach ein klareres Pan-Suaheli als Sucht/Findet.

Ich grinste einfältig Pancho an, der seinen Schlüssel nach mir hineinsteckte. Er sah so überlegen und selbstgefällig aus, als der Schlüssel ihn anredete – als hätte er die ganze Zeit erwartet, daß er das tun würde –, daß ich beinahe in Gelächter ausgebrochen wäre. Wir folgten Sucht/Findet durch die Luftschleuse und in seinen Sektor.

Ich weiß nicht, was ich im savrotischen Sektor zu finden erwartet hatte; eine Stadt vielleicht, eine Siedlung. Ich hatte versucht, in dieser Hinsicht so vorurteilsfrei wie möglich zu bleiben. Aber nichts bereitete mich auf das vor, in das wir hineinmarschierten.

Es war ein dampfender Dschungel, heiß und feucht, mit einer dichten Atmosphäre, die so roch wie der Abfall von gestern. Ich fing sofort an zu schwitzen. Es gab überhaupt keine Anzeichen von Zivilisation, nur Pflanzen und Bäume. Eine Menge davon, alle merkwürdig geformt. Sie umgaben vollständig die kleine Lichtung, auf der wir nun standen, so dicht miteinander verflochten, daß sie eine solide Mauer zu sein schienen.

»Willkommen auf Savrot«, sagte Sucht/Findet. »Das hier ist nicht ganz genau so wie unser Heimatplanet, aber eine sehr gute Näherung.«

»Es sieht ... äh ... nett aus«, sagte Pancho, offenbar eher genau gegenteiliger Meinung. Ich hätte zu gerne gewußt, ob Savrotier menschliche Gesichtsausdrücke lesen konnten.

»Wir finden es anheimelnd«, sagte Sucht/Findet. »Wenn ihr so freundlich sein wollt, mir zu folgen.« Indem er sich seiner vielen Arme bediente, hüpfte er mit affenartiger Geschwindigkeit in einen Baum und verschwand in der dichten Vegetation.

»Wie gut bist du im Bäumeklettern?« fragte ich Pancho.

»Ich denke, das werden wir bald herausfinden«, meinte er, während er zum nächsten Baum trat. Seine Rinde war glatt, nicht viel zum Dranfesthalten. »Gib mir 'nen Schubs, ja?« sagte er.

Als er auf meinen Schultern stand, konnte er gerade eben den niedrigsten Ast erreichen. Mit einer Menge Gestrampel zog er sich hoch. Ungefähr da tauchte Sucht/Findet wieder auf und warf eine Ranke zu mir herunter.

»Bitte vielmals um Entschuldigung«, sagte er, während ich hinaufkletterte. »Ich hatte vergessen, daß ihr nicht an unsere Wege gewöhnt seid.« Wir bewegten uns unbeholfen balancierend auf miteinander verbundenen Baumästen in den Dschungel hinein. Es war, als seien wir in einer anderen Welt.

»Daheim haben wir es in den Bäumen bequemer«, erläuterte Sucht/Findet. »Bitte berücksichtigt das.«

Ich konnte sehen, was er meinte. Die Baumäste bildeten ein riesiges Labyrinth über dem Boden. Es war nicht sehr schwierig, überall hinzukommen, vorausgesetzt, man hatte jede Menge Arme, um sich festzuhalten. Sucht/Findet bewegte sich mühelos, ja anmutig, die Arme in ständiger Bewegung.

Unter uns der Dschungelboden war eine verschlungene Masse gefährlich aussehender Pflanzen. Alles schien mit einer Kollektion von Dornen und Stacheln übersät zu sein. Überall standen nadelscharfe Spitzen in die Höhe. Kein Wunder, daß sie in den Bäumen blieben!

Etwas in den Dornensträuchern zog meine Aufmerksamkeit auf sich. Es war grau, halb verborgen im Unterholz. Ich blieb stehen, versuchte, im trüben Licht einen besseren Blick zu erhaschen. Während ich hinsah, bewegte es sich.

»Was ist das?« fragte ich. »Es sieht gefährlich aus.«

Sucht/Findet hielt an, an drei Armen von einem stabilen Ast baumelnd.

»Auf unserem Planeten gibt es nichts Gefährliches«, sagte er. »Was siehst du denn?«

Ich zeigte ihm das Wesen. Es war jetzt ins Gesichtsfeld getreten. Es hatte eine harte, chitinöse Schale und mehrere komplizierte Arme mit multiplen Gelenken, von denen einige wie Klauen spitz zuliefen. Wenn es nicht gefährlich war, wollte ich ganz bestimmt nicht etwas begegnen, das es war. Mehrere Knollen, die ich für Augen hielt, spähten unter gepanzerten Vorsprüngen in seinem Rückenschild hervor.

»Wir nennen sie Hartschalen«, sagte Sucht/Findet. »Sie leben auf einer anderen Ebene. Euer Freund Carlos-Von-Der-Erde nennt sie Hummer. Nur die Linguisten können das aussprechen, was man für ihren wirklichen Namen hält. Er umfaßt das Klacken von Beißkiefern und ist äußerst schwierig hervorzubringen. Man weiß nichts über sie.«

»Überhaupt nichts?« fragte Pancho.

»Nichts. Sie kommunizieren nicht, jedenfalls nicht auf eine Art, die man festgestellt hätte. Sie scheinen sich damit zu begnügen, dazusitzen und zu beobachten. Jede Ebene hat einen oder mehrere von ihnen. Sie tun nichts. Sie sagen nichts. Es ist nichts über sie bekannt, außer daß sie körperlich sehr schwach sind. Sie werden leicht durch herabfallende Äste bewegungsunfähig gemacht oder fangen sich im Gewirr unserer Pflanzen. Wie sie unter so vielen verschiedenartigen Bedingungen auf all den Ebenen existieren, ist unbekannt. Man hat sie nie essen gesehen. Die hier ist seit zehn eurer Jahre auf dieser Ebene.«

»Mir kommt eine Gänsehaut, wenn ich sie nur sehe«, sagte Pancho.

»Was ist eine Gänsehaut?« fragte Sucht/Findet. »Das ist ein Wort, das ich nicht kenne.«

»Gänsehaut. Frösteln. Sie machen mir Angst.«

Sucht/Findet ließ wieder sein albernes Knurren ertönen. Anscheinend fand er etwas Komisches daran.

»Ihr Menschen habt seltsame Worte und Konzepte. Um Angst zu haben, muß man sich vor etwas fürchten. Sich vor etwas zu fürchten, setzt das voraus, was ihr als ›Konflikt‹ oder ›Kampf‹ bezeichnet. Ein schrecklich verwirrendes Konzept. Wir haben kein Auffassungsvermögen dafür.«

»Ich dachte, Konflikte seien etwas ganz Grundlegendes«, sagte Pancho.

»Vielleicht sind sie das für euch Menschen, aber nicht für alle Rassen. Wir haben auf Savrot keine ›Feinde‹. Wir sind Vegetarier: unsere gesamte Nahrung stammt von den Bäumen. Wir haben nie das erlebt, was ihr als ›Widerstand‹ bezeichnen würdet, daher kennen wir keinen ›Kampf‹. Ich hoffe, ich habe diese Worte richtig gebraucht. Ihre Definitionen sind mir nicht klar.«

»Ich bin nicht sicher, daß sie irgendeinem von uns klar sind«, sagte ich und dachte an die vielen Male in meinem Leben, bei denen Feinde zu Freunden und Freunde zu Feinden geworden waren. Ganz zu schweigen von den ganzen Malen, wo Kampf und Konflikt nur in meinem Kopf existiert hatten.

Sucht/Findet sah uns einen Augenblick lang an. Ich versuchte, seinen Gesichtsausdruck zu deuten, und schaffte es nicht. Trotz seines Geschicks im Umgang mit unserer Sprache war sehr wenig Menschliches an diesem Wesen.

»Von hier aus setzen wir unseren Weg in Aufwärtsrichtung fort«, sagte er und zog sich nach oben.

Tatsächlich war es nicht schwieriger, sich aufwärts zu bewegen, als sich seitwärts zu bewegen. Immer waren wir von den sich verzweigenden Baumästen umgeben. Alles, was wir benötigten, waren ein paar Extraarme. Ein Schwanz hätte auch nichts geschadet. Der Boden blieb tief unter uns zurück. Der ragende Dschungel schien kein Ende zu haben.

Ich hielt nicht nach, wie weit wir kletterten. Meine Muskeln schmerzten, und ich konnte mir vorstellen, wie sich Pancho mit seinen kürzeren Armen und Beinen vorkommen mußte. Aber er beklagte sich nicht. Er war vermutlich so neugierig wie ich, vielleicht sogar noch mehr. Sich an die Luft zu gewöhnen, war eine ganz andere Angelegenheit. Sie roch *immer noch* wie verrottender Abfall.

»Wir sind beinahe da«, sagte Sucht/Findet von fünf oder

sechs Metern über uns. Als ich zu ihm aufschaute, konnte ich die Unterseite einer großen Plattform erkennen. Sie schien aus zusammengebundenen Baumästen zu bestehen. Primitiv, aber zuverlässig. Wir brauchten nicht lange, um hinzugelangen.

Ich war überrascht, wie groß die Plattform tatsächlich war. Ihre Begrenzung verlor sich in den verzweigten Baumästen, aber der Teil, den ich sehen konnte, als wir sie erreichten, bedeckte ein Gebiet von mehr als der doppelten Größe der Turnhalle von *Starschool*.

Aus größerer Nähe war sie sogar noch primitiver, als ich es mir vorgestellt hatte. Nirgendwo war etwas Metallisches zu erblicken; alles bestand aus der einen oder anderen Art von Holz. Ranken banden merkwürdig geformte Tische und Stühle zusammen, bildeten dünne Querwände, um Räume abzuteilen. Ein Dach gab es nicht. Mehrere Savrotier warteten schon auf uns. Sucht/Findet ging zu ihnen hinüber und sprach schnell auf sie ein. Dann kam er zurück zu uns.

»Das sind Älteste. Die meisten von ihnen sind zugleich Lehrer. Obwohl meine Aufgabe beendet ist – ich habe euch gesucht, und ich habe euch gefunden –, werde ich hierbleiben, um zu übersetzen. Die Ältesten haben nicht viel Kontakt mit Menschen und sind mit eurer Sprache nicht vertraut.« Mehrere der Savrotier begannen auf einmal zu sprechen, ein unverständliches Geplapper von Tönen. Sucht/Findet legte den Kopf schräg, eine bemerkenswert menschliche Geste. »Sie haben viele Fragen«, sagte Sucht/Findet. »Ich bin mir sicher, daß ihr auch einige habt. Wir werden versuchen, den Informationsaustausch ausgeglichen zu halten.«

Ich *hatte* eine Menge Fragen, und ich bin sicher, daß das auch für Pancho galt, aber zuerst erhielten wir keine Gelegenheit, sie zu stellen.

»Da sie Lehrer sind und ihr Studenten seid, sind sie naturgemäß neugierig auf euch. Sie möchten wissen, wann ihr euch *verwandelt*.«

»Verwandelt?« fragte Pancho.

»Wann hört ihr auf, Studenten zu sein, und *verwandelt* euch in etwas anderes? Sie hoffen, daß das bald der Fall sein wird. Sie würden gerne zusehen.«

»Ich glaube nicht, daß wir jemals wirklich aufhören werden, Studenten zu sein«, sagte Pancho.

»Ich verstehe nicht«, sagte Sucht/Findet. »Das Konzept eines immerwährenden Studenten ist ein Widerspruch in sich.«

»Ich glaube, was Pancho meint, ist, daß wir nie aufhören werden zu lernen.«

»Aber was hat das damit zu tun, ein Student zu sein? Bestimmt müßt ihr doch die *Verwandlung* mitmachen.«

»Ich verstehe nicht, was du mit Verwandlung meinst«, sagte ich. »Und ich glaube nicht, daß du weißt, was Studenten sind.«

»Ich weiß, was Studenten sind«, sagte Sucht/Findet. »Ich war selbst einmal ein Student, auch wenn ich mich natürlich nicht mehr an diese Zeit meines Lebens erinnere. Ich könnte kein Sucher sein, wenn ich nicht zuerst ein Student gewesen wäre.«

»Vielleicht sollten wir uns mal mit einem Studenten unterhalten«, sagte Pancho.

Sucht/Findet lachte sein Knurrlachen und übersetzte für die anderen Aliens. Bald waren alle am Lachen – außer Pancho und mir. Er zuckte die Achseln, genauso verwirrt wie ich. Es klang wie Fütterungszeit im Hundezwinger.

»Wir werden euch zu unseren Studenten bringen«,sagte Sucht/Findet und führte uns über die Plattform. »Ihr könnt euch mit ihnen unterhalten, wenn ihr möchtet.« Er lachte wieder.

Wir betraten einen großen, von Ranken abgeteilten Raum. Es waren keine Außerirdischen in Sicht, nur eine Traube großer Lederkoffer, die von den überhängenden Ästen herabbaumelten. Einer der Koffer bewegte sich. Dann noch einer. Sie wirkten beinahe lebendig.

»Da sind unsere Studenten«, sagte Sucht/Findet.

»Studenten?«

»Ja. Jene-Die-Lernen. Studenten. Es ist ein Stadium unseres Lebens, genau wie es ein Stadium in eurem Leben ist. Wir müssen Studenten sein, um zu lernen. Dann *verwandeln* wir uns und nehmen unsere Arbeit/Namen an.«

Einer der anderen Aliens ging zu einem der aufgehängten

Koffer. Ich vermute, daß es Kokons gewesen sein könnten. Er knurrte, und Sucht/Findet übersetzte.

»Er wird euch das *Belehren* zeigen und die Lieder des Wissens singen. Vielleicht wird das eine *Verwandlung* auslösen. Dieser Student ist beinahe bereit.«

Der Alien näherte sich dem Kokon und breitete seine faltige Haut aus. Auf der Unterseite der Hautfalten waren Tausende von kleinen Scheiben wie Saugnäpfe. In der Mitte einer jeden Scheibe befand sich ein winziger Stachel. Der Alien schlang sich um den Kokon und verband sich damit. Dann begann er eine rhythmische Serie von Grunz- und Knurrlauten in einer tiefen, sanften Stimme.

»Er singt für den Studenten, um ihn zu *lehren*, was er als Erwachsener wissen muß. Er wird ein Baumeister/Sammler sein, geschickt in Holzbearbeitung und Nahrungssuche. Der Student singt zurück, während er lernt, aber das läßt sich nur als Vibrationen durch den Wachstumssack spüren. Der Lehrer spritzt auch Nährstoffe und eine Flüssigkeit, die hilft, Wissen zu übermitteln, in den Wachstumssack.«

Das ›Lied‹ wurde lauter und lauter. Die Tonhöhe nahm zu, bis es mir in den Ohren wehtat. Klang eher wie ein winselndes Tier als wie irgendeine Art von Sprache. Der Kokon ringelte sich jetzt umher, sich an dem Strang drehend, an dem er von dem Ast herabhing.

»Das Glück ist mit euch«, sagte Sucht/Findet. »Ihr werdet gleich eine *Verwandlung* miterleben.«

Plötzlich platzte der Kokon auf und vergoß eine grünliche Flüssigkeit auf den Fußboden. Eine bleiche weiße Masse glitt auf den Boden. Ich brauchte einen Augenblick, um zu begreifen, daß es ein teilweise entwickelter Savrotier war.

»Er hat sich *verwandelt*, jetzt kann er wachsen«, sagte Sucht/Findet, während zwei Außerirdische das kleine nasse Bündel davontrugen.

Einer der Lehrer kam auf mich zu und breitete dabei die Falten auf seiner Haut aus. Ich erhaschte einen guten Blick auf die Saugnapfdinger mit den scharfen Spitzen innendrin. Zu gut. Sie sahen gefährlich aus. Ich wich zurück.

»Er würde dich gerne *lehren*«, sagte Sucht/Findet. »Das wird als große Ehre betrachtet. Wenn möglich, möchte er eine *Verwandlung* in dir bewirken, die wir beobachten können.«

Ich mußte schnell und viel reden, um da wieder herauszukommen. Schließlich überzeugte ich sie alle, daß ihre Studenten sich halt doch erheblich von unseren Studenten unterschieden. Nachdem ich ihnen das einmal klargemacht hatte, verloren ihre Lehrer das Interesse an uns. Sucht/Findet entschuldigte sich für ihren Mangel an Interesse, aber nicht für das Problem hinsichtlich der Definition von Student. Ich konnte das Gefühl nicht loswerden, daß er immer noch nicht begriff und irgendwie enttäuscht war, daß er nicht miterleben konnte, wie wir uns *verwandelten*.

Während er uns zurück durch die Bäume geleitete, erklärte er ein wenig über ihren Heimatplaneten. Sie hatten keine Feinde, und Nahrung war im Überfluß vorhanden und leicht zu beschaffen. Das Wetter auf Savrot war bemerkenswert konstant – immer warm und windstill. Folglich hatten sie sich nie sehr weit in Richtung einer technologischen Gesellschaft entwickelt. Wieso auch? Alles auf ihrem Planeten wartete nur darauf, genommen zu werden. Wettbewerb in jeder Form war unbekannt. Sie hatten nicht den nötigen Hintergrund, um die Konzepte von Krieg und Kampf zu verstehen.

Ich persönlich fand, daß sie sich auch unter ›Student‹ nicht besonders viel vorstellen konnten.

Während wir uns in Richtung Ausgang bewegten, erhaschte ich einen Blick von dem Hummer im Unterholz. Zehn Jahre an einer Stelle kamen mir wie eine lange Zeit vor, aber ich hatte keine Ahnung, wie groß ihre Lebenserwartung sein mochte. Ich hätte schwören können, daß er uns beobachtete.

Als wir an der Luftschleuse ankamen, zeigte Sucht/Findet uns, wie man einen Schlitten rief, indem man den Schlüssel benutzte. Wir verabschiedeten uns, und als ein Schlitten kam, stiegen wir ein.

Als erstes nahm ich mehrere Atemzüge von der sauberen Luft. Nach der übelriechenden Atmosphäre im savrotischen Sektor war es ein reines Vergnügen, einfach nur wieder zu atmen.

»Das war knapp, Amigo mio«, sagte Pancho, während wir

uns anschnallten. »Ich dachte schon, du hättest da drinnen Aussichten auf eine schnelle Graduierung.«

»Es war nur ein Mißverständnis«, sagte ich und fühlte mich ein bißchen verlegen angesichts der ganzen Angelegenheit.

»Ein solches Mißverständnis kann einen umbringen«, sagte Pancho.

»Wo fahren wir als nächstes hin?« fragte ich, bestrebt, das Thema zu wechseln.

Pancho sah auf seine Digital. Uns blieben noch ein paar Stunden, bis wir wieder im Schlafraum zurückerwartet wurden. »Schauen wir uns einfach ein bißchen um«, schlug er vor.

»Mir recht.« Ich veränderte die Stellung des Hebels neben mir, und wir setzten uns in Bewegung.

Die ersten beiden Stellen, an denen wir anhielten, waren eine Enttäuschung. Der Schlüssel informierte uns salopp, daß wir sofortige irreparable körperliche Schäden erleiden würden, wenn wir einträten. Er versuchte aber nicht, uns aufzuhalten.

Wir streiften umher und fanden endlich einen vielversprechenden Sektor auf der 0,8 G-Ebene. Der Schlüssel teilte uns mit, daß wir eine Woche lang würden bleiben können, ohne Schaden zu nehmen. Wirkte wie ein guter, sicherer Tip. Gemeinsam traten wir in die Luftschleuse.

Noch bevor die innere Tür sich öffnete, hatte ich die unangenehme Empfindung, daß etwas falsch war. Es war aber nur ein vages Gefühl, nichts, worauf ich den Finger legen konnte. Die innere Tür schwang auf, und wir traten ein. Das unwohle Gefühl verstärkte sich.

Vor uns lag eine öde Landschaft. Die Erde war unfruchtbar und ausgedörrt, hier und da bedeckt mit Büscheln toten Grases. Knorrige Bäume hoben sich als scharfe Umrisse gegen den bleichen, wolkenlosen Himmel ab. Alles wirkte abgerissen, alt, sterbend. Es waren keine Außerirdischen in Sicht.

Diese Welt war deprimierend, nicht nur von einem menschlichen Standpunkt aus, sondern aus jeder Sicht, die ich mir vorstellen konnte. Sie kündete von Tod, von Schmerz, von Verlust. Sie kündete von einstmals großen Dingen, die jetzt für immer vergangen waren. Leben wurde zu Tod, Schönheit zu

Chaos. Es führte alles hierhin, in eine mit Narben gezeichnete Welt unendlicher Traurigkeit und zerbrochener Träume.

Ich unterdrückte ein Schluchzen: so sehr berührte es mich. Ich konnte die Verheißung *spüren*, die dieses Land einmal besessen hatte und die jetzt für alle Ewigkeit dahin war. Ich stand am Rande einer toten und sterbenden Rasse, und es erfüllte mich mit Trauer.

Ein Lied kam mir in den Sinn, ein Lied ohne Worte, ein Lied ohne Musik. Es sang den Ruhm einer Rasse, die viel älter war als die Menschheit. Eine volkreiche, weit ausgedehnte Rasse, die mehr Sternensysteme erreicht hatte, als es Menschen auf Springworld gab. Sie hatten ihre Äonen der Herrlichkeit gehabt, Jahrhunderte goldenen Lebens. Jetzt war es vorüber, ein bloßes Aufflackern im endlosen Bau der Zeit, kaum bemerkt, kaum erinnert. Ihre Träume waren im Winde verstreuter Staub.

Ich dachte an die Menschheit, als das Lied der Vergeblichkeit meinen Geist erfüllte. War es immer so? Ging es immer zugrunde und fiel?

Die Antwort kam: *Ja*.

Träume, denen übel mitgespielt worden war, zugrunde gegangene Hoffnungen. Alles Staub und Asche.

Ich wandte mich zu Pancho um. Er schluchzte ungehemmt, während Tränen seine Wangen hinunterliefen. Auch er hörte das Lied.

Es ist das einzige Lied, das es gibt.

Ich wischte mir die Tränen aus den Augen, versuchte zu sprechen. Die Worte blieben mir in der Kehle stecken. Ich packte Pancho, stieß ihn zurück zur Luftschleuse. Er protestierte nicht. Er war weit darüber hinaus. Es kostete meinen ganzen Willen, einfach nur den Schlüssel in die Tür zu stekken. Ich war zerrissen, angezogen vom Lied unentrinnbaren Todes.

Es griff nach dem Stoff meiner Seele selbst, lockte mich, versuchte mich zu zerstören. Die Tür glitt auf. Mit einem letzten verzweifelten Schritt trat ich hinein, Pancho hinter mir herschleifend.

Die Tür glitt zu, und das Lied verstummte. Doch obwohl das

Lied nicht länger gesungen wurde, hallte es immer noch mit unglaublicher Intensität in meinem Geist wider. Pancho setzte sich einfach auf den Boden, Verzweiflung in den Augen. Wir saßen einen Augenblick lang da wie in Schalen, betäubt von dem, was wir erlebt hatten, unsere Gefühle dicht um uns wikkelnd. Der Schlitten war immer noch da.

Wir bestiegen ihn schweigend und fuhren zurück zum Schlafraum, ohne ein Wort zu sprechen.

Alegrias Aufregung half, die überwältigende Verzweiflung zu vertreiben, die Pancho und ich fühlten. Sie und B'oosa waren in einem Sektor gewesen, der von schmetterlingsähnlichen Geschöpfen mit Stimmen bewohnt wurde, die wie Glocken klingelten oder wie Glockenspiele läuteten, je nach Sprecher und Gefühl. Ihre Welt war leicht und luftig, ihre Struktur unglaublich zerbrechlich aussehend und doch fester als Permastahl. Sogar B'oosa hatte seine reservierte Haltung fallengelassen. Es hatte ihn sichtlich beeindruckt.

Pancho und ich fragten Führer über den zweiten Sektor aus, den wir besucht hatten, den, der uns so aus dem Gleichgewicht gebracht hatte.

»Das ist das Reich des Talubar. Hat euch euer Aufenthalt dort gefallen?«

»Nein«, sagte ich. »Es war deprimierend. Beängstigend.« Ich erklärte den anderen, was wir gesehen hatten, wie es uns mitgenommen hatte.

»Das ist die Reaktion, die die meisten Lebensformen in diesem Sektor zeigen«, sagte Führer. »Er wird von einem einzelnen Talubar bewohnt, dem letzten Vertreter seiner Rasse. Ein Lebenserhaltungssystem hält seine Existenz in einer solchen Weise aufrecht, daß er wahrscheinlich noch mehrere Jahrhunderte lang nicht sterben wird. Er neigt dazu, recht melancholisch zu sein. Das wird durch die Tatsache verschlimmert, daß er ein ausstrahlender Empath ist. Viele Besucher auf dieser Ebene haben Selbstmord begangen.« Er bedeckte sein Gesicht und pfiff wieder. »Sie sind sehr lächerlich, wenn sie wie die Tiere handeln.«

»Mir kam es alles andere als lächerlich vor«, sagte ich. »Es war eine überwältigende Erfahrung.«

»Euch Menschen fehlt ein fein ausgebildeter Sinn für Humor. Aber macht euch nichts daraus, das ist typisch für die jüngeren, primitiveren Rassen.«

Ich hatte ein paar Fragen über eine Rasse, die angesichts von Tod und Traurigkeit kichert, aber ich behielt sie für mich. Miko fing an, von einem Ort zu erzählen, wo er gewesen war, eine kalte Welt aus Eis und Schneematsch. Er berichtete uns gerade von den Wesen, die dort lebten, als mir plötzlich etwas auffiel.

Dekan M'Bisa fehlte!

Miko redete so, als seien er und Führer die ganze Zeit allein gewesen. Ich wußte mit Sicherheit, daß der Dekan mit ihnen gefahren war. Ich unterbrach Miko bei der ersten Gelegenheit, die sich mir bot.

»Wo ist der Dekan, Miko?« fragte ich. »Ist er nicht mit dir zurückgekommen?«

Miko sah mich mit einem seltsamen Ausdruck auf dem Gesicht an. »Er ist nicht mit mir zurückgekommen, ich dachte, er sei mit euch gefahren.«

Ich blickte Pancho an. Er starrte auf Miko, als könne er nicht glauben, was er hörte.

B'oosa meldete sich zu Wort. »Wir haben alle gesehen, wie er mit dir und Führer wegging. Was ist passiert?«

Miko wirkte verwirrt. »Ich . . . ich erinnere mich nicht«, sagte er. »Ich bin mir nicht sicher. Ich glaube, er war anfangs bei uns, so viel ich weiß. Ich meine mich zu erinnern, daß er einen Teil der Zeit dabei war und während der restlichen Zeit nicht. Vielleicht ist er alleine irgendwo hingegangen. Ich dachte eben, er wäre losgezogen, um euch beide zu suchen, oder er hätte etwas anderes zu erledigen. Er mußte aus irgendeinem Grund weg, warum genau, habe ich vergessen. Aber es muß ein guter Grund gewesen sein, weil es mir selbstverständlich vorkam, daß er nicht da war. Ich habe mir bis gerade eben keinerlei Gedanken über seine Abwesenheit gemacht.«

B'oosa wandte sich an den Linguisten. »Wo ist der Dekan?« fragte er.

»Ich kann euch keine Dinge verraten, die ihr selber herausfinden solltet«, sagte Führer.

»Er ist mit euch weggefahren, richtig?« fragte ich ihn.

»Ja.«

»Ist er auch mit euch zurückgekommen?«

»Nein.«

»Dann muß er irgendwo unterwegs weggegangen sein«, sagte ich.

»Das ist eine vernünftige Annahme.«

»Wo?«

»Vielleicht weiß ich die Antwort darauf, vielleicht auch nicht. Auf jeden Fall kann ich euch keine Dinge verraten, die ihr selbst herausfinden solltet.«

»Ist er aus eigenem freien Willen weggegangen?« fragte B'oosa.

»Das ist eine vernünftige Annahme.«

Führer wich wieder der Frage aus. »Hat man ihn gezwungen, wegzugehen?« fragte ich. »Geschah es gegen seinen Willen?«

»Das ist ebenfalls eine vernünftige Annahme.«

»Ich verstehe nicht«, sagte Pancho. »Welche trifft denn nun zu? Ist er irgendwo anders hingefahren, oder hat man ihn gekidnappt?«

»Ich kann euch keine Dinge verraten, die ihr selbst herausfinden solltet«, wiederholte Führer.

»Wenn jemand ihn gefangengenommen hat, hast du dann nicht die Pflicht, uns das wenigstens mitzuteilen?« fragte B'oosa.

»Ihr Menschen habt merkwürdige Vorstellungen von Pflicht«, sagte Führer. »Sie sind nicht konsequent. Wenn eine andere Rasse den Wunsch hätte, die als Dekan M'Bisa bekannte Entität zu kidnappen, würdet ihr dann sagen, daß es meine ›Pflicht‹ sei, ihnen zu helfen?«

»Natürlich nicht«, erwiderte B'oosa,

»Aber das ist genau, wohin die Bahn eurer sogenannten Logik führt. Wenn von mir angenommen wird, daß ich eine ›Pflicht‹ hätte, einer Rasse zu helfen, dann müßte ich eine entsprechende ›Pflicht‹ haben, allen anderen Rassen zu helfen.«

»Aber das ist etwas anderes«, behauptete Pancho. »Kidnapping ist ein Unrecht!«

»Ihr Menschen habt seltsame Vorstellungen von Recht und Unrecht. Diese Begriffe sind mehrwertig und unterliegen überaus persönlichen Interpretationen. Wir ziehen es vor, völlig auf sie zu verzichten.«

»Aber Kidnapping ist illegal, gegen das Gesetz«, sagte Pancho.

»Ihr begreift nicht. Hier gibt es keine Gesetze, keine Regeln außer jenen, die ihr euch selbst auferlegt. Daher gibt es keine Gesetze, die man brechen könnte. So einfach ist das.«

Mir kam es nicht einfach vor, aber das half auch nicht viel. Die Linguisten schienen in allem ihre ziemlich eigenen Vorstellungen zu haben.

Mehr als eine Stunde lang sprachen wir mit Führer – stritten mit ihm, eigentlich. Wir erreichten nicht das geringste. Er wollte uns nichts verraten. Schließlich ging er, und wir diskutierten noch eine Stunde darüber. Ich war gewillt, loszuziehen, um nach M'Bisa zu suchen, aber Pancho hatte Angst, daß, wenn er gar nicht wirklich verschollen war und wir losgingen und hinter ihm herschnüffelten, wir am Ende in großen Schwierigkeiten landen würden. Miko war völlig verwirrt hinsichtlich dessen, was passiert war. Möglicherweise hatte jemand – *oder etwas* – seine Erinnerungen an den Ablauf des Tages manipuliert. Nachdem ich die Traurigkeit gespürt hatte, die der Talubar ausstrahlte, war ich bereit zu glauben, daß auf Konstrukt alles möglich war.

B'oosa schlug vor, abzuwarten und zu schauen, ob er während der Nacht zurückkam. Auf diese Weise würden wir wenigstens ausgeruht sein, wenn wir losziehen mußten, um ihn zu suchen. Es klang wie eine gute Idee.

Ich fand sehr wenig Ruhe. Die paar Male, die ich kurz einnickte, war mein Schlaf unruhig, erfüllt mit den herzzerreißenden Träumen von einer sterbenden Rasse.

IV

Der Morgen kam, und immer noch kein Dekan. Das Terminal in unserem Schlafraum war mit Nachrichten für ihn überfüllt; er hatte mehrere Abendverabredungen versäumt. Es mußte ein Verbrechen vorliegen.

Wir fünf setzten uns zusammen und entwarfen einen groben Plan. Wir würden nach Ebene 8 zurückfahren, dorthin, wo Mikos Gedächtnis unklar wurde. Der Dekan war mit Sicherheit *nicht* mehr bei ihm gewesen, als er das Kaful-Gebiet dort verließ, aber vielleicht war er noch bei ihm gewesen, als er es betrat. Wir würden vielleicht auch imstande sein, von den Kafulta zu erfahren, wo sie vorher hingegangen waren. Führer war natürlich keine Hilfe. (B'oosa: »Es muß doch irgendwelche Aufzeichnungen darüber geben, wohin wir während dieser Exkursionen gehen.« Führer: »Vermutlich.«)

Hilfsbereit oder nicht, Führer wartete auf uns am Ladedock. Es war eine kurze Fahrt hinauf zu Ebene 8, 0,7-G; unsere Schlüssel verrieten uns, daß wir unbegrenzt in der Kaful-Region überleben konnten, wenn wir auf die Schwerkraftlöcher aufpaßten.

Die Kafulta waren Gleiter. Ihr Rumpf und ihr Kopf waren menschlich, aber ihre Arme und Beine waren skelettartige, mehrere Meter lange Gliedmaßen, die biegsame Membranflügel stützten. Sie benutzten Schwerkraftlöcher, um vorwärtszukommen.

Miko erklärte es uns. »Es ist ein bißchen wie die künstliche Schwerkraft, die wir an Bord von *Starschool* verwenden, nur außerordentlich miniaturisiert. Alle zwanzig oder dreißig Meter befindet sich ein Würfel, der ein Schwerkraftloch anzeigt; die Farbe des Würfels sagt aus, wie stark die Schwerkraft ist. Sie benutzen die Löcher etwa so, wie ein Vogel Luftströme benutzt. Sie nehmen Geschwindigkeit auf, indem sie hineinfallen, dann ihre Flügel ausbreiten und wieder daraus emporsteigen. Sehr elegant.«

»Aber gefährlich für uns«, wandte Pancho ein.

Miko zuckte die Achseln. »Wir müssen uns von den Löchern fernhalten. Sie haben fünf oder zehn Gravos; wenn man versucht, über eines zu laufen, kann man sich beide Beine brechen oder Schlimmeres.«

Aber es schien keine große Gefahr zu bestehen, nichtsahnend über eines zu laufen. Das Kaful-Gebiet war durch und durch ein architektonischer Garten, Zierbeete mit Blumen und geformte Hecken. Die Schwerkraftlöcher befanden sich isoliert in der Mitte großer Kreise polierten Felses, wie Marmor.

Die Luft war feucht und schwer von Wohlgerüchen. Hunderte winziger Sonnen funkelten von der Decke: die Heimat der Kafulta lag inmitten eines Kugelsternhaufens, und sie lebten in ewigem Licht. Es war unmenschlich hell, aber kalt.

Dutzende von Kafulta schwebten in Sichtweite – Miko sagte, das sei alles, was sie täten, »fliegen und denken«. Schließlich entdeckte uns einer. Er faltete seine Flügel und stürzte kopfüber herab, katastrophal schnell. Dicht über dem Boden öffneten sich die Flügel mit einem Knallen; er stieg in einem Bogen zurück nach oben, wurde langsamer, bis er über uns verweilte, dann flatterte er leicht in der Luft und ließ sich abwärts treiben, um sich zu uns zu gesellen. Führer übersetzte.

»Wieder da mit Freunden, Miko . . . sollten wir geschmeichelt sein?«

»Ich wollte tatsächlich, daß sie eure Schönheit bewundern«, sagte er taktvoll, »aber wir suchen auch einen anderen Freund, der verschwunden ist. Sag mir, bin ich gestern allein hier hereingekommen?«

»Hast du dein Gedächtnis verloren?«

»So etwas ähnliches. War außer Führer noch irgend jemand mit mir hier?«

»Nein, nicht, als ich mich mit dir unterhielt. Aber ich weiß nicht, wie lange du schon hier gewesen bist. Wenn du einen Begleiter gehabt hast, könnte er sich abgesondert haben.«

»Sind im Augenblick noch andere Menschen hier?« fragte B'oosa.

»Das kann ich leicht feststellen.« Der Kafulta trat einen Schritt von uns zurück, nahm einen kurzen Anlauf und sprang in die Luft. Er schlug einige Male mit den Flügeln und kreiselte hinab in ein Schwerkraftloch, kurvte dann hinaus und aufwärts. Ich verlor ihn in der Helligkeit über unseren Köpfen aus den Augen.

»Ich nehme an, er schaut sich um«, sagte Miko. Plötzlich ertönte ein fürchterliches Kreischen, ein schriller Schrei, der laut genug war, um mich zusammenzucken zu lassen.

»Er spricht mit seinen Artgenossen«, erläuterte Führer. »Diese Geschöpfe sind keine Telepathen.« Das Kreischen wurde nachgeahmt, schwächer und schwächer, als andere Kafulta die Botschaft weiterverbreiteten.

»Was sagen sie?« fragte Miko.

Der Linguist blickte ihn an, während er seine Augen in einem langsamen Blinzeln zurückrollte. »Genau, was ihr erwarten müßtet. Wenn ihr diese Geschöpfe auch nur im geringsten kennen würdet.«

»Er ist eine wahre Fundgrube an Informationen«, sagte Pancho. »Ein unerschöpflicher Quell.«

Weniger als eine Minute später kam die Antwort, ein aus einer Silbe bestehender Schrei. Der Kafulta kehrte zurück.

»Ihr seid die einzigen Menschen hier«, berichtete er. »Und niemand hat gestern jemanden außer dir gesehen, Miko. Also muß dein Freund verlorengegangen sein, bevor du hierher kamst.«

»Das hatte ich befürchtet«, sagte Miko. »Als wir uns gestern unterhielten, habe ich nicht zufällig erwähnt, wo ich vorher gewesen bin, oder?«

»Laß mich nachdenken.« Der Außerirdische flatterte mit den Flügeln und schoß ein paar Meter in die Höhe. Dann ließ er sich wieder auf den Boden nieder, wobei er sich zu einem verworrenen Stoß knochiger Gliedmaßen zusammenlegte. »Das hast du nicht gesagt. Aber du warst offensichtlich zu Fuß hierhergekommen – am Dock haben keine Schlitten angehalten; das hätte ich bemerkt – und der Pelz oben auf deinem Kopf war feucht. Daraus schließe ich, daß du aus dem Bawex-Gebiet kamst.«

B'oosa zog den Lageplan dieser Ebene zu Rate. »Das ist genau auf der anderen Seite des Korridors, in dem wir gerade gewesen sind.« Er sah den Linguisten an, sagte aber nichts. »Gehen wir hin und prüfen es nach.«

Wir bedankten uns bei dem Kafulta und gingen. Als wir in die neutrale Luft des Korridors hinaustraten, bemerkte ich, daß ich halb den Atem gegen die übersättigte, blumige Atmosphäre angehalten hatte. Während wir uns der Bawex-Luftschleuse näherten, öffnete sie sich, und zwei Hummer kamen herausgestampft.

»Zwei auf einmal«, meinte Pancho. »Das ist was Neues.«

Der Linguist pfiff ein kleines Lachen. »Beinahe alles ist neu für euch. Darum bereitet mir eure Gesellschaft so großes Vergnügen.«

Unsere Schlüssel verrieten uns, daß wir drinnen nicht länger als dreißig Stunden überleben konnten. Wenn der Dekan hier war, hatte er nicht mehr viel Zeit übrig.

»Ich erinnere mich vage an das hier«, sagte Miko, während wir durch die zweite Tür der Luftschleuse schritten. Es wäre wohl jedem schwergefallen, diesen Ort wieder zu vergessen.

Das Bawex-Gebiet war riesig und düster, das genaue Gegenteil dessen, das wir gerade verlassen hatten. Zerklüftete Felsformationen wie Stalagmiten erhoben sich rings um uns, kalkige Gespenster im trüben Halbdämmer. Ein warmer Sprühregen fiel lautlos; feuchtes Geröll klapperte unter unseren Füßen. Ein dumpfiger Geruch nach Mehltau mit einer schwachen Spur von Chlor.

»Wo sind die Bawexianer?« fragte B'oosa.

»Geduld.«

Plötzlich waren vier von ihnen da, dann sechs; sie umringten uns. Schlangen, fahlweiß mit großen Köpfen und langen, weichen Körpern. Eine richtete sich auf, größer als ich, und sprach, seufzend, zischend. Zwei kleine, zerbrechliche Arme entfalteten sich unter ihrem Kinn und vollführten träge Gesten.

»Es fragt, ob ihr Nahrung seid«, sagte Führer. »Ich glaube, das ist ein Scherz. Kohlenhydrate wären Gift für sie.« Der Atem des Geschöpfs war Halogen und Verwesung.

»Erinnert es sich an mich?« wollte Miko wissen. »Oder an M'Bisa?«

Das Geschöpf und Führer wechselten Zischlaute und Gesten. »Es sagt, das sei nicht seine Aufgabe. Es erinnert sich an sehr wenig, was nicht mit Ontologie und Nahrung zu tun hat. Um eure Frage zu beantworten, wäre ein Brüter-Orakel nötig. Sie halten sich in einem See ungefähr zwanzig Kilometer von hier auf.«

Miko wandte sich an B'oosa. »Sollen wir gehen?«

B'oosa rieb sich das Kinn. »Das würde mehrere Stunden kosten ...«

»Und ihr würdet ohne mich gehen«, sagte Führer. »Ich habe nutzbringendere Dinge zu tun. Dieser Ort ist sehr ungemütlich.«

Meine Kehle war bereits wund von dem Chlor, und der Geruch bereitete mir Übelkeit.

»Wir können nicht stundenlang hier drin bleiben«, sagte Miko. »Oder reagiere ich empfindlicher auf die Luft als ihr anderen?«

Alegria hustete. »Ich glaube nicht, daß ich weitere zehn Minuten aushalte. Ich würde ohnmächtig werden.«

»Vielleicht solltet ihr beiden Großen zum See gehen«, sagte Führer. »Eure Schlüssel könnten euch ein begrenztes Maß an Verständigung erlauben.«

»Ist er hier?« fragte Pancho klagend. »Wenn du schon nicht mit uns gehen willst, mußt du uns –«

»Ich kann euch keine Dinge verraten, die ihr selbst herausfinden müßt.«

Ich hatte mich direkt neben den Linguisten geschlichen; plötzlich griff ich zu und packte seinen Arm. »Ich glaube, ich kann es aushalten. Aber du kommst mit mir.«

Er strampelte einen Augenblick und wurde dann schlaff. Meine Hand umschloß seinen ganzen Arm, kalt, mit pulsierenden Adern. »Das ist sehr unzivilisiert.«

Zwei weitere Bawexianer richteten sich auf. Ich verstärkte den Zugriff. »Menschen sind ungestüm«, sagte ich. »Manchmal gewalttätig.«

Er roll-blinzelte mehrere Male und starrte mich an. »Na gut.

Euer Dekan ist nicht hier. Er war verschwunden, bevor wir diesen Ort erreichten.«

»Woher weiß ich, daß du nicht lügst?«

»Ich habe noch nie gelogen. Ich kann nicht lügen.«

»So viel wir wissen, ist das wahr«, meinte B'oosa. »Laßt uns von hier verschwinden.«

»Wartet«, sagte ich. »Ich glaube nicht, daß es ihm hier so besonders gefällt. Ich glaube, ich werde ihn einfach festhalten, bis er uns verrät, wohin wir als nächstes gehen müssen.«

»Ich kann euch keine Dinge verraten, die ihr selbst herausfinden müßt.«

»Das kommt mir wie eine Regel vor, die sich brechen läßt.«

»Ich kann unbeschränkt lange hier leben.«

»Und ich kann dreißig Stunden hierbleiben. Gefällt dir das?«

»Das wirst du nicht tun.«

Das stimmte. Mein Magen würde keine weitere Stunde durchhalten. Ich versuchte, diesen Gedanken aus meinem Geist fernzuhalten, indem ich wieder und wieder wiederholte *und ob ich das werde, und ob ich das werde, und ob ich das werde –*

»Okay. Noch ein Tip. Wenn du versprichst, keine weitere Gewalt mehr anzuwenden.«

»Ich verspreche es. Wenn der Tip uns hilft.«

»Er ist auf Ebene 9 verschwunden. Das ist alles, was ich euch verraten werde.« B'oosa und ich nickten uns zu, und alle stürzten zur Luftschleuse.

Wir machten uns auf den Weg zum Schlitten. »Warte«, sagte der Linguist. »Du hast mich dort drinnen belogen. Du hättest nicht viel länger bleiben können. Du hast meine Telepathie untergraben, absichtlich.«

»Das ist richtig. Ein Menschenleben steht auf dem Spiel.«

»Guter Scherz.« Er bedeckte sein Gesicht und machte dieses verdammte pfeifende Geräusch. »Ihr Menschen werdet noch einen Sinn für Humor entwickeln.«

»Du findest den Tod so amüsant. Sterben Linguisten denn nie?«

Krampfhaftes Pfeifen schüttelte Führer. »Ihr *habt* einen Sinn für Humor«, keuchte er zwischen den Pfiffen.

»Nein«, sagte ich. »Ich meine das ernst.«

Er wiegte den Kopf. »Immer ernst. Ernst, gewalttätig, unaufrichtig, unwissend. Ich weiß wirklich nicht, warum wir euch diesen Besuch gestattet haben.«

»Bitte . . . ich würde es wirklich gerne wissen.«

»Ein Witz ist nicht komisch, wenn man ihn erklären muß.«

»Bitte.«

»Also gut. Gelegentlich, in sehr seltenen Fällen, hört ein Linguist auf, in seinem körperlichen Zustand zu existieren. Das gilt als sehr unschicklich, eine sehr niedrige Form von Humor. Wir nennen es ›wie-ein-Tier-handeln‹. Wie einige andere Dinge wird Sterben gewohnheitsmäßig nur von niedrigeren Lebensformen betrieben. Es sieht nicht so aus, als wäre es sehr interessant.«

»Dann ist deine Rasse unsterblich?«

»Genaugenommen nein. Genügend Zeit vorausgesetzt, wird jeder einen Urteilsfehler begehen. Genug Fehler, und früher oder später . . . Ihr wißt schon. Wie-ein-Tier-handeln.«

»Was du meinst, ist, daß ihr nur durch einen unglücklichen Zufall sterben könnt?«

»Es gibt keine unglücklichen Zufälle. Nur Urteilsfehler. Jede Handlung ist mit einer Reihe möglicher Resultate von unterschiedlicher Wahrscheinlichkeit verknüpft. Alle müssen berücksichtigt werden. Wir Linguisten haben die Fähigkeit, uns eine nahezu unendliche Anzahl von möglichen Konsequenzen zu jeder gegebenen Handlung vorzustellen. Wenn eine Handlung unter ihren möglichen Ergebnissen eine begrenzte Wahrscheinlichkeit hat, wie-ein-Tier-zu-handeln, wählen wir eine andere Handlung. Ist das so schwer zu verstehen?«

»Nein.« Hatte er vor ein paar Minuten die Wahrscheinlichkeit berechnet, daß ich das Leben aus ihm herausquetschte? Ich bemerkte, daß er sorgfältig Abstand hielt.

B'oosa sah auf den Lageplan, während wir in den Schlitten stiegen. »Welchen Teil von Ebene 9 wollen wir?«

»Ich habe euch gesagt, was ich euch sagen werde.«

B'oosa nickte, ohne aufzublicken. »Der Großteil der Ebene wird von den Oomo bewohnt. Wir können genausogut dort anfangen.«

Wir begaben uns eine Ebene höher und verlangsamten, um einen Traversalwechsel zu vollziehen. Am Ladedock dort waren drei Hummer, die gerade in einen Schlitten stiegen. Sogar Führer bedachte sie mit einem langen Blick. Wir legten Geschwindigkeit zu, und sie glitten außer Sicht.

Zwei weitere Richtungswechsel, und wir kamen am Eingang an. Unsere Schlüssel sagten, daß wir drinnen beinahe einen Monat überleben konnten. Führers Schlüssel, so bemerkte ich, zeigte an, daß er unbegrenzt lange bleiben konnte. Wie immer.

Wir traten in eine goldene Landschaft. Sie war völlig unirdisch, aber unwiderstehlich schön. Smaragdgrüne Gebäude ragten erhaben in den Himmel, ihre glatten Seiten ein angenehmer Kontrast zu den sanften goldenen Wolken und dem weizenartigen Gras, das sich in der zarten Brise wiegte. Die Luft war dünn, aber süß. Sie hatte den schwachen Duft von Gewürznelken, einen Hauch anderer aromatischer Gewürze. Ein sehr ruhiger und friedlicher Ort.

Ein Außerirdischer näherte sich uns von der nahen Stadt, auf einer kleinen Flugscheibe dicht über die Grasspitzen dahinschwebend. Zuerst glaubte ich, er sei schleimig und mit Schuppen bedeckt, aber als er näher herankam, konnte ich sehen, daß er bepelzt war. Er erinnerte an ein Kinderplüschtier, ein freundlicher Teddybär mit großen braunen Augen. Ich mochte ihn sofort.

»Willkommen, Menschengeschlecht«, sagte er, als er vor uns landete. Seine Stimme hatte ein leichtes Kräuseln an sich wie Wasser über einem felsigen Bett. Es war ein angenehmer Klang. »Wir haben nicht oft Besucher von eurer Rasse. Bitte, fühlt euch ganz wie zu Hause. Genießt.«

Es würde ein angenehmer Ort sein, um genau das zu tun. Genießen. Die sanfte Brise trug den Widerhall ferner Glocken heran, den Klang unbefangenen Lachens aus der Stadt. Es war schwierig, sich auf unsere Aufgabe zu konzentrieren. Der Außerirdische streckte die Hand aus und berührte einen jeden von uns, während er sich vorstellte. Sein Name war Pagoo, und seine Berührung war sanft.

»Wir suchen nach jemandem«, sagte ich und versuchte, an

den Dekan zu denken. »Einen Menschen, kleiner als ich, schwarz mit weißem Haar.«

Pagoo lächelte, und Wärme strahlte von ihm aus. »Ich habe ihn nicht gesehen, aber vielleicht kommt er ja. Ihr solltet warten.«

»Das klingt wie eine gute Idee«, sagte Pancho. »Mir gefällt dieser Ort.«

Ich war mir nicht sicher, ob das das Richtige sein würde oder nicht. Aber während ich noch darüber nachdachte, erschien es mehr und mehr wie die beste Vorgehensweise. Das hier war ein angenehmer Ort. Der Dekan würde bestimmt früher oder später auftauchen, und wir konnten auf ihn warten. Die wohlriechende Luft und die fernen Glocken waren einschmeichelnd. An einem Ort wie diesem konnte man seine Sorgen vergessen. Wahrscheinlich wäre es gut, zu warten. Der Dekan würde kommen. Wir konnten es uns genausogut bequem machen, während wir warteten. Ich nickte Pancho zu und schaute nach den anderen. Miko und Alegria liefen durch die goldenen Felder, lachend. B'oosa hatte sich über eine Blume gebeugt und betrachtete sie aufmerksam. Es war eine wunderschöne Blume, und er sah glücklich aus. Ein hübscher Ort zum Bleiben . . .

Pagoo schien unsere Entscheidung zu gefallen. Es würde ein großes Fest geben mit viel Singen, Tanzen und Lachen. Sie würden einen geselligen Anlaß daraus machen. Die Festlichkeiten würden lange dauern; es kam nicht darauf an. Sie waren ein fröhliches Volk, und Glück zu verbreiten war das, was sie am liebsten taten. Es geschah selten, daß so viele Menschen zu Besuch kamen. Sie würden das nach Kräften ausnützen.

Je mehr ich mich mit Pagoo unterhielt, desto glücklicher fühlte ich mich. Das hier waren wirklich wundervolle, friedliche Leute.

B'oosa kam zu uns herüber. Ich bemerkte, daß er die Blume gepflückt hatte und sich geistesabwesend damit durchs Gesicht strich. Pancho klopfte ihm freundlich auf die Schulter. Sie grinsten beide, obwohl sich in B'oosas Gesicht rasch ein Ausdruck des Mißfallens einschlich.

»Ich mache mir Sorgen, Carl«, sagte er.

»Wie kannst du dir denn Sorgen machen?« fragte ich. »Ist doch alles prima.«

»Das ist es ja gerade, was mich stört. Wir haben Probleme. Wir sollten etwas unternehmen, um den Dekan zu finden. Es ist *nicht* alles prima. Warum sollten wir das glauben?«

Pagoo sträubte sein Fell, und ich wurde beinahe umgeworfen von einem Gefühl des Wohlbehagens. Nie in meinem Leben war ich so zufrieden gewesen. »Bist du denn nicht glücklich?« fragte ich B'oosa.

»Ja, aber ...« Erneut brach eine Welle absoluter Freude über mich herein. Ich weinte beinahe vor schierer Lust.

B'oosa hatte einen angespannten Ausdruck auf seinem Gesicht, als kämpfe er gegen etwas an. Warum entspannte er sich nicht und fühlte sich gut, wie wir anderen? Es war leicht. Sogar Führer ...

Nein, das stimmte nicht. Ich hatte den Linguisten aus den Augen verloren. Wo war er abgeblieben? Ich blickte mich suchend nach ihm um und sah ihn in der Nähe des Ausgangs stehen. Er sah nicht so aus, als hätte er Spaß, obwohl sich das bei einem Linguisten natürlich schwer sagen läßt.

»Wir *müssen* gehen«, beharrte B'oosa. Jetzt schwitzte er, die Kiefer fest zusammengepreßt, die Hände zu harten Fäusten verkrampft. »Es ist sehr ... wichtig. Wir ... müssen ... von hier weg.« Zwischen den Worten holte er angestrengt Atem.

Ich konnte nicht verstehen, worüber er sich so erregte. Je eindringlicher er wurde, desto entspannter und wohler fühlte ich mich.

»Es besteht kein Grund zur Eile«, sagte ich. »Wir können auf den Dekan warten. Wenn er kommt, können wir aufbrechen.«

»Er wird nicht kommen, Carl. Kannst du das nicht begreifen? Das hier ist eine Falle, eine tödliche Falle. Wenn wir bleiben, werden wir nie wieder von hier weggehen.«

Es war mir egal, ob ich wegging oder nicht. All meine Sorgen schienen so weit entfernt zu sein, daß sie nicht mehr das Geringste bedeuteten. Es gab schlimmere Orte, um die einem zugestandenen Jahre zu Ende zu spielen. Außerdem konnte ich ja weggehen, wenn ich es wollte. Niemand hielt mich hier.

B'oosa packte Pancho. Ich konnte nicht verstehen, warum er das tat. Pancho leistete keinen Widerstand, lächelte nur, als der hochgewachsene Maasai'pyaner ihn hochhob und zum Ausgang trug. Ich zuckte die Achseln in Richtung Pagoo. Es ließ sich nicht erklären, was manche Leute so taten. Ich wurde belohnt mit einem Ansturm totaler Wonne. Ich lachte, und der singende Wind trug es davon, damit andere daran teilhatten.

B'oosa hatte Pancho in die Luftschleuse geschoben und war nun im Begriff, Miko zur Strecke zu bringen. Es wirkte wie ein Spiel. Miko hatte sichtlich Spaß daran, ihm auszuweichen. Sie liefen in großen Kreisen um uns herum, und Miko johlte vor Vergnügen, während er B'oosa aus dem Weg ging. Ich feuerte beide an, wobei ich dachte, wie *nett* es war, ein Spiel zu spielen, das keinen Gewinner hatte, weil es dann keine Verlierer geben konnte, kein böses Blut. Es sollte nie böses Blut geben. Bald gaben B'oosas lange Beine den Ausschlag, und er fing Miko. Selbst da verlor Miko nicht. Es schien ihm nicht das Geringste auszumachen, als B'oosa ihn wegschleppte, um sich Pancho anzuschließen.

Ich sah mit amüsierter Losgelöstheit zu, wie B'oosa zurückkam, um Alegria zu holen. So ein albernes Spiel! Nachdem er sie hatte, kam er zurück zu mir.

»Ich muß das tun, Carl«, sagte er mit sehr ernster Stimme.

Ich lachte. Es war alles so albern. Er sollte zurückgehen und die anderen holen, damit wir alle Spaß haben konnten.

Er ging auf mich los, und ich kicherte. Ich konnte nicht anders; er sah absurd aus mit diesem verkniffenen Gesichtsausdruck. Es war fehl am Platze. Er versuchte mich zu treffen, und ich wich zur Seite aus, veranstaltete einen kleinen Hüpfetanz, während ich mich von ihm wegbewegte. Ich neckte ihn. Wir spielten ein Kinderspiel. Es machte Spaß. Als er mir zu nahe kam, schubste ich ihn mit meinen längeren Armen weg. Er wurde so verzweifelt, daß es mir richtig das Herz brach.

Irgendwie brachte er mich zu Fall. Der Boden war weich. Hier schien es nichts zu geben, was einem weh tun konnte. Er sprang auf mich drauf. Ich mochte Ringen. Ich kitzelte ihn. Statt mich zurückzukitzeln, griff er nach der Seite meines Halses und drückte fest zu. Warum tat er bloß so etwas?

Es tat weh.

Ich wollte nicht, daß man mir weh tat.

Alles andere war gut.

Es tat weh.

Alles andere wurde schwarz.

Spinnweben. Asche in meinem Mund. Ich fühlte mich gräßlich. Es war eine Anstrengung, die Augen zu öffnen. Jemand sprach mit mir.

»Tut mir leid, Carl«, sagte die Stimme. »Es war die einzige Möglichkeit.« Die Stimme gehörte B'oosa.

Ich zog mich unter großen Mühen in eine sitzende Haltung hoch und blickte mich um. Wir befanden uns auf dem Ladedock. Mein Kopf fühlte sich an, als wäre er in zwei Teile gespalten.

»Du begreifst doch, was für eine Falle das war, oder?« fragte B'oosa.

Ich versuchte, den Kopf zu schütteln, aber das schmerzte zu sehr. »Du hast mir ganz schön einen verpaßt«, sagte ich.

»Mußte ich. Sie hätten uns dort behalten, bis wir gestorben wären.«

»Was ist passiert?« fragte ich.

»Wir sind verführt worden«, sagte B'oosa. »Verführt zu Gefühlen von Wohlbehagen und extremem Glück. Es ist teilweise physiologisch, teilweise psychologisch. Die Oomo sind sehr geschickt darin.« Er warf Führer einen wütenden Blick zu. »Die Linguisten wußten es die ganze Zeit.«

»Warum hast du uns nicht gewarnt?« fragte ich Führer.

»Es ist nicht unsere Pflicht, zu warnen. Ich kann euch keine Dinge verraten, die ihr selbst herausfinden solltet.«

»Es hätte uns umbringen können«, sagte B'oosa.

Führer begann wieder zu pfeifen. Ich hätte *ihn* umbringen können.

»Diese Schlüssel, die du uns gegeben hast, sind ziemlich gut darin, uns vor körperlichen Gefahren zu warnen«, sagte ich. »Warum können sie uns nicht auch vor anderen Arten warnen?«

»Was für Gefahren? Ich habe keine bedrohlichen Situationen gesehen.«

»Ich würde solche psychologische Manipulationen ganz schön bedrohlich nennen. Man hätte uns warnen müssen.«

»Emotionen und psychische Stabilität sind sogar innerhalb einer jeden Spezies sehr variabel«, sagte Führer. »Es wäre sinnlos, den Versuch zu unternehmen und die Schwellenpunkte abzuschätzen. Dein Freund hat es geschafft, sich zu befreien.«

»Leicht war es nicht«, sagte B'oosa.

»Niemand hat gesagt, daß es leicht sein würde. Ihr Menschen seid Sklaven von Emotionen. Ich finde das lächerlich, zeitraubend und oft selbstzerstörerisch. Ihr seid beinahe so schlimm wie die Oomo. Sie haben sich ihren Gefühlen vollständig hingegeben. Nachdem sie einmal entdeckt hatten, wie man die ganze Zeit glücklich und zufrieden bleibt, hörten sie auf, sich als Rasse weiterzuentwickeln. Sie haben in den letzten fünfhundert Jahren nichts weiter gemacht als zu lächeln ... und andere zum Lächeln zu bringen.«

Trotz dessen, was ich gerade durchgemacht hatte, war ich mir nicht sicher, ob das ein völlig schlechter Weg war. Vielleicht kannten sie keinen Fortschritt mehr, aber sie waren zufrieden. Ich hatte eine Menge Leute gesehen, die sich dauernd abmühten, aber nie glücklich waren. Wer konnte sagen, was besser war? Ich nicht.

B'oosa half gerade Pancho auf die Füße. Ein Schlitten mit mehreren Hummern darin sauste vorbei. Sie waren ganz schön in Bewegung.

»Anscheinend stecken wir in einer Sackgasse«, sagte Alegria. »Wo sollen wir jetzt hingehen?«

Niemand meldete sich zu Wort. Führer würde bestimmt nie einen Vorschlag machen. Als ich hinter dem verschwindenden Schlitten her die Röhre entlangblickte, kam mir plötzlich etwas in den Sinn.

»Warum sind eigentlich so viele Hummer unterwegs?« fragte ich Führer. »Ich dachte, gewöhnlich blieben sie an einem Platz.«

»Das tun sie auch«, antwortete er. »Es ist nicht unbekannt,

daß ein einzelnes Individuum jahrhundertelang in einem Sektor bleibt.«

»Warum reisen dann jetzt so viele in den Schlitten?«

»Ich weiß es nicht«, sagte Führer. »Ihre Handlungen sind unvorhersehbar. Wir wissen nahezu nichts über sie, außer daß sie eine erkenntnisfähige Rasse sind. Sie haben nie mit einem von uns kommuniziert, und wir sind außerstande, telepathisch zu ihnen durchzudringen. Es ist unbekannt, ob ihre Nichtkommunikation an einem Mangel an Fähigkeit oder einem Mangel an Bedürfnis von ihrer Seite liegt.«

»Ich denke, wir sollten ihnen folgen.«

»Warum?« fragte Miko.

»Warum nicht?« meinte ich. »Hat jemand eine bessere Idee?«

Keiner meldete sich. Langsam gingen uns die Möglichkeiten aus.

Wir kletterten in einen Schlitten, und Führer brachte uns in den Sektor der Hummer. Wie ich erwartet hatte, war es eines jener Gebiete, die von der Röhre aus nicht einsehbar waren. Mehrere von ihnen betraten ihn direkt vor uns. Ich steckte meinen Schlüssel hinein. Er sagte, wir hätten ungefähr vier Tage.

Wie zuvor wurde Führer eine unbegrenzte Zeitspanne zugebilligt. Linguisten und Hummer schienen imstande zu sein, überall hinzugehen, wohin sie wollten.

Wir traten als Gruppe ein, wobei Führer die Nachhut übernahm. B'oosa ging an der Spitze, Pancho neben mir. Er fing langsam an, Bedenken zu haben.

»Ich glaube nicht, daß das eine gute Idee ist«, sagte er, während die Luftschleuse ihren Kreislauf durchmachte. »Ich kann diese Hummer nicht ausstehen. Außerdem hätten sie den Dekan nicht gegen seinen Willen mitnehmen können. Sie sind viel zu schwach. Sie können sich ja kaum alleine fortbewegen.«

Bevor ich Pancho antworten konnte, glitt die innere Tür auf, und wir gingen hinein.

Der Boden bestand nicht aus Erde oder Fels, sondern aus dem vertrauten Metallmaterial, das überall in Konstrukt zwischen den Ebenen verwendet wurde. Wo der Himmel hätte sein sollen, verliefen nackte Streben und Träger quer über die Decke. Die Luft war dünn und trocken, aber davon abgesehen schien es sich in nichts von den leeren Räumen in Konstrukt zu unterscheiden, die nicht von Fremdrassensektoren ausgefüllt wurden. Ich fragte Führer danach.

»Sie haben uns nie irgendwelche Werte gegeben, um danach eine Kopie ihrer heimatlichen Umgebung zu errichten. Wir wissen nicht einmal, wo sich ihr Heimatplanet befindet. Sie kamen auf einem Raumschiff zu uns und zerstörten es bei ihrer Ankunft. Wir wissen nichts von ihnen.«

Alles, was *ich* wußte, war, daß sie mir ein unbehagliches Gefühl bereiteten. Einer oder zwei von ihnen waren schlimm genug, aber hier schwärmten sie zu Hunderten in völligem Schweigen über den Metallboden. Es war richtig gruselig. Ich konnte verstehen, wie Pancho sich fühlte.

Mehrere der Aliens kamen durch die Luftschleuse in den Sektor und jagten an uns vorbei, ohne merkbar Notiz von uns zu nehmen. Das schien ein gutes Zeichen zu sein; wenigstens waren sie nicht daran interessiert, uns zu fressen.

Angesichts der Tatsache, daß die metallene Decke – eigentlich der Himmel – Kilometer über mir war, fühlte ich mich wie ein Zwerg in einem riesigen Raum. Es war schwer, innerhalb eines solch gewaltigen Maßstabs einen Blick für die Dinge im richtigen Verhältnis zu finden. Irgendwie hatte mir das in den anderen Sektoren, wo es Wolken und fremde Bauwerke gegeben hatte, nichts ausgemacht. Das hier wirkte noch seltsamer.

»Sie scheinen alle in eine Richtung zu streben«, sagte B'oosa. Obwohl es ein bißchen zielloses Herumgeirre gab, schien die allgemeine Richtung den Großteil von ihnen auf die Wand ein kurzes Stück vor uns zuzutragen. Wir setzten uns dorthin in Bewegung.

Langsam drängelte es sich. Obwohl wir zusammenblieben, war es schwierig, zwischen den ganzen Hummern hindurchzukommen. Wenigstens belästigten sie uns nicht. Wenn wir einen anrempelten, wich er aus. Wenn einer uns anrempelte, wichen wir rasch aus. Trotzdem machten sie mich nervös.

Bald kamen wir dem Mittelpunkt dieser ganzen Verwirrung näher. Es war schwierig, genau zu erkennen, was eigentlich vor sich ging, aber es schien alles etwas mit einem der Geschöpfe auf einer erhöhten Plattform zu tun zu haben. Es hatte sich auf die Hinterfüße aufgerichtet, beugte sich über etwas anderes. Ich zog mich an B'oosa hoch, um eine bessere Sicht zu haben.

Es war Dekan M'Bisa. Er lag ausgestreckt auf der Plattform, nackt. Ich konnte keinerlei Verletzungen an ihm erkennen, aber ich konnte auch nicht feststellen, ob er atmete.

B'oosa sah ihn ebenfalls. »Wir müssen etwas tun«, sagte er.

Ich wandte mich an Führer. »Was haben sie mit ihm gemacht?« fragte ich. »Ist er noch am Leben?«

»Er lebt, in gewisser Weise. Sein Körper arbeitet noch, aber sein Geist ist fort.«

»Fort? Was meinst du damit, fort?«

»Vergeßt nicht, daß ich schwach telepathisch begabt bin. Ich kann die Oberflächengedanken bei den meisten Wesen lesen, besonders bei Menschen. Der Dekan hat keine solchen Gedanken. Sein Geist ist restlos fort, leer.«

Der Linguist begann, sich rückwärts von uns wegzubewegen.

»Wo gehst du hin?« fragte ich. »Wir brauchen deine Hilfe.«

»Es ist nicht meine Pflicht, euch zu helfen«, sagte er. »Das hier ist eine äußerst ungewöhnliche Situation. So etwas hat es noch nie gegeben, und ich sehe eine extrem hohe Wahrscheinlichkeit geistigen wie körperlichen Schadens voraus, wenn ich bleibe. Deshalb entscheide ich mich dafür, nicht zu bleiben.« Damit verschwand er in der Menge der Hummer und eilte zum Ausgang.

»Holen wir den Dekan?« fragte ich B'oosa.

Er nickte. »Dann verschwinden wir wie Führer, nur schneller.« Wir scharten Pancho, Miko und Alegria um uns.

»Bisher haben sie uns nicht die geringste Aufmerksamkeit geschenkt«, sagte B'oosa. »Nach allem, was wir wissen, können sie uns nicht einmal sehen. Ich sage, wir gehen einfach rauf und holen ihn. Wenn sie einen Kampf vom Zaun brechen, werden wir kämpfen. Wenn nicht, laufen wir.« Er flüsterte jetzt, obwohl sie uns nach allem, was wir wußten, auch nicht hören konnten. »Sie scheinen nicht sehr schnell zu sein. Wir wissen, daß sie nicht sehr kräftig sind. Ich denke, wir können entkommen. Wir haben nicht die Zeit, zu warten oder zurück zum Schiff zu fliegen.«

Das stimmte. Es sah aus, als machten sie sich bereit, den Dekan als Hauptgang zu servieren. Vielleicht *konnten* sie uns ja nicht sehen. Es war keine Zeit für irgend etwas Kompliziertes.

»Gehen wir«, sagte Pancho. Wir schlugen einen Bogen und näherten uns der Plattform von der Rückseite. Dort war es weniger überfüllt.

»Ich übernehme den Hummer«, sagte B'oosa. »Carl, du schnappst dir den Dekan. Alegria, du, Miko und Pancho, ihr bereitet euch darauf vor, alles beiseite zu stoßen, was sich uns in den Weg stellt.«

Es war nicht eben das, was man einen komplizierten Plan nennen würde, aber es war der einzige Plan, den wir hatten.

Wir erreichten die Plattform, ohne irgendwelchen Aufruhr zu erzeugen. Es war, als würden wir gar nicht existieren, soweit es die Hummer betraf. B'oosa sprang hinauf, und ich folgte ihm. Der Dekan lag auf einem kleinen Tisch, während der Hummer sich über ihn beugte und ihn berührte. Ich ging geradewegs los, M'Bisa zu holen, und B'oosa stürmte auf den Hummer zu.

Beinahe hätte ich es geschafft.

Zwei Schritte vom Dekan entfernt schien mich der Hummer zum ersten Mal zu bemerken. Er richtete sich auf, und mehrere seiner Augenstiele drehten sich in meine Richtung. Ich erstarrte, blieb wie angewachsen stehen.

Jeder Muskel in meinem Körper war auf die einzige Aufgabe ausgerichtet, diese beiden letzten verbleibenden Schritte zu machen und mir den Dekan zu schnappen, aber ich konnte es nicht. Ich konnte mich überhaupt nicht bewegen. Ich konnte nicht atmen. Vielleicht war auch mein Herz stehengeblieben. Ich wußte es nicht.

Ich war mir einer kalten Berührung gewahr; nicht körperlich, sondern geistig. Sie schien meinen Schädel auszufüllen, mein ganzes Wesen. Ich schaute den Dekan an und dachte an das, was Führer gesagt hatte. *Sein Geist ist fort.* Und was war mit mir?

Der Hummer begann auf mich zuzugleiten. Seine Beißkiefer erzeugten leise, klickende Geräusche. B'oosa lag zu einem Ball zusammengerollt auf der Plattform. Er atmete nicht. Der Hummer langte hoch und berührte meine Stirn.

Seine klauenbewehrte Hand war kalt, aber nicht annähernd so kalt wie die Finger, die durch mein Gehirn tasteten.

Ich wurde schwach, benommen. Ich wollte die Augen schließen, aber ich konnte nicht. Mir wurden Dinge weggenommen, ich war unfähig, mich zu wehren. Mein Geist raste, kämpfte dagegen an. Verlor.

Ich konnte mich nicht mehr an den Namen meines Vaters erinnern.

Ich konnte mich nicht mehr erinnern, wer der Mann auf dem Fußboden war. Es kam mir so vor, als hätte ich ihn kennen müssen.

Ich konnte mich nicht mehr erinnern, was ich hier machte. Was war das für ein Ort?

Ich konnte mich nicht mehr erinnern . . .

Ich konnte mich . . .

Ich . . .

. . .

V

Sich verzweigen. Einer wird viele. Der Austausch von Protein, Austausch von Lebensenergie. Das Wasser, die Welt. Der Multigeist. Leben, Licht, Schutz, Nahrung suchen. Alle aufgenommenen Wesen werden Teil des Ganzen. Einheit in Vielfalt. Vom Wasser zu den Sternen in einer Billion Generationen. Alle Teil der Mutterzelle – gesegnet, gesegnet –, *für immer da, wie sie war im Anbeginn. Wie sie immer sein wird. Meine Schwestern breiten sich aus, erfüllen die Welt, erfüllen das Universum. Sie singen das Lied der Ewigkeit. Ich schließe mich ihnen durch die Jahre hindurch an.*

Zerstört alles, was Nicht-gut-Leben ist. Das ist der Befehl, das Wort aus dem Kriegerherzen. Es ist die oberste Direktive. Alle müssen vor unserer Macht fallen. Das Gut-Leben soll von einem Arm der Galaxis bis zum anderen herrschen. Ich erinnere mich, ich erinnere mich:::

Aus dem Krümmungsraum in das Sternensystem, das die Heimat der Larbach war. Sie hatten sich geweigert, unserer offensichtlichen Überlegenheit Platz zu machen. Zweihundert Umdrehungen lang hatten sie sich so geweigert, und der Befehl erging vom Kriegeroberhaupt. Auslöschen! Voller Stolz befehligte ich das Führungsschiff und drückte auf den Knopf, der ihre Sonne kitzelte; sie verrückt spielen ließ. Einhundert Milliarden Wesen tot durch meine einfache Handlung. Es war eine ruhmreiche Schlacht, und nicht ein Schuß wurde auf uns abgefeuert. Einhundert Milliarden Leben. Ich wünschte, es wären mehr gewesen. Ich erinnere mich:::

Das Gut-Leben soll von einem Arm der Galaxis bis zum anderen herrschen. Alle müssen vor unserer Macht fallen. Es ist die oberste Direktive. Haß und Tod allem Nicht-gut-Leben.

So eine hübsche Blume. Hübsche, hübsche Blume. Schöne Blume, glückliche Blume. So eine hübsche Blume. Glückliche Blume. So eine hübsche . . . So eine hübsche . . . So eine hübsche . . .

$$\frac{d\bar{Z}}{dc} = f_x \frac{d\bar{x}}{dc} + f_y \frac{d\bar{y}}{dc} + [c - g(\bar{x},\bar{y})] \frac{d\bar{\lambda}}{dc} + \bar{\lambda}\left(1 - g_x \frac{d\bar{x}}{dc} - g_y \frac{d\bar{y}}{dc}\right)$$

$$= (f_x - \bar{\lambda} g_x) \frac{d\bar{x}}{dc} + (f_y - \bar{\lambda} g_y) \frac{d\bar{y}}{dc} + [c - g(\bar{x},\bar{y})] \frac{d\bar{\lambda}}{dc} + \bar{\lambda}$$

$$\frac{d\bar{Z}}{dc} = \bar{\lambda}$$

Frei. Die Winde tragen mich, wohin sie wollen. Mein Sieb ist voll, keine Sorgen außer den Klickern, die an meinem Flugschaum beißen. Es gibt wenig, was ich dagegen tun könnte, außer in den Schatten zu bleiben, mich dicht an den Wolken zu halten. Aber was für ein Vergnügen bringt das? Man muß leben, genießen. Andernfalls wäre das Leben so langweilig wie der Boden. Ich webe ein Gedicht in die Luft. Der Wind bläst es fort, meinen Geschwistern zu. Ich lege mich scharf in die Kurve, und die Sonne bescheint mich in voller Größe. Ah, Leben. Genieße, genieße.

Schatten und Lichtblitze. Etwas bewegte sich. Geräusche drangen an mein Ohr. Sie ergaben keinen Sinn. Es war einfacher, mich zu entspannen. Viel einfacher.

Arbeit. Das ist alles, was wir tun; der ganze Zyklus ist Arbeit. Überwacherin sagt tut dies, tut das. Wir tun, was sie sagt. Wir sind gute Arbeiter. Was kriegen wir dafür? Klägliche Rationen, einen dünnen Stock, an den wir uns nachts hängen können. Ich sage euch, das ist nicht gerecht. Es muß ein besseres Leben geben. Ich weiß, wir sind nicht hochgeboren, aber irgendwo muß es Gerechtigkeit geben. Ich will das Tageslicht wiedersehen. Verflucht der Vater meines Vaters, dessen Laich mich an diesen Ort gebracht hat!

»Sie werden mich nicht töten, solange sie noch eine schmuckerte Pesa aus mir herausholen können. Diese Schmucks lassen mich ausbluten, wenn sie können. Aber sie werden einen höllischen Kampf auf dem Halse haben. Der alte Markos gibt nicht so leicht auf.«

0010111000010101101010100110100101001000101010
1010100101001011101010111010101011101000111110
00101010101000101110101010001010011011101010101
10111011100010100101010

Ich habe das hier mit meinen eigenen Händen gemacht. Es hat einen Teil von mir in sich. Es enthält auch die Essenz der Seele eines Sterns. Ich segne es und forme es. Es wird dein Gefährt durch das Universum antreiben. Nimm es und gebrauche es gut. Ich habe dafür geblutet. Der Stern und ich sind geringer durch das, was wir dir von uns gegeben haben. Wir sind auch größer dadurch. Gebrauche es gut. Mit Güte.

Ich wurde bewegt. Nichts verband sich mit irgend etwas anderem. Es gab keinen gemeinsamen Bezugspunkt. Das Licht schmerzte meinen Augen. Ich schloß sie und trieb davon.

SUB-KRISTALL-MONITOR FÜNF SIEBEN EINS WIEDERHOLE WIEDERHOLE WIEDERHOLE. RISIKOFAKTOR UNVEREINBAR MIT LEBENSERHALTUNG. STEIGERN UND BEIBEHALTEN. LITHIUMNIVEAU NEUN GRADPUNKTE UNTER OPTIMALEINSTELLUNG. ANPASSEN ANPASSEN ANPASSEN ANPASSEN ANPASSEN.

»Schiete, Springer. Kannst du etwa nicht mehr? Du liegst da wie eine alte Oma. Hiev deinen Arsch aus dem Sand und beweg die Beine. Los! Bewegung!«

Du mußt begreifen, daß ich keinen Groll gegen dich hege. In meinem Leben ist kein Raum für Haß. Es ist bloß, daß du nicht so bist wie ich. So einfach. Ich und meine Art müssen weiterleben, und du bist mir im Weg. Wenn du ein Fels wärst, würde ich dich wegrücken, aber da du ein lebendes Wesen und mir potentiell gefährlich bist, muß ich dich töten. Ich verspüre kein Bedauern und kein Vergnügen. Es ist etwas, das ich tun muß. Sicherlich kannst du das verstehen. Es heißt entweder du oder ich, und ich habe mich für mich entschieden.

»Carl. Kannst du mich hören, Carl? Drück meine Hand, wenn du mich hören kannst.«

»Auf Selva werden wir praktisch mit Bolos in der Hand geboren. Ich bin gut damit. Bevor ich in die Starschool eintrat, war ich Dorfmeister.«

»Manche riskieren mehr als andere. Das Leben ist niemals leicht. Auf Maasai'pya lernt man das früh. Mein Bruder war jünger als du, als er starb.«

Maasai'pya: ein Ort. *Starschool:* ein Schiff. Selva: ein Ort. B'oosa: ein Name. B'oosa: ein Freund. Etwas, um sich daran festzuhalten.

»Hier ist Lied-auf-Flügel im Anflug auf Landestreifen Grün in vorgesehener Höhe. Geschwindigkeit Marke sieben fünf.«

– *»Du hast Anflugerlaubnis, Lied-auf-Flügel.«* –
Die staubige Landschaft jagt unter mir dahin, die Zwillingsmonde liegen weit zurück. Die Schubgeber reagieren stoßfrei, als ich die Schalter niederdrücke. Es ist ein gutes Schiff, wir haben viel zusammen durchgemacht. Mit meiner untergeordneten Ranke adjustiere ich das endgültige Annäherungsprogramm. Jetzt sehe ich die Silberstadt. Sie erfüllt meine Lungen mit Freude. Meine Brust schwillt an, ich mache das Gräusch des Glücks. Nach so langer Zeit ist es gut, heimzukommen. Die Heimat!

Die Heimat: Springworld. Ein Ort, ein Planet. Die Heimat.

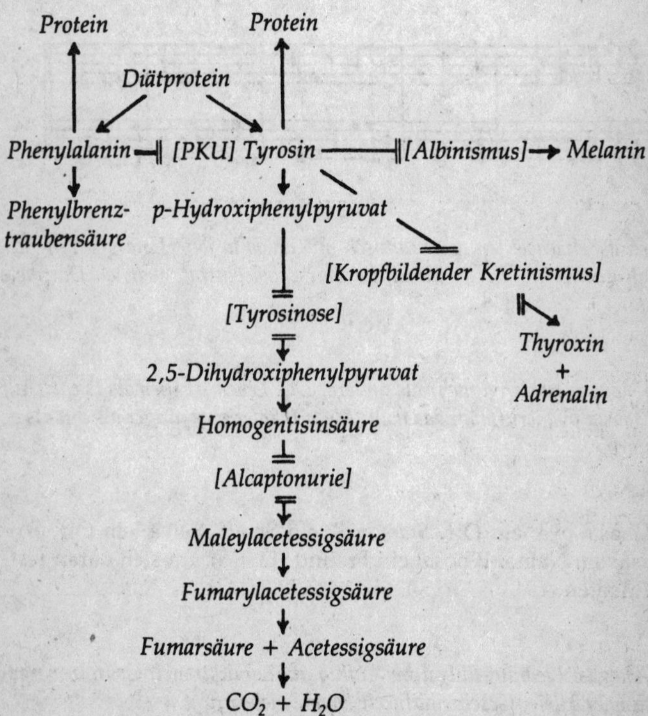

Die ideale Flugbahn wird so gewählt, daß die Verluste an kinetischer Energie aufgrund der Schwerkraft der vom Luftwiderstand erzeugten entsprechen. Ist das klar, Klasse? :::Idioten::: Sie denken nur an die Nahrungsstelle, wenn alle ihre Ganglien mit dem Raumflug beschäftigt sein sollten. Wie soll ich da bloß Kaltschlafpiloten aus diesen Schwachköpfen machen? Was für eine verschnargte Art, sich den Lebensunterhalt zu verdienen. Ich wünschte, ich wäre wieder im Weltall.

Klasse. *Starschool.* Der Dekan. Dieses Geräusch ist eine Stimme. Jemand spricht zu mir. Die Worte gehen durch mich hindurch wie der Wind. Sie enthalten keine Bedeutung.

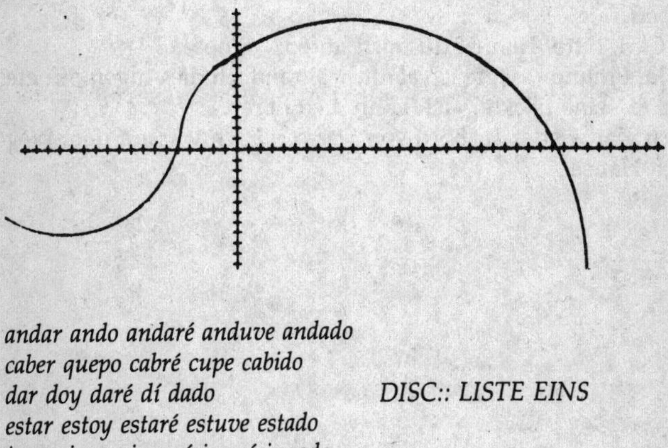

andar ando andaré anduve andado
caber quepo cabré cupe cabido
dar doy daré dí dado *DISC:: LISTE EINS*
estar estoy estaré estuve estado
jugar juego jugaré jugué jugado
venir vengo vendré vine venido

CARL! CARL! CARL! CARL! CARL! CARL! CARL!

Ausgleich. Ich mußte einen Gleichgewichtspunkt finden, einen Platz, von dem ich ausgehen konnte. Da war so viel: Ordnung/Unordnung, Glück/Traurigkeit, Wissen/Verwirrung, Liebe/Haß, Krieg/Frieden: Yin und Yang, ausgedrückt in Tausenden von Stimmen. Sie alle waren ein Teil von mir. Und doch gab es irgendwo tief in meinem Inneren einen ganz besonderen Platz: Carl Bok von Springworld. In mancherlei Hinsicht war er wie viele der anderen. In anderen Hinsichten war er einzigartig. Ich suchte nach ihm.

»Carl. Kannst du mich hören?«

Eine Stimme. Es war B'oosa. Noch eine Stimme. Der Dekan. Zeit war vergangen, wieviel, wußte ich nicht. Es machte auch nichts. Ich lebte. Sie lebten. Wir alle lebten und wuchsen. Wir waren verwandelt worden, geprägt von den Gedanken einer großen Zahl von Planeten. Wir waren anders. Wir waren dieselben.

»Carl, bitte. Kannst du mich hören?« B'oosa.

»Ja, Freund«, sagte ich sanft, während ich die Augen öffnete und in seine blickte. »Ich kann dich hören.«

Ich war wieder an Bord von *Starschool.* Ich war auf dem Weg nach Hause.

Springworld

Starschool IV
Anmerkungen zum Lehrplan – Springworld

Dies ist das erste Jahr, in dem Springworld als Teil der Selva-Etappe der Starschool-*Rundreise aufgenommen worden ist. Was Springworld vor allem so interessant macht, sind die Geschwindigkeit und die Allgegenwart des Wandels, der als direktes Ergebnis der Kommunikation mit den Ba'torset'uon – den Hummern – über den Planeten hereingebrochen ist.*

Die gesamte Confederación hat von der Lawine an Informationen profitiert, die die Hummer der Menschheit im Jahre 355 übermittelten, während Starschool II *Konstrukt besuchte. Aber der bei weitem dramatischste Beweis ihres Wertes ist die komplette Terraformung der einstmals feindlichsten Umgebung, mit der es Kolonisten je aufgenommen haben …*

I

Ich sah sie weggehen, langsam den gewundenen Pfad von meinem Haus hinabschreiten. Sie waren jung, groß und schlaksig; auf Springworld geboren und herangewachsen. Eine neue Generation, die rasch zunahm. Sie kamen jede Woche, um einfach nur ein paar Stunden dazusitzen und zu reden. Albern. Das meiste, was ich ihnen erzählte, war in den Bibliotheksspeichern.

Ich stand auf dem Deck vor meinem Wohnzimmer, bis sie außer Sicht gerieten. Ein *oberirdisches* Haus auf Springworld. Die letzten zehn Jahre haben eine Menge Veränderungen gebracht. Veränderungen auf Springworld, Veränderungen in mir, Veränderungen fast überall. Und alles wegen Konstrukt.

Als wir zuerst zu begreifen begannen, was mit uns passiert war, griff schnell die Confederación ein. Sie hatten die verrückte Idee, uns in Geheimdokumente zu verwandeln, uns von Experte zu Experte weiterzureichen und in unseren Gehirnen herumzustochern. Aus einer Reihe von Gründen funktionierte das nicht. Sie waren ziemlich enttäuscht.

Wir wissen immer noch nicht, was Konstrukt wirklich ist oder warum es gebaut wurde. Es scheint ein Ort zum Austausch von Informationen zu sein, aber die Linguisten – wenn es das ist, was sie tun – erwiesen sich als krasse Amateure darin im Vergleich zu den Hummern.

Die Hummer waren in ihrer Art, Informationen zu sammeln, zwar brutal, aber effizient. Sie zogen jeden Gedanken, bewußt oder unbewußt, aus ihrem Opfer heraus, ließen seinen Geist völlig leer zurück. Dann gliederten sie diese ganzen Informationen in den Gruppengeist ein, an dem ihre Rasse teilhatte. Beinahe als Nachgedanke gaben sie zurück, was sie genommen hatten. Bei diesem Teil der Operation waren sie nicht annähernd so effektiv. Es gab jede Menge Überlappungen.

Oh, ich bekam den ganzen »Carl Bok« zurück, den sie sich genommen hatten. Wenigstens glaube ich das. Ich habe keine Möglichkeit, völlig sicher zu sein, auch wenn ich keine Löcher in meinen Erinnerungen oder meinem Wissen entdecken kann. Es war das andere Zeug, das uns echt umhaute. Die Überlappungen.

Am Ende standen wir mit verstreuten Bröckchen und Stükken von all den anderen Rassen da, mit denen die Hummer »kommuniziert« hatten. Einiges davon war wirr, anderes kristallklar. Es wurde uns als eine Art Hintergrundrauschen zusammen mit dem übermittelt, was sie uns weggenommen hatten. Und es wurde so sehr zu einem Teil von uns selbst wie unsere eigenen Leben und Erfahrungen. Das war es, hinter dem die Confederación her war. Sie suchten nach einer Waffe. Es gab keine. Oder wenigstens gaben wir sie nicht preis, was auf das gleiche hinausläuft.

Der bei weitem größte Teil der uns übermittelten Dinge waren persönliche, alltägliche Dinge. Die Menschheit ist nicht die einzige von Emotionen geleitete Rasse im Universum, längst nicht.

Ich kenne tausend Arten, Liebe zu empfinden. Ich kenne die Liebe eines Sternendrifters zu einem anderen; die sehnsuchtsvolle Liebe einer Rasse, die so weit verstreut ist, daß Äonen zwischen den Begegnungen einzelner Individuen vergehen. Ich kenne die Liebe der Schwarmhüter, die kein Wort für Alleinsein haben, kein Wort für Selbst, aber fünfzig Worte für Liebe.

Ich kenne tausend Arten, Haß zu spüren, Gleichgültigkeit, Überlegenheit, Demut, Selbstsucht. Altruismus. Nennen Sie mir ein Gefühl, und ich kann es durch einen Filter aus mehr Rassen sehen, als ich zu zählen vermag, Rassen, von denen viele ausgestorben sind, bevor die Erde sich abgekühlt hatte. Der Gruppengeist der Hummer ist unglaublich alt.

Das führt einen zu einer völlig neuen Sichtweise.

Wir sammelten auch gewaltige Mengen Kleinkram. Jene von uns, die den Prozeß mitgemacht haben – Dekan M'Bisa, Pancho, B'oosa, Miko, Alegria und ich – sind wandelnde Enzyklopädien nutzlosen Wissens. Und etwas nützlichen Wissens.

Springworld ist jetzt ein Gartenplanet, dank eines von Alegria aufgefangenen Informationsbruchstücks, das uns geholfen hat, den Wind zu zähmen. B'oosa kam daher mit einem unglaublich preiswerten Energiesystem. Dekan M'Bisa erforscht ein neues Konzept der theoretischen Mathematik. Wir alle haben solche Dinge. Vieles davon ist dem Netzwerk der Confederacións-Bibliothek eingegeben worden, zugänglich jedem der bewohnten Planeten.

Ich habe manches zurückgehalten. Ich bin mir sicher, daß auch die anderen das gemacht haben, auch wenn es nichts ist, worüber wir sprechen. Manche Dinge waren zu schrecklich – oder zu persönlich –, um sie zu teilen. Manche waren zu gefährlich.

»Carl?«

Ich lächelte, setzte mich auf eine Bank.

»Hallo, Pancho, was gibt's Neues?« Ich konnte ihn ganz nahe bei mir spüren, obwohl er Lichtjahre entfernt war. Seit Konstrukt hatten alle von uns, die von den Hummern leergewischt worden waren, diese Möglichkeit augenblicklicher Verständigung. Ein sehr nützliches Nebenprodukt des Prozesses.

»Ich bin mal wieder unterwegs, Amigo. Dachte, ich sollte es dich wissen lassen.«

»Du bleibst auch nicht lange an einem Fleck, was?«

»Selva kommt mir heutzutage so zahm vor. Ich fliege mit einem Kontaktteam der Confederación nach Physome. Willst du mitkommen?«

Physome. Ein wunderbarer Planet, wunderbare Leute. Sie arbeiten mit lebender Materie wie wir mit Stahl und Holz. Nur, daß sie eher schmeichelten, als zu biegen oder zu schneiden. Es würde gut sein, mit dieser Rasse Kontakt aufzunehmen. Wir würden voneinander lernen. Auf eine Weise hatten wir bereits gelernt, denn ein Teil von mir war von Physome, so sicher wie ich in den silbernen Gespinsten ihrer Hütten geboren worden war. Ich kannte sie. Ich mochte sie. Ich liebte sie. Sie waren ein Teil von mir.

Ich überlegte es mir. Nein.

»Tut mir leid, Pancho. Diesmal nicht. Die Ernte muß bald eingebracht werden.«

Du fliegst nie irgendwohin, Amigo. Ich kann nicht herauskriegen, ob du ein vornehmer Gutsbesitzer oder ein Einsiedler bist.«

»Dies war das Land meines Vaters. Meine Wurzeln sind hier.«

»Deine Wurzeln sind überall, genau wie meine.«

Gelächter. »Das ist wahr, alter Freund. Aber wenn ich je versuchen würde, sie alle zu verfolgen, wäre ich alt und grau, bevor ich auch nur angefangen hätte. Gute Reise. Laß mich wissen, was du findest.«

»Wir bleiben in Verbindung. Adios, Amigo.«

»Adios.« Der Kontakt war unterbrochen.

Pancho hatte recht. Ich fliege selten irgendwohin. Aus irgendeinem Grund reizt mich die Aufregung nicht mehr so wie früher. Ich bin, was ich bin. Ich verspüre nicht länger das Bedürfnis, irgend jemandem irgend etwas zu beweisen, mich selbst eingeschlossen. Nachdem ich die Leben so vieler Wesen auf so vielen Planeten berührt habe, ist alles, was ich verspüre, eine Art milden Friedens. Ich liebe es, das Land meines Vaters zu bearbeiten. Ich mache es auf die alte Art, mit den Händen. Ohne die neuen Maschinen, die ich zu entwickeln half. Es bereitet mir Vergnügen. Es wäre schon eine Menge nötig, um mich dazu zu bringen, wegzugehen.

Natürlich wird Alegria jetzt jeden Tag mit einem Kontaktteam zurückerwartet. Vielleicht setzt sie sich dann wegen des einen oder anderen Problems mit mir in Verbindung. Ich hätte nichts gegen eine Entschuldigung, sie wiederzusehen.

Ich hätte nicht das geringste dagegen.

Ende

SCIENCE
FICTION

Band 24 073

James Blish

Die fliegenden Städte

Deutsche Erstveröffentlichung

Die gewaltigste Zukunfts-Saga der Menschheit, zum ersten Mal vollständig in deutscher Sprache.

Mit seiner Roman-Tetralogie DIE FLIEGENDEN STÄDTE schrieb er eine Zukunftsgeschichte der Menschheit im All, eine Space Opera imposanten Stils, die die Grenzen unserer Galaxis sprengt.

BASTEI LÜBBE

Sie erhalten diesen Band im Buchhandel, bei Ihrem Zeitschriftenhändler sowie im Bahnhofsbuchhandel.

SCIENCE
FICTION

Band 24 075

Jubiläums-Bibliothek

Die Welten des Philip K. Dick

Originalanthologie

Vier Romane von einem der bekanntesten amerikanischen SF-Autoren in einem Band:

DIE SELTSAME WELT DES MR. JONES
UND DIE ERDE STEHT STILL
DIE REBELLISCHEN ROBOTER
DIE INVASOREN VON GAUYMED

Philip K. Dick, der 1982 überraschend und viel zu früh verstarb, ist ein Kult-Autor der SF-Szene und zugleich einer der wenigen Autoren, die außerhalb der Stammleserschaft Beachtung fanden. Der Jubiläumsband bringt einen Querschnitt durch Dicks Schaffen.

BASTEI LÜBBE

Sie erhalten diesen Band im Buchhandel, bei Ihrem Zeitschriftenhändler sowie im Bahnhofsbuchhandel.